녹색 바벨탑

녹색
바벨탑

박태엽 지음

북캐슬

2011년 1월 어느 월요일. 그날은 무척 추웠습니다.

수십 년 만의 동장군이라는 언론들의 호들갑을 증명이나 하듯 그날의 칼바람은 옷깃을 여며도 가슴으로 얼굴로 사정없이 파고드는 그런 날이었습니다.

홍대입구에서 지하철을 내린 필자의 마음은 추운 겨울 날씨만큼 추웠습니다. 그동안 품고 키워왔던 내 가슴의 이야기가 과연 또 다른 제 3자의 마음에 닿을까 하는 것이 첫째였습니다. 두 번째는 초행길이라 장소 찾기가 만만치 않았습니다. 그리고 만난 분이 바로 도서출판 북캐슬의 박승규 사장이었습니다.

초면임에도 마치 십년지기 친구처럼 대해주는 포근함이 그분에게는 있었습니다. 그리고 우리는 쉽게 이 이야기에 대한 동의를 하게 되었습니다.

그리고 반년의 세월이 지났습니다.

수년 전부터 구상해 가집필은 이미 완성되었지만 보완과 수정의 절차가 만만치 않았습니다. 그동안의 금융환경 변화와 무엇보다 최근의 일련의 사태들로 인해 작품의 상당 부분을 손봐야 했기 때문입니다.

어느 샌가 은행 합병이라는 큰 파고는 우리의 뇌리에서 사라져 가고 있습니다. 쉽게 잊는 우리 민족의 DNA 때문일까요. 1997년 말, 역사 이래 최대의 격변기였던 IMF에 이은 은행의 구조조정. 국가 경제 혼란의 주범으로 죄 없는 은행원들의 목숨이 하루살이로 변했습니다. 은행이 망할 수 있으며, 합쳐지고 사라질 수 있다고 어느 누가 상상이나 했겠습니까. 그러나 그 상상은 곧 무거운 현실의 무게로 다가섰습니다. 우리들에게 정겨웠던 많은 은행의 이름들이 하루아침에 합병 무대에서 흔적도 없이 사라졌고, 은행원들은 거리로 내쫓겼습니다. 1,2차 치열한 합병을 마친 금융계는 이제 숨을 고르고 있습니다.

이 이야기는 지나간 아픔을 다루고자 하는 이야기는 아닙니다. 이미 치열한 1,2차 합병전쟁을 마치고 새롭게 재편된 오늘의 금융환경을 밑바탕으로, 2010년 말부터 뜨겁게 떠오른 몇 개의 은행 합병과 매각에 얽힌 이야기가 주 스토리입니다. 사실에 밑바탕을 두고 픽션으로 구성했습니다. 그 현실의 바탕에 작가의 내면적 탐구 기능을 가미했습니다. 바로 인간에게 내재되어 있는 원천적 증오입니다. 나도 모르게 도사리고 있는 증오의 정체. 그 증오의 실체가 얼마나 허무하며 끝이 어디인가를 탐구해 보고자 했습니다.

"녹색바벨탑"의 의미는 이렇습니다. '녹색'은 생명, 자연을 의미하나 여기에서는 부의 상징, 그린 달러에 초점을 맞추었습니다. 더불어 녹색은 거인이나 괴물을 상징할 때 인용되는 색이기도 합니다. 바벨탑은 구약 성경에 나오는 이야기로 인간의 교만과 헛된 욕망을 의미합니다. 녹색바벨탑은 괴물과 같은 헛된 욕망으로 무너지는 인간의 모습들을 상징하고 있습니다.

이 스토리는 은행에만 국한되는 것이 아닙니다. 오늘을 사는 우리 모두의 화두입니다. 누구나 꺾일 수 있지만 바르게 펴야 합니다. 이웃의 눈물을 외면하고 형제의 아픔을 모르며, 눈앞의 작은 이익에만 현혹되어 인간의 영역을 실종한 오늘의 세태를 마주하고 이 소설은 묻고 있습니다. 작은 진실이 거대한 거짓을 이길 수 있다는 것을 우리 함께 공유하고 싶었습니다.

많은 것이 부족하지만 저의 진실만을 헤아려주시면 감사하겠습니다. 무엇보다 이 일을 위해 많은 분들이 저에게 힘을 주셨습니다. 기도해주시고 지켜주신 게 영혼의 아버지 명성교회 김삼환 목사님께 감사드립니다. 영원한 동지인 아내와 아들의 격려가 고마웠습니다. 친딸처럼 자료수집에 온 힘을 다해 주신 고선연 자매에게도 감사의 마음을 전합니다. 또한 선뜻 책 발간에 동의해주신 박승규 사장님, 그리고 집필에 결정적 동기를 주셨던 황은오 작가, 도서출판 북캐슬의 편집진들. 모두 감사드립니다. 결코 잊지 않겠습니다. 감사합니다.

2011. 7.

박태엽 배상

제1부 회상

1.

2011년 3월, 대한경제일보

오영일 기자

그날 3월의 풍경은 유별나게 을씨년스러웠다.

벌거벗은 앙상한 가지들 사이로 할퀴듯 울부짖는 바람은 잔뜩 찌푸린 회색빛 하늘 속으로 고함을 지르듯 달려갔다. 가지 곳곳에는 새싹들이 어설프게 듬성듬성 맺혀 있었다. 할퀴듯 부는 바람에 떨어지지 않으려 안간힘을 다해 붙들고 있는 듯했다.

'생명이라면 저런 미물들조차 살려고 아등바등하는데….'

오영일은 혼자 중얼거렸다. 책상 위에는 '성진건설 강민철 사장 권총자살, 그럴 수밖에 없었나' '우수은행 합병안과 성진건설 강민철 사장 자살과 연관' '우수은행, 과연 은화와 짝짓기 성사되나' '국제은행과 은화 합병, 원안대로 이루어져야 한다' '롬발트컨소시엄의 또 다른 시련' 등 어지러운 기사들이 흩어져 있었다.

우수은행과 은화은행 그리고 국제은행이 벌였던 지난 몇 개월의 전투 상보가 낱낱이 소개되면서 와중에 성진건설이 희생되었다는 기사들이었다. 거기에는 민철 아버지 강필수 행장과 이복동생 강민석의 이름도 심심찮게 거론되었다.

'꼭 그럴 수밖에 없었는가.'

자살로 생을 마감한 친구 강민철. 도하 각 일간지는 젊은 강민철의 권총 자살 사건을 톱으로 다루었다. 수많은 추측 기사들로부터 예고 기사까지 온통 지면을 도배했다. 오영일은 멍한 기분으로 밖을 바라보았다.

아침부터 흩뿌리는 진눈깨비로 길은 온통 흙투성이였다. 여느 날 같으면 흔해 빠진 3월의 풍경 중 하나였다. 그러나 오영일에게 이런 을씨년스러움도 새로움이었다. 지난 몇 개월이 마치 꿈처럼 지나갔다는 생각 때문이었다. 그는 창을 통해 웅웅거리는 바람소리를 아무 생각없이 들었다.

"어이, 오 기자!"

마감을 재촉하는 부장의 목소리가 후벼 파듯 들려왔다. 쇳소리가 묻어나는 그 독소리는 항상 오영일의 마음을 긁었다. 곧이어 질타가 쏟아지겠지 했지만 그것뿐이었다. 그나마 친구의 처참한 죽음에 혼이 나가 있을 그에 대한 최소한의 배려일까.

"네, 알겠습니다."

오영일은 대답을 한 뒤 마무리를 해야 한다고 생각하며 책상에 앉았다. 착잡한 표정으로 모니터를 보았다. '이제 국제은행이 답할 순서다' 라는 기사를 다시 한 번 훑어보았다. 그리고 조용히 마무리를 시작했다.

…이제 남은 수순은 은화은행과 국제은행이 서로를 품는 대타협이 이루어져야 한다는 것이다. 이 과정에서 두 은행은 불필요한 감정싸움은 자제해야 한다. 이를 위해서는 은화은행이 먼저 손을 내미는 것이 모양새가 좋다.

글로벌 경영을 표방한 이때 국제은행이 가지고 있는 장점은 은화로서는 결코 놓칠 수 없는 매력이다. 때문에 국제은행과의 합병은 환상의 멜로디다. 은화은행은 무엇보다 합병 소요자금에 더 투명한 청사진을 내놓아야 한다. 결국 문제는 서로에 대한 믿음이다. 우리 주위에서 서로가 믿음을 상실할 때 새겨지는 배반의 상처는 얼마나 큰가. 인생에서 서로를 믿지 못함은 결국…

여기에서 오영일은 잠깐 멈추었다.

'믿음의 상실이라.'

그는 자신도 모르게 중얼거렸다. 어제 병원에서 만난 우수은행 구조조정 본부장 강민석을 잠깐 떠올렸다. 그에게서는 장례식장의 우울함이 고스란히 풍겼다. 단아한 얼굴에서 오영일은 그가 어떤 생각을 하고 있을까를 잡아낼 수 없었다. 심한 감기를 앓고 있어 콜록거리다가 연이어 가쁜 숨을 몰아쉬었다. 얼굴은 열로 들떠 있었다. 오영일은 민석의 건강이 걱정됐다.

"병원에 가보지 그래요."

"오 기자님은 민철 형의 죽음이…제 탓이라고 보십니까?"

민석은 불쑥 이렇게 물었다.

"아니요."

오영일은 확실하게 대답했다고 생각했지만 뭔가 자신도 부자연스러웠다.

"그럼, 아버지 때문입니까?"

순간 오영일은 말문이 막혔다. 아니, 대답할 수 없는 질문이었다.

"그렇게 생각하시는군요."

민석의 어투는 허공을 헤매는 것 같았다.

"그게 무슨 소용이 있소. 지금 이 순간만큼 강 행장님의 마음을 누가 이해할 수 있겠소."

"그래요, 자신이 낳은 아들을 자신이 죽게 했으니까요."

민석의 말은 또 다시 허공을 울렁거리며 돌아다녔다. '낳은' 이라는 말에 묘한 힘이 들어가 있었다. 영일은 이 순간 강민석이 아버지 강필수 행장의 심정을 어떻게 헤아리고 있을까 궁금증이 들었다. 민석은 끊임없이 몸을 떨고 있었다.

"형의 죽음으로 어떤 결말이 나리라고 생각하십니까?"

민석의 눈은 휑했다. 그의 눈에는 아무것도 들어 있는 것 같지 않았다.

"결말이란 없습니다. 다만 진행될 뿐이지요."

오영일은 겨우 그렇게 답변했다. 더 이상 할 말이 생각나지 않았다.

"행장님은 괜찮으십니까?"

괜히 물었다 싶었지만 민석은 차분하게 대답했다.

"아버지요? 글쎄요. 이것은 긴 소설이다, 라고 생각하고 계실지도 모르죠. 그렇게까지 철저하게 아버지는 운명에 우롱 당했을까요? 자신이 신앙처럼 믿고 있었던 증오에 대한 합리화. 그게 무너졌어요. 이제 아버지에게 남은 것은 뭘까요?"

"이제 강 본부장이 나머지를 수습할 차례입니다."

"수습이요? 뭘 수습해야죠?"

　허무에 가득 찬 민석의 대답을 들으며 영일은 자신이 너무 쉽게 말하는 것 같아 무안했다. 그런 말밖에 생각나지 않는 자신이 너무 한심했다.
　"그나마 강 본부장의 결단이 금융계의 피바람은 막지 않았소."
　무안함을 면하려고 영일은 민철의 죽음 며칠 전에 민석이 자신을 찾아와 넘겨준 합병 음모에 대한 자료를 떠올리며 말했다. 민석은 쓴웃음을 지었다.
　"그 자료 때문에 형의 죽음을 가져왔는지도 모르죠."
　"절대 그렇지 않소. 강 사장도 절대 그렇게 생각하지 않을 것이요."
　"감사하군요."
　"형의 죽음에 대한 대가, 전 세대의 증오가 빚은 산물을 강 본부장이 정리해야죠."
　"증오가 아니었습니다. 서로를 믿지 못한 어리석음이었지요."

같은 날 오후
최길수

잔뜩 찌푸린 3월의 하늘을 바라보는 길수의 마음 역시 어두웠다. 우수
은행장 강필수. 그의 아내 정요숙. 은화은행장 성도훈. 세 사람에 얽힌 증
오의 검은 그림자. 그것이 마침내 강민철의 자살로 이어졌다.

방금 전에 보았던 깨끗한 민철의 시신을 떠올렸다. 총상이라고는 믿어
지지 않을 정도였다. 날이 잘 선 검으로 한순간에 짚단을 베어내듯 상처
의 흔적은 깨끗했다. 총상은 관자놀이를 뚫고 얼굴을 관통한 형국이었다.
그러나 조용히 잠든 듯 눈을 감고 있는 그의 모습은 어떤 고통이나 원망
도 없었다. 마치 자신의 운명에 순응하며 따라간다는 평온한 표정이었다.

'아버지 세대의 어리석음이 너를 죽음으로 몰고 갔다.' 길수는 민철의
시신 앞에서 어처구니없는 증오로 엄청난 비극을 몰고 온 강필수와 성도
훈을 떠올렸다.

둘은 진내리 고향 후배로 수재였다. 그러나 출신과 성장 배경은 판이하
게 달랐다. 찢어지게 가난했던 강필수의 아버지 강상현은 배우지는 못했
으나 총기가 특별났다. 일제를 피해 일찌감치 아버지를 따라 만주로 갔던

강상현은 그곳에서 공산당 연안파 골수가 되었다. 해방 후 상현은 여운형의 인민위원회에 가입해 열심히 활동했다. 사찰을 전담하는 경찰이 붙고 그는 항상 숨어 다녔다. 어머니는 그런 아들이 내내 불안했다. 외아들이었기에 대가 끊기면 안 된다는 절박함에 악다구니하듯 아들을 동네 처녀에게 강제로 장가 들였다.

그러나 첫날밤 이후 상현은 또 사라졌다. 필수가 3살 때인 1950년 6.25가 터졌다. 상현의 어머니는 전쟁이 터지고 열흘 후에 죽고, 필수의 어머니는 동네 어른들에게서 남편이 인민군 장교가 되었다는 말을 들었다. 전쟁이 끝나도 아버지와 남편은 돌아오지 않았다. 소문에 지리산 빨치산 부대에 있다고 했다. 필수의 친구 도훈의 아버지는 읍내 경찰서장이었다. 도훈의 어머니는 필수 어머니의 타고난 음식 솜씨에 반했다. 그래서 서장 관사 한쪽에 있는 다다미방을 내주어 생활하게 했다.

도훈과 필수는 아무것도 모르고 한 집에서 자랐다. 싸움도 하고 겨울에는 토끼몰이를 하고 여름에는 냇가에서 수영을 했다. 길수는 도훈의 형 정훈과 친구였는데 어린 시절부터 과묵했다. 도훈과 필수의 또 하나의 동갑내기 윤정심은 아주 강단 있는 아이였다. 그 여동생 정애는 늘씬한 몸매에 하얀 얼굴과 오똑한 콧날, 서늘한 눈매를 가진 진내리 인물이었다. 정애는 어렸을 때부터 필수를 좋아했다. 길수는 정애를 속으로만 좋아하며 내내 속을 끓였다. 이렇게 60여 년 전 진내리에서 뛰고 놀았던 친구이며 동생들이었던 이들은 그 후 무서운 증오의 덫에 걸렸다. 그것의 종결이 민철의 죽음이었다.

1954년 쯤, 진내리
강필수의 아버지와 어머니

필수 아버지가 산에서 잡혔다. 그때는 전쟁도 거의 끝났고 휴전인가 뭔가가 이루어졌다고 동네 어른들이 좋아했던 것을 필수는 기억한다. 전방의 피비린내 나는 전쟁을 마친 군인들과 경찰들은 아직도 산에 숨어 있는 빨치산들을 대대적으로 소탕을 벌였다.

필수 어머니는 날마다 가슴을 끓였다. 아직도 산에 남아 있다고 전해들은 필수 아버지 때문이었다. 필수 어머니는 더욱더 도훈 어머니에게 달라붙었다. 도훈 어머니의 목욕물도 필수 어머니가 직접 데웠다. 아침마다 세숫물도 들여갔다. 그때마다 사모님에게 필수 아버지를 부탁했다.

"사모니임, 필수 아부지, 정말 아무것도 모르는 사람이어라우, 사모님이 서장님께 잘 좀 말씀드려 필수 아부지 좀 살려주쇼, 사모님⋯."

사모님도 꼭 그렇게 하겠다고 약속했다. 그러다 어느 날 필수 어머니는 간 떨어지는 소리를 들었다. 필수 아버지 있는 곳이 큰 공격을 받아 빨치산들이 몽땅 잡혔으며 죽은 사람이 더 많다는 것이었다. 필수 어머니는 하늘이 노랬다. 결혼이라고 했지만 첫날밤만 지내고 떠난 남편이기에 모습도 아른거렸다. 시신도 구별하지 못할 것이라는 생각에 필수 어머니는 발만 동동 굴렀다.

　얼마 후 읍내로 빨치산 포로들이 줄줄이 묶여 끌려 내려왔다. 참혹한 모습들이었다. 그중 유독 심한 부상을 입은 한 사나이가 있었다. 다리가 덜렁거려 죽지 못해 끌려오는 모습이었으며 온몸은 피투성이였다.

　"필수 아부지…."

　필수는 어머니가 총알처럼 튀어나가는 것을 보았다. 그러나 어머니는 더 이상 가까이 가지 못했다. 달려드는 어머니를 가까이 있는 병사가 심하게 밀어버렸기 때문이다. 어머니는 나둥그러졌다.

　"엄니."

　어머니는 아랑곳하지 않았다. 오뚝이처럼 벌떡 일어나더니 또 매달렸다. 정신이 없었다. 그러나 아버지는 바리케이드가 쳐진 경찰서 안으로 끌려들어갔고 이내 삼엄한 경비가 펼쳐졌다.

　필수가 난생 처음 아버지를 본 것은 경찰서 낡은 유치장이었다. 그나마 도훈이 어머니가 특별히 부탁해 이루어진 면회였다. 끌려나온 아버지는 얼굴이 심하게 부어 있었고, 들어올 때도 들것에 실려 들어왔다.

　"필수 아부지."

　어머니는 울부짖었다. 그러나 그런 어머니는 아랑곳하지 않고 아버지는 뚫어지게 필수를 바라보았다. 필수는 고개를 숙여 인사를 했다.

　"니가 필수냐."

　"예."

　"많이 컸다."

　"아부지, 안 아프요?"

“괜찮다.”

“아부지, 내 친구 아부지가 경찰서 서장인디, 내가 한번 말해 볼라요.”

아버지는 피식 웃었다.

“내 말 잘 들어라 필수야. 아부지는 이렇게 살다 가지만 넌 절대 사람들한테 무시 받아서는 안 돼. 알것냐.”

“예, 아부지.”

“됐다. 인자, 엄니 데리고 가봐라.”

필수는 꾸벅 인사하고 일어섰다. 아버지는 그런 필수를 보고 빙그레 웃었다. 순간 필수는 뭔가 가슴에 힘이 솟는 것을 느꼈다.

그렇거 경찰서를 나온 사흘 뒤에 필수는 어머니와 동네 뒷산을 올랐다. 그곳에서 필수는 싸늘하게 굳어 가마니에 둘둘 말려 있는 아버지의 시신을 보았다. 어머니는 철퍼덕 앉아 하염없이 울기만 했다. 그때 한쪽에서 쭈뼛거리며 도훈이와 정심이 그리고 정애, 길수가 다가왔다. 모두 겁에 질린 표정이었다. 필수는 다짜고짜 도훈에게 다가갔다.

“니 아부지 땜에 우리 아부지 죽었어야. 좀 봐줘도 되잖여. 내가 그렇게 니헌테 부탁 안 했냐.”

“아, 울 아부지도 안 된데.”

도훈은 더 이상 할 말을 잃고는 사시나무 떨듯 떨었다.

그 후 필수는 도훈이와 거의 대면하지 않고 지냈다. 그러던 어느 날 도훈네 집 앞에 큰 GMC가 서더니 짐을 싣고 모두들 떠났다. 도훈이 아버지 성 서장이 서울로 발령을 받았다는 것이었다. 필수는 끝끝내 도훈을 보지 않았다. 그날 이후 도훈은 진내리에 내려오지 않았다.

4.

진내리

윤정애와 언니 윤정심

일찍 부모를 잃은 정심은 이모집에서 동생과 함께 컸다. 정심은 당찼고 생활력이 강해 이모의 눈에 꼭 들었으나 동생 정애는 몸이 약해 이모의 눈밖에 나 있었다. 정심은 그런 동생을 애지중지 돌보았다.

정심은 또래의 필수나 도훈보다는 어른스러웠다. 소작을 붙여먹는 이모집도 가난하기 이루 말할 수 없어 정심은 중학교 입학은 꿈도 꾸지 못했다. 대신 정심은 이모에게 자신이 더 열심히 일할 테니 동생 정애는 꼭 중학교에 보내달라고 간청했다. 그만큼 정심은 당찼다.

정심이 워낙 열심히 일하자 이모는 어려운 사정에도 정심과 약속을 지켰다. 정애는 그런 언니 덕으로 진내중학교를 다닐 수 있었다. 중학교 시절 정애는 뭇 남학생들의 시선을 온통 휘어잡았다. 하교 후 매일 정애 뒤를 남학생들이 따라 붙었다.

"이눔의 새끼들, 한번만 더 오면 정말 죽여 버린다."

길수오빠는 씩씩대며 그들을 쫓아버렸고 그때마다 정심은 길수의 뚝심을 경이롭게 보았다. 그녀는 길수의 넓은 가슴을 훔쳐보며 괜히 얼굴을 붉혔다. 귀까지 빨개진 그녀는 그 부끄러움을 동생에게 화풀이했다.

"이년이. 하라는 공부는 안하고, 연애질이여?"

"누가- 연애여, 즈그들이 쫓아온디."

마음 약한 정애는 그럴 때마다 눈물을 글썽였다.

"이년아, 니가 얌전허면 저것들이 그래? 썩을 것이, 빨리 안 들어가?"

정심이 그렇게 동생을 다그치면 여지없이 길수가 나섰다.

"놔둬라, 그게 정애 죄간디? 저것들이 쓸게 없응 게 그러제."

길수는 그렇게 쏘아붙이고는 벌떡 일어나 나가버렸다. 정애를 다그치는 정심을 못마땅해 했다. 혹시 오빠가 정애를 좋아하나? 그러나 곧 고개를 흔들었다. 정심이 내심 정애 짝으로 찍은 사람은 길수 오빠가 아닌 필수 였기 때문이다.

필수는 수재였다. 진내읍에서 1시간 걸리는 광주의 일류 고등학교에 당당하게 합격했다. 진내중학교에서 그 고등학교에 입학하기는 필수가 처음이었다. 정심은 군수님이 직접 장학금을 건네주는 모습을 보았다. 정심 자매는 마치 자신의 일인 양 기뻐했다. 정심은 정애가 필수를 좋아하는 것을 내심 흡족히 여겼다.

길수는 진내농고를 졸업한 뒤 경찰이 되었고, 필수는 서울대학교에 들어갔다. 필수가 서울로 가면서 정심은 동생을 위해 큰 결심을 했다. 그동안 읍내에서 착실히 국밥집을 해 모은 돈으로 남대문시장에 작은 식당을 냈다. 그녀는 방이 두 개 딸린 가게를 얻어 하나는 필수에게 내주어 함께 살자고 제안했다. 대신 정애를 가르쳐준다는 조건이었다. 누구보다 좋아한 사람은 정애였다.

길수는 종로경찰서 대공형사로 근무하면서 정심이네 국밥집을 수시로

드나들었다. 정애 때문이라는 것을 잘 아는 정심은 어떻게 할까 고민했
다. 정애가 그를 소름끼치게 싫어했기 때문이었다.

5

1970년 3월, 종로경찰서

백성태 형사

백성태 형사는 일어서서 나가는 서울대생 강필수를 바라보았다. 군복을 물들여 입은 낡고 두터운 점퍼는 아무리 계절이 3월이라 해도 분명 철지난 옷차림이었다. 그러나 헝클어진 머리와 날카로운 눈매, 빈틈없는 자세, 어딘지 모르게 짙게 배어 있는 허무의 모습이 영락없는 서울대생의 모습이었다. 그 몸에는 시대를 고뇌하는 청년의 품격이 풍겨 나왔다. 백성태는 이 서울대생에게 묘한 매력을 느꼈다.

끊임없이 무언가를 향해 꿈틀거리며 불타는 듯하다가 어느 순간 끝도 없는 허무의 나락으로 빠져드는 눈매를 지녔다. 냉정과 열정을 오가는 눈빛은 백성태로서는 경이 그 자체였다. 거기에 꼭 할 말만 하는 과묵함이 20대 초반의 철없는 또래들과는 분명 달랐다. 그런 정확한 기준을 가지고 있는 것도 마음에 들었다. 무엇보다 이 친구는 자신과 너무 다르면서도 한편으로는 너무도 같았다. 이 점이 백성태를 안도케 했다.

자신이 겪었던 무섭도록 가난했던 어린 시절을 강필수도 똑같이 겪었다는 사실에 전율을 느꼈다. 태생이 영악한 그는 초등학교만 나와 어린 나이에 경찰서 심부름 사동으로 출발했다. 낮에는 사동, 저녁에는 학생으로 야간학교를 다니며 경찰의 모든 것을 익혔다. 20대 후반에 수사기관의 꽃이라 불리는 대공 형사로까지 올라왔다. 이러한 종로경찰서 대공 민완형사 백성태와 강필수가 만난 사연도 극적이었다. 그것을 백성태는 깊이 느끼고 있었다.

그날도 종로경찰서는 잡혀온 서울대생들로 가득 찼다. 한쪽에서는 고함소리가, 다른 한쪽에서는 설득하는 소리가 좁은 취조실을 가득 메웠다. 백성태는 데모하는 대학생들의 행동을 치기로 여겼다. 때문에 그의 취조는 늘 간단했다. 정부는 왜 이런 어리고 젖 냄새 풀풀 나는 아이들의 선동에 그렇게 날을 세우는지 의문이었다. 그러나 주모자들에 대해서만큼은 혹독했다. 싹을 자르려면 주모자만 족치면 되었다. 그래서 그의 취조 대상은 항상 주모자 색출이었다. 백성태는 주모자 색출로 승승장구한 셈이었다.

그때 그 앞에 끌려온 자가 강필수였다. 필수는 종로 기습 데모에서 체포돼 연행되었다. 백성태는 별다른 생각없이 지나치는 투로 물었다.

"앉어, 이름은?"

"강필수입니다."

그는 차분하게 대답했다.

"데모는 왜 했어?"

늘 묻는 질문이었다. 그는 고개를 숙인 채 종이에 의미 없는 글자를 끼적거렸다. 곧 그가 항상 듣던 "3선 개헌은 독재로 가는 길이며, 기아와 독재에 허덕이는 민중을 위해 일어났다"는 판에 박힌 웅변이 나오기를 기다렸다. 그 말이 끝나면 백성태는 취조서에 느릿느릿 적은 뒤 취조를 끝냈다. 그런데 앞에 앉아 있는 필수에게서는 아무런 말이 없었다.

"할 말 없나? 데모 이유도 모르고 데모를 했어? 자네 서울대생 맞아?"

피식 내뱉는 냉소를 비웃기라도 하듯 불쑥 의외의 말이 터져 나왔다.

"아버지의 그림자를 벗기 위해서입니다."

"뭐라고?"

"아버지는 빨치산이었습니다."

조금도 주저하지 않고 나온 말이었다. 백성태는 정신이 번뜩 들었다. 마치 벼락이 후려치는 느낌이었다. 그 역시 과거를 굳이 감추지 않고 여기까지 왔다. 하지만 사상 문제, 특히 부모의 사상 문제와는 전혀 다른 문제였다. 적어도 서울대생이라면 이 사실을 모를 리 없었다. 더구나 그는 반정부 데모를 벌인 학생이다. 거기에 아버지의 빨치산 전력까지 덧붙여진다면 필시 요주의 인물로 낙인찍힐 것이다. 그런데도 위험을 자초하다니…. 백성태는 이 당돌한 친구에게 관심이 갔다.

"자네, 그 말이 얼마나 무서운 말인 줄 아나?"

"알고 있습니다."

그때 그 무섭도록 차갑고 냉정한 필수의 눈빛을 백성태는 평생 잊을 수 없었다. 그 눈빛은 아무것도 모르고 겁 없이 달려온 백성태를 질리게 하기에 충분했다. 순간 백성태는 자신도 모르게 손이 떨리고 있음을 느꼈다. 보통 친구가 아님이 분명했다. 그러나 문제는 다음이었다. 도대체 이 친구가 왜 이런 말을 했는지, 형사로서 어떻게 대처해야 할지 혼돈스러웠기 때문이었다.

"제 연좌제, 어떻게 하면 풀어집니까."

백성태는 순간 멈칫했다. 무서운 살기가 그에게서 느껴졌다. 그동안 자신이 취조했던 수많은 대학생들 중에는 상당한 걸작들이 있었다. 그러나 지금 이 친구는 대한민국의 형사를 뚫어지게 바라보며 협상 대상으로 흥정하고자 한다. 성태는 등줄기에 차가운 땀 한 방울이 흐르는 것을 느꼈다. 형사가 된 이후 처음이었다. 펜을 움켜쥔 백성태에게 필수가 고개를 숙이며 빠르고 냉정하게 말했다.

"연좌제를 풀어주십시오. 조건은 형사님이 제시하십시오."

그는 곧 경찰서 밖으로 나와 집으로 돌아갔다. 그는 연좌제를 풀어주는 조건으로 학내 프락치가 되었다. 백성태로서는 가장 필요한 일이었다. 그 후 필수는 이 일을 빈틈없이 해치웠다. 필수가 전해준 정보는 정확했다. 조금의 실수가 없었다. 그는 백성태가 필요한 정보를 빈틈없이 빼내 전달해 주었다. 덕분에 성태의 두툼한 오른 뺨은 항상 기쁨으로 실룩거렸다. 필수가 전해준 정보로 학생들을 체포하러 갈 때 그의 쭉 찢어진 가느스름한 눈은 더욱 살기가 어렸다.

자신에게 당돌한 협상을 제안해 온 강필수, 백성태에게는 삶의 하나의 롤 모델이었다. 과연 그가 어디까지 갈 수 있을까? 백성태는 그날 이후 필수를 위해 모든 것을 걸었다.

6

1970년 그날 오후, 서울대학교

정요숙

버스에서 내린 요숙은 종종걸음으로 서울대 후문으로 향했다. 혜화동 가까이 다가가자 눈 근처가 바늘로 찌르듯 아프더니 눈물이 쏟아졌다. 주위는 온통 매캐한 연기로 가득 차 있었다. 요숙은 손수건을 꺼내 들었다. 후문으로 들어서니 빠져 나오는 학생들이 많아 다행히 출입은 가능했다. 먼발치에 있는 무술경관들은 오가는 학생들을 제지하지는 않았다. 그녀는 빠른 걸음으로 학생회관 비밀장소로 향했다. 그때 앞에서 성큼성큼 걸어가는 큰 키의 낯익은 모습이 보였다.

"아, 필수 씨."

요숙은 반가웠다. 돌아본 필수는 요숙임을 알고 깜짝 놀랐다.

"도훈 씨, 어디 있어요?"

요숙은 밝게 웃었다.

"저도 지금 막 밖에서 돌아왔습니다. 아마 학생회관에 있겠지요."

"그래요? 같이 가요."

요숙은 밝게 웃으며 스스럼없이 필수 옆으로 다가왔다. 순간 맑은 사과 향이 필수를 슬쩍 스쳤다. 필수의 가슴은 심하게 뛰었다. 그때 학생회관 방향에서 학생들이 우르르 몰려나오기 시작했다. 이어 학생들의 투석전이 시작되었다. 그러자 맞대응으로 엄청난 최루탄이 쏟아졌다. 학생들은 괴로움에 눈을 가리고 흩어져 도망치기 시작했다. 눈물 콧물이 사정없이 쏟아졌다. 요숙은 가슴이 막힌 듯 괴로운 표정으로 몸을 숙였다. 순간 필수는 요숙의 손을 잡았다.

"빨리요."

필수는 요숙을 잡고 무조건 최루탄 발사 지점으로부터 먼 곳으로 뛰었다. 줄줄 흐르는 눈물을 주체할 수 없었다. 요숙은 괴로운 나머지 마른기침을 쏟아냈다. 그런 요숙에게 필수는 손수건을 건넸다.

"빨리 가려요. 피부에 직접 닿지 않게 해요."

그러고는 두터운 점퍼를 벗어 요숙에게 뒤집어 씌웠다. 그렇게 학교를 빠져나와 명륜동을 향해 뛰려다가 멈추었다. 성균관대학 쪽도 역시 최루탄 발사가 시작된 것 같았다. 공기는 더욱 매워졌다.

"탑시다."

필수는 빠르게 반대 방향으로 건너가 달려오는 버스를 세웠다. 요숙을 밀어 넣듯 태운 뒤 재빠르게 버스에 올라탔다. 모두들 기침을 해대면서 눈물을 흘렸다. 불평섞인 목소리도 들렸으나 광화문 즈음에 이르자 기침도 불평도 진정됐다. 그때까지 요숙은 필수의 낡은 군복 점퍼를 뒤집어쓰고 있었다. 필수가 그런 요숙을 보고 빙그레 웃자 요숙 역시 눈물범벅이 된 눈으로 마주 웃었다. 그제야 요숙은 필수의 점퍼를 입고 있는 것을 알았다. 깜짝 놀라 옷을 벗어 필수에게 건넸다. 필수는 어색한 표정으로 옷을 받아 입었다.

"이 손수건은 나중에 드릴게요."

필수의 얼굴은 더욱 빨개졌다. 요숙은 다섯 정거장이 지난 다음 내렸다.

"고마워요, 필수 씨. 전 여기서 내릴게요. 다음에 도훈 씨에게 꼭 필수 씨 무용담을 이야기해 드릴게요."

하얀 이를 드러내며 미소를 짓는 요숙에게 필수는 손을 흔들어 줄 수밖에 없었다. 그렇게 내린 요숙도 차 안의 필수에게 잠깐 손을 흔들었다. 애인 친구에 대한 간단한 예의였다. 필수는 그래도 가슴이 뛰었다. 요숙이 입고 있었던 옷의 향기를 잠시라도 맡으려 낡은 점퍼에 살그머니 코를 갖다 댔다.

차에서 내린 요숙은 몇 걸음 걷다가 이쯤이면 그가 나를 볼 수 없겠지 하는 곳에서 고개를 돌려 버스를 바라보았다. 필수를 만날 때마다 요숙은 그의 눈빛에 늘 석연치 않은 감정이 도사리고 있다는 것을 느꼈다. 그럼에도 '필수는 도훈의 친구'라는 생각으로 자연스럽게 그를 대했다. 그러나 갈수록 어색한 감정이 드는 것도 사실이었다. 오늘도 요숙은 두 정거장이나 더 가야 했지만 먼저 내리고 말았다. 도훈 없이 필수와 함께 한다는 것이 언제부턴가 부담스럽게 느껴졌기 때문이었다. 필수에게도 곧 사랑하는 사람이 생기면 자연스러운 관계가 될 것이다. 그녀는 내일 도훈을 만나면 필수 씨에게 애인을 만들어주라고 해야겠다는 생각을 했다.

7.

버스 안

강필수

창밖으로 스쳐 지나가는 거리의 풍경을 바라보며 필수는 무서운 생각을 시작했다. 백성태 형사의 말이 머릿속에서 맴돌았다. 필수로서는 생각하기도 싫은 일이었다. 아니! 사실은 필수의 마음속에서 계속 꿈틀거렸던 생각이었다. 그것을 백성태가 다시 일깨워준 것에 불과했다. 문제는 자신에 대한 두려움이었다. 필수는 땀이 흐르는 것도 모른 채 생각에 잠겼다.

"아직도 마음을 못 정했나."

백성태의 뱀처럼 차가운 눈이 필수를 훑었다.

"뭘요?"

"성도훈이 말이야."

"안 됩니다."

"놈이 골치야. 1급 수배자라니까."

"…"

"왜? 친구여서? 지금 자네 처지에 죽이건 밥이건 고를 처지가 아닐 텐데? 정보 당국에서도 자네 활약을 깊이 알고 있어. 조금만 더 하면 돼."

"그만 하시죠."

32

필수는 차갑게 말하고 돌아섰다. 뒤에서 백성태의 쉿소리가 날아왔다.

"자네 말이야, 나 같은 사람 계속 보는 게 좋나? 빨리 헤어지고 싶을 걸. 성도훈이만 넘겨주면 다시 날 볼 일은 없을 거야. 그 한 건으로 자네 연좌제를 해결해주지."

필수는 멈칫 섰다. 그러나 곧 발걸음을 옮겼다. 백성태의 끈적거리는 집요함은 멈추지 않았다.

"도훈이도 그게 편해. 학교에 묻혀 있으면 헤어나지 못해. 잠깐 격리시킬 뿐이야. 도훈이도 그렇게 해주길 바라지. 도훈을 생각한다면 그게 진정한 우정 아닌가?"

"우정이요?"

필수는 돌아섰다. 그의 얼굴에는 무서운 냉소가 흘렀다. 백성태는 주춤했다. 저 젊은 친구는 가끔 이렇게 자신을 당황스럽게 만든다.

"웃기지 마십시오."

요숙이 버스에서 내린 후 필수는 백성태와 나눈 대화가 자신을 흔들고 있음을 알았다. 훗날 나는 어쩌면 이렇게 말할 것이다. "그날, 요숙 씨가 조금만 더 나와 함께 버스에 머물러 있었다면 나는 그런 생각을 결코 하지 않았을 것입니다."

필수는 창밖을 바라보다가 무심히 고개를 숙였다. 자신의 행동은 결국 그녀의 탓이라는 생각을 떨쳐버릴 수 없었다.

"내가 이렇게 행동한 것은 바로 요숙 씨가 내릴 정거장도 아닌데 일찍 버스에서 내렸기 때문입니다."

그는 자신의 행동이 무엇을 의미하는지 잘 알고 있다. 그리고 그 결과가 어떻게 되리라는 것도 알고 있었다. 하지만… "친구를 팔아먹는 게 나쁜가? 예수님 팔아먹은 유다가 이런 심정이었을까?"

필수는 버스의 바닥을 보며 중얼거렸다. 그리고 이것은 절대 요숙을 향한 마음 때문이 아니라고 몇 번을 다짐했다. 다만, 다만. 저 뱀 같은 백성태 형사로부터 달아나기 위한 최후의 결단이었다. 또한 집요하게 맴돌던 지긋지긋한 '빨치산의 아들'이라는 연좌제의 그물에서 벗어나기 위해서였다.

"친구를 팔아먹는 게 아니야. 우정을 배신하는 것도 아니야. 도훈을 구하기 위해서야. 도훈을 운동권 학생들에게서 격리시켜야 해. 그것이 그를 위한 가장 최선의 길이야. 어쩌면 도훈이도 그렇게 해주길 바라고 있는지 몰라. 요숙과는 전혀, 전혀 관계없는 일이야."

필수는 갑자기 의자에서 벌떡 일어나 소리를 질렀다.

"멈춰요."

허겁지겁 버스에서 내린 그는 길을 건너 학교로 가는 버스에 다시 올라 안도의 한숨을 내쉬었다. 그러나 등에 식은땀이 흐르는 것을 막을 수는 없었다.

8.

1970년 그날 늦은 오후
성도훈

학생회관으로 몰려온 친구들은 모두 콜록콜록 기침을 해댔다. 아직도 교정 곳곳에는 최루가스가 짙게 배어 있었다. 도훈은 창가에 서서 오늘 요숙이가 온다는 것을 생각하고 있었다. 그러나 어디에도 요숙의 모습은 보이지 않았다. 한번 물러난 학우들의 데모대가 흩어지고 교정은 다시 조용해졌다. 듬성듬성 빠른 걸음으로 급히 건물 안으로 사라지는 학생들만 보였다. 그때 필수가 들어오는 모습이 창으로 보였다. 도훈은 돌아섰다. 오전 내내 보이지 않았던 필수였다. 필수가 들어오자 분위기는 왠지 어색해졌다. 그 이유를 도훈은 알고 있었다.

필수가 들어서자 태섭이 다가와 도훈에게 슬쩍 눈치를 했다. '잠깐 보자'는 눈짓이었다. 도훈이 '나?' 하자 태섭은 고개를 끄덕이고는 밖으로 나갔다. 도훈은 약간 긴장된 모습으로 따라 나섰다. 필수는 그런 것에는 신경 쓰지 않는다는 표정으로 책상에 앉아 일에 열중했다. 밖으로 따라나선 도훈은 이내 찜찜한 마음이었다. 학생회 학우들이 필수에 대해 가지고 있는 의혹 때문이었다. 필수가 어디만 다녀오면 학생회 간부들이 하나씩 체포되어 사라지는 것이었다. 학생회 친구들은 필수를 의심하고 있었다.

그러나 도훈은 극구 부인했다. 필수는 오히려 군사체제의 피해자라고 주장하며 극구 옹호했다. 그래도 친구들은 믿지 않았다.

사실 필수는 학생운동에는 소극적이었다. 데모가 한창일 때도 그는 몇 안 되는 도서관파였다. 그곳에 묻혀 세상과는 무관한 모습을 보였다. 그런 그가 어느 날 도훈을 찾아와 함께 일하자고 제안했다. 도훈이 마다할 이유가 없었다. 국민학교 이후 서울대 경제과에서 또 다시 만난 도훈과 필수. 도훈은 필수에게 한없는 미안함을 가지고 있었다. 필수 아버지의 죽음이 마치 자신의 탓인 양 어린 시절의 자신을 내내 괴롭혔기 때문이었다. 진내리를 떠난 후 한 번도 고향에 내려가지 못했던 것도 사실 그런 이유가 있었다. 그런 친구를 6년 만에 대학 강의실에서 만난 것이었다. 그러나 그동안에도 필수는 또 다른 아픔을 가지고 있었다.

"나, 사실은 육사 가려고 했다."

"육사?"

신입생 축하파티를 마치고 둘이 오랜만에 종로로 나가 막걸리를 마실 때 필수가 불쑥 말을 꺼냈다.

"그런데 연좌제에 걸려 있더라. 아버지 빨치산 경력은 씻어낼 수 없는 내 업보이지."

순간 도훈은 찌르르 가슴이 아파왔다. 그 일이 마치 자신의 탓인 양 가슴이 저며왔다. 도훈은 이럴 때 무슨 말을 해야 할지 감감했다. 자신의 마음을 어떻게 표현해야 할지 몰랐다.

"어머니는?"

그래서 겨우 꺼낸다는 말이 필수 어머니에 대한 안부였다. 필수 어머니는 어린 시절 자신의 집에서 함께 보냈기 때문에 어머니 이야기를 하면 서로 공통분모를 찾을 것 같아서였다.

"돌아가셨다."

순간 도훈은 가슴이 덜컥 내려앉았다. 그 사실을 까맣게 모르고 있었다는 죄책감과 이 자리의 분위기가 점점 더 꼬여간다는 암담함 때문이었다.

"내가 육사 신원조회에 떨어지자 어머니가 그러시더라. 참, 사람들은 잊어버리지 못한 것도 많다. 바로 이 자리에서 말한 것은 잘도 잊고 살더니만 십몇 년 전의 일은 그렇게도 기억을 잘한다냐. 그러시고 며칠 후 길을 건너시다 그만 차에."

도훈은 눈을 감았다. 아니 귀를 막을 수 없었다는 것이 후회가 됐다. 그날 둘은 술을 얼마나 마셨는지 모른다. 그리고 아침에 일어나보니 술집 옆의 여인숙이었다.

그렇게 도훈은 필수를 다시 서울대 교정에서 만났다. 매일 계속되는 데모에 둘은 자주 만날 수 없었다. 도훈은 학과 대표로 항상 앞서야 했고 필수는 도훈의 그런 모습에 관심이 없어 보였다. 그런데 필수가 어느 날 자신을 찾아와 도와주겠다고 말했다. 도훈은 기꺼이 필수를 대열에 끼워주었다. 필수의 합류를 학우들은 석연치 않게 생각했다. 그중 가장 의혹을 가진 친구가 바로 태섭이었다.

"도훈이, 너 이제 필수 더 이상 변명할 생각 마."

교실에서 좀 떨어진 곳으로 오자 태섭이 돌아서며 불쑥 말을 꺼냈다. 살벌한 표정이었다. 단단히 마음을 정한 모양이었다. 도훈은 태섭의 입장을 무조건 무시할 수는 없었다.

"너희들 자꾸 그럴래? 의심은 생물체와 같아서 갈수록 커져, 왜 필수에게 그런 마음을 품는 거지?"

"너, 지금 실상을 보고도 모른 체 하기냐? 태운이 형, 길만이, 형도."

"그래, 그들의 체포가 필수 때문이라는 거냐?"

"넌, 아니라고 생각하니?"

"비켜, 두 번 다시 그런 이야기 내 앞에서 하지 마."

"네 친구만 중요한 게 아냐, 우리 친구들도 중요해."

"누가 내 친구고 누가 네 친군데… 진짜 이래야 하니?"

도훈은 벌컥했다. 그 서슬에 태섭은 주춤했다.

"그래, 그럼 그만두자. 어쨌든 네 은신처 옮겨. 절대 이 이야기는 필수 귀에 안 들어가게 해라."

그렇게 말을 하고 돌아선 태섭을 도훈은 멍하게 바라볼 뿐이었다. 사실 필수의 행적은 그동안 석연치 않은 부분이 많았다. 우연의 일치일까. 학생회 주요 간부들은 필수가 합류한 이래 무더기로 검거되었다. 경찰은 마치 학교 안의 모든 것을 현미경 보듯 들여다보다가 그물망을 치고 덮쳤다. 도훈은 그래도 필수를 믿고 싶었다. 사실 오늘 밤도 필수와 함께 그의 새로운 은신처에서 요숙을 만나기로 약속했던 것이다. 그런 생각을 하며 도훈은 교실로 향했다.

9.

며칠 후, 안가

학생 성도훈과 형사 백성태

도훈은 다시 정신을 차렸다. 몇 시쯤 되었나 주위를 잠시 살폈으나 알수 없었다. 그나마 알 수 있는 것은 자정이 훨씬 지났을 것이라는 정도였다. 이곳으로 끌려올 때 밖에서 잠시 보았던 시계가 밤 10시를 넘기고 있었으니 지금은 자정이 훨씬 지났으리라.

얕은 천정에 붙어 있는 낮은 촉수의 전구만이 희미하게 책상 위를 비추고 있었다. 3~4평 정도나 될까. 좁디좁은 취조실은 역겨운 냄새가 풍겼다. 한쪽에 조그마하게 마련된 욕조 때문일 것이라고 생각했다.

그 욕조의 위력은 대단했다. 손을 뒤로 묶인 채 머리를 쥐어 잡혀 욕조에 가득히 채워진 물속으로 사정없이 처박혔다. 그때 자신은 어린 시절 필수와 강에서 놀며 멱 감던 기억이 떠올랐다. 시골 강이었지만 제법 하얀 모래밭이 펼쳐진 곳이었다. 자맥질을 하고 가쁜 숨을 몰아쉬며 하얀 모래밭에 누워 하늘을 보곤 했다. 그때 온 세상은 모래밭처럼 새하얗다.

다시 그의 머리가 욕조에서 끄집어내졌을 때 그는 그 하얀 것을 생각했다. 그러나 생각할 겨를도 없이 머리는 다시 욕조 안으로 꼬꾸라지듯 처박혔다. 그렇게 몇 번을 한 뒤 정신을 차리고 보면 한쪽에 차려진 조그마한 평상에 누워 있었다. 이제는 물 냄새도 역겨웠다.

앞에 앉아 있는 사람은 백성태 형사라고 했다. 자신을 소개할 때 국민학교만 나온 사람이니 무식하다고 했다. 과연 그는 무식했다. 날카롭게 찢어진 눈은 늘 뿌옇게 보였다. 도대체 무슨 생각을 하고 있는지 알 수 없었다. 그의 취조는 간단했다. 이미 결론을 정해놓고 그곳으로 도훈을 밀어넣는다는 느낌을 받았다. 그려놓은 선 밖으로 도훈이 이탈하려는 생각이 들면 주저 없이 욕조를 사용했다. 그에게는 그것이 그나마 자비를 베푸는 것으로 생각하는 것 같았다.

"저 팀은 또 때리는구만. 쯧쯧."

옆방에서 둔탁한 소리가 들리고 이어 자지러지는 비명소리가 들리면 마치 도훈에게 자비를 베푼 양 그는 쯧쯧 소리를 냈다. 그 모습이 오싹했다. 실제로 자비를 베풀긴 했다. 어느 날 최길수 형사가 취조실로 찾아왔다. 같은 경찰서에 근무하는 길수의 특별 부탁으로 이루어진 것이었다. 정신 없이 자고 있는 도훈을 누군가 깨웠다.

"어…? 형…. 길수… 형"

"여기선 형이 아니다. 최 형사다. 넌 죄인이고. 시간이 없다. 잔말 말고 불어, 그것만이 네가 살길이야. 저 백성태는 네가 생각하는 것만큼 만만한 자가 아냐."

"그 말하러 온 거야?"

"네가 갈 곳은 최전방이다. 특별대상자 취급을 받아. 그곳에서는 죽는다는 것이 조금도 이상치 않은 곳이야."

"그래? 특별대상자로 죽는 것도 괜찮지."

길수는 그런 도훈이 안타까운 듯 내려다보았다. 그때 밖에서 인기척이 났다. 백성태가 시간이 됐다고 재촉하는 메시지였다. 길수는 한숨을 내쉬고 돌아설 수밖에 없었다.

"형."

길수는 혹시나 하는 마음에 발을 멈추었다.

"정말 필수가 이런 짓 한 거야? 그 말만 해줘."

"못 들은 것으로 하겠다."

도훈은 잡히기 전 태섭이 필수에게 은신처를 알려주지 말라고 한 말을 다시 한 번 새겼다. 아닐 것이다. 정말 우연이다. 필수가 그럴 리 없다. 그날 요숙과 함께 있는 새로운 은신처로 경찰이 덮친 것은 정말 우연이었을 것이다. 도훈은 그렇게 믿었고, 믿고 싶었다. 절대 이것은 우연이다.

며칠 후 도훈은 입영열차를 탔다. 그들의 말대로 특별대상자로 분류되어. 백성태는 도훈에게서 만족할 만한 결과를 얻지 못하자 최후 조치에 대해서는 전혀 자비를 베풀지 않았다.

"역시 듣던 대로 넌 최고 악질이야. 난 네 놈처럼 대책 없이 설치는 놈들, 정말 밥맛이다. 어디 그 알량한 애국심을 진짜 발휘해봐라. 아주 좋은 곳으로 보내주지. 돈 한 푼 받지 않고 먹여주고, 재워주고, 옷도 주고, 적지만 월급도 주고… 정말 좋은 곳이지?"

10.

1년 후 1972년, 성진건설

정병석 회장

성진건설 정병석 회장은 자신의 앞에 서 있는 자재과 신입사원 강필수를 찬찬히 살폈다. 이 친구는 입사 때부터 화제를 불러일으킨 친구였다. 내로라하는 대기업을 마다하고 비록 성장세는 대단했으나 중소기업을 벗어나지 못한 성진건설을 택했다. 서울대 상대 출신이. 성적도 아주 우수했다. 날이면 날마다 데모만 하던 시절에 이런 우수한 학점을 받았다는 것도 경이로웠다.

'학생 때는 철저히 공부해야 한다' 는 정 회장의 인생철학을 그는 충족시켰다. 그것부터 마음에 들었다. 거기에 더해 딸 요숙이 필수를 잘 알고 있었다. 저녁식사를 하다가 우연히 정 회장은 딸에게 희한한 신입사원이 한 명 있는데, 강필수라고 말했다. 딸은 깜짝 놀랐다.

"강필수요?"

"왜, 아는 사람이니?"

"그럼요, 도훈 씨와 가장 친한 친군데."

정 회장은 도훈의 이름이 나오자 얼굴을 찌푸렸다. 정 회장은 학생 데모가 도무지 마음에 들지 않았다. 이북에서 혈혈단신 내려와 혼자 힘으로 회사를 일으킨 정 회장은 공산주의자라면 이를 갈았다. 거기에 자원이 없는 우리나라는 기술입국으로 보국을 해야 한다는 철학을 지닌 기업가였다. 그런데 공부할 시기에 날마다 소요를 일으키는 학생들, 그 무리들 중에서 데모 주동자는 끔찍이도 마음에 들지 않았다. 그중의 한 명이 바로 도훈이었다.

"도훈이 이야기는 그만해라."

"아빠."

그렇게 정 회장은 강필수에 대해 딸로부터 먼저 알았다. 그는 자신 앞에 서 있는 젊은이를 다시 한 번 보았다.

"위장취업자에 의한 파업을 사전에 막았다고? 수고했네."

"당연한 일을 했을 뿐입니다."

파업을 진압한 기동대를 지휘한 자는 백성태 형사였다. 우람한 몸의 그는 필수를 입이 마르게 칭찬하고 돌아갔다. 민첩하고 재빠르게 처리해주어 위장취업자에 의한 파업을 막을 수 있어 엄청난 피해를 막았다는 것이었다. 이런 친구는 성진건설의 보배라고 극구 칭찬을 하며 치안본부장 포상 상신을 하겠다고 말하고는 돌아갔다. 정 회장은 부동자세로 서 있는 강필수를 흘끔 보았다.

"딸이 자네를 알고 있던데?"

"감사합니다."

답변도 단답형이었다. 그것 역시 정 회장의 마음에 들었다. 남자란 자고로 할 말만 하고 행동에는 적극적이어야 한다는 것이 정 회장의 지론이다. 말로 대사를 그르치는 것을 정 회장은 수도 없이 보아왔다.

“이 친구, 오늘부터 회장 비서실로 배치시켜.”

정 회장은 옆에 앉아 있는 인사담당 상무에게 지시했다.

백성태는 현장을 빠져 나오면서 결국 저 친구와 나는 이렇게 다시 끈이 맺어지는구나 하는 생각에 피식 웃음이 나왔다. 롤 모델로서의 강필수는 지금까지 자신의 욕구를 잘 충족시켜 주고 있었다. 어젯밤 사무실로 전화가 걸려 왔다. 차분한 목소리였다.

“저 강필숩니다.”

“어? 강 형!”

그는 이제 학생이 아니기에 한껏 정중하게 대했다.

“급한 일입니다. 성진건설 현장으로 형사대를 급파해 주십시오.”

“무슨 일이요?”

“위장파업 사건입니다. 주모자는 고려대 출신 정호창입니다.”

“정호창? 그 친구가 거기 있었어? 내 잘 알지.”

“급합니다. 빨리 처리해 주십시오.”

백성태는 눈이 번쩍 띄었다. 현장으로 달려간 백성태는 야간근무조에 묻혀 있던 정호창과 일당을 일망타진했다. 백성태는 순간 필수의 협조로 체포해 전방으로 보낸 성도훈이 생각났다.

11.

며칠 후, 최전방 890P

성도훈

요숙과의 면회를 마친 도훈은 내무반으로 들어섰다. 조금 늦은 시각이었다. 최전방의 을씨년스러움을 요숙에게 보여주지 않으려 도훈은 가급적 그녀의 면회를 만류했다. 그러나 요숙은 아랑곳하지 않았다. 특별대상자로 분류된 도훈에게는 특별한 낙인이 지워져 있었다. 외박은 물론 금지였고 면회도 한 달에 한 번만 허용되었다. 사상교육이라는 명목으로 강요에 의한 자술서를 매일 써야 했다. 더구나 구타와 기합으로 날을 보내야 했다. 그들의 말대로 이곳에서 세상의 진을 빼라는 것이었다. 정말 도훈은 자신이 그렇게 되어가고 있음을 느꼈다.

그런 중에도 요숙의 면회가 유일한 낙이었다. 요숙이 올 때는 항상 형 정훈과 함께 왔다. 전방의 길이 워낙 험했고, 교통도 불편했기에 정훈은 늘 요숙과 동행해 주었다. 두 사람이 만날 때 정훈은 부대 근처에 있다가 면회가 끝나면 요숙과 함께 서울로 돌아갔다. 정훈은 도훈과 함께 있을 때는 필수에 대한 악감정을 숨기지 않았다.

"틀림없다. 놈이 저지른 짓이야. 내가 확인했다. 나쁜 놈."

"요숙에게는 모른 척 하세요. 제대하면 내가 필수와 정리하겠습니다."

"네가 하기 전에 내가 먼저 한다. 친구 팔아먹은 놈이야. 지 애비부터 그런 짓을 한 놈이야."

"그만해요. 형. 필수 아버지 이야기는 왜 해요."

"넌 벨도 없냐. 그놈에게 그렇게 당하고도?"

요숙이 다가오면 도훈은 서둘러 형과의 이야기를 마치곤 했다. 그런 생각을 하며 도훈은 오늘도 하얗게 웃으며 돌아선 요숙을 생각하며 잠을 청했다. 그리고 깊은 잠에 떨어졌다. 얼마나 지났을까. 필수는 쾅하는 소리에 번쩍 잠이 깼다. 이어 누군가가 허리를 사정없이 걷어찼다. 불이 켜지고 잠에서 깬 병사들은 눈앞에서 벌어지는 살풍경에 벌벌 떨었다. 부대 내에서도 악명 높은 주임상사였다. 그는 시간만 나면 이 특별내무반에 와서 행패를 부렸다. 항상 극도로 취한 상태였다.

"이 새끼들아, 너희같이 썩어 빠진 놈들 때문에 우리 충성스런 애국군대가 욕을 먹는 거야."

그의 눈에서는 파란 살기가 퍼져나갔다. 극도의 증오감이었다.

"이 씨팔, 우리들은 못 배워 땅 파고 피눈물 흘릴 때 네놈 새끼들은 대학 다닌다고 여대생년들 부둥켜안고 연애질이나 한 놈의 새끼들이지? 그리고 뭐어? 데모? 뭐가 그렇게 불만인데? 이 개새끼들아, 저 이북의 김일성 개새끼가 좋아할 짓만 골라서 해? 잘못했어, 안 했어? 대답 안 해, 이 새끼들 군기 봐라, 이거!"

또 다시 구타가 시작되었다. 병사들은 퍽퍽 넘어졌다. 도훈은 이제 이 정도는 익숙해져 있었다. 그냥 참고 넘어가면 또 하루가 간다는 생각이었다. 한참을 정신없이 두들겨 패던 주임상사는 눈을 희번덕거렸다.

"오늘 면회한 새끼들 전부 앞으로."

순간 도훈은 불안해졌다. 그는 조금 주저하는 심정으로 침상 끝에 섰다. 여섯 명이었다. 주임상사의 눈은 도훈에게 꽂혔다.

"너."

"네, 일병 성도훈."

"개쌔끼야, 그것밖에 못해."

그는 므자비한 발길질을 퍼부었다. 도훈은 이를 악물고 참았다. 어차피 참을 수밖에 없었다. 비틀거리다가 일어섰다. 허리 쪽이 약간 이상했다. 그것을 보며 묘한 웃음을 짓는 주임상사의 입에서 욕설이 터져 나왔다.

"너 오늘 면회 온 니 애인하고 그동안 몇 번이나 했어."

"…"

도훈은 심한 모멸감에 휩싸였다. 요숙에 대한 비열한 음담이었다. 도훈은 대꾸하지 않기로 했다. 그는 노골적으로 비아냥거렸다.

"길은 잘 나있겠네? 오늘 봤더니 니 것 아주 색골 같던데? 그런 색골은 후장 좋아할 것 같은데…. 안 그러냐? 나한테도 한 번 줄래? 내가 잘 가르쳐주지."

키득거리는 웃음소리가 들렸다. 음산하고 소름끼치는 웃음이었다. 요숙을 상대로 음험하고 소름끼치는 상상을 하고 있는 듯했다. 도훈은 이를 악물었다.

"나한테 하룻밤만 주라. 그러면 내가 길을 잘 내주고 끝나게 가르쳐 줄게, 너도 좋잖아. 응? 안 그래?"

순간 도훈은 자신이 무엇을 하는 줄 전혀 몰랐다. 무방비 상태로 있는 주임상사를 향해 그는 날아갔고 곧 자신의 까까마리가 그의 얼굴에 꽂혀 있음을 알았다. 퍽 하는 소리와 함께 허공에 피가 솟구치는 것이 보였다. 잠시 침묵이 흘렀다. 너무도 갑작스러운 사태에 모두들 경악했다.

주임상사의 피투성이 얼굴이 일어서는 것이 보였다. 도훈은 모든 것이 정지되었음을 느꼈다. 오직 피투성이 주임상사의 얼굴만 보였다. 그러나 그것도 잠깐이었다. 무서운 주먹, 발길질 세례가 쏟아졌다. 죽여버리겠다고 작심한 듯 그들은 무서운 린치를 가했다. 도훈은 최대한 몸을 움츠려 이 무서운 지옥의 불길을 빠져나가려 했다.

그러나 그들은 도훈을 용인하지 않았다. 몇 명의 병사들이 도훈을 일으켜 세웠다. 그의 앞에는 피투성이 주임상사의 얼굴이 또 다시 보였다. 도훈은 그를 노려보았다. 그는 피로 번들거리는 얼굴로 비웃듯 이죽거렸다.

"이 개새끼, 넌 끝났어. 평생 남자 구실 못하도록 병신 만들어주마."

이어 사타구니에 무겁고 투박한 소리와 함께 난생 처음 당하는 무서운 가격을 느꼈다. 도훈은 숨도 쉬지 못하고 단말마의 비명을 지르고 쓰러졌다. 사타구니에서 벌건 피가 흘러내렸다.

12

한 달 후 성진건설
정병석 회장과 백성태

정 회장은 들어서는 사나이를 보았다. 벌써 두 번째 만남이었다. 한 번은 강필수가 신고한 회사 프락치를 형사대를 이끌고 일망타진할 때였다. 종로경찰서 백성태 형사였다. 정 회장은 그의 첫인상이 썩 호감이 가지는 않았다. 그런 그가 따님에 관한 중요한 이야기라며 만나기를 원했다. 정 회장은 별로 내키지 않았으나 그를 만났다. 딸의 일이었기 때문이었다.

"성도훈을 검거한 사람이 바로 접니다. 그때 안 사실이지만 따님께서 도훈과 가까운 사이라고 조사되었더군요."

"그것은 옛날이야깁니다."

정 회장은 바로 답했다. 솔직히 지금의 심정은 도훈과 딸이 연루되는 것은 심정적으로 싫었기 때문이었다.

"최근까지 면회를 다녀왔더군요."

"그게 무슨 문제가 됩니까."

딸이 감시당했다는 사실이 정 회장은 심히 불쾌했다. 저절로 목소리가 높아지자 백성태는 정중하게 고개를 숙였다.

"회장님과 따님에겐 죄송한 말씀이지만, 성도훈은 앞으로 대한민국에서 활동하기가 아주 어렵습니다. 평생 저희들의 요시찰 인물이 됩니다."

　정 회장도 도훈과는 안 된다고 딸 요숙에게 이미 통보했다. 이 문제로 찾아왔다는 것인가? 그때 백 형사의 입에서 놀라운 말이 나왔다.

　"거기에다 얼마 전 대공반 후배에게서 은밀히 들은 이야기입니다만… 부대에서 사고가 일어나 성불구가 되었답니다."

　"뭐, 뭐라구요? 서, 서, 성불구요?"

　정 회장의 마음은 요동쳤다. 진정을 시키기 위해 탁자 위에 놓인 차가운 물을 마셨다. 자신도 모르게 손이 떨리고 있었다.

　"저는 평소 회장님의 사업보국이라는 철저한 기업가정신에 감동을 받았습니다. 이런 기업이 잘되어야 나라에도 이익이 되는 것 아닙니까, 그런데 혹여 회장님께서 이 일을 모르고 계셨다가 불이익을 당하면 안 되겠다는 생각에서 찾아온 겁니다."

　주위는 물 끼얹은 듯 조용했다. 정 회장의 가쁜 숨소리만 들렸다. 백성태는 차분하게 그런 정 회장을 바라보았다.

　"제가 찾아온 이유는 그것 때문입니다. 그럼."

　백성태는 회장실을 물러나오면서 비서실의 강필수를 잠깐 보았다. 그리고 2년 전 그날 밤을 다시 생각했다. 그와 평생의 끈이 이어지는 운명의 순간이었다.

13

2년 전, 종로 선술집
강필수와 백성태

필수가 도훈을 팔던 그날을 백성태는 영원히 잊을 수 없다. 밤늦게 사무실로 찾아온 필수는 무척 취해 있었다. 몸도 가누지 못한 그는 끊임없이 식은땀을 흘렸다. 백성태는 즉각 알아차렸다. '성도훈이다.' 그러나 일단은 모른 척했다. 예전과 같이 그를 대했다.

필수는 술을 사 달라고 했다. 성태는 두 말 않고 그를 경찰서 앞 선술집으로 데려갔다. 필수는 거푸 술만 들이켰다. 성태는 그런 그를 아무 말 없이 바라보았다. 그러다가 필수는 불쑥 말을 꺼냈다.

"도훈이, 어떻게 하시렵니까."

"말했지. 우리에게 넘기는 게 도훈에게도 좋다고."

"도훈에게 정요숙이라는 애인이 있다는 것 아십니까."

"정요숙?"

"네, 사과 향기가 나는 여자죠."

그의 아련한 눈빛을 보며 성태는 순간 전율이 왔다. '그 여자 때문인가, 친구를 넘기려는 이유가?' 그는 서울대생의 복잡한 심정을 쉽게 헤아릴 수 없었다. 자신은 직설법이 좋다. 지체하지 않고 물었다.

"그 여잘 좋아하나?"

필수는 벌떡 일어서 문 쪽으로 걸어갔다.

"성도훈은 어디 있나."

"모릅니다."

그걸로 끝이었다. 뭐, 저런 녀석이 다 있어. 낭패의 눈길로 탁자를 바라보던 성태의 눈이 커졌다. 손바닥만 한 수첩이 놓여 있는 것이었다. 급히 수첩을 열자 한쪽에 꽂혀 있는 메모지가 보였다. 휘갈겨 쓴 주소 밑에 도훈의 이름이 적혀 있었다. 도훈의 새로운 은신처였다. 그는 재빠르게 그 주소를 외웠다.

그때 문에서 필수가 어른거렸다. 성태는 재빨리 수첩을 제자리에 놓았다. 필수는 수첩을 낚아채 호주머니에 찔러 놓고는 급히 밖으로 나갔다. 성태는 싸늘한 미소를 지었다. 동시에 필수의 용의주도함에 혀가 내둘러졌다. 친구를 팔되, 실수였다는 것을 그는 무언의 행동으로 보여주었다. 이 용의주도한 음모에 협조하지 않으면 안 된다. 최소한 성도훈의 검거를 2~3일 늦추기로 했다. 필수의 의도에 맞춰주기 위해서였다. 그래야 스스로 행한 일에 조그마한 죄책감이라도 줄일 수 있다는 판단 때문이었다. 그는 그렇게 필수를 배려했다. 나아가 그날 밤부터 요숙을 감시하는 팀을 배치했고 도훈을 검거할 수 있었다.

성태는 필수가 요숙에게 기울어 있다는 것은 알았으나 확신은 없었다. 그러나 졸업 후 수많은 대기업을 마다하고 중소기업인 성진건설을 택했을 때 무릎을 쳤다. 성태는 이제 필수의 야망이 무엇인지를, 그가 무엇을 위해 움직여 왔는지를 확실히 깨달았다. 그날 이후 성태는 강필수의 후견인으로 본격적으로 나섰다.

그런 맥락에서 강필수가 요청해온 프락치사건도 전광석화로 해치운 것이다. 거기에서 그치지 않고 요숙을 필수에게 맺어 줄 묘안을 찾았다. 성태는 성도훈 부대의 선임하사를 대공업무로 자주 만났던 것을 떠올렸다. 부대로 찾아가 함께 술을 나누었다. 그는 엄청난 두주불사였으며, 국민학교만 나왔으나 군에서 잔뼈가 굵었으며, 철저한 반공주의자로 자처했다. 그렇기에 특별관리하는 데모 학생들에 대한 맹목적인 증오를 드러냈다.

성태는 성도훈이 '취조 과정에서 상당한 악질적 생각을 가지고 있었다'고 말하면서 '그런 공산주의자들은 씨를 말려야 한다. 후손을 볼 수 없게 만들어야 한다' 고 강조했다. 그날 선임하사는 엄청나게 술을 들이켰다. 며칠 후 성태는 성도훈의 불행한 사건을 전해 들었다.

순간 전율이 왔다. '내 탓이 아니다. 나는 단순히 공산주의자들의 씨를 말려야 한다' 는 말만 했을 뿐이다. 나는 그 말을 선임하사에게 했을 뿐이다. 그 이후의 일은 나와 아무런 관계가 없다. 나머지는 성도훈의 몫이며 그의 운명이다! 성태는 그렇게 스스로를 합리화했다.

14

그날 저녁 명동 일식집

강필수와 정 회장

무슨 일일까. 필수는 잠깐 생각했다. 명동의 조용한 일식집 방에서 필수
는 정 회장을 기다리고 있었다. 아침에 정 회장은 자신을 잠깐 남게 했다.
아침 비서회의가 끝난 직후였다. 필수는 자주 있는 일인지라 단순히 업무
지시라고 여겼다.

"오늘 저녁에 시간 있나?"

"있습니다."

"이런 친구 봤나, 그렇게 물으면 한번 정도는 팅기는 거야. 그 나이에 무
조건 시간이 있다고 하면 한심한 친구로 낙인찍히지."

필수는 빙긋 웃었다. 갈수록 정 회장의 신임은 두터워졌다. 필수 역시
정 회장의 모든 것을 꼼꼼히 따랐다. 사람들은 필수를 정 회장의 분신이
라고까지 부추겼다. 필수에 대한 후계자 문제가 공공연히 나돌았다. 그러
나 필수는 그런 이야기에 전혀 개의치 않고 일에만 충실했다. 그런 즈음
도훈의 형 성정훈 사장의 견제가 심해졌다. 필수는 이를 악물고 참았으나
결정적일 때 항상 밀리는 자는 성정훈 사장이었다.

조금 후 쿵쿵거리며 들어서는 바쁜 발자국 소리가 들렸다. 필수는 벌떡

일어섰다. 동시에 문이 벌컥 열리며 정 회장이 들어섰다.

"앉거라."

편한 하대 말이었다. 그의 독특한 화법이었다. 정 회장의 신임 여부는 화법에 있었다. 신임하는 중역들에게도 정 회장은 무조건 하대 말이었다.

"오래 기다렸나?"

"아닙니다."

"뭘 먹을래?"

마치 아버지 같은 말이었다. 필수는 순간 아버지를 떠올렸다. 유치장에서 처음 본 아버지. 그리고 사흘 뒤 싸늘한 시신으로 마주친 아버지. 그래서 솔직히 필수에게 아버지의 정은 늘 그리웠다.

"아무거나 좋습니다."

"짜식!"

빙긋 웃으며 그는 마담을 불러 주문을 했다. 곧이어 따뜻한 정종이 들어오자 정 회장은 필수가 따르는 술을 거푸 들이켰다. 조금 빠르다 싶은 속도였다. 얼핏 필수는 느꼈다. '의식적으로 취하고 싶은 거다, 무슨 일이 있군.' 필수는 내심 긴장했다.

"도훈이와는 친구라며?"

정 회장이 불쑥 질문을 던졌다. 일순 표정이 굳었다.

"그렇습니다."

"그럼… 도훈이와 요숙이 사이도 알겠구나?"

정 회장의 안광이 찌르듯 필수에게 파고들었다. 필수는 온몸이 긴장되었다. 머리부터 발끝까지 얼어붙을 듯했다.

"친구 사이로 알고 있었습니다."

"정말 그 정도였나?"

정 회장은 일순 안도하는 표정이었다.

"제가 보기에는 그랬습니다."

필수는 정 회장의 확신에 다시 한 번 못을 박듯 말했다. 그가 확인하는 의미를 알았기 때문이었다. 그는 먼 과녁을 향해 첫 화살을 재고 있다는 생각이 들었다. 그 과녁은 꿈에도 그리는 요숙이었다.

"요숙이는 핏덩이 때 엄마를 잃었지. 나는 그런 요숙이가 불쌍해 평생을 혼자 살았고."

"회장님."

"요숙이가 슬퍼할까봐 나는 수도 없는 재혼의 기회를 버렸어."

정 회장은 어느덧 평범한 아버지로 돌아가 있었다. 사업을 위해서는 무서운 냉혈함과 피눈물도 없는 승부 근성을 보이던 그가 아니던가. 그런데 그의 눈에는 어느덧 조용한 이슬이 맺혔다. 딸에 대한 연민이었다.

"그런데 요숙이가 불행해질 소지가 보여."

필수는 바짝 긴장했다. '도훈이구나.' 직감으로 느꼈다. 동시에 무서운 회오리에 빠져들고 있음을 느꼈다. 도저히 있을 수 없는 꿈같은 일이 지금 눈앞에서 넘실대고 있었다. 자신이 시도해야 할 일을 정 회장이 제안해오는 것이다. 도훈의 손에서 요숙이 넘어와 나에게 오고 있다. 그 사과향을 평생 가질 수 있다. 필수는 숨을 골랐다. 이제부터는 전쟁이다. 상대는 도훈이 아니다. 정 회장과 요숙이다. 그만큼 쉬운 싸움이 아니다.

"난 혁명가는 필요 없네. 나에게는 경영자가 필요해."

정 회장의 눈은 붉게 타올랐다. 갑자기 잔을 필수에게 내밀었다.

필수는 무릎을 꿇고 잔을 받았다. 순간, 정 회장은 필수에게 도훈의 불구 사실을 이야기할까 망설였다. 그러나 곧 무의미한 일이라고 생각했다. 그가 지금 필수를 택하려는 것은 사업을 이어갈 능력 때문이었다. 도훈이 성불구가 되어 필수를 택한 것이 아니었다. 그에게는 처음부터 강필수였다. 도훈의 불구는 이러한 결정을 더욱 재촉하고 굳힌 하나의 요인일 뿐이었다. 그래서 그는 도훈을 못마땅하게 여겨 혁명가라고 표현했다. 정 회장은 도훈의 성불구 사실을 필수에게 말할 필요가 없다고 결정했다. 그것 때문에 필수를 택했다는 오해를 피하고 싶었다.

"요숙이 마음을 빼앗아라. 수단 방법 가리지 말고."

"하겠습니다. 전투하듯. 저에겐 모든 것이 전툽니다. 사업도, 일도, 사랑도 마찬가집니다."

"전투라… 그 말이 마음에 드는구먼."

필수의 몸이 약간 흔들렸다. 공복에 거푸 뜨거운 정종이 들어갔기 때문이었다. 정 회장이 먼저 시작한 내기였다. 너무나 기다렸던 내기였다. 필수는 이미 적진 깊숙한 곳에 들어와 있다는 것을 느꼈다. 후퇴할 퇴로는 없다. 오직 끊임없이 몰려오는 적을 베며 앞으로만 나아가야 한다. 그는 무서운 주사위를 받았다는 것을 깨달았다.

동시에 정 회장도 생각이 많았다. 과연 내 선택이 옳을까. 이 사나이와 동반자 길을 걸으면 나의 행복은 배가 될까, 아니면 줄어들까. 그러나 정 회장 머리는 이미 계산이 끝난 상태였다. 더 생각할 이유가 없었다. 도훈의 성불구. 아무에게도 이야기할 수 없는 무서운 이야기다. 더구나 그는 운동권 인사로 영원히 이 나라에서는 매장된다. 정 회장은 자신이 혈육에 대한 집념이 얼마나 강한 사람인지 알고 있다. 사업 역시 필생을 걸고 있다. 그런데 도훈은 자신이 평생의 업으로 삼고 있는 혈육과 사업 두 가지 모두 충족시키지 못하는 신세가 되었다. 무엇을 더 생각할 것인가.

"회, 회장님 가, 감사합니다."

필수는 일어서서 절을 올렸다.

"아, 아냐. 아직 고마워 하기는 일러. 요숙이 마음을 빼앗는 것은 네 몫이야. 넌 사랑도 전투라고 했지 않았나."

그러면서 정 회장은 다음 수순을 생각하고 있었다. 누구든지 이 일에 방해가 되면 모두 베어 버린다. 동생의 일에 구차한 구걸을 하면 성정훈도 벨 수 있다. 도훈 본인은 물론이다. 그런 결심을 하며 정 회장은 다시 잔을 들어 벌컥 마셨다.

15

그날 밤 정 회장 집
정 회장과 요숙

아버지 정 회장은 상당히 취해 있었다. 그러나 언제나 그랬듯이 요숙 앞에서는 늘 사랑이 가득한 아버지였다.

"어떠냐? 필수군."

요숙은 아버지의 말에 그저 멍한 기분이었다. 저의를 알 수 있었기 때문이었다. 그녀는 아무런 대답도 하지 않았다.

"머리 좋겠다. 남자답겠다. 이 애비가 내 사업을 물려줄 사업가로는 확실한 친구야."

"아버지⋯."

요숙은 가슴이 덜컹했다. 그녀가 다음 말을 미처 꺼내기도 전에 비수 같은 아버지의 말이 날아와 가슴에 꽂혔다. 처음 보는 냉정하고 차가운 모습이었다.

"성도훈 이야기는 이제 내 앞에서 꺼내지도 마라. 이 애빈 혁명가가 아냐. 사업가라구. 내 후계자도 혁명가는 안 돼."

요숙은 덜덜 떨리는 가슴을 주체하지 못하고 고개를 숙였다. 머리가 빙빙 돌았다. 아버지에게 지금 무슨 이야기를 한들 아무런 소용이 없다는 생각이 떠올랐다. 그만큼 아버지의 태도는 단호했다.

"한순간 그런 열정이 멋있게 보일 수도 있다."

"아빠, 그것은 안 돼요. 제발!"

요숙은 눈물이 흘렀다. 딸의 눈물을 본 정 회장 역시 약해져서는 안 된다고 결심했다. 일찍 자르는 것이 낫다. 지금도 늦었다. 그래서 더 냉정하게 대했다.

"네가 핏덩이일 때 네 엄마를 떠나보내고 난 평생을 사업과 너만 보며 살아왔어. 그래서 내 딸과 사업, 둘 다 버릴 수 없어."

"알아요, 아빠. 그래서 도훈 씨 같은 진실한 사람이 아빠에겐 필요해요, 도훈 씨는 절대 혁명가가 아니에요, 아빠 말씀대로 한순간이에요. 그 사람 돌아오면 제가 원하는 대로, 아빠가 하자는 대로 할 거예요, 절 믿어주세요, 아빠."

정 회장은 딸이 매달리자 측은한 생각이 들었다. 못할 일이다. 갑자기 누그러진 아버지를 보자 요숙은 용기가 났다. 다시 아버지에게 매달리려 하자 아버지는 중얼거리듯 무슨 말인가를 내뱉었다. 처음에는 알아들을 수 없었으나 아버지가 한 번 더 이야기하자 분명하게 귀에 들렸다.

"성도훈, 도훈이는 성불구자가 되었다. 그래서 도훈이는 절대 안 된다."

너무 놀라 요숙은 까무러칠 뻔했다. 성불구자가 되다니? 그게 무슨 말인가? 무슨 청천벽력과 같은 말인가?

"도훈은 우리 집안을 이을 수 없다."

"그런 일은 있을 수 없어요. 얼마 전에 면회도 했었는데."

다음날 요숙은 도훈의 형 성정훈을 만나 사실을 전해 들었다.

"아버지 말씀 들어. 이런 말을 하는 내 마음은 어떤 줄 알아? 도훈이는 잊어. 나도 도훈이에게 그렇게 얘기했어."

요숙이 절망했을 때 필수가 다가왔다. 요숙은 완강하게 거부했다. 필수는 끝까지 인내했다. 둘 모두에게 그 과정은 힘들고 괴로운 과정이었다. 필수에게 죄책감을 느낄 정도로 요숙은 냉정했다.

아버지는 끊임없이 요숙을 달래고 설득했다. 정 회장은 거짓으로 쓰러져 병원에 입원하는 소동까지 벌였다. 백성태의 묘안대로였다. 딸을 설득하려면 아버지의 약한 모습이 필요하다고 귀띔해주어 그대로 했다.

마침내 요숙도 지쳤다. 도훈의 소식은 대한민국 어디에서도 들을 수 없었다. 그녀는 마침내 필수의 청혼을 받아들였다. 아버지는 뛸 듯이 기뻐했고 과묵한 필수는 무릎을 꿇어 감사를 표했다. 정 회장은 둘의 약혼식을 서둘렀다. 장안이 떠들썩한 약혼식으로 많은 사람들이 참석해 두 사람의 행복을 빌어주었다. 약혼식에 필수는 정심과 정애도 초청했다. 정심은 기뻐했으나 정애는 계속 눈물을 흘렸다. 정심은 창피한 마음이 들어 정애를 데리고 식장을 조용히 빠져나왔다.

16.

어두운 밤, 어느 곳
강필수와 성도훈

다시 한 번 무서운 물 폭풍이 몰아쳤다. 억장같이 쏟아지는 빗속에 장승처럼 두 사나이가 우뚝 서 있다. 사방은 먹장 같은 어둠이 덮여 있었다.

필수와 도훈, 그들이 진내리의 친한 친구였다는 것도, 한때는 서울대 교정에서 청춘을 구가했던 학우였다는 것도 모두 잊었다. 지금은 서로에게 증오밖에 없었다. 오직 한 사람은 옛 여인, 또 한 사람은 약혼녀만을 생각했다. 한 사람은 다시 뺏으려 했고 한 사람은 뺏기지 않으려 했다. 우르릉 소리와 함께 천지를 핥듯 요란한 번개가 번뜩이며 지나갔다.

"여기까지가 내 인내의 끝이다. 더 이상 요숙에게 접근하지 마라."

파란 천둥빛 속에 필수의 무서운 얼굴이 드러났다.

"난 너에게 모든 것을 줄 수 있어. 하지만 요숙이는 안 돼."

"네가 나에게 준다고? 무엇을? 네가 나에게 줄 것이 있었나?"

"난 성진건설 사위 따위에는 관심 없다. 그건 네가 가져라."

"입 닥쳐, 마치 그것이 네 것인 양 건방지게 놀지마."

"아니었냐? 넌 처음부터 요숙일 노렸어. 그래서 나를 팔고 성진을 택했고, 우연이 아니지."

“요숙인… 노린 게 아니다. 요숙이를 사랑했다. 처음부터.”

필수는 처연하게 대답했다. 정말 그랬다. 요숙이는 필수가 처음 사랑의 감정을 느낀 여자였다. 도훈은 쏟아지는 빗속에서 하얀 이를 드러내며 웃었다.

“요숙일 사랑했다고? 네가? 네 욕망을 위해서가 아니고?”

“난 둘 다를 사랑했다.”

“넌 요숙일 사랑할 수 없어. 아니 사랑하지 못해!”

“더 이상 내 인내를 시험하려 들지 마.”

필수는 으르렁거리며 말했다.

“미련한 놈. 내 말 잘 들어, 사랑은 희생이야. 좋아한다는 것은 사랑이 아니야. 그냥 감정일 뿐이라구. 넌 평생 요숙일 사랑하지 못해.”

“그래? 그렇다면 내가 지금 받고 있는 고통은 희생이 아니란 말이냐?”

“희생? 웃기는 소리하지 마.”

도훈은 쏟아지는 빗속에서 거센 고함을 지른 뒤 필수의 멱살을 잡았다.

“제발, 제발, 요숙이를 돌려다오.”

“미…친…놈.”

필수는 주먹을 들어 도훈의 얼굴을 후려쳤다. 도훈은 빗속에 나둥그러졌다. 필수는 그런 도훈을 노려보다가 걸음을 돌렸다. 등 뒤로 도훈의 비명에 가까운 저주가 퍼부어졌다.

“넌, 결코 요숙을 지킬 수 없어. 너를 사랑하지도 않고, 앞으로도 사랑하지 않을 거야, 결코!”

17.

며칠 후 성진건설 사무실
강필수와 백성태

사진을 들고 있는 필수의 손이 덜덜 떨렸다. 호흡은 물론 세상의 모든 것이 일순간 멈추어 버렸다. 눈앞에는 뿌연 연무가 날아다녔다. 지금 어디에 있는지도 생각나지 않았다. '이것은 꿈이다' 라고 끊임없이 되뇌었다. '제발 꿈이라면 이제 깨자.' 그러나 꿈쩍할 수도 없었다.

캐피탈호텔 708호. 오늘 아침 백성태 형사가 이곳에서 보자고 했을 때 필수는 썩 내키지 않았다. 필수는 핑계를 대려 했으나 일방적으로 전화가 끊긴 뒤였다. '약혼녀에 관한 일입니다.' 묘한 뉘앙스였다. 호기심을 자극했으며 그의 말을 따르지 않을 수 없는 끈적함을 지닌 말투였다.

필수는 앞에 앉아 있는 바위 같은 사나이를 다시 한 번 보았다. 뿌연 연막 사이로 큰 체구의 실루엣만 보였다. 그를 보며 필수는 '지금은 꿈이 아니다, 냉정한 현실이다' 라고 자신을 깨우쳤다.

"왜 나에게 이것을 보여주십니까?"

도훈과 요숙이 나란히 어느 모텔로 들어가는 장면이었다. 필수는 여유를 가지고 싶었다. 적어도 요숙은 아닐 것이다. 이 비릿한 사나이에게는 이런 여유를 가지고 싶었다. 그러나 필수는 모든 것이 끝났다는 생각을

64

했다. 사정없이 무너지는 주위의 굉음이 들려왔다. 요숙과는 모든 것이 끝났으나 궁금한 것은 이 사나이의 마음이었다. 그만큼 필수는 냉정을 되찾았다. 이런 일을 하는 이유가 뭐냐고 재차 물었다.

"내가 그랬죠? 상무님과 난 닮은 점이 많다고? 평생을 같이 갈 팔자라고."

차갑게 말하며 뱀같이 간교한 세모눈을 반짝였다. 필수는 자리를 박차고 일어났다. 더 이상 이 사나이와 얼굴을 맞대고 싶지 않았다. 남자로서의 자존심과 무너지는 상실감 때문이었다. 벌떡 일어서긴 했지만 지금 할 수 있는 것이 아무것도 없다는 사실에 무력감이 몰려왔다. '이제 무엇을 할 것인가' 조차 생각나지 않았다.

"앉으십시오. 강 상무님."

성태는 필수의 모든 것을 이미 꿰뚫고 있었다. 순간 필수는 '이 사나이에게라도 의지하고 싶다' 는 마음이 스쳤다. 적어도 이 사나이는 내가 어떻게 하는 것이 좋을지 알고 있을 것이다. '있을 수 있는 일이다. 그냥 눈 감고 지나가자' 라는 포기심이 깊은 곳에서 슬슬 피어올랐다. 그러나 이 마음을 누군가가 확신시켜주어야 했다. 이 사나이는 나에게 그런 확신을 줄 수 있을까?

"설마, 대사를 그르치시진 않겠죠?"

성태는 날카롭게 물었다. 대공 민완형사로서의 감이 번득이며 살아났다. 필수는 힘없이 털썩 주저앉아 숨을 몰아쉬었다.

"언젠가 제가 상무님께 그랬죠? 인생에는 우선순위라는 것이 있다고, 그런데 그게 말이죠, 상황에 따라 늘 변합니다. 상무님 학창 시절, 신입사원 시절 그리고 이제 대망을 눈앞에 둔 이 시점. 안 그렇습니까.”

“나보고 어떻게 하라는 거요.”

필수는 자신도 모르게 튀어나간 말을 후회했다. 그러나 말이 끝나기도 전에 성태는 기다렸다는 듯 대답했다.

“지금은 절대 모른 척해야 합니다. 그것이 절대적인 우선순위입니다. 언젠가는 오늘의 인내가 큰 열매가 되어 돌아올 겁니다.”

필수는 머리를 감쌌다. 성태는 이 불꽃같은 야망을 가진 젊은이가 안쓰러운 마음이 들었다. 요숙과 도훈이 모텔로 간 것은 분명한 사실이었다. 그러나 성태는 도훈의 불구를 잘 알고 있었으며 요숙도 알고 있었다. 아무 일도 없었을 것이다. 이 사실을 불쌍한 필수만 알지 못하고 있다. 그런데 나는 왜 이 사내에게 도훈의 성불구 사실을 알려주지 않았을까.

오늘 그 사실을 알려주려 했다. 하지만 성태는 필수를 보는 순간 영원히 자신의 울타리 안에 두고 싶은 마음이 일었다. 강필수의 부인이 될 한 여자의 불륜을 아는 유일한 사람. 이것이 자신과 필수를 영원히 이어줄 고리가 될 수 있다는 것을 그는 순간 깨달았다.

분명히 요숙은 순결한 여자다. 그렇지만 필수는 그녀에 대한 불신을 영원히 버리지 못할 것이다. 두 사람의 앞길은 어떻게 될까? 그들의 미래를 움직이는 키를 쥐고 싶었다. 요숙과 필수의 운명을 쥐고 싶었다. 이 사실로 인해 필수는 나에게 더욱더 의지할 것이다. 어쩌면 계속 불거질 문제에 간섭하면서 후견인을 자처할 수 있다. 그러려면 도훈이 불구라는 사실을 감추는 줄타기를 계속해야 한다. 필수를 영원히 자신의 울타리에 머물게 하기 위해서.

'이런 고리를 만들지 않으려면 운명은 저 사나이와 나를 종로경찰서 취조실에서 만나지 않게 했을 거야.'

성태는 아무런 의미 없이 고개를 두어 번 끄덕이고는 탁자 위에 어지러이 놓여 있는 사진을 다시 한 번 보았다.

"왜 저를 돕는 겁니까?"

필수가 똑같은 질문을 또 던졌다.

"성도훈과 강 상무님, 두 분 모두 나와 연결되어 있습니다. 아주 오래전부터 두 분을 눈여겨보았지요. 초점은 강 상무님께 더 가 있지만요. 왜 그랬냐는 바보 같은 질문은 하지 마십시오. 사람들은 이런 것을 쉽게 운명이라고 부르더군요. 나 같은 사람도 언젠가는 반드시 필요할 때가 올 겁니다."

"지금 내가 받은 수모를 돌려줄 것을 제 인생의 우선순위에 두어야 할 때가 언젭니까? 성도훈에게 말이죠."

"분명한 것은 반드시 때가 온다는 것입니다. 그것만 생각하십시오."

필수는 주먹을 불끈 쥐고 활활 타오르는 무서운 눈빛으로 천정을 바라보았다. 성태는 희미한 미소를 지으며 창밖으로 고개를 돌렸다.

'너는 여전히 내 그물 안에 있다.'

18.

어느 카페

강필수와 정요숙

필수의 당혹과 어지러움을 꿈에도 알길 없는 요숙은 필수에 대한 마음을 차분하게 정리하고 있었다. 모든 것은 끝났다. 도훈과의 사랑도 한순간의 추억으로 남길 생각이었다. 요숙은 도훈의 불구 사실을 필수에게는 말하지 않았다. 한때 사랑했던 사람의 아픔을 아무에게나 발설하고 싶지 않았던 것이다. 사랑하는 사람의 깊은 아픔은 혼자서만 지니고 싶었다.

도훈은 요숙과의 이별을 숙명으로 받아들였다. 둘이 모텔에 들어섰을 때 도훈은 요숙을 안으려다가 멈추었다. 그리고 오열했다.

"그냥 돌아가, 난 영원히 당신의 가슴에 남아 있을 거야."

"필수 씨를 원망하지 마. 우린 이렇게 끝나지만 당신이 괴롭지 않았으면 좋겠어. 모든 것이 운명이야. 당신과 나는 이렇게 예정되어 있었어."

요숙은 흐르는 눈물을 주체할 수 없었다.

"안 돼, 절대로 놈을 용서할 수 없어!"

도훈은 갑자기 발악하듯 소리를 질렀다.

"도훈 씨, 제발 그러지 마세요. 나도… 필수 씨도, 모두가 불쌍해. 서로 미워하지 마."

"놈을 사랑하는구나."

도훈의 젖은 눈이 불빛 밑에서 번들거렸다. 요숙은 고개를 저었다.

"아니야, 나도 당신을 사랑할 자신이 없었어."

"넌, 너도 모르게 놈을 사랑하게 된 거야."

"용서해, 도훈 씨."

도훈과 헤어진 요숙은 필수에게 마지막 저항을 하고 싶었다. 필수의 잔인한 계획에 아무 힘도 없이 휩쓸려간다는 것은 자존심이 허락하지 않았다. 최소한의 몸부림이라도 치고 싶었다. 그런 몸부림조차 없으면 필수의 저질스런 음모를 정당하게 받아들인다는 뜻이었다. 요숙의 필수에 대한 경멸은 그 수준이었다. 흠결없는 자신이 필수의 계획에 희생되었다는 것에 대한 조그마한 위로라도 받고 싶었다. 그래서 필수에게 요숙은 무서울 정도로 몰아세웠다.

"결국은 내 생각이 맞았어요. 당신은 항상 위험스러워 보였다는."

요숙의 말에 필수는 처연한 심정이었다. 사진이 머리에 맴돌았다. '그 사진을 지금 내놓을까.' 그런 잔인한 생각까지 들었다. 그러나 그 다음에는? 백성태 말대로 이 순간의 우선순위는 그것이 아니었다.

"당신은 삼류인생이에요, 내게서 사랑을 찾을 수 있을 것 같아요?"

요숙의 말에 필수는 번쩍 섬광이 일었다. 불꽃같은 질투와 경멸감이 함께 몰려왔다. 그는 묘한 비웃음을 흘렸다. '삼류인생은 바로 너희들이다' 는 비웃음이었다. 순간 요숙은 날카롭게 소리 질렀다.

"웃어요? 도대체 언제부터 당신은 나에게 그렇게 자신만만했죠?"

"당신을 비웃은 게 아니야. 그렇게 보였다면 용서를 빌게. 분명한 것은 당신을 사랑한다는 거야."

그는 이 말이 얼마나 허무한 것인지 잘 알고 있었다. 수차례 반항을 일으키며 허공을 맴 돌고 있었다.

"사랑? 당신이 사랑이 무엇인지나 알고 하는 말이에요? 무엇을 사랑한다는 거예요? 여자로서…예요? 아니면 상속인으로서예요?"

요숙은 잠시 후회가 들었으나 이만큼이라도 분노를 표현하지 않고는 지나칠 수 없었다. 도훈은 아버지의 지원으로 미국으로 떠났다. 다시는 돌아오지 않겠다는 약속과 함께. 그녀는 정말 깨끗이 정리했다고 생각했다. 이제 남은 것은 필수를 최대한 사랑하는 것이었다. 요숙은 풀이 죽어 있는 필수에게 새삼 미안했다. 나를 진심으로 사랑하고 있다는 것을 요숙은 안다. 이제 곧 그 사랑을 확인시킬 수 있다는 생각에 요숙은 미안함을 머리에서 지웠다. 나를 진심으로 사랑하면 내 마음을 이해할 거야.

그러나 앞에 앉아 있는 필수는 처참한 심정으로 창밖만 바라볼 뿐이었다. 머리에는 문제의 사진이 계속 빙빙 돌았다. 필수는 길을 걷는 사람들을 창 너머로 응시하며 나직이 중얼거렸다.

"내 인생의 우선순위는 인내하는 것이야."

19

첫날밤
강필수와 정요숙

첫날밤 요숙은 홀로였다. 신혼여행을 떠나 바다에 도착할 때까지 필수는 한마디의 말도 없었다. 왜일까? 요숙은 그동안 필수에게 대해왔던 모습을 잠깐 떠올렸다. 필수의 상처를 너무도 무모하게 짓밟았다는 회한이 다가왔다. 이제는 영원히 함께 가야 할 사람이다. 요숙은 마음이 저리게 미안한 생각이 들었다. 떠난 도훈은 이미 머릿속에 없었다. 차 안에서 요숙은 살며시 필수의 손을 잡았다. 흠칫 놀라는 필수에게 요숙은 더욱 미안한 마음이 들었다. 그래서 그녀는 빼려는 필수의 손을 필사적으로 더 잡았다.

신혼여행지에 도착한 요숙은 다소 설레었다. 이제 이 사람이 나의 영원한 배필이구나. 경건한 생각까지 들었다. 그러나 착잡한 표정의 필수는 여전했다. 전혀 설레거나 기쁜 모습이 아니었다.

"이제 서로 용서하고 살아요."

"뭘?"

남편의 반응은 싸늘했다. 요숙은 그 마음마저 받아들였다. 그동안 필수에게 해왔던 모든 것이 일시에 떠올랐다.

"도훈 씨도… 당신도… 그리고 나도."

"도대체 뭘? 왜?"

필수는 어쩔 수 없이 또 다시 사진이 떠올랐다. 그런 스스로에게 소스라치게 놀랐다. 요숙은 전혀 낌새조차 느끼지 못한 것 같았다.

"한때 당신을 미워했던 것 말이에요. 나를 이해할 수 있죠?"

요숙은 미소를 지었다. 이 남자 앞에서 얼마나 오랫동안 미소를 잃고 살았는가 하는 씁쓸함이 들었다. 남편은 묵묵부답이었다. 요숙은 다시 한 번 미소를 지으며 필수의 팔을 잡았다.

"여자가 이렇게 사과를 하잖아요."

그런 요숙을 필수는 가볍게 뿌리쳤다. 그녀는 잠시 말을 잃고 멍하게 그를 보았다. 냉정하다 못해 차가운 필수의 얼굴이 너무 낯설었다. 이 남자에게 내 진심을 전하려면 얼마나 많은 세월이 필요할까. 착잡했다. 그 세월을 영원히 메우지 못할까? 너무 멀리 와 버렸나?

필수는 아무런 말도 없이 훌쩍 방을 떠나버렸다. 신혼 첫날밤 요숙은 그렇게 홀로 보내야 했다. 멀리서 파도가 밀려와 철썩댄다. 모두가 신혼의 신비를 벗겨내는 시간에 필수는 혼자 해변가에 앉아 있었다. 이것이었던가. 바라고 꿈꾸었던 것이? 허무한 웃음이 나왔다. 모래밭에 벌렁 누운 그의 앞에 사진이 떠오르고 도훈과 요숙의 엉키는 상상이 떠올랐다.

활활 타오르는 분노로 그는 어두운 하늘을 응시했다. 요숙에게는 항상 사과 향기가 났다. 그 향기를 첫날밤 경건한 심정으로 깨뜨리고 싶었다. 그러나 요숙에게는 이미 그 향이 없어져 버렸다. 이제 영원히 맡을 수 없을 것이다. 그 향을 남에게 빼앗겼다는 분노가 그를 참을 수 없게 했다.

'내 모든 것을 빼앗아간 놈, 그 고통을 돌려주겠어. 반드시!'

필수의 눈에 핏발이 섰다. 그는 벌떡 일어서 앉았다. 한참을 그렇게 앉아 있다가 서서히 일어섰다. 그로테스크한 모습으로 그는 소주병을 들어 꿀꺽거리며 마셨다. 빈 병을 바다를 향해 힘껏 던진 뒤 멀리 아름다운 불빛에 싸여 있는, 요숙이 기다리고 있는 방으로 천천히 걸음을 옮겼다. 몸이 휘청거렸다.

호텔 방에 들어선 필수는 시계가 새벽 1시를 가리키고 있음을 맨 처음 보았다. 침대에 그냥 쓰러져 선잠이 든 요숙이 보였다. 화장도 지우지 않은 얼굴이었다. 기다리다 지쳐 잠든 것일까 아니면 아직도 받아들일 마음이 준비되어 있지 않은 것일까. 그의 얼굴에는 잔인하고 섬뜩한 웃음이 흘렀다. 조용히 침대로 다가간 필수는 맹수같이 요숙에게 달려들어 옷을 사정없이 벗겼다. 분했다. 도훈이 이미 빼앗아간 그 향기는 어디에도 없었다. 요숙은 그냥 필수가 하는 대로 맡겨두었다.

벗겨진 요숙의 몸을 덮친 필수는 급히 서둘렀다. 요숙은 미동도 하지 않았다. 그 모습은 필수를 더욱 분노하게 만들었다. 필수는 아랑곳하지 않고 행위를 계속했다. 그러면서 그는 중얼거렸다.

"이 아이는 내 아이야. 그렇지? 우린 결혼 첫날 아이를 가진 게야."

무슨 소리일까. 요숙은 필수의 중얼거림을 먼 아지랑이처럼 들었다. 점차 몸이 뜨거워짐을 느꼈다. 여자의 모든 것이 열리기 시작했다. 필수의 모든 것을 받아들이려는 듯 요숙도 필사적인 몸부림을 치기 시작했다. 경이였다. 내가 이 사람을 사랑하고 있구나! 여자의 마지막이 몸부림을 칠 때 필수의 남자도 마지막 절정을 향해 한껏 올라갔다.

　모든 것을 토해낸 필수는 엎드린 채로 거친 숨을 몰아쉬었다. 그때 요숙의 향기가 코를 자극했다. 이건 뭐지? 도훈이가 훔쳐갔다고 생각한 그 향기가 그곳에 있었다. 필수는 고개를 저었다. 내가 잘못 맡았겠지. 그러나 요숙의 향기는 다시 한 번 다가왔다.

　1년 후 비극의 씨앗 민철이 태어났다.

20

성진건설

정 회장 비서 윤정애

하얀 피부와 조그마한 얼굴, 또렷한 이목구비의 정애는 성진건설 남직
원들의 많은 관심을 받았다. 그러나 정애의 마음에는 항상 강필수밖에 없
었다. 그가 결혼을 하고 아이까지 있다는 사실은 전혀 개의치 않았다. 그
녀는 언니 정심의 극성으로 고등학교까지 잘 마쳤다. 언니는 당연히 동생
을 대학에 보내려 했다.

하지만 정애는 거부했다. 내 손으로 벌어 대학에 가겠다는 동생의 말에
정심은 겉으로는 어림없다는 표정을 지었으나 속으로는 감사했다. '저
년, 철딱서니 없는 줄 알았더니 사람은 됐네.' 출근하는 첫날, 예쁘게 차
리고 나서는 동생을 보자 정심은 눈물이 왈칵 쏟아졌다. 정애도 마찬가지
였다. 두 사람은 누가 먼저랄 것도 없이 서로를 껴안고 서러운 눈물을 한
참이나 흘렸다.

정애는 뛰어난 미모와 성적 덕분에 여상을 졸업하고 여러 회사에서 취
직 통보를 받았으나 그녀의 마음에는 오직 하나 성진건설이었다. 그 이유
는 새삼 말할 필요조차 없었다. 면접을 보는 자리에서 정애는 당차게 비
서실 근무를 요구했고 그 당참이 마음에 들었는지 비서실로 발령이 났다.

회사에서 필수의 힘은 대단했다. 정 회장의 탄탄한 신임에 곧 후계자가
될 것이라는 소문이 파다했다. 그럴수록 정애의 마음은 뿌듯했다. 그러나
필수의 얼굴에는 항상 짙은 어두움이 드리워져 있었다. 그것도 첫아이 민
철을 낳은 후로 더욱 짙어졌다. '회사일이 너무 많아 스트레스를 받아 그
럴까? 내가 더 정성껏 보살펴 주어야 해.'

타고난 미모와 붙임성 있는 정애를 요숙은 마음에 들어 했다. 필수의 아
내는 정숙했고 품위가 있었으며 현명했다. 요숙은 정애를 친동생처럼 대
했다. 가끔 집에도 불러 맛있는 음식을 함께 먹으며 친근하게 지냈다. 요
숙의 따뜻한 정에 정애도 민철을 끔찍이 예뻐했다. 월급을 받으면 가장
먼저 민철의 옷이나 신발을 사가지고 집에 들를 정도였다. 요숙도 무슨
일만 있으면 정애를 불렀다. 그럴 때마다 정애는 너무 기뻤다.

그러면서도 정애가 이해할 수 없는 것은 두 사람의 사이였다. 요숙의 얼
굴에도 어두움이 있었다. 널따란 집안에는 따뜻함이 없었고 언제나 차가
운 바람이 씽씽 불었다. 요숙은 정애에게 회사에서의 남편에 대해 거의
묻지 않았다. 정애가 어린 시절의 이야기라도 할라치면 서둘러 다른 이야
기를 꺼냈다. 그걸 눈치 챈 정애는 요숙 앞에서는 절대 필수의 이야기를
하지 않았다.

오늘은 정애의 가슴이 뛰는 날이었다. 전무실에 들렀을 때 멍하게 창문
을 바라보던 필수가 뜻밖의 말을 했기 때문이었다.

"오늘 일이 끝나면 나와 함께 집에 갈까."

"전무님 댁에요?"

"아니. 정심과 정애가 사는 곳."

“어머, 정말요? 저는 좋아요. 너무 좋아요.”

필수는 오랜만에 정심의 밥을 먹고 싶다고 했다. 정애는 뛸 듯이 기뻐 언니에게 곧바로 전화를 걸었다.

“언니, 오늘 일 끝나고 강필수 전무님 모시고 갈 거야. 식당에서 제일 맛있는 음식 준비해놔.”

두 사람은 퇴근 후 정심의 식당으로 갔다. 차를 운전하면서 필수는 들뜬 표정이었다. 회사에서 보았던 무거운 표정은 간 곳이 없고 옛날의 순진무구함으로 돌아가 있었다. 정애는 자주 이런 기회를 만들어야겠다고 결심했다.

“언니, 필수 오빠 왔어, 필수 오빠! 빨리 맛있는 거 내놔. 빨리.”

신나게 소리치던 정애는 멈칫했다. 언니 앞에 길수 오빠가 앉아 있었다. 정애는 그가 자신에게 관심을 가지는 것이 싫었다. 정애 뒤를 따라 들어오던 필수는 길수를 보자 역시 잠깐 당혹의 표정을 지었다. 순간 네 사람 사이에 어색함이 흘렀다. 눈치 빠른 정심이 의자에서 일어서며 짐짓 호들갑을 떨었다.

“어휴! 오랜만에 다 모이니 정말 기쁘다. 마치 약속이나 한 것 같아.”

정애는 마지못해 길수에게 인사를 건넸다.

“길수 오빠… 왔어요?”

길수는 유쾌하지 않은 표정으로 필수와 정애를 바라보았다.

“아! 길수 형. 오랜만이네요. 여긴 어떻게?”

“지나가다 들렀지. 너야말로 바쁠 텐데 여기까지 웬일이야?”

정애가 둘을 가로막고 나섰다.

“내가 초대했어요. 오랜만에 언니 찌개 먹자고요. 언니, 빨리 준비해줘. 전무님, 아니 오빠 여기 앉으세요.”

길수의 얼굴이 잠깐 일그러졌다. 모처럼 이곳에 왔는데 하필 필수가 오다니. 더구나 두 사람은 같은 회사에서 근무하지 않는가. 결혼까지 한 녀석이 정애를 데리고 다니다니. 친구를 팔아먹은 배신자가, 더러운 녀석. 길수는 의자에서 벌떡 일어섰다.

“난 바빠서 그만 갈게.”

“오빠, 미안해요. 다음에 오면.”

정심은 무안해서 식당 문까지 따라 나섰다. 필수 역시 착잡한 모습이었다. 그러나 정애는 아무런 관심 없이 신나게 불판을 꺼내 가스불 위에 올려놓았다. 길수는 그런 모습을 힐끗 보고는 밖으로 나갔다. 세 사람은 약간 불편한 마음이 들었으나 곧 그것을 잊고는 불판에 불고기를 요리해 맛있는 저녁을 먹었다.

“정말, 이 맛은 대한민국 최고야. 오랜만에 고향의 맛을 느끼는군.”

“그런 소리 마. 사모님 들으면 섭섭해 하셔. 어쨌든 고마워.”

“고맙기는 뭐가 고마워.”

“우리 정애 잘 보살펴주어서, 그리고 나 같은 서민을 잊지 않아서.”

“별 소릴 다하네. 정애는 지 실력으로 회사 들어온 거고, 서민이야 바로 나지. 진내리 촌놈 중의 촌놈이니까. 새삼스럽게 뭐가 고마워.”

정심은 행복하게 웃었다. 둘은 어린 시절의 고향 친구로 돌아갔다. 정심은 필수가 진심으로 고마웠다. 한 가지 마음에 걸리는 것만 빼고는. 그것은 가끔 정애를 통해 듣는 필수의 가정생활이었다. 그는 무언가 행복하지 않는 것처럼 보인다고 했다. 그러나 자신이 간섭하거나 충고할 계제는 아니었다. 눈앞에 닥친 문제는 정애였다. 동생이 잠깐 화장실에 갔을 때 정심은 입을 열었다.

"정애가 문제야. 철딱서니 없는 것."

"왜? 정애는 일 잘하고."

"일이야 당연히 잘해야 하지만 길수 오빠에게 신경 좀 써야 하는데, 미안하지만 강 전무가 설득 좀 해봐, 아무 말도 안 듣지만 강 전무 말은 하늘같이 듣잖아."

"길수 형이 정애를 좋아해? 처음 듣는 소리로군."

필수는 조금 의아했다. 남자가 여자를 좋아하는 것은 자연의 이치지만 길수는 정애와 맞지 않는다. 그때 갑자기 뒤에서 벼락같은 하이 소프라노가 튀어 나왔다.

"언니! 지금 무슨 소리하는 거야, 난 정말 길수 오빠에게 아무런 관심이 없어. 내 앞에서 다시는 길수 오빠 이야기 꺼내지 마!"

21.

며칠 후 밤
강필수와 윤정애

이제 더 이상 흘릴 눈물도 없었다. 이 눈물의 의미는 무엇일까. 정애는 잠깐 눈물을 멈췄다. 이것이 꿈일까. 정녕 꿈은 아니지만 꿈을 꾸는 것 같았다. 그러나 꿈이 아니었다. 옆에 누워 있는 필수의 숨결이 그대로 전달되어 왔기 때문이다.

있어서는 안 될 일이 일어났다. 방금 전까지 필수의 뜨거운 육체가 자신을 탐할 때 정애는 내내 눈물만 흘렸다. 슬퍼서가 아니었다. 거부할 수 있었지만 정애는 거부하지 않았다. 처지 따위는 다음 문제였다. 필수가 원하는 일이라면 무엇이든 상관없었다. 오직 친동생처럼 보살펴 준 요숙에게 미안할 뿐이었다.

곧이어 언니 정심의 얼굴이 떠올랐다. 분노와 절망으로 일그러질 언니 얼굴을 떠올리자 정애의 가슴은 한없이 무너져 갔다. 불과 몇 분 사이로 하늘에서 땅으로 추락해버렸다. 필수 오빠의 아내가 되는 것이 정애의 꿈이었다. 그러나 그것은 꿈으로 끝날 수밖에 없는 현실인 것을 누구보다 스스로가 잘 안다. 그런데 그 일이 마침내 벌어지고 말았다. 그것도 유부남과 처녀 사이에 있을 수 없는 불륜이라는 껍질 안에서.

“정애야, 미안하다.”

필수는 눈을 감은 채 말했다. 정애는 숨죽여 흐느끼며 고개를 저었다. 왜 고개를 저었는지 알 수 없었다. 거부였을까? 아니었다. 필수의 목소리는 갈라졌다.

“내가 시작한 게 아니야, 도훈이가 먼저 시작했어.”

“오빠.”

“도훈인 내 아내를 빼앗았다.”

“그, 그게 무슨 말이에요?”

정애는 몸을 벌떡 일으킬 정도로 놀랐다. 그 정숙하고 품위 있는 사모님이 불륜을 저질렀다는 말인가?

“민철이는 내 아들이 아니다.”

필수의 입에서는 정말 놀랍고 무서운 말이 터져 나왔다.

“네에?’

“민철이는 도훈이 아이야. 그래서 내 피를 이어받을 놈이 필요하다구. 정애야. 넌 할 수 있지? 그렇지?”

필수는 벌떡 일어섰다. 그의 눈은 증오와 갈증으로 활활 타올랐다. 정애는 놀란 가슴을 감출 수 없었다. 눈물은 이미 말라버렸다. 이 무슨 이야기인가. 민철이가 오빠의 아들이 아니라니?

“어떻게 오빠 아들이 아니라는 것을 확신하는 거예요? 어떻게요.”

“아내와 나 사이에 있을 수 있는 혈액형이 아니야.”

음울한 목소리가 윙윙거리고 돌아다녔다. 정애는 귀가 먹먹해지는 것을 느꼈다.

"아내는 지금도 미국의 도훈이와 연락을 하고 있어. 나 모르게."

"오빠, 그만해요."

정애는 몸을 덜덜 떨었다. 동시에 그가 한없이 가련해 보였다.

'그랬었구나. 그래서 오빠의 얼굴이 그렇게 어두웠구나. 아직도 사모님이 도훈 오빠와 연락을 하고 있다면 오빠의 마음은 어떠했을까.'

정애는 이제 자신의 앞날 같은 것은 안중에도 없었다. 오직 불쌍한 필수만이 그녀에게 전부였다. 아내에게 배반당한 불쌍한 필수 오빠만 남은 것이다.

"조금도 두려워하지 마. 난 너를 사랑하니까. 진심이야. 나에게 모든 것을 맡겨."

필수의 눈은 활활 타올랐다. 정애는 고개를 끄덕였다. 이미 눈물 따위는 없었다. 어떻게 하든 불쌍한 필수 오빠를 돕고 싶었다.

1년 후 두 사람의 아들 강민석이 태어났다.

22

그 후

정요숙과 아들 강민석

남편의 아들이 태어났다는 소식을 처음 들었을 때 요숙은 흔들리지 않았다. 아이의 엄마가 정애라는 소식을 들었을 때 요숙은 더 침착해졌다. 그녀는 단지 앞만 뚫어져라 바라보았다. 그러나 사실은 침착해지려고 안간힘을 썼다. 정 회장은 불같이 노했다. 더러운 자식이라고 큰소리를 지르며 강필수를 사정없이 질타했다. 두 사람은 이제 돌아올 수 없는 강을 건넜다.

이상한 것은 남편의 태도였다. 당당하게까지 보였다. 아버지의 분노 앞에 아무 달 없이 서 있는 그의 모습에서 요숙은 왠지 모를 당당함을 느꼈다. 마치 그 짓은 그렇게 큰일이 아니라는 듯한 무덤덤한 표정이었다. 입가에는 조소조차 흘렀다. 요숙은 아버지에게 아무 말도 하지 않았다. 아버지의 분노가 워낙 컸기 때문이었다.

얼마 후 남편은 핏덩이 민석을 데려오고 싶다고 했다. '정애가 아버지의 강권으로 미국으로 가야 하니 당신이 키워야 한다' 고 말했다. 그 말을 할 때 그는 아무 죄책감이 없는 표정이었다. 요숙은 남편의 요구가 너무 당당해 고개를 끄덕여주었다. 정애는 핏덩이를 남기고 아버지와 도훈의 형 성정훈 사장의 압력으로 미국으로 떠났다. 영영 돌아오지 않는 조건으로 민석을 받아주겠다는 것이었다.

　강보에 쌓여 집에 도착한 민석을 요숙은 두 손으로 받아들였다. 작은 담요를 헤치고 들여다보자 아주 예쁜 아기가 새근새근 숨을 고르며 자고 있었다. 아직 아기이지만 뚜렷한 이목구비와 하얀 피부가 빛이 났다. 아기가 눈을 뜨고 방긋 웃을 때 보조개가 너무 예뻤다. 요숙은 정애의 예쁜 보조개를 떠올렸다. 순수하고 명랑했으며 너무도 잘 따랐던 비서 정애였다. 이런 일이 없었다면 그녀는 가정을 꾸미고 예쁜 아내, 좋은 엄마가 되었을 것이다. 그런 정애를 짓밟고 아무 죄책감이 없이 미국으로 떠나보낸 남편의 냉혈함에 요숙은 몸서리를 쳤다.

　'이것은 사랑에서 빚어진 일이 아니야. 순간의 욕정일 뿐. 나처럼 정애도 똑같은 피해자야.' 두 여자 모두 강필수의 끝없는 야망의 희생자라는 것을 요숙은 갈수록 느꼈다. 결혼 후 요숙은 진정으로 남편을 대했으나 그는 언제나 냉소적이었다. 그 이유를 알 수 없었다. 도훈이 미국으로 간 이후 요숙은 도훈에 관한 모든 것을 깨끗이 정리했다. 단지 몇 번의 편지만 주고받았을 뿐이었다. 그것을 굳이 남편에게 말하지 않은 이유는 불필요한 제스처 같아서였다. 도대체 무엇이 문제일까? 먼저 마음을 열면 필수도 따라올 줄 알았다. 그러나 갈수록 냉소적이 되어가는 남편에 대한 요숙의 결론은 '성진그룹에 대한 야망'이었다.

　몇 년 후 아이는 모두 세 명이 되었다. 큰아들 민철, 둘째 아들 민석, 이후 낳은 딸 애란. 요숙은 딸 애란보다 민석에게 더 많은 애정을 쏟았다. 민석 역시 엄마를 진심으로 따르고 사랑했다. 민석은 엄마와 아빠 모두를 좋아했으나 외할아버지만은 이해할 수 없었다. 외할아버지는 어렸을 적부터 그를 아주 냉대했다. 미워하지조차 않았다. 다행히 엄마의 따뜻한 보살핌으로 곧 그 냉대를 잊어버릴 수 있었다. 이해할 수 없는 것은 거기에서 그치지 않았다. 형 민철에 대한 아버지의 태도였다. 외할아버지가 자신을 냉대하듯 아버지는 큰아들 민철을 미워했다.

그러나 그것은 어른들의 마음일 뿐 민석과 민철은 서로 의지하며 성장했다. 특히 성격이 유약한 민철은 과감하고 강단 있는 동생 민석을 늘 경이로운 눈으로 바라보면서 좋아했다. 민석은 유약한 형의 든든한 보호자였고 동반자였다. 두 사람은 가장 아름다운 우애를 지닌 형제였다.

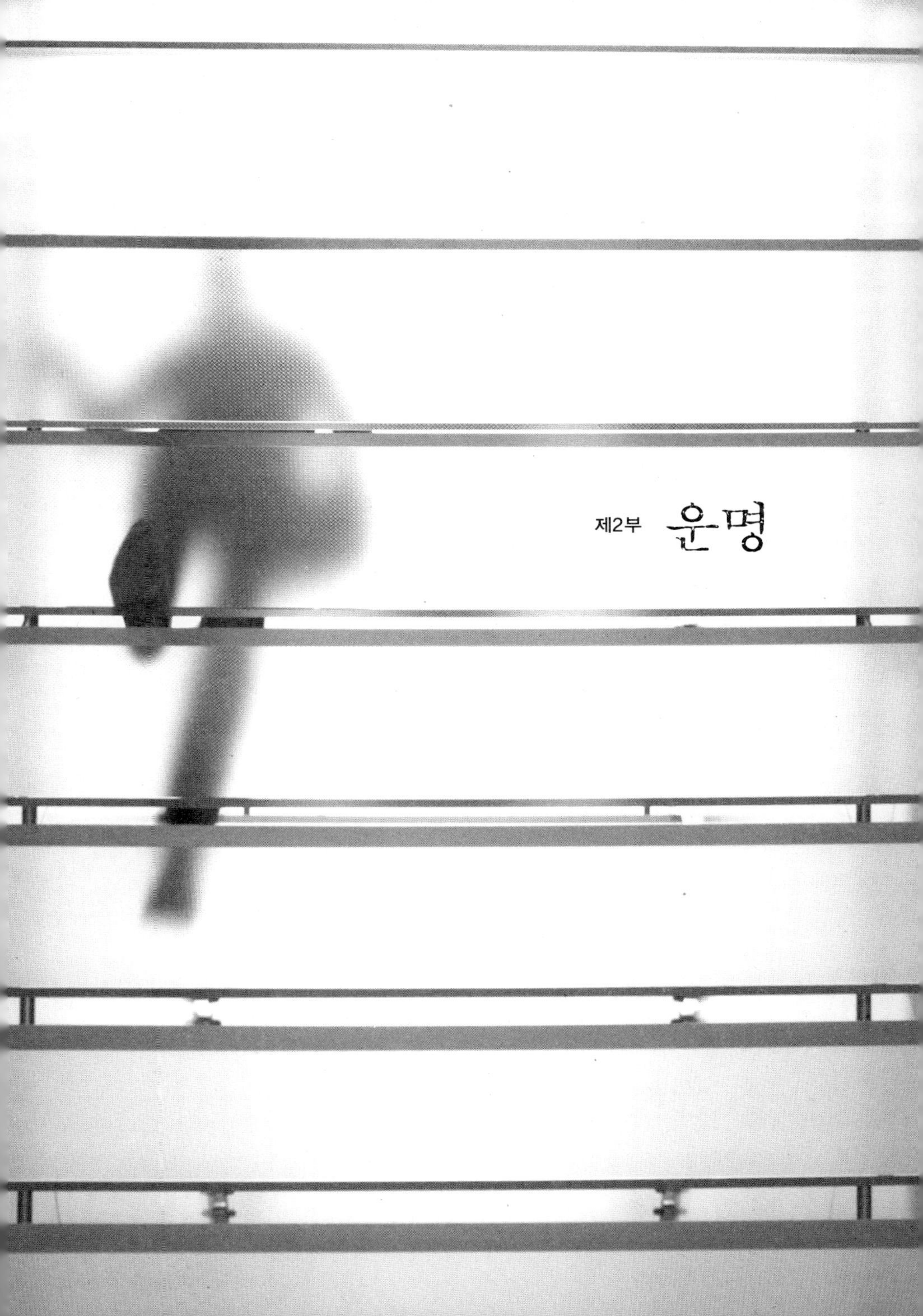
제2부 운명

1.

2010년 뉴욕 맨해튼

성도훈 교수

30여 년 후 어느 날의 뉴욕 맨해튼. 곳곳에는 세밑의 정겨움이 배어 있었으며 거리 여기저기에는 흰 눈이 쌓여 있었다. 선물 꾸러미를 들고 바삐 움직이는 사람들, 흥겨운 성탄 캐럴이 곳곳에서 흘렀다. 한해를 보내는 사람들에게 아쉬움과 기대가 함께 하는 계절이었다.

올해는 어느 해보다 많은 눈이 뉴욕을 강타했다. 오늘도 하늘은 잔뜩 찌푸려 있다. 또 한 번 눈폭탄이 쏟아질 날씨였다. 잔뜩 흐린 하늘 아래의 고풍스러운 고급빌딩 앞에 차 한 대가 스르르 다가와 멈추었다. 문이 열리고 은백의 머리에 단아한 중년신사가 내렸다. 컬럼비아대학 경영학과 한국인 교수 성도훈이었다.

7층 맨치니컨소시엄 회장 방에 엘리베이터가 섰다. 그가 내리자 대기하고 있던 비서들이 다가와 정중하게 접견실로 안내했다. 넓은 접견실은 한낮임에도 두터운 커튼이 창을 가리고 있었다. '이 회사의 특성 때문일까' 하는 생각을 하며 성도훈은 차분한 표정으로 자리에 앉았다. 두터운 커튼이 눈에 거슬렸으나 고풍스러운 빌딩의 분위기와는 그렇게 동떨어져 보이지는 않았다.

잠시 주위를 돌아보았다. 넓은 방이지만 간결한 치장이었다. 다만 고풍스러운 시계하며 소파 장식 등이 모두 빌딩의 분위기와 흡사했다. 도훈은 잠시 눈을 감았다. 그러나 오래 기다릴 필요가 없었다. 곧 회장 집무실로 연해 있는 문이 열리더니 깨끗한 노신사 풍의 회장이 들어섰다. 그는 악수를 청하고 앉더니 도훈을 예의 깊숙한 눈으로 바라보다가 조용히 입을 열었다.

"지금 한국의 금융 사정을 알고 있는가?"

"잘 알고 있다."

"국제은행 매각과 한국 최대의 동우금융 민영화 등이 본격적으로 도마에 올랐다. 우리 맨치니로서도 관심이 많다."

"당신들이 대주주로 있는 한국의 은화은행이 동우금융지주의 민영화를 위한 매각에 참여한다는 말을 들었다."

"성 교수의 탁견을 듣고 싶다. 편안하게 의견을 개진해달라."

"나 같으면 동우금융지주보다 국제은행이다."

"국제은행? 어째서지?"

"앞으로의 은행 합병은 대형화보다 특화된 수익성을 노려야 하기 때문이다. 지금 은화로서 택해야 할 것은 대형화보다 수익다변화다."

맨치니 회장은 깊게 고개를 끄덕였다.

"끊임없이 공룡식 체구 불리기는 그 체구 때문에 멸종된다."

도훈의 말에 맨치니는 씩 웃었다.

"좋은 비유다. 국제은행 매입에는 대주주 롬발트에 대한 악화된 여론도 있지 않은가.'

"한국 속담에 이런 말이 있다. 구더기 무서워 장 못 담그랴."

"무슨 뜻인가?"

"장애를 두려워하면 아무것도 할 수 없다는 의미다."

"롬바트컨소시엄이 국제은행을 매각할 때 따르는 여론 악화를 잠재울 수 있다는 건가?"

맨치니의 질문에 도훈은 순간 이상한 생각이 들었다.

"잠깐, 나에게 왜 이런 질문을 하는가? 내가 답변할 사항이 아니다."

"만일 성 교수에게 은화은행을 맡긴다면."

맨치니는 그렇게 말을 마치고 도훈의 대답을 기다렸다. 도훈은 숨이 막히는 듯했다. '한국의 은화은행을 나에게 맡긴다고?' 도훈은 잠깐 눈을 감았다. 지난 30여 년의 미국 생활이 빠른 속도로 필름 감듯 돌아갔다. 맨치니 회장은 그런 도훈의 심중을 아는지 모르는지 다시 조용히 물었다.

"가능한가?"

"왜 나인가?"

도훈은 감았던 눈을 뜨며 물었다.

"스스로에게 물어보게. 맨치니컨소시엄은 철저한 장사꾼이다. 아무나 선택하지 않는다."

맨치니는 도훈을 차분히 보며 말을 이어갔다.

"은화은행 합병의 전권을 행장에게 맡길 것이다. 맨치니가 당신을 선택했다는 것이 탁월했다는 것을 주주들에게 인정시켜줄 수 있나?"

"합병에 대한 전권이라면, 어느 정도까지인가?"

도훈은 잠시 후에 물었다.

"나를 대신한다. 모든 현지 판단은 행장이 결정한다. 대신 맨치니는 철저한 프로라는 사실을 잊지 말라. 프로는 자신의 행동에 책임을 진다는 뜻이다. 수확한 열매가 크면 당신의 몫도 크다. 물론 그 반대도 똑같다."

도훈은 눈을 감고 잠시 생각에 잠겼다. 지나간 일들이 또 다시 뇌리에 떠올랐다. 그는 잊으려는 듯 고개를 저었다. 그러나 눈을 뜨고 조용히 고개를 끄덕였다.

"수락하겠다는 의미로 받아들이겠다."

맨치니는 환하게 웃으며 악수를 청했다. 손을 잡은 성도훈은 이미 굳어 있었다.

도훈의 차는 미끄러지듯 주차장을 빠져 나왔다. 그는 멍하게 앞을 보며 혼잣말로 중얼거렸다. '내가 다시 한국으로 돌아가는 까닭은 급박하게 돌아가는 한국의 금융 재조정 때문이다. 나에게는 맨치니컨소시엄 주주들의 이익이 걸려 있다. 나는 이것만을 위해 힘을 다할 것이다. 결코, 결코 지나간 상처 따위의 의미는 이제 없다.'

2.

며칠 후, 성진그룹

강필수 회장

눈부시게 밝은 아침이었다. 마천루가 되어 하늘로 우뚝 솟은 성진그룹 회장실에도 햇살이 비쳐들었다. 강필수는 창을 통해 눈부시도록 밝은 하늘을 바라보았다. 겨울이었지만 날씨는 유난히 포근했다. 거리에는 수많은 차량들이 오가고 있었다. 활기찬 하루의 시작이었다. 저 멀리서는 어깨띠를 맨 은행원들이 지나가는 사람들에게 안내장을 나누어주며 인사하고 있었다.

건너편 은행 본부 어느 부서인가에서는 둥그런 탁자에 모여 회의에 열중하는 모습이 보였다. 긴급하게 돌아가는 외환 딜러실이 보이고 컴퓨터 앞에 앉아 몰두하는 직원들도 보였다. 치열한 은행원들의 모습이었다. 필수는 날카롭게 그들의 모습 하나하나를 지켜보았다. 그의 넓은 책상 위에는 방금 비서실에서 가져온 스크랩북이 단정히 놓여 있었다.

'금융기관, 새로운 짝짓기 본격화, 은행별로 전략 다양해'

'롬발트컨소시엄 국제은행 매각 시점 밝혀'

'동우금융지주 민영화 앞당긴다. 공적자금 회수 여부가 관건'

'은화은행, 미 컬럼비아대학 경영학과 성도훈 교수 은행장 영입, 맨치

92

니컨소시움 전원 일치 추천으로. 합병전략 급물살'

　필수의 눈은 그 기사에서 오래도록 멈추었다. 그러다가 창밖으로 시선을 돌렸다. 하염없이 보고 있는 필수의 눈은 활활 타올랐다.

　'어서 와라, 성도훈. 기다렸다. 이제 승부를 내야 하지 않는가? 너와 나의 마지막 승부 말이다. 그 지겨운 증오, 이제 끝내는 거다.'

　그는 중얼거리며 창밖을 하염없이 보다가 이윽고 인터폰으로 비서를 불렀다.

　"세종벤처 백 회장 연결해."

3.

세종캐피탈

최상우와 백성태 회장

필수의 전화를 받은 세종벤처 백성태 회장은 눈을 감았다. 육중한 그의
몸을 실은 의자가 힘이 겨운 듯 삐걱거렸다. 이제 진검승부다. 끈질겼던
두 사람의 운명, 누군가 쓰러져야 한다. 그는 혼자 중얼거리며 한숨을 내
쉬었다. 그의 책상 위에도 성도훈의 은화은행장 등극 기사가 펼쳐져 있었
다. 그는 방금 필수에게 걸려온 전화를 생각했다. 도훈과의 진검승부에
백성태의 협조가 필요하다는 것이었다. 물론 그는 동의했다. 백 회장은
인터폰으로 세종CRC 최상우 사장을 불렀다.
"이제부터 전쟁이야, 단단히 마음먹어."
"전쟁이라니요?"
상우의 말에 백 회장은 엄지손가락을 치켜 올렸다.
"강 회장님이요?"
백 회장은 고개를 끄덕였다.
"상대는 누굽니까?"
"성도훈, 컬럼비아대학 교수, 은화은행장으로 내정된 사람."
"그게 왜 문제이죠?"

94

상우는 의아한 듯 물었다.

"운명적 악연이라는 말이 있지. 둘 사이는 죽느냐 죽이느냐 이것밖에 없어. 누굴 탓할 계제가 아니지. 강 회장이 우수은행장으로 입성을 하시겠다네. 성도훈과 일전을 위함이지."

"싸우기 위해 그룹 회장직을 버리고 산하 우수은행장으로 오신다는 겁니까?"

"그래, 부수겠대, 성 행장을…. 본인이 직접 진두지휘 하겠다더군."

"대주주 기업 회장님이 산하 은행장으로요? 당국에서 인정할까요?"

"법적으론 하자가 없어. 단 도덕성과 국민 정서가 문제이지. 일단 오영일 기자를 만날 수 있게 주선하게."

"준비하겠습니다."

"단순한 싸움이 아냐. 자네 친구 민석의 장래가 달려 있어."

상우는 일어섰다. 집무실로 돌아온 상우는 민석을 떠올렸다. 어린 시절부터 고등학교 시절까지 환상의 콤비였던 민석. 그는 지금 미국에서 M&A 전문가로 주가를 올리고 있다. 그런데 이번 싸움이 그의 운명과 직결되어 있다는 것이다. 그는 고교 시절 민석이 겪었던 아픔을 같이했다. 강필수 회장의 둘째 아들인 민석의 삶은 적어도 고3까지는 탄탄했다.

그러나 어느 날 생모가 나타나 큰 회오리를 맞았다. 끔찍이도 사랑해주었던 어머니 요숙이 친모가 아니었으며, 이 세상 어느 누구보다 우애가 깊었던 형 민철이 이복형제임을 알게 된 민석의 충격은 컸다. 생모와 길러준 어머니 사이에서 정체성 갈등을 겪던 와중에 민석의 생모는 불의의 교통사고로 서상을 떠났다. 생모의 죽음을 몰고 온 그 사고는 어머니 정

요숙의 민석에 대한 맹목적이고 집요한 사랑이 큰 원인이었다.

요숙에게는 친자식보다 더 사랑을 쏟은 민석의 마음이 다른 곳으로 향한다는 것은 참을 수 없는 상처였다. 요숙은 도훈의 형인 성 사장을 정애에게 보내 다시 미국행을 요청했다. 성 사장은 윤정애와 강필수를 벌레처럼 싫어하는 사람이었다. 아울러 민석까지.

그런 두 사람이 만났다는 것부터 비극의 시작이었다. 성 사장의 무시와 냉대를 받은 정애는 만취해 요숙을 만나러 가다가 교통사고를 당했다. 비극적이게도 그 자리에서 생명을 잃었다. 결과와 과정이 어떻든 성정훈 사장의 무시와 냉대는 정애의 죽음에 간접적 원인이 된 것이다.

어른들의 어처구니 없는 증오의 질곡을 알게 된 민석은 아무 미련 없이 미국으로 떠나 버렸다. 그런 민석의 운명이 이 싸움에 걸려 있다는 것이다. 상우는 마음이 초조해졌다. 민석의 문제는 그의 형 민철의 운명도 직결된 것이었기 때문이었다. 강필수 회장의 장자인 민철은 성진건설을 이끌고 있다. 하지만 성진건설이 겪고 있는 어려움을 그룹의 강 회장은 전혀 관여하지 않는다. 왜일까? 장자가 책임지고 있는 회사가 아닌가? 이런 모든 것이 이번 싸움에서 예외는 아닐 것이다. '민석의 운명과 직결되어 있다' 는 백 회장의 말에는 분명 형인 민철의 운명도 함께 걸려 있다는 의미였다. 상우는 아직도 머리에서 맴도는 백 회장의 말을 곰곰이 생각했다.

4

성진그룹 본사
우수은행 구병모 전무

성진그룹 본사 회전문으로 거구의 사나이가 들어섰다. 우수은행 구병모 전무. 그는 방금 강필수 회장의 호출을 받고 허겁지겁 뛰어왔다. 머릿속은 복잡했다. 보나마나 이번 결산에 대한 추궁일 것이다. 국내 은행 서열 6~7위로 중하위급인 우수은행. 전임 행장의 갑작스런 사망으로 공석인 행장 역할은 구 전무가 대행하고 있었다.

제1차 합병 시 우수은행의 처지는 처참했다. 중하위 은행으로 부실의 대명사라는 오명으로 공중해체될 운명이었다. 그러나 우수은행은 존속할 수 있었다. 어느 은행과도 합병되지 않고 공적자금 투입으로 살아남았다. 놀라운 일이었다. 이는 바로 강필수 행장의 정권과의 치열한 로비작업이 있었다는 사실을 나중에 알았다.

여기에는 강 회장의 정책흐름의 맥을 짚는 동물적 감각이 있었기에 가능했다. 그는 산업자본의 금융업 진출을 허용하는 법안 통과와 정부의 중소기업 중시 정책을 이미 꿰뚫고 있었다. 그때를 위해 사전에 그룹의 영업력을 극대화할 수 있는 은행으로 우수은행을 찍었다. 비록 규모면에서는 중하위지만 우수은행은 독특한 영업의 장점을 가지고 있었다. 소매은행으로서 한때는 짭짤한 이익도 냈다. 무엇보다 중소기업을 위한 상당한 인기상품을 가지고 있었다. 대기업과 중소기업과의 상생관계가 앞으로 큰 화두가 될 것을 감지한 강 회장은 중소기업에 특화된 우수은행을 눈여겨보고 살려두었던 것이다.

과연 새 정부는 대기업과 중소기업의 상생관계를 정권의 핵심 정책으로 삼았다. 그리고 산업자본의 금융업 진출을 허용하는 법안이 통과되자마자 우수은행을 사들였다. 그가 우수은행을 사들일 때도 공적자금 회수 문제는 아주 저렴하게 처리했다. 대기업이 금융을 통해 중소기업과 상생관계를 가지겠다는 것이었다. 이어 ‘무리한 공적자금 회수보다 우수은행의 건전한 민영화가 필요하다’ 는 지론을 내세웠다. 민영화가 지연될수록 수익성은 감소되며 공적자금 회수에도 더 불리하다는 지론을 펼쳤다.

이를 위해 강 회장은 우수은행 민영화에 대한 여론 조성을 위해 많은 간담회와 토론회를 열어 학자들을 동원했다. 학자들은 한결같은 목소리를 냈다. ‘우수은행 민영화의 지연은 수익성 감소, 시스템 리스크 증대를 초래하는 은행경영의 비효율이 지속된다는 것을 의미한다’, ‘민영화를 해태하는 것은 심각한 직무유기’ 등의 여론을 형성하고 그룹과 관계되는 기업들을 투자자로 동원했다. 그리하여 마침내 공적자금의 80%만 회수하고 나머지 20%는 향후 5년 내에 분할상환한다는 초유의 유리한 매각 결정을 이끌어냈다.

재계는 강필수의 탁월한 로비에 혀를 내둘렀다. 그 뒤에는 국회재경위원장 김성철 의원이 있었다. 강필수는 주식의 51.5%를 차지해 대주주가 되었다. 나머지는 성진그룹과 관련되는 유수한 중소기업의 컨소시엄이었다. 강필수는 나중에 유상증자를 통해 투자의 상당 부분을 회수하면서도 대주주의 자리를 지켰다. 절묘한 기업사냥꾼 전법이었다.

우수은행은 알면서도 할 말이 없었다. 당시 우량 은행 누구도 우수은행과의 합병은 거들떠보지 않았다. 매각이 되지 않으면 공중분해될 운명에 처할 상황이었다. 이때 나타난 성진그룹은 구세주였다. 때문에 이런 강 회장은 구 전무에게는 하늘의 별이었다.

그는 급히 엘리베이터에 올랐다. 벽에 부착된 거울을 보면서 벗겨진 머리 몇 가락을 단정히 정돈했다. 넥타이가 바르게 매여졌는지도 다시 한번 확인했다. 엘리베이터에서 내리니 약속시간보다 10분 정도 일렀다. 구병모는 안도의 숨을 내쉬었다.

"어서 오시오. 구 전무님."

강 회장은 일어서서 구병모를 맞이했다. 구병모는 황송한 듯 깊숙이 고개를 숙였다. 우락부락한 몸매에 거친 표정이었다.

"부름을 받고 왔습니다."

"편히 앉으시오."

필수는 부드럽게 말했으나 구병모는 숨겨진 비수를 보는 듯했다.

"이번 분기 결산은 잘되어 갑니까? 이익은 좀 나겠어요?"

구병모는 '역시' 하는 표정이었다. 구부정하게 머리를 조아렸다.

"최선을 다하고 있습니다."

"어렵다는 이야긴가요?"

날카로운 비수가 나왔다. 그러나 이 문제라면 천하의 구병모였다. 충분한 자료와 논리는 비수를 막을 방패 역할로 충분하다는 자신이 있었기 때문이었다.

"아무래도 구조조정 후유증으로 대규모 충당금을 적립해야기에, 이익 규모를 좀 축소해야…."

"책임지셔야겠소."

강필수의 얼음 같은 음성이 구병모의 목에 떨어졌다. 의외였다. 이 정도는 강 회장도 수시 보고를 통해 당연히 알고 있는 일이다. 그런데 이 얼음 같은 태도는 무슨 의미일까. 구병모는 무조건 말려들 수만은 없었다.

"회장님!"

"할 말 있으면 해보시오."

"우선 금년 들어 수익구조가 큰 문젭니다. 지난해에는 주식운용으로 짭짤했습니다만, 올해는 저희 우수은행뿐 아니라 대부분 은행들이 주식투자에서 재미를 보지 못하고 있습니다."

"그것을 예견하는 것이 경영자 아니요? 사실 우수은행은 구 전무만한 사람이 없다 생각하여 맡긴 것 아닙니까."

강필수의 전술이자 병법이었다. 치고 빠지는. 그러나 산전수전 다 겪은 구병모였다. 이 병법을 모르기야 하겠는가만 대처가 어렵다는 생각이 들었다. 적어도 이 사나이 앞에서는 말이다. 그래서 백기를 들었다.

"송구할 뿐입니다."

"구 전무를 그렇게 안 보았는데? 난 차기 행장감으로 점찍고 있었소."

무슨 말인가? 구병모는 펄쩍 뛰었다. 양위를 한다는 전하 앞에 세자가 어찌 덥석 받아먹겠는가. 당연히 주고받는 예식이 있었다. 구병모가 그것을 모를 리 없다.

"회장님. 언감생심 제가 어떻게."

"구 전무는 우수은행의 전설이요. 누가 봐도 행장 등극은 당연한 거요. 그러려면 구 전무의 충성도를 증명해 보이시오."

주군이 의중을 드러내면 이제는 서서히 받을 준비를 해야 한다. 무작정 사양은 오히려 주군의 심기를 건드릴 뿐이다.

"하명만 하십시오, 회장님. 견마지로를 다 하겠습니다."

"합병전쟁을 시작할 겁니다."

강필수의 음성이 갑자기 활활 타올랐다

"하, 합병이라면, 저희 우수은행이 말입니까."

이 무슨 소리인가. 우수은행이 합병을 한다니. 지금 처지로는 합병당하지 않는 것만으로도 감사해야 할 입장이다. 서열 6~7위 은행이 합병 주체가 된다면 필경 하위 은행일 텐데…. 그런 출혈로 과연 무슨 효과가 있을까?

"앞으로 우리 그룹은 금융을 강화할 예정이요. 생존경쟁에서 살아남기 위함이요. 그러기 위해선 필살의 합병전략이 필요해요."

여기까지는 구 전무로서도 벗어날 길목이 있었다. 그러나 다음에 튀어나온 강 회장의 말에 구 전무는 깜짝 놀랐다.

"이를 위해 공석인 행장을 내가 당분간 맡겠소."

"예에?"

구병모는 놀라 벌떡 일어설 지경이었다. 대그룹 성진의 대표회장이 그룹 산하, 그것도 중형 은행의 행장으로 온다는 것이다. 구병모는 잘못 들은 것이 아닌가 귀를 의심했다. 그러나 강 회장은 진지하게 말을 이었다.

"합병으로 우리 우수은행을 서열 2~3위로 만들 것이요, 그때까지만 내가 직접 진두지휘할 것이요."

서열 6~7위가 합병으로 2~3위로 올라선다? 그렇다면 우수보다 더 덩치가 큰 은행이 대상이 된다는 말이다. 가능할까? 어떤 은행이 강 회장의 도마에 올랐을까. 구병모는 정신이 없을 지경이었다.

"하, 하지만 회장님, 그룹경영진은 일단 은행경영에서 배제된다는 원칙이 있습니다."

"일단 그룹 회장에서 물러나고 개인으로 우수은행을 맡을 것이요."

"예에? 회, 회장직을 물러나면서까지 우, 우수은행을…."

큰일이었다. 이 정도의 각오면 자신은 목이 날아갈 각오까지 해야 한다. 주군이 주군의 옷을 벗고 병정의 옷으로 갈아입겠다는 것이다. 그러므로 나는 더 추락할 각오를 해야 한다. 지금 강 회장의 심정은 그만큼 비장하다. 구병모는 덜덜 떨렸다.

"심각하다는 것을 아시오. 지금 당신들에게 그대로 맡겨 두었다가는 모두 끝장이오."

마침내 진검의 끝이 자신을 향했다. 이제 휘두르고 베면 끝이다. 구병모는 오히려 담담한 생각이 들었다. 그는 평온을 찾았다. 상고 출신으로 우수은행의 제2인자까지 올랐다. 더 무엇을 바라리.

"그러려면 아무래도 당국의 승인이 필요하지 않겠습니까."

"그것은 나에게 맡기시오. 문제는 내부의 적이요."

"노조를 말씀하시는군요."

구병모는 회심의 미소를 지었다. 아직도 자신의 역할이 있었다.

"그렇소. 난 솔직히 은행장은 관심 없소, 단 그룹의 일원으로 우수은행을 최고 은행으로 만든 후 물러나 이를 믿을 만한 사람에게 맡길 것이요. 그게 누가 될 것 같소?"

구 전무는 고개를 숙이고 침을 꿀꺽 삼켰다. 생각을 정리하려 했으나 지금은 생각하고 말고가 없었다. 머리가 하얗게 되어가고 있다는 생각이 들었다. 하지만 마음속으로 '침착'을 되뇌었다.

둘 사이에 침묵이 흘렀다. 노련미의 극치였다. 지금은 서로 숨을 고르며 탐색을 하야 한다. 영역을 최대한 확보하기 위함이었다. 강 회장이나 구병모나 마찬가지였다. 마침내 침묵은 구 전무가 먼저 깼다. 주군에 대한 예의였다. 동시에 자신도 만만치 않다는 것을 보여야 했다.

"제가 노조를 잠재우면, 저에겐 어떤 보상이 내려옵니까?"

구병모는 패를 던졌다.

"전무보다 더 높은 곳이 어디요?"

'마침내 미끼를 물었구나.' 필수는 짐짓 웃으며 넌지시 물었다.

"회장님의 그 마음, 저에게 증표로 주실 수 있습니까?"

"오늘 당신을 부른 것이 그 증표요. 당신이 나의 동반자라는 의미요. 성진그룹의 회장으로 약속하겠소. 이보다 더한 것이 있겠소?"

더 이상의 것을 받아내려면 역작용이다. 그만큼 끌고 당겼으면 구병모로서는 얻을 것은 다 얻었다. 그는 무릎을 털썩 꿇었다.

"회장님, 19세 때 상고 나와 40년을 한 우물을 파 이 자리에 이르렀습니다. 배고프고 힘든 모든 것을 참아낸 것도 모두 오늘날 회장님을 모시고 제 일생에 두 번 다시 없을 대회전을 위함입니다. 반드시 이루어 내겠습니다.”

“부탁하오, 구병모 행장.”

“황공합니다, 회장님.”

구 전무가 나간 후 필수는 눈을 감고 성도훈을 떠올렸다. 그리고 이를 악물었다. 벌떡 일어서 창가로 다가가 건너편의 거대한 은행 건물들의 숲을 보았다. 은행 사무실 내 은행원들이 보였다.

점차 큰 공룡으로 변해 꿈틀거리더니 이어 지축을 박차고 굉음을 내며 피를 흘리면서 싸움을 시작했다. 무서운 싸움이었다. 천지를 흔들고 무서운 안광을 번득였다. 그 와중에 민석이 튀어 나오더니 피를 흘리며 쓰러졌다. 필수는 경악했다. 몸이 말을 듣지 않는다. ‘내 아들 민석아!’ 부르짖지만 곧 민석은 눈앞에서 사라졌다.

이어 성도훈의 모습이 보였다. 피투성이가 된 동생 민석을 붙잡고 절망하는 아들 민철, 원망의 눈으로 자신을 노려보는 아내 요숙. 필수는 순간 놀라 뒤로 물러섰다. 비틀거리며 소파에 앉아 눈을 감았다. 온몸에 식은 땀이 흘러내렸다.

5.
저녁, 야외 고급요정
김성철 의원과 강필수

애를 끓이는 국악창이 마침 끝났다. 김성철 의원은 넋이 빠진 듯 듣고 있었다. 반백의 깔끔한 신사, 정계에서 순도 높은 청렴도로 인지를 높이고 있는 그는 유독 창을 즐겼다. 창이 끝났어도 뒷맛을 음미하듯 조용히 눈을 감고 있었다. 필수는 그런 김성철을 날카롭게 지켜보았다. 편안하지만 늘 긴장케 하는 사나이. 섣불리 의중을 드러냈다가는 낭패를 보기 십상인 사나이.

그러나 묘하게도 김성철은 강 회장에게는 마음을 그대로 전달했다. 높은 청렴도에 비해 어울리지 않는 이야기들이었다. 정치자금 문제나 정계의 복잡한 역학관계에서 빚어지는 비릿한 냄새도 그대로 전했다. 필수는 그래서 김성철이 좋았으며 그에게는 속내를 감추지 않았다. 그것을 김성철은 높이 샀다.

"의원님!"

"아, 실례했소. 서편제는 언제나 들어도 가슴이 출렁거리오."

눈을 뜨고 빙그레 웃었다.

"제 고향 근처 남원에 국악연구원이 있습니다. 한번 모실까요."

“남원 쪽은 동편제 본향입니다. 그것도 좋죠.”

“제가 의원님을 더 모시려면 국악에 깊은 조예가 있어야 하겠습니다.”

솔직히 필수는 동편제, 서편제에 대한 구별도 모호했다. 그것을 무마시키려는 듯 김성철 의원은 화제를 다른 곳으로 돌렸다.

“성진전자 또 한 번 히트 쳤더군요.”

김 의원은 밝게 웃었다. 강필수도 따라 웃었다. 기분 좋은 이야기였다. 성진전자가 그동안 미국, 일본에서 들여오던 전자 부품의 자체 생산에 성공했다. 전자업계의 지각 변동이었다. 성진전자의 주가는 천정부지로 뛰었다. 건설이라는 굴뚝산업이 바탕인 성진그룹을 오늘의 첨단으로 바꾼 것은 누가 뭐래도 강필수의 치적이었다.

왕자의 난으로 정 회장 체제를 일격에 부순 강필수는 그룹의 체질 변화에 과감한 시도를 했다. 당시만 해도 반신반의했던 IT 강화를 위한 전략에 혼신의 힘을 기울였다. 이때 이 분야에 많은 관심을 가지고 있었던 김성철 의원은 강필수의 탁월한 추진력과 비전을 높이 샀다. 한수 빠른 경영전략에 김성철은 매료되었다. 그는 강필수를 정말 대가 없이 도와주었다. 그럴 즈음 둘은 자주 만나게 되었다.

창이 끝나고 음식이 들어왔다. 강필수는 김성철에게 조용히 물었다.

“동우금융지주 민영화로 마음이 바쁘시겠습니다.”

“아픈 곳을 찌르는군요. 사실 골치 아픕니다. 또 최근에 불거진 신성금융지주 회장, 전임 행장, 현 행장들의 진흙 싸움도 점입가경입니다. 거기에 국제은행 매각을 위한 롬발트의 악 여론도 부담이 갑니다.”

“국제은행 부실로 정부조차도 거들떠보지 않았을 때 롬발트가 나선 것 아닙니까. 그런데 이제 투자를 회수하겠다는 롬발트만 탓할 수는 없는 것 아닐까요?"

필수의 말에 김성철은 고개를 끄덕였다. 롬발트의 국제은행 매각이 근래의 화두였다. 롬발트의 국제은행 매각은 그동안 많은 우여곡절을 겪었다. 그들은 국제은행을 사들인 후 정상화되면 곧 치고 빠질 계획이었다. 그것이 벌써 8년의 세월이 흘러 버렸다. 무엇보다 롬발트가 국제은행을 사들일 때 투자했던 자본의 성격 때문이었다.

산업자본이냐, 금융자본이냐 였다. 그 문제는 8년 내내 롬발트와 정부를 괴롭히는 일이었다. 롬발트의 자본이 산업자본의 성격이 짙다는 여론에 당시 매각을 추진했던 정부의 담당자는 매국노로 취급 받았다.

2005년에는 국내 랭킹 1위 한민은행과의 매각 협상이 잘 되어갔는데 느닷없이 롬발트의 자본 성격이 튀어나와 법원의 판결을 기다리는 동안 기간이 지나 버렸고 매각은 원점으로 돌아갔다. 사실 롬발트는 국제은행을 통해 이미 투자한 원금은 물론 이익까지 철저하게 챙겼다. 꾸준히 국부유출 문제가 심심찮게 나돌고 있었다.

김성철은 롬발트 입장에 동조적이었다.

"당시에는 은행이 합병되고 사라진다는 개념 자체도 희박한 상태였어요. 정부도 막상 닥치니 하기는 해야겠다는 어정쩡한 상태였지요. 그런 와중에 롬발트 자본이 유입되었지만 사실 그때는 이것저것 따질 여유도 없었죠. 어떻게 보면 국제은행을 그렇게나마 살리기 위해 무조건 받고 보자는 케이스라고 봐야지요. 이제 와서 오리발 내민다는 것은 국제 예의에 벗어나죠."

"어디 국제은행 뿐이겠습니까."

김성철의 말에 강필수도 맞장구를 쳤다. 1998년 제1차 은행 합병은 단군 이래 처음 당한 금융의 재앙이었다. IMF 체제는 온통 나라를 휘몰아갔다. 기업, 은행 할 것 없이 모든 것이 구조조정으로 날을 샜다. 국가적 대재앙 앞에서 칼자루를 잡은 정부도 처음에는 막막했다. 어떻게 해서라도 합병 실적은 내야 했기 때문이었다. 여기에 정치논리, 지역논리가 난무했다.

"퇴출 대상이었던 C은행은 정권을 잡은 집권당의 출신지라는 이유로, 노동자를 위해 설립된 P은행은 정권의 지주였던 노동자의 입김에, 이북 출신 인사들이 주주가 된 D은행은 재계를 잡고 있는 이북 출신 인사들의 눈치를 살펴야 했죠. 그래서 진위도 모른 채 외형상의 문제만 가지고 합병의 칼자루가 휘둘러진 것 아닙니까."

김성철은 차분하게 당시를 회상했다. 그렇게 자르고 벤 후 숨을 고르고 보니 너무 엄청난 상처들이 곳곳에 나 있었다. 그런 것이 2000년의 2차 합병에도 계속되었다. 제1차 합병 때 크게 데인 은행들은 당연히 위축될 수밖에 없었다. 그러나 공적자금을 투자한 정부로서도 회수가 급했다. 여기에 급급하다보니 졸속 합병과 매각이 뒤따랐다. 그 대표적 케이스가 국제은행이 롬발트에 매각된 것이었다. 그러나 순기능도 있었다. 해외 경영자들의 수준 높은 경영수완은 은행의 건전화에 많은 영향을 미쳤다. 대표적인 예가 일류 은행으로 탈바꿈한 국제은행이었다.

"롬발트가 국제은행 매각에 적극적인 것 같던데요?"

강필수는 넌지시 물었다.

"그들의 생리상 사실 국제은행에 묶여 있었던 지난 7~8년의 세월은 상당히 끔찍했을 겁니다. 사모펀드 성격상 보통 2~3년 내에 투자회수를 해야 하거든요. 그것이 2배의 기간을 넘어서니 말입니다."

"하지만 의원님, 동우금융지주도 민영화가 시급하지 않습니까."

"저는 빠른 민영화를 지지하고 있지만 정부 입장이 만만치 않군요."

"동우라는 대물을 계속 휘하에 두고 싶어서일까요?"

"그럴 수도 있죠. 그게 관료들의 습성 아닙니까. 안고 있자니 공적자금 회수가 문제고 주자니 아깝고…. 계륵 같은 존재인가 봅니다."

"계륵이라. 그 비유가 적절합니다. 하하하."

둘은 만나면 유쾌하다. 서로 마음을 털어 놓는다. 그러면서 김성철이 기다리는 것이 있다. 바로 그날의 화두다. 강필수는 절대 이것을 거르는 법이 없었다. 드디어 기다리던 이야기를 꺼냈다.

"불초 제가 그룹 산하의 우수은행장으로 갈까 합니다."

"우수은행장이요?"

김성철은 젓가락을 떨어뜨릴 정도의 충격을 받았다.

"은행 합병에 새 바람을 일으키고 싶습니다."

순간 그의 눈에서는 무서운 불꽃같은 섬광이 지나갔다. 김성철은 섬뜩했다. 대기업 총수가 중소은행의 은행장으로? 그는 자신이 아직도 강필수에 대해 많이 알지 못하고 있음을 느꼈다.

"강 회장님이 그 역할을 하시겠다는 말씀인가요?"

"그렇습니다."

김성철은 강필수의 뜻이 단호하다는 것을 즉각 느꼈다. 자신의 법안, 즉

산업자본의 금융업 진출을 허용한 법안의 첫 시혜자가 강필수였다. 그가 이제 본격적으로 이 바다로 뛰어들겠다는 것이다. 그것을 말릴 이유는 없었다. 법안의 마무리를 이 사나이가 해 줄 수도 있다는 생각이 들어서였다. 그러나 걸리는 것이 있었다. 김성철은 그것을 확인하고 싶었다.

"회장님은 우수은행 대주주로서 경영에 참여할 수 없지 않습니까?"

"회장직을 일단 물러나겠습니다. 자연인 강필수도 부적격입니까?"

"네?"

김성철은 하마터면 술잔을 떨어뜨릴 뻔했다. 자연인 강필수? 그가 조그마한 중형 은행장으로 가기 위해 그룹 회장까지 포기하겠다는 것이다. 김성철은 새삼스레 그 사나이를 다시 한 번 보았다.

"정말 하시겠습니까."

김성철은 다시 한 번 확인했다.

"진심입니다. 의원님을 이렇게나마 돕고 싶습니다."

"저로서야 천군만마의 입장이 되지요."

"자연인으로서의 강필수가 우수은행장으로 등장하는 것을 용인해주시겠죠?"

"여부가 있습니까. 선진국으로 가기 위한 전제로 올바른 금융질서를 잡고자 하는 숭고한 뜻이신데, 이렇게 살신성인하는 자세로 나서 주시니 얼마나 감동인지 모릅니다. 재경부 장관과 금감원장을 불러 당장 내일 협의하겠습니다."

6

같은 시각, 명동의 룸살롱
구 전무와 우수은행 패밀리

구 전무와 심복 이사, 부장 서너 명은 구 전무의 말에 모두 입을 다물지 못했다. 한바탕 질펀하게 놀고 난 구 전무는 여급들을 모두 내보낸 후 강 회장과의 만남에 대해 이야기했다.

"강 회장님이 정말 그렇게 이야기했습니까?"

인사부장이 튀어나오듯 물었다. 인사부장에 이어 자금부장이 강 회장의 성과를 들먹였다. 장인인 정병석 회장을 격침시키고 오늘의 재계 2~3위의 굳건한 성진그룹을 세웠다는 나름대로의 평을 내놓았다.

"우린? 바지저고린가? 40년 동안 이 바닥에서 산전수전 다 겪었어."

"그래도 형님, 강 회장의 바닥과는 물이 다르지 않습니까?"

구 전무의 말에 신중한 총무부장이 거들었다.

"물? 속성은 같네. 지레 겁먹을 것은 없어."

"서열 7~8위 우수은행을 서열 2~3위로 성장시킨다고? 우리와 합병 대상이라면 기껏 한성, 대화, 교문은행 등등 우리보다 적은 은행인데, 이 은행과 합병하 서열 2~3위로 만든다고? 그게 가능합니까?"

신중한 자금부장은 꿈같다는 이야기였다.

"그거야, 뭐, 꼭 우리보다 적은 은행과 합병한다는 것은 아니잖아."

이번에는 경영기획부장이 나섰다. 하지만 지금 우수의 체질로서 누가 우수에게 먹힐 것인가에 이르면 모두 고개를 가로저었다. 대세는 신중파였다. 우수은행의 실체를 가장 잘 파악하고 있는 사람들이기 때문이었다. 하지만 구 전무는 마치 늪에 빠진 기분이었다.

"선택의 여지가 없지. 중요한 것은 강 회장의 합병 의도야. 무엇인지는 모르지만 그가 합병 이야기를 꺼낼 때 뭔가 필사적인 기운을 느꼈어."

"필사적이요?"

"본능 같은 거 있지. 필살기 말이다."

인사부장의 말에 구 전무는 끄덕였다.

"좀 지나친 상상 아닙니까."

총무부장은 어이없어 했다. 구 전무는 이해할 수 있었다. 이런 비정상적인 일을 대하면 사람들은 패닉 상태까지 빠질 수 있으니까. 믿어야 할 것도 믿지 못한다. 해야 할 말도 잊는다. 그러나 구 전무는 달랐다. 이상한 늪에 깊이 빠지고 있음을 그는 느꼈다. 그러나 빠져나오려 발버둥 치고 싶지는 않았다. 오히려 안락했다.

"난 뭔가 느꼈어. 분명히 이번 일은 강 회장이 이루고 말 거야. 이 대역사에 빠진 놈들은 후회할 거야, 난 사실 흥분돼."

"전무님이 그 정도 믿는다면 우리도 할 말 없죠. 해볼 만한 싸움 같네요. 천하의 강 회장 전술도 좀 배워 둡시다."

비서부장의 판단은 빨랐다. 평소에도 회전이 빠르기로 소문난 친구다.

"할 거야, 말 거야?"

무엇보다 친위대가 굳건히 버텨주어야 새로운 군주의 마음을 사로잡을 수 있다. 일동은 잠시 침묵에 빠졌다.

"난 하겠다."

구 전무가 버럭 소리를 질렀다.

"확실한 보장은 얻어두어야 하지 않습니까."

"이거 봐, 내가 분명히 말했지, 강 회장에게서 필살기를 느꼈다고. 그 외에 무엇이 더 필요하나. 난 그를 인정했어. 나를 그 자리에 부른 것은 바로 나를 동반자로 생각한다는 말을 굳게 믿지."

일동은 침묵 속에 빠졌다.

"나도 마찬가지야. 내가 당신들을 부른 것은 내 동반자로 생각했기 때문이야. 이렇게 해도 납득이 안 되는 놈은 빠져."

그러자 봇물 쏟아지듯 패밀리의 입에서는 동조가 쏟아졌다.

"우릴 동반자로 생각하신다면서요."

"30년 몸때 묻히고 같이 살아왔습니다."

인사부장, 비서부장, 지금부장이 각각 소회를 밝혔다. 맏형인 총무부장이 벌떡 일어섰다.

"초대형 우수은행 초대 행장 구병모 행장님을 위해, 건배."

7.

같은 시각, 명동 일식집

오영일 기자, 최상우 사장, 백성태 회장

오영일 기자는 도무지 일식이 마음에 차지 않았다. 일식집만 오면 그는 항상 불만이었다. 도대체가 어디 배부를 데가 없다. 스시부터 마음에 차지 않는다. 그는 포만감을 좋아한다. 이런 포만감을 일식으로는 결코 채울 수 없다. 맛은 있으나 일식을 먹고 나면 남는 것은 항상 부족함이었다. 조그마한 밥 그릇, 반찬 그릇 하나하나가 마음에 들지 않는다. 회라고 해보아야 몇 개 집어 먹으면 금방 바닥이 난다. 정종이라는 것도 데워 먹어야 제 맛이 나는데 이것도 번거롭다. 차가운 소주가 혀끝을 적시며 목젖을 타고 내려가는 맛이라야 일품이다.

거기에 지금 앞자리에는 전혀 감정을 읽을 수 없는 얼굴로 백성태 회장이 앉아 있다. 만나면 부담이 가는 상대이다. 옆에 있는 상우를 보았다. 상우는 속으로 '오 기자, 죽을 맛이겠구먼' 하는 생각을 하며 풋 웃었다.

"강 회장이요? 직접 뛰어 드신다? 이 합병 전쟁터에?"

오 기자는 깜짝 놀랐다. 백성태의 두꺼운 얼굴이 실룩했다.

"야, 이거 쇼큰데, 재벌그룹 오너가 일개 은행장으로?"

"쉬잇, 목소리가 너무 크네."

백 회장은 별도의 방이지만 오 기자의 목소리를 자제시켰다. 타고난 그의 조심성 때문이었다.

"왜요? 왜, 그런 파격을 시도한답니까?"

오 기자가 날카롭게 물었다. 벌써 심상치 않은 조짐을 받은 것이다.

"파격? 이거 보게, 오 기자, 난 말이야 기자들 너무 드라마틱한 어투, 그거 참 싫더라. 너무 호들갑 떨지 말게."

"이런 것이 드라마가 아니고 뭡니까."

오 기자는 이 거구의 노년 사나이가 재미있다. 젊은 시절에는 악명을 떨쳤던 대공 형사, 그러다 어느 날 경찰 문을 나선 그는 사채업자로 변신했고 지금은 버젓한 투자회사 회장이다. 팔색조처럼 변하는 인생이 오영일에게는 호기심의 대상이었다.

"좀 그대로 봐줘, 응? 사실 그대로야, 좀 드라이하게 인생을 보자고."

백 회장은 오영일의 지나친 호기심이 마음에 들지 않았다. 그는 뭉뚝하게 우뚝 선 코를 발심거리며 말했다.

"저도 그렇게 하고야 싶지요. 대그룹 오너가 오너직을 사임하고 일개 은행장으로 뛰어들었다? 그것도 서열 6~7위 은행으로? 이것을 신선하다고 해야 하나."

"형님도 아시다시피 지금 금융 환경이 또 한 번 회오리가 치지 않겠습니까. 동우금융지주의 민영화, 국제은행 매각, 국제은행 대주주 롬발트의 추후 행보 등 민감한 부분이 많지 않습니까."

상우가 느긋하게 거들고 나섰다.

"그럼 결국 합병전쟁에 탑승하시고자 강 회장님이 이 바닥에 뛰어드셨다는 것인가?"

오 기자는 미묘한 웃음을 보였다.

"거기에 그룹의 금융 부분 강화를 통한 글로벌."

"됐네!"

오 기자는 상우의 말을 막고 잔을 들이켰다.

"1, 2차 합병으로 골병든 은행 많은 것 알잖아. 1차 합병 때는 정치적 논리로, 2차 합병은 정부의 과도한 공적자금 회수로 진정한 합병이 왜곡되었어. 이래저래 골치 아픈 게 이 전쟁터라네."

"강 회장님이 그것을 모르시겠습니까?"

"국제나 동우는 지금 실타래 같이 얽혀 있어. 옛날처럼 정부의 입김이 먹혀 들어가는 것도 아니고. 은행원들도 이제 1,2차 전투에 산전수전 다 겪었어. 이제 몇 수는 훤히 넘겨짚는다고…. 겉모습만 보고는 큰코다쳐. 설마, 회장님도 국제나 동우에 입맛을 당기고 있다는 말인가?"

오영일의 질문에 상우는 고개를 끄덕였다.

"못할 리도 없네."

백성태가 뚜벅 말을 받았다.

"정말이요? 회장님 뜻이 정말 그래요?"

"자네 강필수 회장님을 몰라서 이러나?"

"알죠. 하지만 어렵습니다. 지금 우수은행 실력으로는."

"그렇게 무 자르듯 하지 말게나."

"현실은 냉정한 겁니다. 이번 합병전쟁 주연은 우량 은행이지, 우수은행 같은 중하위급 은행이 아니에요. 견실한 상위급 은행으로 은화의 행보

116

가 심상치는 않아. 벌써 동우민영화 참여를 외치고 있었거든. 그렇게 되면 금융계 판도가 크게 요동치죠. 이것 때문에 우량 은행장들 지금 치열한 물밑전쟁을 벌이고 있다고요. 강 회장님은 사업은 탁월하시지만 은행 경영은 처음이잖아. 은행원들 만만히 보면 안 돼요. 우수은행? 어디 가서 합병 명함을 내민다는 거야."

오영일의 기자다운 판단이었다.

"누가 감히 은행원을 만만히 봅니까?"

상우는 그런 오 기자의 끈을 놓지 않았다.

"솔직히 강 회장님에게 그런 감정 좀 있잖아? 대기업을 주무르던 솜씨니까 은행에서도 통한다? 아냐. 만만치 않아. 그쪽 물. 거기에 이번 은화은행장으로 대물 한 분이 들어오셔. 컬럼비아대학 성도훈 교수. 대단한 분이지. 국제적 학자이자 글자 그대로 M&A 전문가야. 이런 분을 강 행장님이 상대해야 한다고."

최상우와 백성태는 순간 긴장했다. 특히 백성태는 들고 있던 술잔을 탁자 위에 탁 소리를 내며 놓기까지 했다. 오 기자는 그 눈치를 전혀 채지 못했다. 상우는 능글거리며 답변했다.

"형님도 참, 대본이 어디 대본대로 갑니까, 애드리브가 때로는 극의 흐름을 바꾸기도 하잖습니까?"

"애드리브? 웃기네, 내 손에 장을 지지지. 이번 합병 주역은 은화은행이지 우수은행은 아니야. 은화은행 대주주 맨치니컨소시엄이라는 대공룡이 발 벗고 나서는데. 성도훈 행장 취임으로 국내 은행들이 지금 잔뜩 긴장하고 있어."

　오 기자는 강민철과 절친한 대학 친구다. 세종CRC 사장 최상우에게 쉽게 대하는 것도 상우가 강민철의 동생 격이기 때문이다. 오 기자는 강 회장을 친구 아버지로, 냉엄한 사업가로 누구보다 잘 알고 있다. 그는 장남 민철이 이끄는 성진건설의 어려움에는 눈 하나 깜빡이지 않는다. 오 기자로서도 쉽게 납득할 수 없는 일이지만 그만큼 사업가로서의 비수는 항상 섬뜩할 정도였다. 그런 강 회장이 느닷없이 우수은행장으로의 등극을 서두르고 있다. 그것도 대그룹 총수 자리까지 일단 사임하면서. 그래서 오영일에게는 그냥 지나칠 일은 아니라는 생각을 더욱 굳히고 있었다.

　"부탁하네."

　"뭘요? 저야 기자니까 당연히 신문에 써야죠."

　"하하하!"

　백성태는 너털웃음을 지었으나 이 젊은이와의 자리가 썩 유쾌하지는 않았다.

8

같은 시각, 성진건설
강민철 사장

강민철의 얼굴은 어두웠다. 앞에 앉아 있는 중역들의 얼굴도 한결같이 어두웠다. 시간은 이미 자정을 넘었다. 민철은 밀려오는 피곤함을 느꼈다. 그러면서 아버지와 외할아버지, 외할아버지의 유지로 자신을 돕고 있는 성정훈 성진건설 회장과의 타래같이 얽힌 관계를 떠올렸다.

성진건설에 대한 아버지의 체감온도는 갈수록 차가워졌다. 세계적인 건설경기 불황은 국내서열 2~3위인 성진건설에도 불어닥쳤다. 내수까지 꽁꽁 얼어붙었다. 자금난에 허덕이는 성진건설에 아버지는 만기채 연장까지 주저하고 있다.

자식에게 이렇게 할 수 있을까. 민철은 아버지를 원망하지만 마음뿐이었다. 아버지 앞에 서면 그는 항상 작아진다. 그것은 아버지를 증오했던 할아버지의 지극한 사랑을 받았다는 죄책감 때문이었다. 아버지를 지극히도 경원했던 외할아버지, 경영권 싸움에서 아버지에게 손을 든 외할아버지는 성진건설을 성진상선과 함께 성진그룹에서 별도로 독립시키면서 두 사람은 건널 수 없는 강이 되어버렸다.

이것은 민철이 생각하기에도 외할아버지의 무리수였다. 사위에게 그룹

경영권을 넘겨야 하는 비참함에 대한 반발이었다고는 하지만 그룹의 지원 없는 성진건설의 홀로서기는 사실 쉬운 일이 아니었다. 그래도 외할아버지는 단행했다. 이 모든 것이 아버지와의 갈등 때문이었다. 그것은 핏줄에 유독 강한 집착을 보인 외할아버지의 아집에 원인이 있었다.

아버지와 결정적으로 갈라서게 된 것도 이복동생 민석 때문이었다. 아버지의 외도는 딸에 대한 지극한 사랑을 가지고 있는 외할아버지로서는 참을 수 없는 일이었다. 아버지가 왜 그런 일을 저질렀는지 민철로서는 알 길이 없다. 외할아버지는 이복동생 민석에게는 늘 차갑게 대했다. 대신 민철에 대한 사랑은 반비례로 컸다. 그럴수록 아버지는 더욱 냉담했다. 민철은 왜 아버지에게 그런 냉대를 받아야 하는지도 모른 채 성장했다. 어떤 때는 외할아버지의 지극한 사랑이 오히려 자신과 아버지를 소원케 하지 않았나 하는 생각도 했다.

그러나 아버지와 반평생 각을 세웠던 외할아버지도 이미 세상을 등졌음에도 아버지의 체감온도는 회복될 기미가 없다. 갈수록 냉랭해지면서 이제는 남이라는 생각이 들 정도였다.

이런 중에도 민철이 가장 가슴 아파하는 것은 이복동생 민석이었다. 민석이가 외할아버지로부터 받은 미움, 생모의 죽음에 외할아버지와 어머니가 간접적으로 관련되어 있다는 것이 마치 자신의 탓인 양 생각할 때 동생은 이미 곁에 없었다. 민철은 동생에게 어떻게 하든 속죄하고 싶었다. 하지만 국내에 없어 그 기회조차 없었다. 지금 민철에게 당면한 문제는 외할아버지 사후 더욱 광야에 내던져진 성진건설의 회생이었다. 성진건설의 영화가 자신의 대에 와서 끊긴다는 생각이 무엇보다 괴로웠다.

"당장 시급한 문제가 국내차입금 3조 520억 원, 해외차입금 7,800억 원 총 3조 8,300억 원입니다. 도와주어야 할 우수은행의 입장이 워낙 완강합니다."

자금이사는 침통한 표정으로 말을 이었다.

"더 이상 우수은행에 기대는 하지 마십시오. 우리 성진으로서도 자구책을 찾을 수 있습니다."

민철은 단호한 표정으로 말을 이었다.

"영업부문 잉여자금 1,700억 원과 자구이행을 통한 7,100억 원 등 8,800억 원은 자체적 조달이 가능합니다. 추가 내부적 자구이행 여부에 따라 1조 2,144억 원까지 조달이 가능하다 해도 2조 9,600억 원은 채권금융기관 등 외부의 힘을 빌려야 합니다."

자금이사의 어투는 조금 희망이 있다는 분위기였다.

"내부적 자구이행의 일환으로 평산농원을 매각 처분하겠습니다."

"평산농원이요? 그곳은 선대 회장님의 손때가 묻은 곳인데."

민철의 말에 총무이사는 송구한 듯 말했다.

"먼저 회사를 살리는 일이 시급합니다. 할아버지께서 살아계시더라도 그렇게 하셨을 겁니다."

"평산농원을 담보채 형식으로 매각하려면 특별목적회사(SOC)를 만들어야 하고 실사 등에 시간이 많이 듭니다."

총무이사는 자세한 설명을 했다.

"이 문제도 금감원장을 만나 특별예산 배정 등 방법을 찾겠습니다. 회사로서도 최대한의 방안을 강구하고 정부의 온정을 기다립시다. 나머지

자구 방법을 말해보십시오.”

시간은 이미 새벽을 넘어선 탓인지 민철은 점차 피곤을 느꼈다.

“우선 공모사채 1조 900억 원, 사모사채 4,340억 원 등 총 1조 5,000억 원의 회사채가 차환발행되어야 합니다. 여기에는 우수은행의 지급보증이 이루어져야 한다는 전제조건이 있습니다.”

자금이사의 말은 가장 중요한 1조 5,000억 원의 회사채 차환발행인데 원활한 연장이 가능하려면 스스로 차환이 가능하도록 신용등급의 상향 조정이 필요하며, 여기에 우수은행의 협조가 절대적이라는 것이다. 즉, 보증사채 발행을 위해 보증기금의 보증서가 필요한데 우수은행이 지급보 증을 꺼려 한다는 것이다.

또 국내차입금 3조 520억 원은 채권단 은행의 연장이 있어야 하는데 여 기에는 채권단 간사은행인 은화의 협조가 필요했다. 모두가 암울한 이야 기뿐이었다. 사실 은화은행은 성진건설의 주거래은행으로 많은 기여를 해왔으나 성진건설에 어려움이 닥치자 손을 빼는 형상이었다. 여기에는 우수은행의 지원에 대한 불명확한 태도가 크게 작용했다. 민철은 한숨을 쉬었다. 하나같이 가시밭길이다.

“모든 수단을 동원합시다… 여태껏 성진건설은 너무 순항만 해왔습니 다. 시련은 우리들에게 더 큰 발전을 줍니다. 이길 수 있습니다. 선대 회장 님의 피와 땀이 서린 곳입니다. 결코 질 수 없습니다.”

민철의 각오도 이사들에게 그렇게 크게 닿는 것 같지 않았다. 모두가 침 통한 표정이었다. 그것은 지금 항간에 떠도는 성진건설을 그룹 차원에서 목 조르고 있다는 소문 때문이었다. 그것은 아버지가 성진건설 패밀리들에 대해 가지고 있는 뿌리 깊은 불신과 증오 때문임을 민철은 알고 있다.
그중의 핵심이 바로 생전의 외할아버지의 오른팔 역할을 했던 성정훈 회
장이었다. 그는 강필수의 숙적 성도훈 행장의 친형이며 민석의 일편단심
민들레인 혜진의 아버지였다.

9.

혜진의 집

성혜진과 아버지 성정훈

   의상학과 대학원에 재학 중인 성혜진은 아버지의 짐을 꾸리다가 문득 민석을 생각했다. 그는 민석을 보기만 해도 싫어했다. 여기에는 아버지들의 미움이 원인이었다는 것을 혜진이 알기까지 오래 걸리지 않았다. 아빠는 성진건설이 갈수록 어려워지는 것이 그룹회장인 강 회장이 모른 체 하기 때문이라고 말했다. 아빠는 요즘 계속 잠을 이루지 못하고 며칠을 회사에서 지내기도 했다. 수시로 외국으로 오가셨다. 오늘 아침에도 혜진은 유럽 출장을 위해 아빠의 짐을 챙겨주었다. 며칠 사이 더욱 부스스한 것이 마음에 걸렸다.

   "이제 그만해, 아빠를 놔드려야 아빠도 한눈도 좀 팔고 하실 거 아냐."

   주방에서 나온 아줌마가 혜진에게 말했다. 혜진은 일손을 멈추고 멍하니 아줌마를 보았다. 평소에도 마치 엄마처럼 혜진에게 살갑게 대해주는 고마운 아줌마다. 혜진은 이 아줌마에게 그동안 많은 일들을 상의하고 오랜 시간을 함께 했기에 서로 통하는 사이였다.

   "무슨 말씀이세요?"

   "아유, 저러니 자식들은 아무리 키워놔도 다 소용 없다니깐."

“밑도끝도없이 무슨 말씀이세요.”

“아, 새엄마. 아니 새 사모님. 그걸 아빠가 이야기할 수 있겠어? 무엇이 아빨 위하는 것인가를 잘 생각해야지. 안 그래?”

아침식사를 아빠와 함께 하면서도 혜진은 아줌마 이야기가 내내 맴돌았다. 혜진은 후줄근하게 늙어버린 아빠의 모습에 놀랐다. 혜진에게 아빠는 언제나 힘이 넘쳤고 활력이 솟아나는, 평생 늙지 않을 남성의 표상이었다. 그런데 어느 새 그 모습은 간 곳이 없다. 간단히 아침을 끝내고 집을 나서는 아빠의 모습이 어느 때보다 지쳐 보였다.

“아빠.’

혜진은 뒤에서 아빠를 안았다. 자신도 모르게 눈에 이슬이 배어 나왔다.

“징그럽다, 말만한 아이가 왜 이래?”

하면서도 성 회장은 빙그레 웃는다.

“아빠, 미안해. 나 요즘 아빠에게 아무 도움이 못돼 너무 속상해, 내가 딸이어서 미안해.”

“난 딸이 더 좋아.”

“아빠, 지금이라도 새엄마 맞이해, 난 괜찮아.”

“쓸데없는 소리 마라.”

성 회장은 그렇게 말하면서 다가서는 딸의 향기가 새삼스러웠다. 순간 그의 뇌리에는 민석이 스치고 지나갔다. 그는 얼굴을 찡그렸다. 필적 강필수의 차가운 눈초리가 그 위에 오버랩되었다. 자신과 선대 정 회장을 무참히 무너뜨린 숙적 강필수. 그의 피를 받은 민석을 결코 용납할 수 없었다. 그런 생각을 하며 그는 허리를 안고 있는 딸의 손을 조용히 풀었다.

10.

인천공항

성혜진과 아버지

성정훈은 공항 대기실 창밖으로 경쾌하고 발랄한 모습으로 차에서 내리는 혜진을 보았다. 날렵하고 상큼한 딸의 모습이었다. 언제 보아도 눈에 넣어도 아프지 않을 딸이었다. 정훈은 어떤 일이 있더라도 딸의 마음을 아프게 하고 싶지 않았다.

이제까지 딸 혜진은 아빠의 마음을 한 번도 아프게 한 적이 없었다. 엄마 없는 집안에서 딸은 밝게 컸고 학교 성적도 늘 우수하여 한 번도 정훈은 걱정한 일이 없었다. 집에서는 일하는 아줌마가 돌보았지만 아빠를 챙기는 것은 항상 딸 몫이었다. 그런 딸이 언제부턴가 자신이 결코 용납할 수 없는 일에 매달리는 것이었다.

민석과는 어린 시절부터 오누이 이상이었다. 때로는 민석이 혜진을 챙겨주는 것을 보고 속으로 감동도 받았다. 무남독녀인 혜진에게 민석은 든든한 오빠였다. 하지만 정훈에게 민석은 더 이상의 의미가 있어서는 안 되었다. 자신의 동생 도훈의 앞길을 막았고, 하늘같이 생각하는 선대 정 회장의 실각에 이은 죽음까지도 다 민석의 아비 강필수 때문이었다. 그때 자신을 부르는 딸의 목소리에 상념은 거기에서 멈추었다.

"아빠~"

"앉아라. 안 와도 된다니까."

"뭐야, 목 빼며 기다린 표정도 아니네. 괜히 숨이 목에 차서 달려 왔잖아."

둘은 잠시 의자에 앉아 앞을 바라보았다. 정훈은 언제까지 자신의 마음을 숨길 수 없다고 생각했다. 지금부터 자신이 해야 할 말은 딸에게는 분명 아픈 상처가 된다. 하지만 미룰수록 상처는 깊어질 것이다.

"민석이가 들어온단다."

순간, 혜진의 가슴이 덜컥하는 표정이었다. 아빠가 무슨 말을 하려는 것일까. 정훈은 그런 딸의 표정을 놓치지 않았다.

"네 마음은 안다. 하지만 민석이 일만큼은 아빠도 양보 못해. 다른 감정은 없지? 민석이하고는? 그냥 어렸을 때 이웃집 오빠 감정이지?"

"…."

딸의 표정이 진지해졌다. 방금 전까지 나비같이 날아온 그 표정이 아니었다. 소중한 것을 뺏어가려는 상대에게 본능적 방어를 하는 표정이었다. 그것을 정훈은 놓치지 않았다. '쉽지 않겠다' 는 마음이 무겁게 짓눌렀다.

"혜진아, 정확히 해두어야 한다. 아빠 지금 심각한 싸움을 하고 있어."

정훈도 딸에게 지지 않았다. 혜진이만큼 자신에게도 이 문제는 절박했다. 성진건설의 앞날은 물론 자신과 민철의 차후 문제가 걸려 있는 중요한 문제였기 때문이다.

"강 회장님 때문이야?"

혜진은 조용히 물었다. 담담하게 받아들이는 모습이었다. 순간 정훈은 당황했다. 이 아이는 어떤 것도 다 받아들일 마음의 자세가 되어 있나? 이것을 깰 비책이 아비인 정훈에게는 없었다. 딸의 담담한 모습에 정훈은 초조해졌다. 그래서 딸에게 단순한 아버지의 원한 때문이 아니라고 말해 주어야 했다.

"또 있다, 돌아가신 정 회장님으로부터 큰 부탁을 받았다. 강 회장과 충돌은 피할 수 없어. 그 핵심이 민석이야."

"듣고 싶지 않아요."

"나도 사랑하는 딸에게 이런 이야기를 하고 싶지는 않다. 하지만 아빠와 강 회장과의 충돌은 불가피해."

"그게 나에게 민석 오빠에 대한 감정을 물어 보는 이유야?"

혜진은 똑바로 아빠를 바라보았다. 정훈은 순간 딸의 눈매가 서늘하다는 느낌을 받았다. 어떤 것도 각오하겠다는 것인가. 이어 혜진의 눈에 가벼운 이슬이 맺혔다. 정훈은 애써 눈길을 피했다. 그러나 정훈은 감정을 확실히 전달했다.

"민석이는 절대 안 된다. 내가 너무 앞지르고 있는지 모른다만."

더 이상 딸의 아픈 모습을 정훈은 보고 싶지 않았다. 그는 비행기 시간을 핑계로 일어섰다. 그리고 딸에게 악수를 청했다. 딸은 아빠의 손을 조용히 잡았다

11

인천공항 밖
성혜진

멀리 하늘로 사라지는 비행기를 보고 혜진은 이내 눈길을 돌렸다. 아버지의 말을 따를 수 없음이 새삼 가슴에 저려왔다. 생모의 죽음으로 훌쩍 떠나버린 민석 오빠. 지금도 혜진은 마음속에 민석이 가득 차 있다.

어렸을 때 혜진에게는 민석이 전부였다. 도서관에 함께 가는 것도 혹시 민석에게 치근댈지 모르는 여학생들 때문이었다. 혜진은 민석이가 무작정 좋았다. 이 세상에서 민석을 보호해 줄 사람은 자신밖에 없다고 철석같이 믿었다. 민석도 그런 혜진에게 '네가 내 애인이냐' 하고 귀찮은 척 했지만 내심은 분명 아니었음을 혜진은 안다. 둘은 늘 친 오누이처럼 붙어다녔다. 그것을 민철은 눈부신 듯 보았다.

그런데 이상한 것은 아빠 성정훈이었다. 아빠는 어렸을 때부터 민석을 벌레 보듯 싫어했다. 하지만 혜진은 아랑곳하지 않았다. 오히려 엄마를 일찍 여의고 형제자매가 없는 혜진에게 민석은 훌륭한 보호자였다. 아빠도 이 점은 인정했다.

그런 중 아빠와 민석 사이에 결정적 균열을 가져오는 사건이 있었다. 혜진으로서는 생각하기도 싫었지만 갑자기 귀국한 생모의 죽음에 간접적이지만 아빠가 관여한 것이었다. 나중에 알게 된 혜진은 민석에게 평생 빚진 마음으로 살기로 했다.

핏덩이로 엄마와 헤어진 민석은 갑자기 나타난 생모에 대한 감정이 컸다. 그것은 엄마가 정상적 생활인의 모습이 아닌 채로 나타났기 때문이라고 혜진은 생각했다. 룸살롱을 경영하는 민석 생모의 퇴폐적 모습은 민석을 길러준 엄마 요숙의 정숙한 모습에 비해 너무 화려하면서도 초라했다. 거기에 늘 정 회장이 오빠를 향해 '천한 피'라고 냉소와 멸시를 보냈던 그 원인이 바로 생모 때문임을 확인했다.

그래서 민석은 무척 혼란스러워 했다. 자신을 그렇게 끔찍하게 사랑했던 어머니가 생모가 아니라는 사실은 민석으로서는 생각하기도 싫었다. 이러한 민석을 혜진은 생모와 만나게 해줌으로써 아픔을 풀어주었다. 처음에는 머뭇거렸던 오빠가 생모를 만나고 얼마나 좋아했는지를 혜진은 지금도 기억하고 있다. 그리고 '지금의 어머니에게 잘하라'는 생모의 말에 '모두에게 잘하겠다'고 생모에게 약속했다. 눈물을 하염없이 흘리며 '다시 미국으로 가겠다'는 생모에게 "그럴 필요 없어요, 엄마를 지키겠어요."라고 위로하던 민석 오빠. 그때 민석은 얼마나 대견해 보였는지 모른다. 그렇게 방황하던 민석에게 혜진의 사랑은 절대적이었다.

그러나 그 기쁨은 오래 가지 못했다. 혜진은 지금도 그해 봄날의 늦은 밤을 잊을 수 없다. 민석과 늦게 도서관을 나서다가 보았던 교통사고 현장. 휴지처럼 구겨진 자동차, 두 사람은 흠칫 놀라 그 자리를 피했으나 그곳에서 즉사한 사람이 민석의 생모라는 사실은 알지 못했다.

더 큰 충격은 아버지의 연관성이었다. 사고 다음날 아빠 차를 타고 등교

하던 혜진은 통화 내용을 들었다.

"결국은 죽었군. 어차피 잘된 일인지도 몰라."

혜진은 그 통화에 내용이 민석의 생모라는 사실을 뒤늦게 알고 몸서리를 쳤다. 민석을 싫어하는 아빠였으나 한 사람의 죽음에 '어차피 잘된 일일지도 몰라' 라니! 왜 아빠는 민석에 관련된 모든 것을 그리 싫어할까?

그날 이후 민석의 방황은 컸다. '오빠는 내가 아니면 죽을지도 몰라.' 생모의 죽음 앞에서 방황하던 민석의 모습에서 혜진은 불현듯 이런 생각이 들었다. 혜진은 민석을 지킬 사람은 자신이라고 더욱 굳게 믿었다. 자신을 너무 예뻐해 주었던 민석 생모의 뼈를 강에 뿌리며 오빠를 끝까지 지켜주겠다고 약속했다. 그러나 어느 날 갑자기 민석은 미국으로 떠나버렸다.

그 이후 민석에게서는 어떤 소식도 없었지만 혜진은 아무렇지도 않았다. 마치 옆에 항상 민석이 있는 것처럼 생각하고 살았다. 아빠는 이것을 단순한 젊음의 호악의 감정으로 알고 있다. 20대의 한때에 겪는 단순한 사랑으로 보았다. 하지만 혜진은 그렇지 않았다. 그럼에도 이것을 아빠에게 설명할 수 없었다. 그것은 이해시킬 수도, 이해할 수도 없는 그런 문제였기 때문이다. 혜진은 발걸음을 옮기며 속으로 나직이 중얼거렸다.

'민석 오빠, 뭐해?'

멀리 사라지는 거대한 비행기의 하얀 꼬리를 다시 한 번 혜진은 보았다.

12.

뉴욕, 스카이 레스토랑

강민석과 최영우

뉴욕 중심가의 스카이 레스토랑으로 민석은 급히 들어섰다. 예정보다 회의시간이 길어져 영우와의 약속시간보다 조금 늦었다. 카운터에 예약 자리를 묻고 안내를 따라 들어가자 저쪽에서 불쑥 손이 올라왔다.

"민석 형."

최영우는 민석의 가장 절친한 친구였던 최상우의 동생이다. 그는 지금 우수은행 뉴욕지점 대리로 와 있다. 민석은 웃으며 다가갔다.

"늦어서 미안."

"같은 뉴욕 하늘에서도 정말 형 보기 어렵네. 이번에도 큰 건 하나 처리했어요? M&A?"

영우는 밝게 웃었다.

"여기서는 사업 이야기 그만하자. 뉴욕지점 생활은 어떠니?"

"뻔하잖아요."

"상우 소식은 잘 듣고?"

"형 소식이요? 저한텐 잔소리밖에 안 해요."

"그래? 상우 녀석 원래 그렇지 않았는데? 네가 문제아라서 그런 건 아니고?”

“이런 기가 막힌 편견! 가재는 게 편이라더니.”

두 사람은 식사와 가벼운 술을 마시면서 이야기를 이어갔다.

“이런 생각이 들었어요. 우수은행도 해외영업을 하려면 현지 법인이나 지점 형태가 아닌 미국은행을 직접 인수해 영업해야 한다고.”

“호오? 그래? 왜 그런 생각이 들었지?”

민석은 흥미로웠다. 녀석다웠다. 우수은행 수석입행자에 진급도 남보다 빨랐다. 그래서 무슨 일이건 남보다 한 발 먼저 생각하는 것이 상우의 장점이었다.

“전, 솔직히 해외지점이라고 하면 대단한 생각으로 왔는데, 실상은 우리나라 대기업 지사나 교포를 상대로 구멍가게식 장사를 하더라구요.”

구멍가게식? 민석은 빙긋 웃었으나 그의 말을 깊이 경청했다.

“그것두요, 국내의 영업 방식을 그대로 답습하거나 크게 벗어나지 못하더군요. 교포들과의 거래도 대부분 부동산담보 위주인데, 여긴 국내와 상황이 다르잖아요.”

민석은 고개를 끄덕였다.

“맞다. 국내 부동산은 사두면 올라가지만 미국은 그렇지 않지.”

“미국은 부동산 가격이 수시로 하락과 등락을 거듭해 해외지점들이 많은 부실을 안고 있더군요. 우수은행 경우는 더 심해요. 수익성은커녕 까먹고만 있죠.’

“그래서 미국 기업이나 미국인들을 상대로 거래를 해야 한다고? 그러려면 지점이나 현지법인이 아닌 조그마한 은행이라도 인수해 본격적인 영업을 해야 한다? 이 말이군?"

"그렇지요."

"국제화와 수익성을 동시에 챙긴다? 좋은 생각이야."

이렇게 말하면서 민석은 어제 아버지 강필수 회장으로부터 급 귀국 요청을 받은 것을 생각했다. 민석은 처음에는 완강하게 거절했다. 미국 생활은 이제 기반이 잡혔으며 안락하다. 생모의 죽음에 대한 충격도 차츰 잊혀져갔다. 다시는 귀국하지 않을 작정이었다. 촉망되는 젊은 M&A 전문가로 이미 두각을 나타내고 있다.

이런 중에 아버지의 귀국 요청을 민석은 받아들일 수 없었다. 그러나 아버지의 권유는 집요했다. 은행 합병을 통한 금융부문 강화로 성진그룹의 글로벌화를 기하겠다는 거창한 꿈을 가지고 있는 만큼 아들의 큰 경력이 필요하다는 것이었다. 동시에 아버지가 은행 합병의 꿈을 이루면 다시 그룹으로 돌아가고, 너의 행동은 오로지 너에게 맡기겠다는 것이었다.

사실 민석으로서도 국내 은행의 합병에는 관심이 많았다. 미국에 와서 느낀 점이지만 한국은 이미 세계경제의 큰 중심 안에 들어왔다. 거기에 비록 민석 출국 후의 일이지만 한국은 제1차, 2차 은행 합병이라는 큰 전쟁을 치르고 잠시 숨을 고르고 있다.

1, 2차 합병을 거치면서 한국의 은행 합병 전쟁은 새로운 국면에 이르렀다. 합병 전략과 전법이 태동되었고 합종연횡의 변화무쌍한 전술이 합병 시장을 더욱 달구고 있다. 이런 싸움 여건이 조성되어 있는 합병전선은 민석에게 묘한 흥분감을 주었다.

민석은 지금 한국에서 곧 벌어질 동우금융지주의 민영화와 국제은행의 매각 등 굵직한 현안을 알고 있었다. 동시에 현재 서열 6~7위를 오가는 우수은행을 올바른 합병전쟁으로 탄탄한 반석에 오르게 할 자신도 있었다. 아버지의 말대로 한번 꿈을 이루어볼 가치는 있었다. 또 국내에서의 은행 합병 경험은 향후 미국에서의 M&A 전문가로서 민석의 경력에도 영향을 미칠 것이었다.

"뉴욕에 얼마나 있었지?"

"2년 넘었습니다. 이제 들어가야죠."

"나도 곧 들어가야 할 것 같아."

"왜요?"

"아버지 요청이시다. 아버진 곧 은행 합병을 시도할 것 같아."

"회장님이요? 아니 어떻게요?"

"아버지가 잠시 우수은행을 맡으시겠단다. 합병 후 다시 그룹으로 돌아가는 조건이다."

"네? 그렇게까지 하시면서 회장님이 직접 진두지휘하시겠다는 겁니까."

"그래, 그래서 말인데, 네가 아는 우수은행의 모든 것을 샅샅이 말해봐. 그리고 너도 들어올 준비를 하고."

영우는 잠시 멍하게 앉았다가 정신을 차렸다.

"먼저 만나뵐 분이 있습니다. 도쿄지점의 신주열 과장과 본부 조사역실의 이성걸 조사역입니다."

13.

같은 시각, 한국 서린호텔 일식집

강필수와 김준수

날카로운 눈매의 재경부 서기관 김준수는 안내를 받으며 방안으로 들어섰다. 남산 서린호텔 일식집의 깊은 방이었다. 방안에는 곧 장인이 될 강필수가 빙그레 웃음을 띠고 맞았다. 강필수에게 장래 사윗감 김준수는 특별한 의미가 있었다. 무엇보다 강필수의 철저한 후견인 재경위원장 김성철 의원의 장남이면서 아들 민석의 친구이기도 했다. 강필수를 사로잡은 것은 그의 탁월한 능력으로 인한 출세가도였다.

서울대 2학년 때 고시를 패스한 그는 일찌감치 미국으로 유학을 떠났다. 그곳에서도 탁월한 능력을 발휘해 남들보다 2배 빠른 속도로 박사학위를 마치고 국가에서 시행한 해외두뇌 유치의 일환인 특채공무원으로 재경부 사무관으로 임명되었다. 그는 이곳에서도 출중한 솜씨를 발휘해 굵직굵직한 사안들을 처리한 후 30대 초반에 40대에야 바라볼 수 있는 서기관에 올랐다.

이러한 김준수는 강필수에게는 김성철에 이어 천군만마의 힘이었다. 필수는 이 천재를 영원히 자신의 힘으로 삼기로 했다. 그래서 딸 애란을 소개시켰고 자주 만날 수 있도록 노력했다. 필수는 준수가 얼마나 대단한 사람인가를 애란에게 틈만 나면 주입시켰다. 그러나 애란은 늘 시큰둥한 표정이었고 아버지의 말을 귀담아 들으려 하지 않았다. 오히려 따분하게 듣는 편이었다. 언제부턴가 애란이는 준수를 만나는 것에 심한 스트레스를 받는다고 불평했다. 그러나 필수는 무시했다. 그 정도 똑똑하고 앞길 가리는 사람은 그럴 수도 있지 하고 윽박지르기 일쑤였다. 준수가 자리에 앉자 필수는 바로 본론을 꺼냈다.

"성진건설 자구책에 대해 정부의 입장은 어떤가?"

김준수는 잠시 멈칫했다.

"아, 아닐세. 내 입장은 생각하지 말게. 성진건설은 이미 그룹과는 무관해."

"문제가 많더군요."

"호오, 그래?"

"성진건설이 회생하기 위해 확보해야 할 금액은 영업부문의 잉여이익, 부동산 매매 등 자구책으로 인해 확보될 금액을 빼더라도 2조 4,000억 원에 가까운 자금을 채권금융기관 등 외부의 힘을 빌려야 가능합니다."

김준수는 정확한 숫자와 함께 설명했다.

"주요 채권금융기관이라면 은화은행이겠구만?"

"아무래도 은화은행이 가장 골머리를 앓겠죠. 하지만 우수은행도 자유스럽진 못합니다. 그렇게 여의치 않을 때도 정부와 채권단은 법정관리 카드는 취하지 않을 것 같습니다."

"그래?"

필수의 머리는 복잡해졌다. 추후 성도훈과의 싸움에 성진건설이 해야 할 아주 중요한 역할이 있다. 그래서 당장의 법정관리는 필수도 원하지 않았다.

"금감원에서는 아무래도 선례인 대성자동차 법정관리가 대외 인식에 부담되었다는 예를 들어 주장합니다. 현재 성진이 진행하고 있는 해외사업 운영에 타격을 받는다는 겁니다."

"그럼, 무슨 방법이 있나? 정부 입장에서는?"

"장관께서도 말씀했지만 부도 후 국가경제를 생각해야 하므로 바로 법정관리에 넣지 않고 경영권 박탈을 전제로 출자전환 집행으로 선회할 것 같습니다."

"흠, 출자전환으로 경영권을 박탈한다? 그렇다면 은화측은 어떤 손실이 있을까."

필수는 재빠르게 계산해 나갔다. 성진건설이 출자전환된 후 은화에 미칠 손해를 따져야 한다. 성진건설은 어떤 방향으로도 자신이 앞으로 은화은행 성도훈과 벌일 싸움에서 반드시 해야 할 역할이 있다. 그것은 바로 성진건설의 몰락이었다. 그래야 은화은행에 결정적인 타격을 입힐 수 있었다. 필수에게는 그것만이 필요했다.

"성진건설 출자전환에 따른 피해는 성진건설의 회생 여부에 달려 있습니다. 만일 회생하지 못하고 정리 대상이 되면 은화은행은 출자전환한 주식을 휴지로 버려야 할 입장이 되니까요. 이런 케이스로 최근 경성은행, 홍업은행, 화평은행, 부국은행 등에서 출자전환한 주식을 대규모 매각해 큰 손실을 입었으니까요."

강필수는 묘한 미소를 띠며 고개를 끄덕였다. 출자전환이 되면 거기에 맞는 계략을 발휘하면 된다. 은화에 결정적 타격을 줄 수 있는 방법은 무궁무진하다. 그는 회심의 미소를 지으며 다음으로 화제를 옮겼다.

"은화은행장으로 미국의 학자가 들어온다면서?"

"성도훈 교수입니다. 미국에서는 은행 M&A로 주가를 올린 학자죠."

"내부 반발은 없나? 이전 은화은행장은 순수 은화은행 행원 출신이었잖나."

"아무래도 잡음이 없겠습니까? 곧 동향 보고가 올라올 것입니다."

"나도 공유할 수 있겠지?"

"그렇게 하시죠. 그런데 왜 아버님께서는 은화은행에 그렇게 많은 관심을?"

"아? 그, 그건… 은화은행과 성 행장 개인 모두에게 관심이 있네. 차차 이야기하지."

음식이 들어오자 두 사람은 한결 편해졌다. 그러나 준수가 먹는 모습을 보면 필수는 항상 불만이다. 음식을 가리는 편인지 한 번도 맛깔나게 먹는 것을 보지 못했다. 그것이 필수의 마음에 늘 걸렸다.

"아버지는 회장님의 합병을 통한 우수은행의 글로벌화, 클린화, 대형화 의지에 감동 받으셨다고 했습니다. 이제 마음껏 날개를 펴십시오. 하지만 아버님, 은행원들의 생리는 만만찮습니다."

14.

다음날 우수은행
구병모 전무와 노조위원장

구 전무는 앞에 앉아 미묘한 표정을 짓는 노조위원장을 지그시 바라보았다. 쉬운 사나이가 아니었다. 제1차 합병 때 우수은행의 합병을 막으려 행원들 앞에서 할복까지 한 사나이였다. 말이 할복이지 그냥 커터칼을 간단히 배에 그었는데 그것이 센세이션을 일으켰다. '하이컬러 은행원이 이제는 블루컬러 노동자화 되었다', '은행원들, 생존 앞에서 절박해지다' 등 찬반의 뜨거운 설전이 펼쳐지는 가운데 이 사나이는 일약 우수은행의 톱 화제가 되었다.

그리고 그는 이듬해 노조위원장 선거에서 타 후보를 압도적으로 누르고 당선되었다. 그는 이렇게 대중의 힘을 끄는 포퓰리즘을 갖춘 사나이였다. 그렇게 당선된 그는 노조운영에는 아무 지식이 없었다. 노조 간부들이 노조운영비를 빼먹어 한때는 재임이 위협받을 만큼 흔들리기도 했다. 흑막이 게재된 마타도어가 난무했고 노조의 위기를 맞기도 했다. 그러나 구병모는 이 사나이의 순수함을 믿었다. 그래서 발 벗고 나서 오명을 벗겨주었다. 그 이후로 그는 알듯 모르듯 구병모의 측근이 되어 있었다.

"이건 호기야, 안 그래? 위원장?"

"이기 무슨 호긴교?"

"허어, 그렇게 이야기했건만… 지금 우수은행 내부 사정은 당신이 더 잘 알잖아. 이번 분기 결산실적, 이대로라면 마이너스야. 어느 귀신이 잡아갈지 몰라. 지금 은행평가위원회 결과로 지주금융회사로 포함시킬지도 모르지."

구병모는 역시 노련했다. 슬쩍 그의 불안한 곳을 긁었다.

"그기 마, 우리 5천 행원들의 책임입니꺼?"

노조위원장은 의기충천해 구호식으로 답했다. '아직 어리다.' 구병모는 그렇게 생각하며 눈앞에 있는 사나이가 할복한 장면을 잠시 떠올렸다.

"이것 봐 위원장, 내 말을 그렇게 못 알아듣나. 지금 말은 안 해도 우량 은행들 말이여, 짝짓기 대상을 고르려 혈안이 되어 있네. 우린 지금 잡혀 먹힐 대상이야, 알잖아."

"…"

"우리말이야, 지금 죽 쒀서 개 주고 있다는 거 알아?"

구병모는 우회전법으로 설득하기로 했다.

"그기 무신 말인교."

"곧 정부에서 기업퇴출 판정을 하네, 그래서 모든 은행들이 워크아웃으로 출자전환한 기업들 주식을 헐값으로 내다 팔고 있어, 죽을 지경들이지, 어차피 폐휴지 조각될 것이니까 조금이라도 건져야지 하면서 말이야, 모두 쉬쉬 하면서. 멀리 갈 것 없네. 우리 말이야. 동양철관 주식 얼마에 판 줄 알아? 20억 매각 손실이야, 이것을 보전하려면 우리 행원들이 얼마나 뛰어야 하는 줄 알아?"

"그렇게라도 마, 부실은 털어야 되지 않심니꺼."

그는 아직도 구 전무의 노회함에서 헤매고 있었다. 그러나 자신의 논리만은 확실했다.

"그래, 부실을 털고 난 그 다음에는? 이제 잡아먹힐 순서다?"

"우리에겐 5천 행원이 있심니더. 사수해야지예."

"또 할복할 텐가? 여긴 전쟁터네, 총알 없이 자네들 무슨 수로 싸워."

"그렇게 비관적으로만 말씀하지 마시지예."

그러나 위원장의 마음은 구병모에게 이미 넘어왔다. 이 사나이가 노조 위원장으로서 강 행장을 맞아들일 명분을 줄 순서였다.

"이게 우리 현실인데 어떻게 하나, 자네에게 명분을 주겠네. 이제는 다시 밖으로 뛰쳐나가지 않아도 될 명분 말이야. 강 회장님을 행장님으로 받아들이는 우리의 명분일세. 아무리 자네들이 부정해도 현실은 현실이야, 강 회장님은 굴러온 복덩이야, 우리들이 그룹에 사정을 해야 할 판이었는지 몰라. 우린 은행 실리만 찾으면 돼. 그것을 해주시겠다는 데 마다할 이유가 없잖아. 그게 노조위원장으로서 강 행장님을 받아들이는 실리란 말일세. 알겠나?"

"전무님예, 사후 보장은 어떻게 됩니꺼?"

이 질문은 이미 마음을 굳혔다는 의미다. 그러나 구병모는 펄쩍 뛰며 손사래를 쳤다.

"말도 안 되는 소리하지 마. 난 상고 나온 후 40년을 이곳에 몸 바친 사람이야. 마지막을 이 대회전에 바치고 후배들에게 물려주고 깨끗이 물러날 거야, 이제 초대형 우수은행은 자랑스러운 자네 후배들 몫이네, 그것을 나는 강 회장, 아니 강 행장님께 반드시 관철시킬 걸세."

위원장은 감동받은 표정이었다. 우수은행의 대형화. 위원장도 왜 꿈꾸지 않았겠는가. 그러나 그 이후에도 구세력의 잔존은 노조위원장으로서는 달갑지 않은 일이었다. 구 전무가 이렇게 발 벗고 나서는 것은 강 회장과의 바터교환이 있었다는 짐작으로 물었으나 구병모가 워낙 진지하게 나서자 위원장은 그대로 믿었다. 구병모의 노회함이 빚어낸 깨끗한 승부였다.

"그러니 노조 측에서도 성의를 보이게."

구병모는 위원장의 마음을 놓치지 않고 파고들었다.

"보라구, 밖에서도 신선한 충격으로 받아들이고 있지 않나, 재경부 장관이나 듬감원장까지도 강 회장님의 은행장 유입을 높이 평가하고 있어, 이제 우리 차례일세. 화답해야 되지 않겠어?"

구병모는 방금 배달된 경제신문을 들이밀었다.

"알겠심니더. 지한테 맡기시소."

"고마워, 우린 이제 거대한 역사의 한 중심에 서는 거야. 잘해보세."

"알겠심니더."

며칠 후 성진그룹 회장실에서 필수는 창가에 서서 하염없이 깊은 생각에 잠겼다. 노을에 붉게 물든 서울의 화려한 금융가들. 거대한 빌딩의 실루엣이 점차 드러나면서 밤의 분주함이 더욱 더해졌다.

석양에 비친 필수의 그로테스크한 얼굴은 밤의 분주함과 묘한 앙상블을 이루었다. 책상 위에는 일간지, 경제신문, 심지어 우수은행 노조지까지 그의 기사가 실린 신문이 쌓여 있었다. 그는 천천히 돌아섰다.

'어서 오라, 성도훈. 내가 기다리고 있다. 네가 시작했던 이 지겨운 증오의 고리, 어떤 식으로든지 결판을 짓자, 네가 죽든 내가 죽든!'

제3부 탐색

1.

2011년 3월 어느 날

우수은행장 강필수

유달리 화창하고 맑은 날씨였다. 우수은행 은행장 강필수가 입은 짙은 감색 양복은 오늘의 날씨와도 썩 잘 어울렸다. 희끗희끗 보이는 약간의 은색 모발은 관록과 경륜을 보여주었다. 하얀 와이셔츠에 맨 화사한 빗살무늬 넥타이는 그를 훨씬 젊어 보이게 했다.

은행장실 바로 옆으로 연해 있는 소회의실에는 구병모 전무 이하 은행 임원, 부장들 그리고 노조위원장까지 긴장한 채로 앉아 있었다. 강필수가 은행장실에서 나오자 사람들은 벌떡 일어섰다.

"앉읍시다."

필수는 미소를 띠며 주위를 돌아보았다.

"여기 모이신 모든 분들은 저에 대해 많은 의구심을 가질 것입니다. 은행문화도 모르는 그룹 회장이 은행을 경영하겠다는 것부터 혹시 내 신상에 무슨 변화가 있지 않나하는 것까지 모든 임직원들은 많은 우려를 하고 있는 것으로 압니다."

일동은 숨을 죽이고 듣고 있었다.

"저는 이 자리에서 분명히 약속드립니다. 자연인 강필수는 여러분들이

146

사랑하는 우수은행을 합병으로 최고의 은행으로 만든 뒤 물러나 그룹으로 돌아갑니다. 이후에 우수은행을 발전시키고 정착시키는 것은 모두 여러분의 몫으로 남겨 두겠습니다. 저는 이 모든 것을 존경하는 임직원 여러분들, 특히 구병모 전무님과 한 배를 탄 기분으로 헤쳐 나가겠습니다."

구 전무는 감격에 겨워 고개를 조아리고 있었다.

"이상입니다, 감사합니다."

순간 모든 사람들이 벌떡 일어섰다. 그리고 열렬한 박수를 보냈다. 필수는 미소를 지으며 일어서 행장실로 향했다. 뒤따르던 비서실장이 다가와 깊숙이 고개를 숙였다.

"행장님, 기자회견이 곧 시작됩니다."

"알았소, 갑시다."

대회의실의 널찍한 강당에는 기자회견이 준비되어 있었다. 연단 뒤로는 '경축. 강필수 전 성진그룹 회장 우수은행장 취임' 이라는 대형 플래카드가 걸려 있었다. 모여 있는 기자들은 소곤거리며 이야기를 나누다가 강 행장이 들어서자 일순 입을 다물었다.

오영일 기자도 그중 한 사람이었다. 곳곳에서 플래쉬가 터지면서 강필수 행장은 미소를 지으며 연단에 섰다. 이어 구병모를 위시한 임원들이 뒷좌석에 긴장한 채 앉았다.

"성진그룹 총수 지휘봉까지 놓으시고 우수은행장으로 취임한 이유는 뭡니까?"

"그룹 차원에서도 은행경영을 가장 소중하게 생각했기 때문입니다."

필수의 답변은 간결했다. 방금 간부들 앞에서의 장황함과는 전혀 다른 절도가 있었다. 기자들에게 말꼬리를 잡히지 않기 위함이었다.

"그렇다면 우수은행이 취할 은행은 그 하위권 3~4개 은행일 텐데, 이런 은행과의 합병으로 과연 회장님의 뜻을 이룰 수 있을까요?"

오영일이 저격 자세를 취했다. 이 정도의 질문으로 눈 하나 깜빡하지 않을 강 행장인 줄 알고 있다. 하지만 최소한의 복심은 읽고 싶었다.

"오 기자께서는 인류 역사에서 작은 것이 큰 것을 이긴 예가 얼마나 많은지 잘 아시겠지요? 가장 회자되는 소년 다윗과 거인 골리앗의 싸움에서 이긴 사람은 누굽니까?"

"돌 하나로 승부가 났지요. 그런 성경의 이야기가 아니라, 제가 말씀 드린 것은 은행 합병 건입니다."

오영일의 말에 장내는 와 하고 웃음보따리가 터졌다.

"그래서 저는 더 자신합니다. 우수은행의 합병 대상은 분명 우리보다 작은 은행이 아닙니다. 저는 우수은행의 인재들을 믿고 있습니다. 불을 붙여 줄 누군가만 있으면 불꽃은 곧 타오를 겁니다."

조금도 흔들림이 없었다. 그의 눈은 활활 타고 있었다. 영일은 속으로 중얼거렸다.

'그래서 천하의 정병석 회장을 쓰러뜨렸구나.'

2

같은 시각
우수은행 찬밥들

우수은행에서도 가장 추운 곳이 있었다. 본점 15층은 이상하게 추운 부서만 모여 있는 곳이었다. 그중에서도 가장 추운 곳은 15층에서도 잘 보이지 않는 조사역실이었다. 엘리베이터에서 내려 ㄱ자 복도를 꺾어 들어가면 맨 끝에 보이는 공간이 있다. 그곳에는 그 흔한 부서 표시도 없었다. 모르는 사람들은 이곳이 무엇을 하는 곳인지도 모를 지경이었다.

들어서면 아무 장식도 없고 그냥 빈 책상만 얼기설기 가로질러 있었다. 아무것도 없는 책상 위에는 전화기들만 덩그마니 있었고 필요한 사람들은 스스로 책꽂이를 가져다 놓기도 하고 그냥 책을 쌓아놓은 곳도 있었다. 누구도 이곳을 돌아보는 사람은 없었다. 누가 와도 모르고 가도 모르는 곳이었다.

우수은행 '꼴통' 들이 유배되어 있는 곳. 사고 직원들을 잠시 모아두는 곳. 그냥 이름을 붙여 '조사역실' 이라고 불렀다. 출근해도 그만 안 해도 그만, 그렇게 하다 지치면 제풀에 사직하라는 의미가 강했다. 이곳에는 10여 명이 끌려 들어와 있지만 서로 보기가 민망해 출근부만 찍으면 곧바로 사라진다. 이런 짓도 하루이틀이지 보통 6개월을 썩히면 모두 제풀에 손을 든다.

이 상황에 대처하는 부류도 여러 가지이다. 하루라도 빨리 유배지를 빠져나가려 혈안이 되어 무릎 꿇고 행동하면서 개과천선의 기미를 보여 살아나는 복귀파가 있는가 하면, 끝까지 저항으로 일관하며 냉소와 비웃음으로 유배지 생활을 즐기는 현상고수파도 있다. 이들을 주최 측에서는 악질분자라 부른다. 최고의 악질분자로 분류된 사람은 이성걸 팀장과 임경호 대리이다. 벌써 1년 째 유배생활을 하고 있는 찬밥파의 대부이다. 이성걸은 안티 구 전무의 꼭짓점이다.

"흥, 그놈이 그놈이지, 끼리끼리 해먹겠다는 거 아냐?"

방송으로 들리는 강 행장 취임사와 경영방침을 듣고 난 이성걸은 시니컬하게 이죽거렸다.

"얼래? 관심 없는 척 하시더니?"

임경호는 이성걸의 불만에 웃음을 참지 못했다. 취임 인터뷰에서 행장은 앞으로의 우수은행 합병을 주도할 인물로 미국에서 M&A 전문가로 주가를 올리고 있는 둘째아들 강민석을 거론했다. 이성걸은 그것이 못마땅했다.

"관심? 내가 관심을 가져? 즈그들끼리 노는 판에? 야, 이 염병헐 놈아. 넌 도대체 국어 제대로 배우긴 했냐? 관심이라는 단어를 알고나 쓰는 거여?"

"그럼 아닙니까? 솔직히 강민석 본부장에게 뭔가 필이 오는 것 아니에요?"

"미쳤냐? 이 시끼야."

"약관 30대 초반, 미국 박사학위 소지자, 이름 날리는 구조조정 전문가, 참 대단하네. 모두 팀장님 관심 사항이네요."

임경호는 이죽거리면서 계속 이성걸의 신경을 긁었다.

"누가 관심 갖는다고 그래, 이 새꺄. 아비 잘 만나서 그렇게 된 걸."

이성걸은 신문을 홱 던지며 빽 고함을 질렀다. 그럴수록 임경호는 능글댔다

"꼭, 그런 것만은 아니죠."

"뭐가?"

"그 젊은 나이에 그 위치까지 얼마나 치열한 삶을 살았겠어요? 인정할 것은 인정해주셔야죠."

"니가 봤냐? 봤어? 치열한 삶, 사는 걸?"

"부장님은 꼭 보인 것만 인정하십니까?"

이성걸은 재떨이를 들었다. 임경호는 재빨리 피했다. 그는 정말로 던지기 때문이다. 곧이어 재떨이가 바닥에 떨어져 박살이 나는 소리가 들렸다. '하여튼.'

임경호는 투덜거리며 일어섰으나 이성걸을 진심으로 존경한다. 그가 아는 우수은행 직원 중 이성걸 만큼 진정으로 우수은행을 사랑하는 직원은 없었다. 기획력과 불도저 같은 추진력은 타의 추종을 불허했다. 그의 유일한 결점이라면 세를 읽지 못한다는 것이었다. 관심이 없었다. 그래서 그는 구병고 전무의 패밀리식 경영을 눈엣가시처럼 여겼다. 우수은행의 앞길을 막고 있는 걸림돌로 치부했다.

동시에 그가 하는 말은 촌철살인이었다. 그는 핵심을 찌르는 논리가였

다. 그래서 그를 따르는 후배들은 많았지만 거꾸로 동년배나 선배들에게
는 경원의 대상이었다. 특히 구 전무 패밀리들에게 이성걸은 공적 1호였
다. 이곳으로 유배된 이후 이성걸은 거의 잠으로 소일했다. 의욕을 잃었
다. 부스스한 모습으로 그는 모든 것을 상실해버린 듯했다. 임경호는 안
타까웠다. 이 선배는 절대 그렇게 되어서는 안 되는 사람이었다. 그는 옛
날의 이성걸, 적토마처럼 갈기를 세우고 좌충우돌하는 선배로 돌아가 달
라고 당부했지만 돌아온 것은 냉소였다.

"가자, 시끼야. 곱창 채우러."

재떨이를 던지면 스트레스가 곧 풀리는지 다음 순서는 항상 임경호 달
래기였다. 경호는 이 순서를 안다. 그래서 그는 재떨이를 가급적 많이 던
지게 한다.

3

명동 막창구이집
오영일 기자와 우수은행 찬밥들

오 기자는 이런 분위기가 좋다. 둥그런 연탄불 위에서 지글지글 구워지는 고기들. 매캐한 연기와 냄새. 곳곳에서 자연스럽게 터지는 고성들. 그리고 알싸한 소주, 막 담아낸 양념이 듬뿍 차 있는 생김치 등 모든 것이 마음에 든다. 먹어도 먹는 것 같지 않은 일식집과는 차원이 다르다.

"강 행장 가슴이 출렁거리는 것을 봤지. 은행 합병전쟁 한판 크게 출렁거릴 것 같아, 강필수라는 풍운아 때문에."

몇 잔 술이 오가자 얼굴이 벌겋게 익은 오 기자가 입을 열었다.

"또, 또 오버하시네."

최상우는 기자들의 뛰어난 후각에 간혹 놀란다. 오영일은 분명 뭔가 잡고 있다는 생각이 들었다. 그러나 아직 흉중을 발설할 시기는 아니다. 언젠가는 앞에 있는 오영일의 힘이 필요할 것이다. 단, 그것은 극진한 친구 강민석을 위해서만 일 때다.

"지지부진한 동우금융 민영화, 국제은행 매각이 초미의 관심사야. 이때 정부가 과연 강필수 행장을 투입한 거냐, 아니면 강필수 행장이 자청한 거냐? 했다면 왜지? 그게 문제야, 난."

"말했잖아요, 그룹의 글로벌화를 위한다고."

"웃기네. 놀고 있어, 정말. 이제 연막까지 쳐주는구나!"

오영일은 기가 막히다는 듯 풋 소리를 내며 웃었다. 연막이라는 말도 스스럼없이 사용했다. 그만큼 그는 강 행장의 심중에 가까이 와 있다는 말이 아니겠는가.

"연막이라니요, 강 행장님 앞길이 얼마나 험하겠어요, 은행 합병은 기업경영과는 다르잖아요."

"어럽쇼? 내가 한 말 이제 네 놈이 써먹냐? 어쨌든 오늘 확신했다. 강 행장님 복심이 단순한 은행 합병에만 있다는 것이 아님을."

오영일이 냄새를 맡은 것은 확실했다. 그의 고향 진도의 명품 진돗개처럼 그는 이미 뭔가를 물었다. 그렇다면 절대 놓지 않을 것이다. 상우는 더 기다리기로 했다. '민석이를 위해서만 이 사람을 사용한다.' 그렇게 생각했다.

"합병이면 합병이지, 무슨 복심이요? 도대체 형님은 뭘 보고 그런 생각을 해요?"

상우는 계속 언저리를 돌았다. 그리고 화두를 던졌다. 그가 저격을 위한 사정거리를 어느 정도까지 확보했느냐를 파악할 필요가 있기 때문이었다. 오영일은 열정이 크다. 웬만한 속내는 감추지 않는다. 그렇게 하면서도 뛰어난 기자다. 그게 상우로서는 의아하기는 했다.

"우수은행 구병모 전무 말이야, 그 사람 금융계 사막의 여우로 통한다지? 묘수가 다양하고 변술에 능해서 말이야. 그 사람, 벌써 강 행장님 발 아래 바짝 엎드렸다는데?"

"당연하잖아요, 오야붕인데."

오영일은 갑자기 정색을 했다.

"엠병헐, 그렇게 못 알아 듣냐? 그 사람이 그냥 바짝 길 사람이 아니지. 문제는 너야, 넌 분명히 이미 뭔가 알고 있어. 말해봐. 백 회장에게서 들은 말, 뭐야?"

상우는 가슴이 서늘했다. 백 회장까지 입에 올린다는 것은 오영일이 저격수로서 최근접 거리까지 다가섰다는 의미다. 생각에 따라서는 그는 불시의 기습도 감행할 수 있을 것이다. 그러면 예상치 못한 타격을 받을 수 있다. 상우는 여기까지다 라는 생각으로 에둘러 말을 막았다.

"하여튼 넘겨짚기는. 기자 나리들은 원래 그런가."

그때 마침 구세주가 나타났다.

"어? 오영일 기자?"

이성걸 팀장이었다. 그의 뒤에는 임경호의 모습도 보였다.

"아! 이 팀장님."

오영일 기자는 무척 반색을 했다.

"기자 나리도 이런 서민 막창구이집과 통하나?"

"제가 하고 싶은 말인데요. 우수은행 명품 팀장님을 이런 서민 막창구이집에서 조우하다니."

"제길, 명품은 무슨 쉬어터진 명품이야? 말은 분명히 하자고. 조사역이네, 조사역. 2급 조사역."

이성걸의 입은 거칠었으나 묘한 청량감이 있었다.

"합석합시다. 참, 인사하세요, 여기 최상우라고."

오 기자의 말이 떨어지기도 전에 최상우는 벌떡 일어났다. 마치 다음 말을 미리 막는 행동 같았다.

"최상웁니다."

"이성걸이요. 이쪽은 찬밥파 후배놈이요, 임경호 대리."

이성걸은 사나이답게 걸쭉했다. 앉자마자 오영일과 죽을 맞추기 시작하더니 끝이 없었다. 은행 이야기는 쑥 들어가 버렸다. 강필수 행장 이야기는 이미 멀리 달아나 버렸다.

방금까지 진돗개처럼 물고 늘어질 것 같았던 오영일은 언제 그랬냐는 듯 신변잡기로 시시덕거렸다. '묘한 사나이들이로군.' 상우도 빙그레 웃으며 그들의 이야기를 귀 기울여 들었다. 이성걸의 말 한마디 한마디에는 뼈가 있었고 깜짝 놀랄 만한 페이소스가 있었으며 반전이 도사리고 있었다. 시원한 물줄기 같이 뻗어 오르는 그 무엇이 있었다. 상우는 자신도 모르게 그에게 빠져들어 갔다.

4

소공동 캐피탈호텔 1804호

강필수와 백성태

"최상우 사장에게 정말 이 일을 맡길 수 있겠소."

강 행장은 앞에 앉아 있는 백 회장에게 넌지시 물었다. 캐피탈호텔 1804호는 강필수의 밀실이다. 이곳은 강필수를 포함한 몇 사람만이 출입할 수 있다. 세종벤처 백성태 회장은 그중의 한 사람이었다. 육중한 체구의 그는 고개를 끄덕였다. 자신에 차 있는 음성이었다,

"이 일을 위해 공들여 키운 놈 아닙니까, 대단한 아입니다."

"민석이가 곧 들어옵니다. 들어온 즉시 시작하겠소."

"당연히 그러셔야죠."

"난, 이제 모든 것을 걸고 여한 없이 싸울 거요. 내가 죽느냐, 놈이 죽느냐. 모든 것을 얻느냐, 아니면 모든 것을 잃느냐지. 올오아낫(All or Not) 알겠소? 우리의 작전명이요."

"좋습니다. 올오아낫."

백성태는 시원스럽게 고개를 끄덕였다.

돌아오는 차 안에서 백성태는 깊은 생각에 잠겼다. 성도훈이 성불구로

아이를 가지지 못한다는 점을 감안하면 강민철은 분명 강 행장의 자식이다. 이 사실은 자신만 안다.

백성태는 잠깐 얼굴을 찡그렸다. 괴로웠다. 언제까지 이 비밀을 숨길 것인가. 처음에 그는 의도적으로 숨겼다. 강필수의 증오로 얻을 것이 있다고 생각했기 때문이었다. 과연 그의 예측은 적중했다.

도훈의 성불구를 알 리 없는 필수는 아내에 대한 증오로 외도를 저질러 민석을 얻었다. 이로 인해 선대 정 회장과의 간극은 돌이킬 수 없게 되어버렸다. 이 일로 정 회장과 강필수가 영토를 놓고 대회전을 치를 때 필수는 원군 요청의 손을 내밀었다. 백성태는 평생의 온갖 지략을 모았다. 그리고 필수가 정 회장을 실각시키는 데 일등공신이 되었다. 강필수 왕조가 세워졌을 때 그는 영주로서 충분한 지분을 받았다. 지금 누리고 있는 부와 명예, 권력은 결과적으로 자신이 성도훈의 불구를 강필수에게 알리지 않았기 때문에 얻은 열매였다.

그것을 지금 새삼스레 이야기하기에는 너무 늦었다. 배는 너무도 멀리 와버렸기 때문이다. 사실 백성태는 필수의 증오가 이렇게 무서운 회오리로 극을 향해 달려갈 줄 몰랐다. 세월도 잊은 듯 아직도 시퍼렇게 살아있을 줄은 꿈에도 생각하지 않았다. 벌써 30년 전의 일 아닌가.

세월이 가면 증오의 빛이 바랠 줄 알았다. 그러면 자신의 과오도 그냥 묻힐 줄 알았다. 그의 증오는 갈수록 짙어졌다.

"내가 강필수라는 사내를 너무 모르고 있었어."

백성태는 중얼거렸다.

5

백성태의 집
백선영과 백성태

아무도 없는 텅 빈 집에 들어서자 백성태는 오늘 아침 일이 생각났다. 가정부와 운전수만이 덩그마니 있는 고래등 같은 집. 그는 요즘 들어 새삼 가족이라는 것을 생각해보곤 한다. 그러나 동시에 자신은 그런 복을 누릴 자격이 있을까 하는 자책감이 든다. 이 세상의 유일한 혈육인 딸 선영이 때문이었다.

상우와 선영이가 지극히 사랑하고 있음은 애비로서도 기쁜 일이었다. 고교시절 문제아였던 딸 선영은 상우를 만난 뒤 삶의 궤적을 바꾸었다. 사랑의 감정이 상우에게 깊이 꽂혀버린 것이었다. 선영은 의상학과를 졸업하고 지금은 강남에서도 유명한 패션몰을 운영하고 있다. 뛰어난 사업 감각과 패션 감각을 갖춘 선영은 아버지와는 모든 면에서 달랐다. 인정도 많았고 사랑도 많은 아이였다. 그러나 아빠에 이르면 늘 냉소적이고 저항적이었다. 선영의 가슴에는 어린 시절 비정한 아빠의 상혼이 그대로 남아 있기 때문이라고 생각했다.

대공 형사로, 사채업자로서의 자신의 전력은 가정에 소홀할 수밖에 없었다. 아내가 병원에 실려갈 때도 곁에 있었으면 살릴 수 있었다. 그러나 그때도 그는 사채를 떼먹고 도망친 채무자의 뒤를 쫓고 있었다. 며칠 후 돌아왔을 때 아내는 이미 저승의 문고리를 잡고 있었다. 그럼에도 그는 딸에게 소소한 정을 줄 수 없었다.

그 모든 것들이 아빠에 대한 반항으로 이어졌다. 고교시절 불량소녀로 속을 썩이면서 입에 달고 다니는 말이 '아빠만 있었으면 엄마가 살 수 있었다'였다. 엄마의 죽음을 스스럼없이 아빠 탓으로 돌렸다. 그런 선영이가 상우를 만나 진로를 180도 바꾸었다. 처음에는 그렇게까지 갈 수 있을까 의아했으나 이제는 결혼 이야기가 오가고 그 다음에는 두 사람이 함께 파리로 가겠다는 것이었다.

그러나 기실 속내는 딴 곳에 있다는 것을 백성태는 알고 있다. 딸은 노골적으로 '아빠와 상우 오빠가 함께 있어서는 안 된다'고 공언했다. 백성태는 속이 끓었으나 참을 수밖에 없었다. 오늘 아침에도 마찬가지였다. 선영은 또 상우 이야기를 꺼냈다. 자신에게 돌려 달라는 것이었다.

"지금, 무슨 말을 하는 게냐?"

백성태는 불쾌하게 노려보았다.

"아빠는 그 습관 정말 못 고치시네요? 불리하면 못 알아들은 척 하시는 거. 그렇다면 다시 말하죠. 상우 오빨 돌려 달라구요."

딸은 항상 이런 식이었다. 백성태는 꾹 참았다. 그냥 무시하자는 생각이 들었다.

"상우가 무슨 물건이냐? 주고받게?"

"그럼 표현을 고치죠. 상우 오빠 그만 놔달라구요. 그동안 상우 오빠에게 투자한 수천 배는 더 챙겼어요. 아빤 너무 위험해요."

"잘하는 소리다. 애비에게 말하는 꼬락서니하고는. 상우는 안 된다."

"왜요? 아빠가 상우 오빠하고 살 것도 아니잖아요, 살려는 사람은 나예요!"

"애비한테 못하는 말이 없구나?"

"제가 왜 이러는 줄 정말 모르고 그러세요?"

딸은 비아냥거리듯 말했다. 백성태는 벌떡 일어섰다.

"넌 도대체 이 애비하고 무슨 원수를 졌냐. 이 애비는 비록 네 엄마에게는 잘해주지 못했지만 너에게만은 다 해주었다. 도대체 왜 아빠에게 항상 불만이냐?"

"불만요? 불만 없어요. 단지."

"너하고 더 이상 할 말 없다."

"저도 마찬가지에요. 상우 오빠와 프랑스 비자 신청을 할 거예요. 아무리 잘못된 아버지라도 딸의 행복을 빼앗지는 않겠죠?"

6.

서울 한강변

최상우와 백선영

이 여자를 보면 상우는 항상 상큼함을 느낀다. 외모에서 풍겨오는 상큼함뿐 아니라 그녀가 나를 진심으로 사랑하고 있다는 것에서 받는 상큼함이었다. 강단 있고 매사가 확실한 선영도 상우 앞에서는 항상 어린아이 같은 모습으로 무너진다. 그런 선영이 얼마 전부터 결혼을 재촉했고 아버지 백 회장과의 결별을 요청했다.

그때마다 상우는 미소를 지으며 애매모호한 답으로 일관했다. 선영은 상우가 직접 아버지에게 말할 수 없다는 입장이라는 것을 알고 있었다. 그래서 선영은 마침내 아버지에게 오늘 아침 선전포고를 한 것이었다.

선영은 차에서 내렸다. 한강이 멀리 반짝이며 흘러가는 곳이었다. 그녀가 이 카페를 좋아한 이유는 순전히 상우 때문이었다. 상우는 언젠가 아버지를 따라 가보았던 아버지의 고향 진내리가 이곳과 비슷하다고 말했다. 그날 이후 선영도 덩달아 함께 이곳을 자주 찾았다. 문을 열고 들어서자 상우가 활짝 웃으며 손을 들었다.

"늦어서 미안해."

"그런 말은 하지 말랬지."

선영은 상우 옆에 앉아 잠시 창밖을 응시하다가 빙긋 웃었다.

"나 오늘 아빠에게 정식으로 선전포고했어."

"선전포고? 무슨?"

"나의 귀여운 포로를 돌려 달라고."

이번에는 상우의 얼굴이 일순 어두워졌다.

"또 아빠 마음 아프게 했구나."

"그러지 않으려 했지만 아빠와 말만 하면 나도 모르게 화부터 나."

선영은 얼굴을 찡그렸다. 이 세상 유일한 혈육인 아빠와의 갈등이 괴로운 것은 사실이었다.

"오빠, 솔직히 말해줘, 내가 좋아? 아빠와 함께 일하는 것이 좋아?"

상우는 기가 막혀 웃을 수밖에 없었다. 이럴 때 선영은 패션몰을 운영하는 사장으로서의 카리스마는 온데간데없어지고 영락없이 사랑을 보채는 아이였다. 상우는 선영의 손을 잡으며 또박또박 말했다.

"비교가 될 수 없는 선택이야. 이 세상 그 무엇도 너와 비교할 수 없어."

그때 선영의 얼굴이 상우에게 다가왔다. 상우가 피할 겨를도 없이 선영의 입술이 상우의 입술을 덮쳤다. 선영의 키스는 항상 절제와 격렬함을 적절히 구사한다. 상우는 자신도 모르게 나른함에 빠져 들어갔다.

7.

저녁, 캐피탈호텔 축하연
강필수와 강민철

강필수는 환하게 웃으며 손님들을 맞이했다. 옆에는 단아한 모습의 요숙이 정숙한 얼굴로 서 있었다. 대 리셉션장에는 사람들로 북적였다. 강필수 행장의 성대한 취임 기념 파티가 열리는 자리였다.

일개 행장의 취임식 규모가 아니었다. 그룹의 사장단들이 줄을 서서 강행장에게 축하 인사를 하고 정재계 핵심 인사들도 줄줄이 입장하고 있었다. 강필수의 강력한 지원자인 김성철 의원은 일찌감치 도착해 사람들과 담소를 나누고 있었다. 여야의 원내대표, 실세들, 법조계의 유력인사들, 재계의 수많은 인사들이 강 행장의 눈도장을 받으려고 은연중 경쟁을 벌였다.

그중에는 성정훈 성진건설 회장도 있었다. 그는 약간 굳은 표정으로 사람들과 이야기를 나누면서 가끔 찌르듯 강필수를 노려보았다. 백성태와 상우는 한쪽에서 여러 사람들과 이야기를 나누고 있었다. 애란이 김성철 의원의 아들인 준수와 들어서자 필수는 준수를 힘껏 껴안았다. 약간 오만한 표정의 김준수는 여봐란 듯이 미소를 지었다. 한쪽에서는 혜진과 선영이 웃으며 이야기를 나누고 있었다. 성장을 한 혜진의 화사한 모습과 큰

164

키에 세련된 의상을 한 선영은 사람들의 이목을 끌었다.

혜진과 선영은 친 자매 이상이었다. 의상학과 대학원에 다니는 혜진은 선영의 쇼핑몰에서 패션과 경영에 대해 배우고 있다. 성격이 쿨하고 강단 있는 선영은 혜진을 한번 보고는 마음에 들었다. 천성이 밝고 귀염성 있는 혜진도 선영을 금방 따랐다. 둘은 이 파티장에서도 꼭 붙어 있었다.

화려한 파티였다. 음악이 울리고 건배 제창이 있었다. 강필수의 일시 퇴진으로 성진그룹을 맡은 임시 회장이 상기된 표정으로 건배를 외쳤다. 모두들 우뢰와 같은 박수를 보냈다. 강필수는 초청객들에게 애란과 준수를 소개하기에 바빴다. 준수의 야망에 찬 얼굴은 흥분해 보였으나 애란은 무척 따분하고 무료했다. 그러면서 가끔 친구 혜진에게 손짓을 하며 그쪽으로 가고 싶어 했으나 참는 모습이 역력했다.

그때 혜진은 출입구에 막 들어서는 민철을 보았다. 무척 피곤하고 초췌한 모습이었다. 그는 두리번거리다 사람들에게 둘러싸여 있는 아버지를 발견하고 다가갔다.

"아버지, 여기 계셨군요."

"그래, 왔구나. 수고했다."

짐짓 따뜻하게 맞아주었으나 사람들이 눈치를 채고 자리를 비껴주자 민철은 빠르게 입을 열었다.

"며칠 동안 성진건설 자구책 회의로 정신이 없었습니다. 죄송합니다, 아버님 기자회견 때도 찾아뵙지 못했습니다."

"네 회사 살리려고 노력하는데 내가 무슨 할 말이 있겠니."

말 속에 날카로운 각이 있었다. 나와는 상관없다는 것이었다. 순간 민철은 아득한 심정이었다. 그래도 아버지에게서 무슨 격려라도 듣고 싶었다.

"성진건설은 모두 뼈를 깎는 각오로 임하고 있습니다. 그러나 워낙 부진한 건설경기에 따른 유동성 부족이 심해서 극복이 어렵습니다."

"오늘은 그런 이야기 듣고 싶지 않구나."

당황하는 민철을 강필수는 옆으로 슬그머니 밀어냈다.

"오늘은 바쁘다. 손님들이 많아."

먼발치에서 이 모습을 지켜본 혜진의 마음은 심히 아려왔다. 당장 민철에게 달려가고 싶었으나 더 당황할 것 같아 앞에 있는 술잔만 만지작거렸다. 그때였다. 오영일 기자가 나타났다. 그는 민철에게 다가가 몇 마디를 건네더니 함께 밖으로 나갔다. 혜진은 다행이라는 생각이 들어 한숨을 내쉬었다.

순간 혜진은 뒷덜미에 차가움을 느꼈다. 돌아보니 아빠 성정훈이었다. 그는 딸이 자신을 바라보고 있는지도 모른 채 누군가를 노려보고 있었다. 그의 눈에서 금방이라도 칼 하나가 튕겨 나와 사람을 찌를 것 같았다. 그 사람은 강필수였다.

8

호텔 밖

오영일과 강민철

밖으로 나온 강민철은 호주머니를 뒤졌다. 그의 손이 가늘게 떨렸다. 오영일은 선뜻 자신의 담배를 권하고 불을 붙여주었다.

"담배도 안 피우는 녀석이 웬일이냐?"

"…"

오영일은 이 유약한 친구에게 무엇인가 위로를 주고 싶었다.

"성진건설 자구책, 잘 되었던데."

"고맙다."

민철은 담배연기를 후 하고 내뿜었다. 그리고 콜록거렸다.

"강 회장님, 아니 강 행장님은 뭐라고 하시더냐?"

"아냐. 아버지에게는 기대하고 있지 않아."

민철은 다시 한 번 연기를 뿜어냈다. 초조함이 여실해 보였다.

"오늘 우수은행 자금담당 이사를 만났는데 이상한 이야기를 들었다."

"이상한 이야기? 무슨?"

"성진건설에 대한 냉기류는 당분간 유지될 것 같다더라. 개선의 기미가 보이지 않는데. 강 행장님은 은행 합병에만 몰두하신다고 했고."

민철은 아무 대꾸도 하지 않았다. 그런 친구의 모습을 보는 영일의 마음도 씁쓸했다. 그는 화제를 돌렸다.

"얼마 전에 세종벤처 백 회장을 만났어."

"세종벤처?"

"있잖아, 상우가 있는 곳, 백성태 회장 말이야."

"아, 그 사람! 아버지와 오랜 친구지. 친구라기보다는 그저."

"기브앤테이크의 관계지. 그 사람 뒤가 많이 구려. 숨기고 있는 게 많아. 그런데 이번 거사에 뭔가 키워드를 잡고 있는 것 같아."

"키워드? 거사? 대체 무슨 말이야?"

"행장님이 이 골치 아픈 은행 합병 전쟁에 뛰어든 일이 거사고, 여기에는 단순한 합병이 아니라 뭔가 얽힌 것이 있다는 것이 키워드지."

"대체 무슨 소리냐? 그저 기업을 운영하는 하나의 방편일 뿐이지."

민철은 오랜만에 하얗게 웃었다. 오영일은 답답했다. 이 친구에게 자신의 생각을 어떻게 전달할 수 있을까.

"대그룹 회장직까지 일시에 내려놓고 산하 은행장으로 내려오신다고? 왜일까, 그 정도로 급박한 사연은 과연 무엇일까. 정말 행장님 말씀대로 글로벌화를 위함일까?"

"넌, 그게 문제야, 사실대로 봐, 팩트는 어디까지나 팩트니까.

민철은 희미하게 웃었다. 오영일은 이 선한 사업가 친구에게 자신의 마음을 전달할 수 없었다. 그렇다고 포기할 수도 없었다. 성진건설의 목죄기와 함께 시작된 은행장 등극. 과연 무얼까?

"성진그룹 내에서 지금 할 일이 태산처럼 많아. 작년 21세기 성진포럼에서 밝힌 네 아버지의 백년대계, 그것을 발표한 지 불과 2~3개월 밖에 지나지 않았어. 그런데 은행장 취임이라니. 무언가 이상하지 않아?"

민철은 갑자기 담배를 비벼 끄고는 아무 말 없이 뚜벅뚜벅 앞으로 걸어 갔다. 영일은 친구의 등이 유난히 작아 보인다는 생각을 .했다. 그때 그의 뒤를 따르는 여자가 있었다. 혜진이었다. 그녀는 한참을 따라가다 민철 의 등을 탁 쳤다.

9.

호텔과 가까운 곳, 포장마차
강민철과 성혜진

포장마차 안에서 민철의 얼굴을 보니 너무 피곤해 보였다. 혜진은 마음
이 아팠다. 민철은 소주잔을 들고 멍하니 앞만 보았다.

"괜찮아, 넌 이런 일에 신경 쓰지 않아도 돼."

"어떻게 신경을 안 쓸 수 있어? 우리 멤버 일인데."

민철은 머쓱해져서 물었다.

"멤버?"

"몰라서 물어? 민석 오빠, 상우 오빠, 민철 오빠, 나 이렇게 네 사람은
멤버야, 몰랐어?"

민철은 배시시 웃었다.

"힘내, 오빠."

혜진은 겨우 눈물을 감추었다.

"미안하다."

"무슨 소리야, 오빠가 왜 미안해."

그런 혜진을 민철은 찬찬히 살폈다. 혜진은 조금 당황스러웠다. 민철은
빙그레 웃고는 소주잔을 벌컥 들이켰다.

170

“모든 것이 다 싫다.”

혜진은 착잡했다. 고개를 잠시 숙인 민철은 쿡쿡 웃었다. 마치 동굴에서 울려나오는 듯한 음울한 목소리로 말했다.

“내 주위는 온통 할아버지 망령뿐이야. 난 평생 이것에 덮여 숨이 막혀 죽을 거야.”

“제발 그러지 마.”

“이 문제가 민석이에게까지 번지는데도?”

“그건…. 하지만 할아버지는 이미 돌아가셨어. 그러니 아빠끼리 이제 화해하건 돼.”

“화해? 이제 시작이란다.”

“무서워. 오빠들은 절대 싸우면 안 돼. 내가 지킬 거야.”

혜진은 입술을 깨물었다. 자신의 둥지를 침범하는 침입자에게 날카롭게 항거하는 어미새의 본능 같은 것이었다. 혜진은 어린 시절부터 민철, 민석, 상우와는 늘 같은 영역이 있음을 느껴왔다. 그것을 지키고 싶었지만 아버지 세대의 알 수 없는 증오로 무너지려 하고 있다. 혜진을 입술을 깨물었다.

‘절대 그렇게 할 수 없어. 우리들의 영역은 내가 지켜.’

10.

회상, 1년 전 병상
성정훈 회장과 정병석 회장

성진건설 성정훈 회장은 굳은 얼굴로 의자에 몸을 깊이 묻은 채 눈을 감고 며칠 전 일을 떠올렸다. 강필수는 성진건설의 몰락을 확실히 즐기고 있다. 성진건설의 회생은 그룹 차원에서 도와주지 않으면 불가능했다. 그룹 차원까지 갈 필요도 없었다. 강필수 개인의 힘으로도 충분했다. 아무리 선대 정 회장과 나와의 갈등이 뿌리 깊다고 해도 성진건설은 장남의 회사이다. 그것을 성정훈은 이해할 수 없었다.

그는 더 이상 자신의 행동을 유예시킬 수 없다고 판단했다. '여기까지 잘 인내해 왔지.' 그는 몸을 일으켜 벽에 붙어 있는 비밀금고를 열고 누런 봉투를 꺼냈다. 단단히 테이프가 붙어 있었고 아무도 볼 수 없게 도장으로 봉인되어 있었다. 그는 잠시 생각에 잠겼다. 그것은 정병석 회장이 사망하기 직전에 넘긴 것이었다. 그는 1년 전의 일을 더듬었다.

병상의 정 회장은 날로 위중해갔다. 어느 날 그는 주위를 모두 물리치고 성정훈만 남게 했다. 그의 의식은 아주 또렷했다. 정훈을 가까이 오게 하더니 조그마한 열쇠를 건넸다.

"앞으로 강필수와 싸울 때 사용할 무기야."

차가울 정도로 정 회장은 냉정했다. 건네준 열쇠도 차가웠다.

"내 비밀금고 열쇠네. 어디에 있는지는 자네도 알 거야. 그곳에 모든 자료가 들어 있어. 특별히 놈의 강력한 후계자 김성철 의원에 얽힌 검은 내막이 들어 있네."

순간 정훈은 마음이 흔들렸다. 미우나 고우나 강필수는 정 회장의 사위다. 사랑하는 딸의 남편이다. 하지만 죽음을 앞둔 정 회장의 마음에는 강필수에 대한 증오밖에 없었다. 자신이 이렇게 비참하게 죽어가는 것도 다 놈의 탓이다 하는 생각이었다.

"내 마지막 부탁이야, 성진그룹은 절대 민석이 놈에게 넘겨주면 안 되네. 놈은 내 피 한 방울도 섞이지 않은 놈이야. 반드시 민철이를 지켜주게. 또 하나, 강필수. 놈을 반드시 무너뜨리게, 내가 당한 만큼. 절대 용서하지 말게."

정 회장의 이러한 말에 솔직히 성정훈도 질렸다. 강필수에 대한 증오라면 자신도 정 회장에 지지 않았다. 사랑하는 수재 동생 성도훈의 앞길을 파괴했고 자신의 덜미를 잡은 놈이 바로 강필수였다. 그래서 필수에 대한 증오만큼은 누구에게 지지 않는다고 생각했다. 그러나 정 회장의 강필수에 대한 증오는 신앙에 가까웠다. 자신의 목숨과 바꿀 정도로 컸다. 정훈은 병상의 정 회장에게 다시 한 번 고개를 숙였다.

"회장님, 걱정 마십시오. 저에게 맡기십시오."

"분하다."

그렇게 이틀 후 정 회장은 세상을 버렸다.

11.

성진건설 회장실

강민철과 성정훈 회장

성정훈은 이제 정 회장이 남겨준 문제의 CD의 마법을 풀기로 했다. 이 것으로 성진건설을 살리고 강필수의 목을 칠 계획이었다. 동시에 정 회장의 마지막 유언인 강민석이 후계자가 되려는 계획도 공중분해시킬 작정이었다. 그렇게 되면 그룹의 물줄기는 민철에게 되돌아갈 수 있다. 이런 생각으로 흐뭇해진 그에게 뜻밖의 암초가 나타났다. 바로 민철이었다. 조금전 그는 민철을 불렀다. 그를 위로할 생각이었다.

"걱정하지 말게. 성진건설은 반드시 살릴 수 있어, 후계자 문제도 차질 없이 진행할 거야."

후계자라는 단어가 나오자 민철은 고개를 번쩍 들었다.

"아저씨… 아니, 회장님."

갑작스런 민철의 태도에 정훈은 적이 놀랐다.

"후계자요? 그게 누굴 위한 거죠? 할아버진가요. 아니면 회장님?"

민철의 눈은 파랗게 불을 뿜는 듯했다. 의외였다.

"자넨, 할아버지의 뜻을 몰라."

"할아버지, 할아버지, 그 할아버지는 이제 계시지 않습니다. 언제까지

할아버지의 망령에 우리들이 갇혀 있어야 합니까."

"망령? 아니 자네 지금."

성 회장은 버럭 소리를 질렀다.

"심신이 많이 상한 것 알고 있네. 하지만 여기서 지면 끝이야, 무슨 말인지 알겠지?"

"아버지와 전 가족입니다. 가족이라구요. 제가 왜 아버지와 다투어야 하죠?"

"가족? 그게 아버지에게도 통하던가?"

"전, 아버지를 이해합니다. 아니, 이해해야 합니다. 민석이를 위해서라도."

"허어."

성정훈은 깊은 한숨을 토해냈다. 마지막까지 가지고 가야 할 뇌관이 터져버린 것이었다. 동생 민석에 대한 형 민철의 사랑과 아련함. 앞으로 민석과 치열한 사투가 벌어질 텐데 싸우기도 전에 민철은 깃발을 내려놓고 있는 것이다. 생전의 정 회장도 항상 이것을 걱정했다. '영악한 민석이 놈' 하며 민석을 증오하면서 유약한 민철의 심성을 늘 걱정했다.

할아버지 걱정을 아는지 모르는지 민철은 항상 동생을 싸고돌았고 민석 역시 형의 일이라면 물불을 가리지 않았다. '그런 두 사람을 증오의 대상으로 만들어야 한다' 는 생각에 성정훈도 가슴이 아팠다. 동생 도훈과 자신과의 우애를 생각하면 할 수 없는 짓이다. 하지만 강필수를 생각하면 용서할 수 없다. 강필수 필살기를 준비했지만 문제는 싸워야 할 민철이었다. 싸울 생각은커녕 모두 내주고 주저앉겠다는 것이다.

성 회장은 와르르 무너지는 심정이었다. 다가오는 사냥감을 보며 화살에 잔뜩 힘을 모으고 기다리는데 갑자기 방해꾼이 나타난 것이었다. 화살은 허공으로 날아가 버리고 사냥감은 멀리멀리 도망가 버렸다. 어떻게 저 유약한 사나이를 설득할 수 있을까.

"아저씨도 아버지와 화해하세요. 외할아버지와 아저씬 다르잖습니까."

"너무 늦었어. 정 회장님과 나는 똑같은 입장이야. 우리는 함께 오랜 길을 걸어왔어. 자네들이 막연히 생각하는 그런 증오나 미움이 아니야. 타당한 이유가 있어."

"아니요! 증오에는 타당함이 없습니다. 버리면 간단합니다. 하지만 버릴 생각을 하지 않으신 거죠. 그것을 즐기신 것 아닙니까?"

민철의 말에 성정훈은 머리가 멍했다. '증오를 즐겼다?' 그랬던가. 우리들은 서로를 미워하는 데만 열중했다는 것인가. 그러나 그는 '아니다'라고 강하게 부인했다. 강필수의 득의의 표정이 떠올랐기 때문이다. 동생의 앞길을 막았고, 아버지 같은 정 회장을 짓밟고 무릎 꿇렸다. 그리고 자신을 끝없는 나락으로 빠뜨려 치욕을 주었다. 그것만으로도 놈은 결코 용서받을 수 없다. 그는 민철이 뭐라 하든 자신의 의지는 끄떡없음을 스스로 확인하고 있었다.

"강 사장, 너무 피곤한 것 같아. 이제 뒷일은 나에게 맡기게."

"뒷일이요? 필요 없습니다. 저에게 필요한 것은 화해와 사랑입니다. 그렇게 되면 모든 것이 해결됩니다."

민철의 말에 성 회장은 고개를 저었다. 놈과의 화해? 끔찍했다. 강필수에 대한 자신의 증오는 생리적이었다. 아니, 태생적으로 놈이 싫었다. 청

년 시절에는 친구를 팔고 친구 애인을 가로 챈 이중인격자였다. 약자에게
는 냉혹한 지배자의 논리를 한껏 활용하여 자신의 영토를 넓힌 비열한 기
업사냥꾼이었다. 자신의 앞길을 위해서는 적도 동지도 없는 현란한 출세
술을 펼친 기회주의자였다.

"자네 아버지, 강 행장도 그런 생각이시던가? 화해하시겠대?"

성정훈은 으르렁거리며 물었다. 그러자 너무나 침착하고 차분한 민철의
음성이 귀를 때렸다.

"제가 두 분이 화해하시라는 것은 두 분을 위해서가 아닙니다. 두 분이
어떻게 되어도 전 관심이 없습니다. 민석이와 혜진이를… 어떻게 하실 겁
니까?"

민철의 표정과 목소리는 차분했다. 그는 이미 모든 것을 결정했고 어떤
것에도 흔들리지 않는다는 것을 성 회장은 느꼈다. 큰일이다. 민석이와
혜진이? 이 문제를 민철이 거론한다는 것 자체도 돌아가신 주군에 대한
큰 불충이다. 그래서 그는 빨리 진검을 뽑아야 한다는 생각만 했다. 이 거
사를 빨리 끝내야 한다는 생각이었다.

12.

캐피탈호텔 1909호.
강필수와 성정훈

강 행장의 비밀 장소에 앉아 있는 성정훈의 표정은 침착했다. 약속시간
은 약 10여분이 지났다. 그러나 그의 마음은 차분했다. 10여 년 전 자신과
정 회장이 강필수에게 무릎을 꿇을 때도 그랬다. 강필수는 약속 장소를
마음대로 바꾸고 시간까지 어겼다. 놈은 기다리는 자의 초조함을 잔인하
게 즐겼고 이용했다. 그러나 오늘 성정훈은 느긋했다.

그의 느긋함에는 10년 전 주총에서 패해 구걸해야 했던 처지와 오늘은
전혀 달라졌다는 데 있었다. 그때의 승자는 강필수였지만 오늘의 승자는
분명 나다. 그는 곧 자신에게 무릎을 꿇어야 하는 강필수의 처참함을 떠
올리고 빙긋 웃음 지었다. '그래, 얼마든지 즐겨라. 얼마나 갈지 두고 보
자.' 이윽고 문이 열리는 소리와 함께 강필수가 들어섰다. 둘 사이에는 차
가운 바람이 불었다. 강필수는 굳어 있었다.

"좀 의욉니다, 저를 만나자고 하시다니."

"고마워, 시간을 내주어서."

강필수는 뒤따라 들어오는 비서에게 손짓을 했다. 비서가 조용히 밖으
로 나가자 필수가 먼저 입을 열었다. 강필수가 서서히 칼을 뽑았다.

"그동안 내 장인께 쏟으셨던 정성, 사위로서 감사드립니다. 덕분에 전 패륜아가 되어 버렸지만. 하하."

"그 말의 진의를 고인이 되신 정 회장님에 대한 일말의 양심이라고 해도 좋은가?"

"핫핫핫. 일말의 양심이요? 그 감격스러운 말이 왜 선배와 나 사이에는 우스꽝스럽게 들릴까요."

강필수의 날카로운 칼끝이 휘파람소리를 내며 성정훈의 옷깃을 스치며 지나갔다.

"서로에게 불행한 일이었지."

성정훈은 침착하게 뒤로 물러서며 칼을 빼 들었다.

"불행이라고요? 그것을 자초한 사람은 누구였소?"

강필수의 칼끝이 다시 자신의 심장을 노리고 압박해 들어왔다. 정훈은 일격에 후려쳤다.

"다시 닭이냐, 달걀이냐구만. 자네와 대화하면 항상 이런 식이었지."

"저도 선배님의 그런 간접화법에 질린 사람입니다."

"좋네, 그럼 직접화법으로 나가지."

성정훈은 이제 공격을 할 차례라고 느꼈다. 필수는 '무엇인가 있다'는 것을 직감적으로 느꼈다. 지금까지와는 다른 것이었다. 지금 이 순간 그가 빼어들 검은 어쩌면 치명상을 줄지 모른다는 생각이 본능적으로 다가왔다. 뭘까, 이 사람의 필살기는? 그때 성정훈의 칼이 바람을 끊고 날아왔다.

"단도직입적으로 부탁하겠네. 성진건설을 살리게. 그룹의 상징인 것 잘 알잖나.”

이것이었단 말인가? 겨우? 강필수는 팽팽한 풍선에서 바람이 빠져나가는 소리를 들었다. 그러나 곧 마음을 고쳐 잡았다. ‘이것은 꼬리일 뿐이야. 몸통은 아직 드러나지 않았어.’ 그는 긴장의 끈을 놓지 않았다.

“그룹의 상징요? 아직까지 망령처럼 떠돌아다니는 회장님에 대한 향수 때문이 아니라?”

“이거 봐요, 강 회장, 당신 큰아들이야. 회장님 계실 때와는 다르잖아. 내가 아니어도 당신이 돌봐주어야 해.”

정훈의 공격은 맥이 없었다. 이런 문제로 나를 만나려 했단 말인가?

“내 큰아들?”

강필수는 싸늘한 심장이 되어감을 느꼈다. 내 아들은 오직 하나, 강민석이다. 그리고 나는 곧 돌아올 민철의 애비 성도훈에게 비수를 꽂아야 한다. 당신들이 내 아들로 알고 있는 민철이 때문에.

“겨우 그 부탁인가요?”

“글쎄, 나로서는 이보다 더 좋은 부탁이 생각나지 않네.”

“그런데 왜, 장인은 아비인 나를 제쳐두고 선배님에게 부탁을 했을까요?”

강필수는 마침내 검을 높이 들었다. 이제 찌를 순서가 왔다는 생각 때문이었다. 그런데 앞에 앉은 성정훈은 전혀 빈틈이 없다. 필수는 당혹감이 들었다.

“왜 그랬는지는 자네가 더 잘 알잖아.”

“전 알지 못합니다.”

"그렇다면 더 이상 할 이야기가 없군. 당신 아들 강민철 사장은 나에게 당신과 화해를 하라고 신신당부를 했네만."

"그래서 뭐라고 했습니까?"

"뭐라고 했을 것 같은가?"

강필수는 잠시 눈을 감고 생각했다. 이런 식의 대화는 다람쥐 쳇바퀴 도는 것에 불과하다. 이 사람과 여기에 앉아 이런 대화를 계속 나누어야 할 이유가 없다. 찌르고 끝내자. 그는 바람같이 돌진했다.

"민철이는 저에게도 화해 이야기를 했습니다. 그래서 화해가 아니라 항복을 하라고 했지요."

"미쳤군."

성정훈은 가볍게 비웃으며 강필수의 칼날을 피했다.

"제가 볼 땐 저와 선배님, 모두 미친 것 같습니다."

"이제 당신을 이해하겠다는 생각은 포기하겠어."

성정훈은 상의 주머니에서 CD를 꺼냈다. 그 손이 떨리는 것을 필수는 놓치지 않았다.

"재미있는 CD가 있어 가지고 왔네. 한번 보게나."

13.

다음날, 세종캐피탈 회장실

백성태와 최상우

"강 행장님과 성 회장님이 화해하기 위해 회동하셨습니까?"

상우는 정색을 하고 백성태 회장에게 물었다. 언제나 포커페이스인 백 회장의 얼굴에 미묘한 웃음이 스쳐 지나갔다. 이어 싸늘한 말이 튀어 나왔다.

"누가 그러던가, 화해라고?"

"정확한 말씀을 해주십시오."

"최 사장은 그게 가능한 일이라고 생각하나?"

최상우는 어제 오영일 기자에게 이 빅뉴스를 들었다. 그렇게만 된다면 좋지만 그게 쉬울까? 강 행장과 성 회장의 전투는 결코 쉽게 끝나지 않을 것이라는 것을 최상우는 느꼈다. 요즘 부쩍 강 회장과의 회동이 잦은 백 회장의 얼굴에서 팽팽한 긴장감을 읽었기 때문이었다. 대사를 앞두면 항상 이런 분위기를 유지한다.

"화해? 전면전이야."

돌아온 것은 냉랭한 백성태의 목소리였다.

"성 회장이 강 행장의 코털을 드디어 건드렸어."

'코털을 건드렸다'는 말은 '싸움을 걸어오는 상대를 반드시 제거해야 할 치경적인 도발'이라는 의미였다. 다른 뜻으로 말하면 이런 도발을 했기에 응분의 대가를 준다는 의미였다. 곧 죽음이었다.

"무슨 건으로요?"

"왕건이를 남겨주었나봐, 정 회장이 임종 시에."

"폭로 자룹니까, 강 행장님에 대한?"

"흐음, 상당히 위력 있는 메가톤급 같아. 강 행장이 그렇게 긴장하는 모습은 아주 오랜만에 봤네."

"민철 형은 두 분이 화해하는 것으로 알고 기뻐했다던데."

"누구? 강민철 사장? 핫핫하."

백성태의 얼굴에 살기가 흘렀다.

"어떻게 전개될까요?"

상우는 자신의 질문이 바보나 던지는 질문임을 알고 있었다. 그럼에도 묻지 않을 수 없었다.

"자넨 벤처 일에나 충실해. 여기에는 절대 끼지 마."

상우의 얼굴에는 짙은 근심이 지나갔다. 그것을 아는지 모르는지 백 회장의 두터운 얼굴에서 굴곡 없는 메마른 음률이 흘러나왔다.

"나의 기쁨에 저항하는 자, 질식하리로다. 성 회장, 천하의 강필수를 그렇게 모르나?"

14.

도쿄 신주쿠
강민석과 신주열 과장

도쿄 신주쿠의 화려한 번화가는 명동과 많이 닮았다. '내일이면 돌아가고 싶지 않은 서울로 가야 한다.' 이 생각은 미국을 출발해 하네다 공항에 도착했을 때부터 줄곧 민석을 괴롭혔다. 그는 일부러 일본에 들러 귀국을 잠시 늦추었다. 우수은행 도쿄지점을 들른다는 핑계를 댔다. 떠날 때 영우가 추천한 신주열 과장을 만나기 위함이었다.

듬직한 체구의 그는 나이보다 좀 들어 보였다. 그러나 체구나 외모와 달리 위트와 유머가 풍부했다. 도쿄를 안내하면서도 유쾌한 이야기로 분위기를 띄웠다. 격식이나 형식은 없었으나 수행하는 위치로서의 입장은 철저하게 지켰다. 둘은 깨끗한 어느 횟집에 들렀다.

"오늘 정말 수고했습니다, 신 과장님."

"아, 아닙니다. 본부장님, 제가 영광입니다."

"도쿄에서 근무하신 지 얼마나 되셨습니까."

"벌써 3년이 넘었습니다. 이제 들어가야죠."

"뉴욕에서는 최영우 대리를 자주 만났습니다."

"잘 압니다. 학부 입행 후뱁니다, 아주 유능한 친구죠."

“우수은행은 직원들 유대가 아주 끈끈한 것 같아요.”

“일종의 우수은행 문화죠. 예금도 소액 다구좌, 대출도 주로 가계여신, 점포 위치도 주로 상가나 시장 주변에 위치해 된장 같은 은행문화죠.”

민석은 ‘된장 같다’는 표현이 재미있었다.

“저에게 도움이 될 수 있는 이야기를 듣고 싶군요.”

“이번 강 행장님 취임으로 직원들은 긴장하고 있습니다.”

“…”

“한편으로는 기대하면서도 한편으로는 우렵니다.”

민석은 고개를 끄덕였다.

“죄송한 말씀이지만, 본부장님께서는 우수의 어두운 곳을 먼저 살펴주십시오. 의외의 보석들이 어둠에 갇혀 있습니다.”

“의외의 보석이요?”

“은행장님의 공백을 자신의 계보 쌓기로 활용한 예가 지금의 경영진들의 실상입니다. 그 그룹에 들어가지 못하면 모든 것이 처집니다. 이것에 반발하고 거부한 사람들은 무능으로 돌려 버립니다.”

어디에서든지 있을 수 있는 이야기였다. 그러나 그의 열변은 ‘이런 상황이 어디에든 있다’고 매도하기에는 뭔가 아쉬웠다. 그의 말에는 뜨거운 열정과 진심이 있었다. 더구나 민석은 경영진이 아닌가. 그런데도 그는 거침없이 의견을 토로했다.

“구체적으로 그 보석을 말해 줄 수 있나요?”

“우선, 이성걸 팀장입니다.”

민석은 그 사나이에게 바짝 흥미를 느꼈다. 그는 영우도 거론했다.

"그 분은 구 전무님의 구체제 행태와 인맥을 생리적으로 싫어해 유탄을 맞고 끌려 들어와 있습니다."

민석은 고개를 끄덕였다. 자신 앞에 펼쳐질 구도가 쉽지 않으리라 생각했다. 그런 전초로서 이러한 정보는 큰 도움이 될 것이었다.

"신 과장은 앞으로 어떤 계획이십니까."

"전, 우수은행의 일개 과장입니다. 제 마음대로 움직일 수 없습니다."

"마음대로 움직일 수 있는 기회가 주어진다면요?"

"본부장님을 돕고 싶습니다."

민석은 과묵과 유쾌를 오가며 여과 없이 자신을 밝히는 이 사나이에게 흥미를 느꼈다. 두 사람이 밖으로 나왔을 때 마침 앞방에서도 손님들이 나왔다. 앞에 선 사람은 아주 멋진 은발의 신사였다. 민석은 그들이 먼저 지나가도록 잠시 기다렸다. 그는 민석에게 조용히 고개를 숙이며 말했다.

"죄송합니다."

"아닙니다."

"한국인이시군요. 고맙습니다. 먼저 지나가겠습니다."

성도훈은 민석에게 고마움을 표시했다. 강민석과 성도훈. 둘은 이렇게 조우했다.

15

이틀 후, 청평
강민석과 성혜진

청평의 강은 예나 지금이나 풍요롭게 물결이 넘실댔다. 혜진은 옆에 서 있는 민석을 다시 한 번 보고는 꿈이 아니라고 속삭였다. 강바람이 부드럽게 지나갔다. 벌써 10여 년이 넘었다.

'10년! 그동안 나와 오빠는 무엇을 했을까?'

친어머니인 윤정애의 뼈를 이곳에서 흘려보냈다. 그때 민석은 곧 세상을 버릴 것 같은 충격과 아픔에 싸여 있었다. 엄마를 따라가 버릴 것 같았다. 혜진은 덜컥 겁이 났다. 그렇게 되면 오빠를 영원히 볼 수 없다. 그래서 혜진은 수없이 다짐했다. '오빠, 내가 잘 지킬게요. 걱정 마세요.'

오늘 아침, 혜진은 핸드폰을 받았다. 생소한 번호였다. 받을까 말까 망설이다가 폴더를 열었다. 저 너머에서 들려오는 목소리를 혜진은 대뜸 알았다.

"민석 오빠?"

심장이 멎어버릴 것 같았다. 상대 역시 한참 동안 말이 없었다. 혜진도 할 말을 잃었다. 귀가 윙윙거렸다. 주위의 어떤 소리도 들리지 않았다. 머릿속이 하얘졌다.

"시간 있으면 청평으로 와. 엄마 묻힌 곳. 기다릴게."

혜진은 잠시 정신이 나간 듯싶었다. 그렇게 부랴부랴 선영 언니에게 민석의 도착을 알리고 차에 올랐다. 키를 꽂았지만 맞지 않는다. 몇 번을 빗나갔다가 마침내 시동이 걸렸다. 혜진은 멍하게 차창 밖만 바라보았다. 무슨 말을 해야 하지?

민석은 어머니의 뼈가 뿌려진 곳에서 멀지 않은 언덕에 홀로 앉아 있었다. 공항에 내리자마자 이곳으로 왔다고 했다. 이런 때는 껴안아야 하는 것 아닌가? 그런 생각이 혜진의 머리에 맴돌았다. 민석은 피식 웃으며 손을 내밀었다. 혜진은 그 손을 잡았다. 그리고 웃었다. 웃는 것이 맞는지도 알 수 없었다. 둘 다 이런 해후에는 익숙한 편이 아니었다. 민석은 훌쩍 일어섰다.

"가자."

민석의 큰 키가 휘적휘적 앞서 걸었다. 혜진은 아무 말 없이 뒤를 따르면서 '그동안 어떻게 지냈어?' 라고 물어야 하는 것 아닌가 생각했다. 둘은 나란히 걸었다. 조금도 어색하지 않았다. 10년만인데도 마치 어제 만나고 오늘 만나는 연인 같았다.

"고마워."

혜진은 짧게 말했다. 10년 만에 만난 민석의 모습이 전혀 낯설지 않았기 때문이었다. 짙은 눈썹이나 돌아가신 엄마를 그대로 옮긴 것 같은 뚜렷한 얼굴 윤곽. 그렇게 잘 간직해준 오빠가 고마웠다.

"뭐가?"

"그냥. 전부 다."

민석은 더 묻지 않고는 걸음을 멈추었다.

"바로 여기야. 엄마 장례식 후 여기서 난 아버지께 미국으로 간다고 말했어."

혜진은 차분하게 민석을 보았다.

"아버지는 나에게 강해지라고 하셨어. 여길 떠나서 나를 시험하라고."

시원한 강바람이 불어왔다.

"아버지와 할아버지. 아니 정 회장님 사이는 우리들이 이해할 수 없는 증오가 있대. 언젠가는 내가 알 거래. 아니 말해 주신다고 했어. 난 죽어도 듣지 않을 거라고 대답했지. 난 아버지가 너무 미웠어."

"그래서 미국으로 간다고 했어? 피하고 싶어서?"

"모두 브기 싫었어."

"나두?"

민석은 어이없는 듯 피식 웃었다

"민철 오빠도 미웠어?

"형? 형은…."

"민철 오빠가 얼마나 가슴 아파한지 모를 거야."

혜진의 말에 민석의 눈이 붉어졌다. 형의 마음을 민석은 알고 있다. 형은 이 모든 사건이 군에 있을 때 일어났기에 제대 후에야 민석이 자신의 친동생이 아니라는 사실을 알았다. 생모가 교통사고로 죽었다는 것도 나중에야 알았다. 그때 형이 받은 충격을 민석은 헤아릴 수 있었다.

"민철 오빤, 지금도 오빠에게 죄책감을 가지고 있대."

민석은 괴로운 듯 땀을 닦았다. 두 사람은 천천히 앞으로 걸어 검은색의 작은 비석 앞에서 멈추었다. '윤정애 묻히다.' 말없이 바라보던 민석은 가방에서 작은 액자를 꺼냈다. 활짝 웃는 정애의 사진이었다. 조그마한 비석 앞에 놓고 향을 사르고 술병을 따라 잔을 올렸다. 혜진은 조용히 눈물을 닦았다.

분향을 마친 두 사람은 높은 둑에 펼쳐진 풀밭의 벤치에 앉았다. 화사한 햇살이 두 사람에게 쏟아졌다. 민석은 눈을 감고 말했다.

"정말 오기 싫었어."

"그럼 그냥 있지. 왜 들어왔어. 강 행장님이 들어오랬어?"

민석은 조용히 고개를 끄덕였다.

"그래도 잘 왔어, 오빠 떠난 후 난 엄청 후회했어. 따라갔어야 했는데, 하면서. 엄마에게 내가 오빠 돌봐준다고 약속했잖아. 그래서 10년 내내 후회했지. 하지만 지금은 괜찮아. 돌아왔으니까."

민석은 소리 없이 웃었다. 혜진이는 옛날 자신을 좋아한다며 징징거리며 따라다니면서 잔소리하고 귀찮게 했던 그 아이가 틀림없었다. 누가 있건 말건 혜진은 민석을 따라다니며 잔소리를 했다. '오빠가 내 말 들어서 안 된 것 있냐?' 고 따지면 민석은 두 손을 들어 버린다. 그것이 벌써 십수 년이 지났다. 그러나 혜진은 그대로였다. 변하지 않은 혜진이가 고마웠다. 아까 혜진이가 자신에게 고맙다고 한 말의 의미를 알았다.

"오늘은 집에 안 가?"

"집?"

민석은 시니컬하게 대답했다. '내가 가야 할 집이 있었나?' 그는 그렇게 생각했다.

“오늘은 이모집에서 자려고. 이제 너도 들어가.”

민석은 자리를 털고 일어섰다. 혜진은 아직도 실감이 나지 않았다. 그렇게 보고 싶었던 민석이 이렇게 옆에 있다는 것 자체가. 그러나 현실이었다. 그렇게 생각하고 혜진도 따라 일어섰다. 이제 매일 볼 수 있겠지.

그러나 민석의 마음은 아니었다. 자신의 귀환을 모두 혜진 같이 반길까. 아닐 것이다. 그러나 피할 수 없다. 냉엄한 현실이니까.

16.

그날 밤, 청평 윤정심 집
강민석과 이모 윤정심

윤정심은 조카 민석을 한없는 감회로 바라보았다. 민석이가 친구 상우
와 이곳에 놀러왔을 때도 정심은 친 이모라는 이야기를 할 수 없었다.

그런 민석이가 생모의 죽음 이후 이곳에서 며칠을 보냈었다. 갑작스런
어머니의 죽음으로 민석의 정신은 거의 공황 상태였다. 거기에 정심이 친
이모라는 사실을 쉽게 받아들이려 하지 않았다. 처음에는 자신을 속였던
이모가 매정하다고 생각했음인지 마음을 열지 않았다. 하지만 왜 엄마가
아들을 버려야 했으며 이모가 그동안 왜 속여야 했던가를 말해주었을 때
민석은 한없이 울기만 했다. 정심은 새삼 동생 정애의 하얀 얼굴이 보고
싶었다.

"이곳에 서면 왜 그런지 참 편안해져요."

널따란 거실 창문을 통해 밖을 보며 민석은 말했다. 정심은 찻잔에 차를
부으며 미소 지었다. '어쩌면 네 어미와 그렇게도 똑같니.' 눈물이 잠시
흘렀다.

"네 어머니도 그랬어. 너를 가졌을 때 그 자리에 앉길 좋아했지."

민석은 웃을 듯 울 듯, 복잡한 표정이었다.

192

“벌써 30년이 흘렀구나. 엊그제인 것 같은데.”

30년 전 어느 날 정애가 입을 열었을 때 정심은 혼절할 것 같았다.

“언니, 나 임신했어.”

“뭐? 임신이라구? 임신? 그게 무슨?”

“아이 아빠는 필수 오빠야. 난 이 아기를 반드시 낳을 거야.”

“…….”

정심은 눈앞이 캄캄했다. 아기를 떼자고 하자 정애는 ‘죽어버리겠다’고 했다. 아기를 낳은 후 정애는 미국으로 쫓겨가야 했다. 그때 정심은 정 회장의 명령으로 정애의 미국행을 지시하고 아기를 빼앗으러 온 고향 오빠 성정훈의 냉혈한 같은 모습을 평생 잊지 못했다. 그는 마치 더러운 벌레나 본 듯 정애와 민석을 취급했다. 그리고도 계속 어린 민석에게 상처를 주었다. 그러나 이제는 모두 지난 일이었다. 정심은 문득 정신을 차렸다.

“어머니에게는 전화했니? 외할아버지 산소도 갔다 와야지.”

“외할아버지요? 저에게 언제 외할아버지가 있었습니까? 정 회장님만 제 기억에 있습니다.”

민석은 비웃었다. 정심은 그 마음을 알지만 그런 감정이 조카에게 좋을 리 없다는 것도 알고 있다. 그대로 두어서는 안 되었다.

“정 회장님이라니? 듣기 거북하구나.”

“이모에겐 거북해도 전, 그 말이 편합니다.”

“이제는 다 잊어라. 세월은 모든 것을 잊게 만든다. 그리고 외할아버지는 이미 이 세상 사람이 아니잖니.”

정심은 화제를 다른 곳으로 돌려야겠다고 생각했다. 오랜만에 만나 그런 이야기를 하고 싶지는 않았다.

"완전히 귀국을 한 거니? 아니면 잠시."

"좀 어정쩡해요. 당분간 아버지 일을 도와야 하니까요."

"어쨌든 다행이구나."

정심은 반가웠지만 무엇인가 가슴에 묵직한 감정이 걸려 있었다. 조카의 앞길이 평탄치 않을 것 같다는 느낌이 들었다.

방으로 돌아온 민석은 곧 자리에 누웠다. 하지만 잠이 오지 않았다.

같은 시각, 혜진 역시 잠을 이루지 못했다. 아버지 성정훈 회장의 말이 그녀를 옭아매고 있었다.

'민석과는 절대 안 된다.'

혜진은 눈을 뜨고 천장을 바라보며 그 말을 몇 번이나 되뇌었다. 절대, 절대, 절대!

그녀는 주먹을 움켜쥐고는 단호하게 결심했다.

"아무도 우릴 침범하지 못해, 내 사랑의 영토를 파괴하면 누구도 용납하지 않을 거야."

17

다음날 청평

강민석과 강민철

청평으로 가는 길은 꽉 막혔다. 평소 때는 잘 빠졌으나 오늘은 정체가 심했다. 민철은 그제야 오늘이 주말인 것을 깨달았다. 다른 차들의 풍경은 아늑했다. 가족들과 함께 주말 나들이를 나가는 모습들이었다. 민철은 마음이 조급했다. 혹시 빠져나갈 길이 없나 주위를 살펴도 바늘 틈 하나 빠져나갈 길이 없었다. 민철은 포기하고 창문을 열었다.

이른 아침 막 출근해 회의를 준비할 때 비서가 전화를 연결해주었다. 목소리를 듣는 순간 민철의 온몸에 전율이 왔다.

"형."

꿈에도 그리던 민석이었다. 민철은 순간 얼어붙었다.

"어디냐?"

"청평, 이모집."

"알았다."

민철은 말이 끝나기도 전에 전화를 끊고 일어섰다. 그리고 정신없이 밖으로 나왔다. 비서는 그런 그를 멍한 눈길로 바라보았다. 주차장을 빠져나올 때까지 민철은 계속 '민석이가 왔다'고 중얼거렸다. 꿈만 같았지만 묘한 전율이 흘렀다. 무슨 말부터 하지? 어떻게 변했을까? 청평에 도착할 때까지 그의 뇌리에는 계속 이것만 맴돌았다.

저 멀리 민석이 있는 이모집이 보일 때까지 그는 어떻게 달려 왔는지를 몰랐다. 민철은 다시 한 번 긴 호흡을 했다. 차에서 내리는 순간 민철은 얼어붙은 듯 서버렸다. 현관 앞에 민석이 웃으며 서 있었다. 두 사람은 그렇게 한참을 바라보았다.

"형!"

"민석아!"

민석이 뛰어오자 두 사람은 힘껏 껴안았다. 민철의 눈에는 이슬이 맺혀 있었다. 뒤따라 나오던 정심의 눈에도 눈물이 흘렀다.

얼마 후 둘은 하염없이 강만 바라보고 앉아 있었다. 민철도 어린 시절 민석과 상우를 따라 곧잘 놀러오곤 했다. 그때 그렇게 인자하고 좋았던 정심이 아주머니가 민석의 친 이모라는 사실에 민철은 안심이 되었다. 엄마 잃은 민석에게 큰 위로가 될 수 있다는 생각 때문이었다.

어렸을 때 이곳은 세 사람에게 천국이었다. 강물에 풍덩 빠져 하루 종일 놀았으며 강가에서 소꿉놀이와 숨바꼭질하느라 시간이 가는 줄 몰랐다. 그 시절이 떠오르자 민철은 빙그레 웃음을 지었다.

"여기 올 때 널 보면 뭐라고 멋진 말을 할까, 고민을 많이 했는데."

"하지 않는 게 더 좋아. 형은 그런 면에 썰렁하잖아."

민석 역시 빙그레 웃었다. 민철은 이 순간 민석이 자신의 동생이라는 사실이 사무쳤다.

"어쨌든 잘 왔어, 아버지도 힘이 날 거야."

민철은 웃으며 말했지만 마음은 착잡했다. 강바람이 다시 두 사람을 쓰다듬듯 스쳐갔다.

"형은 어땠어? 내가 친동생이 아니라는 이야길 들었을 때?"

"넌, 어땠니?"

"막막하더라. 지금부터 나하고 형은 어떻게 되는 건지."

"나도."

"왜?"

"이제 나를 지켜 줄 동생이 없어졌잖아. 난 네가 이제 됐다하고 도망갈 줄 알았지. 내 뒤치다꺼리에 이골 나 도망 갈 줄 알았지."

"그래서 못 도망갔다, 왜? 나 없으면 형 또 맞고 다닐까봐."

둘은 그렇게 웃었다. 다른 말이 필요 없었다. 동생이 지켜주고 싶은 형. 바로 민철이었다. 의지하고 싶은 동생, 그것이 바로 민석이었다.

"어머니 일은 정말 안 됐어."

민철은 이 말을 어떻게 꺼내야 할지 많은 고민을 했다. 10여 년 전의 일을 새삼 꺼내 민석의 상처를 자칫 건드는 것이 아닌지. 그러나 그냥 지나갈 수 없는 문제였다. 민석은 아무 말도 하지 않았다.

"어머니도 가슴앓이 많이 하셨다. 너도 알잖니." 미국으로 민석이 가버린 후 정요숙의 하루하루는 민철이 보기 힘들 정도로 어려워했다.

"성 회장님도 돌아온 너에게 미안한 감정이 많이 있을 거야. 외할아버지도 그렇게 가셨지만 너에게 분명 미안한 마음으로 가셨을 것이고."

민석은 흐르는 강만 묵묵히 보았다. '절대 그럴 리 없을 것이다.' 민석은 그렇게 생각했다. 어머니의 죽음에 성 사장이 결정적으로 연관되어 있다는 것을 알고 민석이 그들을 찾아갔을 때가 생각났다. 이때 민석은 정 회장과 성 사장의 냉혹할 만큼 무서운 질시를 받았다. 그들에게는 어머니의 죽음에 일말의 미안함이나 조그마한 연민조차도 없었다. 오히려 어머니의 죽음을 사필귀정으로 여겼다. 그들 앞에 선 민석의 아픈 가슴은 더욱 찢어져 갔다. 이러한 상황을 형은 절대 알 리 없을 것이다. 자신의 미국행의 결정적 이유가 바로 이것이었다는 것을.

"너에게 도움이 되었으면 하고 두 분께 화해를 말씀드렸지, 화해하실 거야. 외할아버지도 가셨는데 못할 것이 없잖아. 그러니 넌 딴 생각 말고 아버지 도와드려."

다시 한 번 청평의 시원한 바람이 두 사람의 가슴을 뚫고 지나간다. 민석은 형 민철의 말을 가슴으로 듣고 있었다.

18

은화은행

성도훈과 양만길 패밀리

임원들과의 첫 상견례를 마친 성도훈은 착잡했다. 어느 정도 예상은 했으나 경영진들의 반발이 예상외로 컸다. 얼마 전까지 전임 행장이 줄기차게 진행해온 동우금융지주와의 합병작업을 도훈이 부임과 함께 백지화를 선포했기에 그 여파는 더 심했다.

동우 민영화 불참여는 정부의 입장도 묘하게 되어버렸다. 동우의 민영화에는 국내 은행의 매입경쟁이라는 대결 구도 형성이 필요했다. 그래야 투입한 공적자금 회수가 훨씬 유리해짐과 동시에 민영화에 대한 명분을 가질 수 있었다. 이에 정부는 은화의 참여에 상당한 기대를 걸었다. 그러던 차에 도훈이 불참여를 선포했기에 경영진들은 차후에 정부와의 매끄럽지 못할 입장을 걱정했다.

여기에는 양만길 전무의 반발이 정점에 있었다. 물론 드러내놓고 반박하지는 않았으나 대형화에 대한 미련은 쉽게 버리지 않을 것 같았다. 양 전무를 위시한 임원들은 상당히 조직적으로 동우 합병화를 준비해왔다. 그러나 도훈은 단칼에 그 계획을 폐기시켰다. 대주주 맨치니의 강력한 후원을 그는 공식적으로 언급했다. 이에 양 전무 팀은 마지못해 물러섰지만 동우를 향한 미련의 불씨는 쉽게 꺼뜨릴 것 같지 않았다. 도훈은 가볍게 한숨을 내쉬었다.

"내부부터 쉽지 않겠군."

거기에 아직도 구태의연한 경영진들의 무사안일주의가 마음에 걸렸다. 임원들과의 첫 상견례에서 도훈이 느낀 것은 '한국 금융업의 덩치는 많이 커졌으나 아직도 두뇌는 어리다'는 것이었다. 그들은 은화은행이 우량은행이라는 환상에서 벗어나지 못하고 있었다. 단자회사가 전신이었던 은화는 1차 구조조정 이후 끊임없는 합병전쟁 때마다 운이 따랐다. 거기에 정권의 상당한 비호가 있었다. 그래서 살아남을 수 있었고 오늘의 덩치로 클 수 있었다. 하지만 진정한 글로벌화 은행으로 거듭나려면 이러한 생각부터 뿌리 뽑아야 한다. 물론 임원들은 시답잖다는 표정이었다.

성 행장은 금융기관의 잠재적 부실작업 정리를 주장했다. 지금 해외투자자들이 국내 금융기관의 부실채권 발표를 믿지 않는다는 것을 역설했다. 그러나 이 문제를 심각하게 받아들이는 경영진은 없는 듯했다.

도훈은 자금당당 이사에게 '잠재부실이 투명하게 되면 우리 은화에 미치는 영향'을 묻자 엉뚱한 대답이 돌아왔다. '잠재부실이란 있을 수 없으며 올해 수익이 많이 예상되어 부실자산이 나온다 해도 감당할 수 있다'는 한심한 답변이었다. 그 이익이 잘못된 회계처리로 산출되었다면 그것이 바로 제2의 금융기관 부실로 이어지며 해외투자자들의 발길을 멈추게 하는 요인이라는 질타에 김 이사는 고개를 푹 숙였다.

도훈은 거침없이 임원들을 몰아세웠다. 기업의 미래 상환 능력을 반영하는 새로운 자산건전성 분류 기준인 FLC가 이미 도입되었는데도 이의 실시 여부를 묻자 여신담당 홍 이사는 '아직 우리나라에서 적용하기는 좀 이르다는 판단에 연구하고 있다' 는 궁색한 변명을 늘어놓았다.

약 1시간에 걸친 첫 만남은 살벌한 분위기로 끝났다. 도훈은 그렇게 하지 않을 수 없었다. 전쟁은 코앞에 다가왔는데 장군들은 아직 갑옷도 입지 않고 우왕좌왕하는 꼴이었다.

도훈의 질타에 맨 앞에 앉아 있던 양 전무는 벌레 씹은 표정이었고 모든 임원들은 찬물을 끼얹은 듯 조용했다. 몹시 못마땅해 하는 분위기가 여실했다. '굴러온 돌이 박힌 돌 뺀다더니.' 모두가 그런 표정이었다.

그중 소장파인 정성모 이사는 속으로 빙긋 웃었다. '교수님, 여전하시군. 그대나 지금이나.' 그는 컬럼비아대학 시절 성도훈 교수의 애제자였다. 하지만 이 사실을 아는 사람은 아무도 없었다. 모두 정성모를 미국 유학파 정도로만 알고 있었다.

그는 문득 눈길을 느꼈다. 고개를 들어보니 양 전무가 날카롭게 노려보고 있었구.

"은행 합병에 대해 말씀드리겠습니다. 저는 이 사명만큼은 국가를 위한 마지막 봉사로 임할 각오입니다. 임원들도 그런 각오로 임해야 하며, 해당 임원들은 상응하는 책임을 반드시 진다는 각오를 가져야 합니다."

도훈은 그렇게 상견례를 마쳤다.

19.

원주 컨트리클럽
강필수와 김성철 의원

"나이스 샷!"

김성철이 힘차게 골프채를 휘두르자 파란 하늘로 하얀 공이 긴 포물선을 그리며 날아갔다. 시원한 장타였다. 박수소리가 나오자 그의 얼굴에는 잔잔한 만족감이 서렸다.

옆을 따라 걷던 강필수의 이마에도 송송 땀이 맺혔다. 재미있는 게임이었다. 두 사람은 게임만큼은 양보하지 않았다. 김성철도 그런 강필수를 즐겼다. 강필수의 공도 경쾌한 발사음을 내며 시원한 포물선을 그렸다.

"계속 일취월장하십니다."

김성철이 감탄했다. 자신의 구력은 강필수보다 훨씬 높았다. 그러나 최근 강필수의 실력은 맹렬한 속도로 따라 붙고 있었다. 사실 강필수는 골프를 즐기는 편이 아니었다. 시간이 없었으며 골프라는 스포츠가 성향과 맞지 않다는 생각 때문이었다. 부딪치는 격렬함 없이 신사인 체하는 스포츠가 마음에 와 닿지 않았다. 그러나 김성철을 만나면서 골프를 본격적으로 배웠다.

"합병 구상은 마치셨습니까."

걸으면서 김성철은 물었다.

"매일 그 생각뿐입니다."

"천하의 강 행장께서 하시는 일이니까 저는 믿습니다. 저를 가르친 골프 선생님이 말하더군요. 프로에게는 게임의 흐름을 읽어내는 감이 가장 중요하다고."

"송구합니다, 합병에 저는 아직 초짭니다."

"초짜도 초짜 나름이지요."

김성철은 공에 채를 대며 웃었다. 그리고 또 시원한 곡선을 푸른 하늘에 그려냈다. 강필수는 진심으로 그의 타격 솜씨에 감탄했다. 이번에는 자신의 공을 대며 말했다.

"정말 고민이 많습니다. 훈수 하나 부탁드립니다."

"정말 그래도 됩니까?"

"이렇게 고개 숙여 부탁드립니다."

강필수는 채를 대며 공손히 고개를 숙였다. 그리고 힘차게 휘둘렀다. 엄청난 장타였다. 오늘은 감각이 좋았다. 그러나 강필수는 조용히 고개를 숙였다. 한 수 배우겠다는 자세였다.

"동우금융지주에 대한 합병안을 구상해 보셨습니까?"

"민영화에 많은 열의를 가지고 있는 은행이더군요."

"어차피 우수는 공격적으로 나가야 합니다. 그러려면 차라리 큰 덩치가 편할 겁니다."

강필수는 고개를 끄덕였다. 그러면서 슬쩍 떠보았다.

"동우는 은화은행에서 입질하고 있다는 소문이 파다하던데요?"

"그게, 좀 차질이 생길 것 같습니다."

"차질이라면."

강필수는 긴장했으나 김성철은 차분히 대답했다.

"은화은행의 성도훈 행장말이요, 상당히 노련하더군요. 동우를 삼키려는 기존 방향에서 선회할 것 같습니다. 국제은행 매각에 뛰어들겠다는 겁니다."

"은화은행이 국제은행 매각에요?"

"그 통에 정부의 동우 매각을 통한 민영화계획에 차질에 생겼소."

김성철은 필드를 보며 생각에 잠겼다. 그는 어제까지 동우금융지주 매입의사 1차 확인서를 보내지 않은 은화은행에 의혹을 가지고 있었다. 그러던 오늘 아침에 금감원장으로부터 연락이 왔다. 은화가 동우 민영화에 불참하겠다는 것이었다.

"이게 은화의 고도의 연막전술인지, 아니면 기막힌 우회전술인지를 생각하고 있습니다. 아시다시피 동우는 그동안 공적자금 투입으로 정상화되어 이제 명실공히 자산 규모 국내 1위로 떠오른 은행 아닙니까."

"그렇지요."

"합병만 하면 국내 리딩뱅크가 됩니다. 은화는 이 좋은 기회를 버리고 갑자기 국제은행으로 선회해 버렸어요."

강필수는 긴장이 되었다. 드디어 시작이다. 성도훈이 은화로 오기 전에는 은화가 동우를 취하든 국제를 취하든 자신은 알 바 아니었다. 그러나 지금은 다르다. 은화의 움직임 하나하나 모두를 파악해야 한다. 그래야 은화의 전략을 철저히 부술 수 있다. 그들이 동우를 취하려면 그를 부수고, 국제를 취하려면 이를 깨야 한다. 그런 후 자신이 지휘하는 우수은행이 만신창이가 된 은화를 합병해 도훈을 몰락시키는 것이다. 이것은 필수가 절대 포기할 수 없는 필생의 임무다.

"의원님 생각은 어떠십니까?"

"은화가 동우와 합병할 경우 리딩뱅크로 떠오르면서 수익성 제고에 큰 힘이 됩니다. 주가순자산도 1.5배 이상 크게 높아진다는 분석이 대세죠."

"그런데, 굳이 은화는 이것을 피한다는 이야기입니까?"

"일단 성 행장이라는 사람이 방향은 잘 잡은 것 같습니다. 은화는 그동안 군소 은행들과의 합병을 거치면서 소매금융에 강세를 보이고 있습니다. 그래서 자신들의 취약 부분인 무역금융, 외환 전문은행인 국제은행을 합병하려는 것이지요. 글자 그대로 초대형 글로벌은행으로 만들겠다는 포부인 것 같습니다."

"그렇게 되면 은화의 세는 막강해지겠군요."

강필수는 짐짓 김성철의 의중을 살폈다.

"그렇죠, 약 200조 규모의 은화가 116조의 국제를 인수하면 316조로 동우, 한민금융지주에 이어 3위인 초대형 금융그룹으로 도약합니다."

"그런데 국제은행 매각은 많은 문제가 있지 않습니까? 얼마 전 한민금융도 국제은행 매입에 실패했고요."

강필수는 지난 일을 상기시켰다.

"그것은 국제은행 대주주 롬발트가 국제은행 매입 당시 자금의 성격 문제 때문입니다. 산업자본이 금융업에 진출하지 못한다는 당시의 조항을 어긴 거죠."

김성철은 다시 공을 휘둘렀다. 어려운 코스였지만 공은 쭉쭉 뻗어 나갔다. 김성철은 강필수를 향해 빙그레 웃었다.

"어떻게 하시겠습니까. 제 훈수는 끝났습니다. 하하하."

"제 머리는 복잡해지는군요."

강필수는 그렇게 말했으나 이미 머리는 냉정하게 돌아가고 있었다. 김성철은 위로의 말을 덧붙였다.

"이게 말이요. 1,2차 은행 합병을 거치면서 은행도 스스로 살아남는 방법을 체득했습니다. 이제 싸우는 법을 알고 있어요."

"맞습니다. 제가 직접 뛰어 들어보니 은행원들은 뛰어난 전사들이더군요."

"그런데 궁금한 것은, 강 행장께서 진짜 마음에 두고 있는 은행이 어디인가 하는 것입니다. 도대체 어디입니까?"

20

게스트 하우스

강필수와 김성철

시원한 맥주가 목줄기를 타고 내려갔다. 강필수는 앞에 앉아 할 말을 잊은 듯한 김성철을 바라보았다. 그는 확인하듯 물었다.

"은화은행을요?"

김성철의 물음에 강필수는 주저하지 않고 고개를 끄덕였다. '이 사나이는 한번 하겠다고 하면 반드시 한다. 그러나 위험하다. 현실성은 너무 낮고 위험성은 너무 높다. 상대는 우수은행보다 몇 수 위인 은화이다. 더구나 은화는 단자회사로부터 수차례의 합병 혈전을 통해 살아남은 전설이다. 그 역전의 용사들이 더 큰 힘을 갖기 위해 국제를 먹겠다는데 강필수가 은화를 취하겠다는 것이다. 왜 은화일까?

"문제가 있겠습니까?"

석양에 반사되는 강필수의 눈은 활활 타고 있었다. '이미 늦었다, 이 사나이를 말리기에는. 이제 나머지는 이 사나이의 몫이다.' 그의 눈을 보며 김성철은 순간 판단했다. 싸우겠다는 장수에게 싸우지 말라는 논리는 무의미하다. 아무 가치가 없다. 김성철은 얼른 생각을 바꾸었다.

"아, 아니요. 문제는 없습니다. 은행 합병은 각 은행 간의 묘수의 대행진입니다. 정부 방침도 진정한 자율입니다. 하지만 좀 의외인데요?"

"쉽고 좋은 물건을 두고 왜 은화로 선회했느냐는 의문이시죠?"

"핫핫하, 그래요. 동우와 은화는 성격이 판이하게 다릅니다."

"이미 파악하고 있습니다."

"그러면 자산규모 200조의 은화와 자산규모 100조의 우수가 합치면 300조의 환상적인 작품이 나오는군요? 당장 상위로 올라설 수 있어요."

이미 떠난 배다. 그러면 항해를 잘 마치라고 격려를 해주어야 한다. 김성철은 그렇게 생각했다.

"그 후 정부를 도울 수 있는 동우와의 합병 진격을 시도하겠습니다. 의원님의 짐을 덜어 드리겠습니다."

강필수의 눈은 더욱더 활활 타올랐다.

"좋지요, 하지만 은화은행이 객관적 전력으로 보아 우수보다 몇 수 위인 것 아시죠?"

김성철은 친절하게도 뱃길의 방향도 알려주었다. 여기까지만 자신이 할 일이다. 나머지는 저 사나이가 감당할 것이다.

"그 부족한 점이 우리에겐 장점이 됩니다. 믿어주십시오."

강필수의 출사표는 이렇게 던져졌다. 이제 싸우는 길만 남았다. 이 길은 강필수가 평생을 달려온 길이었다. 익숙한 싸움이지만 실수가 있어서는 안 된다. 단 일격이다. 일격에 도훈의 숨통을 끊어야 한다. 강필수는 깊게 호흡을 하고 머리를 숙였다.

제4부 전운

1.

삼청동 요정
강필수와 김준수

낮이지만 정겨워 보이는 격자창에는 불그스레한 조명이 은근했다. 아직은 더위가 곳곳에 머물고 있는 날씨였다. 약하게 들어오는 냉방이 거부감이 들지 않았다. 준수가 낮은 목소리로 물었다.

"아버지께 말씀 들었습니다. 상대가 은화라구요?"

"그렇다네."

강필수는 고개를 끄덕였다.

"은화는 이미 국제를 향해 출항했습니다."

"이를 깰 비책이 있네. 은화는 절대 포기할 수 없네."

강필수의 눈은 활활 타고 있었다. 김준수는 아버지 김성철 의원에게 이 말을 들었을 때 반신반의했다. '어떻게 이런 생각을 할 수 있지?' 하는 생각 때문이었다. 싸움은 상대가 있어야 한다. 하지만 지금 우수로서는 은화가 상대해 줄 위치가 아니다. 은화로서는 코웃음 칠 상대일 뿐이다. 그러나 막상 오늘 강필수를 대하고 보니 돌이킬 수 없는 상황이 되었음을 느꼈다. '은화 먹어치우기는 확실하구나.' 그는 조심스럽게 말했다.

"아시다시피 지금 정부로서도 선뜻 합병에 대해 이야기할 수 없습니다.

제1,2차 합병 이후 입김이 세어진 외국의 대주주 때문입니다. 은화의 경우는 더욱 심할 겁니다. 맨치니컨소시엄은 더욱 만만한 곳이 아니고요."

"알그 있네."

강필수는 고개를 끄덕였다.

"아버님이 꼭 은화를 선택하신 것은 무슨 이유가 있습니까? 상당한 위험이 수반되는 무리수여서 묻습니다."

강필수의 표정이 굳어졌다. 순간 김준수는 아직 강필수의 심중을 파헤칠 수순이 아니라는 것을 알았다. 그는 영리했다. 강필수의 굳은 표정을 보고 그는 자신이 해야 할 일은 필요한 대안을 제시하는 것임을 곧 알아차렸다.

"대신 소프트 쪽으로 한번 파고드시면 어떻겠습니까?"

"소프트라."

"은화은행 성 행장이 성격이 대꼬챙이라고 소문이 파다합니다. 학자여서인가요? 오늘 오전 금감원장 첫 상견례 때 설전을 벌였답니다."

"도훈이가?"

강필수는 자기도 모르게 성도훈의 이름을 불렀다. 김준수의 분석 두뇌가 빠르게 회전했다. '성 행장의 이름을 스스럼없이 부른다? 두 사람이 어떤 관계가 있나?' 그러나 강필수도 빨랐다. 준수의 얼굴에 스쳐 지나가는 의아함을 읽고는 얼른 말을 돌렸다.

"아, 아무래도 학자니까 그렇겠지. 좋게 보면 금감원도 누군가가 한번 손을 봐줘야지. 그것은 잘했구먼. 허허허."

"바로 그것입니다, 아버님."

"그것?"

"금감원장에게 그 정도로 해댔다면 은행 내의 경영진들에 대한 질타는 불을 보듯 뻔합니다. 고도로 세련된 외국의 금융기관 인사들에 비해 아직도 낙후된 한국의 은행 인사들이 그분의 눈에 차겠습니까."

"내부의 불만자가 반드시 있겠구먼."

"거기에 1차 합병 때 삼켜진 신성은행의 우수 인재들이 지금은 파묻혀 있으나 권토중래를 노리고 있답니다."

"흐음, 신성은행이라면 비운의 은행이었지. 규모의 논리에 눌려 사라져 버린 우량 은행이 아니었던가. 그 은행에는 인재들이 많았었지."

"맞습니다. 지금 은화의 하드는 매우 단단해 보이지만 내재된 소프트는 상당한 균열이 있습니다. 이것을 파고드십시오. 또 하나 결정적 약점은 은행원들의 인식입니다. 원칙은 우량끼리 합병이지만 실제적으로는 서로 피해의식을 가지고 있죠. 큰 덩치끼리 합쳐질 때 필연적으로 닥치는 점포나 직원의 감소, 이것은 은행원들에게는 사활이 걸린 문제입니다. 바로 이 점을 노리십시오."

강필수는 고개를 끄덕이고는 술병을 들어 준수의 잔에 따랐다.

"은화의 양만길 전무를 주시하십시오, 피합병 신성은행 출신의 정성모 이사도 관심을 두십시오."

2.

비슷한 시각, 프린스호텔 레스토랑

정성모와 성도훈

정성모 이사는 성도훈 은행장과의 지난 일을 잠깐 생각했다. 컬럼비아 대학 유학 시절 몇 안 되는 한국인 교수 중의 한 사람이었던 성도훈 교수는 학생들 사이에서 인기가 높았다. 낭만이 있었고 멋쟁이 교수였다. 거기에 연구 실적도 뛰어났다. 그래서 성 교수는 한국인으로서는 어렵다는 단과대학장도 역임했다. 보직교수로 활동해 유학 중인 한국인 학생들에게 많은 도움을 주었다. 정성모도 그중 한 사람이었다.

정성모는 특히 성 교수 집에 자주 놀러갔다. 약사인 성 교수 부인은 늘 바빴으나 집에 있을 때 학생들이 찾아오면 대환영이었다. 부부 금슬도 좋았으나 자녀는 없었다. 그래서인지 유학생들 사이에 두 사람의 금슬은 그냥 표면적일 뿐 이혼 직전이라는 소문이 돌았다. 물론 성모는 믿지 않았다. 다행인지 불행인지 성모는 두 사람의 소문을 확인하지 못한 채 귀국했고 이후 간간히 소문만 들었다.

그동안 그는 성 교수의 소문에 신경 쓸 겨를이 없었다. 엘리트 은행이라는 신성은행에 입행해 승승장구했으나 2차 구조조정의 덫을 피해갈 수는 없었다.

신성은행은 규모는 작았으나 차관 등을 통한 중장기 대출이라는 특수 업무로 수익구조가 탄탄했다. 무엇보다 인적 자원이 훌륭했다. 서울대, 연대, 고대 출신이 아니면 버티기 어려웠고 유학파가 상당 부분을 차지하고 있었다. 그런 신성이 은화에 합병되면서 많은 인재들이 빠져나갔다. 은화의 신성은행 말살 정책 때문이었다. 높은 급여를 낮췄고, 익숙치 않은 지점 업무에 배치했다.

퇴직자 수는 계속 늘어났다. 이제는 겨우 명맥만 유지할 뿐이었다. 살아남은 신성 직원들은 정성모를 중심으로 단단히 뭉쳤다. 비록 눈에 띄게 행동하지는 않았지만 엘리트 의식으로 지탱할 수 있었고 언젠가의 부활을 믿었다. 지금이 호기다. 그는 그렇게 생각했다.

그때 성도훈 행장이 들어섰다. 성모는 벌떡 일어섰다.

"교수님."

"재경부에 들렀다 오느라고 좀 늦었네. 앉게."

"이곳에서 뵐 줄은 꿈에도 생각지 못했습니다."

"하하. 그게 인생사야. 얼마나 되었나? 자넬 학생으로 본 지가?"

"그게 20년 쯤 될까요?"

"고맙네. 자네를 처음 보았을 때 깜짝 놀랐네. 일부러 모른 척했네."

"잘하셨습니다. 그게 저에게는 더 편했습니다. 사모님은?"

"응? 뭐, 잘 지내고 있네."

건성으로 대답하며 성 행장은 잔을 들어 물을 마셨다. 아내 윤혜숙과는 진즉에 이혼으로 끝났다. 위태위태했던 둘의 관계는 도훈의 성불구가 전혀 개선될 기미가 보이지 않자 파탄에 이르렀다. 그것은 도훈의 잘못이었다. 그는 아내에게 요숙에 대해 이야기를 했다. 아내는 담담하게 받아들였다. 숨기지 않았던 것을 고맙다고 했다. 사랑했던 옛 여인과의 추억도 아내는 인정한다고 했다. 그러나 그녀가 참을 수 없는 것은 도훈의 치료 노력이었다. 그의 성불구는 약사의 관점에서 보았을 때 치료가 가능한 상태였다. 그러나 도훈은 거절했다.

아내는 진심으로 2세를 원했다. 여자의 본능이었다. 그 본능을 도훈이 거절하자 아내는 요숙을 잊지 못하기 때문이라고 생각했다. 도훈은 변명하지 않았다. 그리고 어느 날 아내가 미국인 의사와 가까이 지낸다는 것을 알자 기꺼이 이혼을 해주었다. 아내는 저주를 퍼부었다. 결국 결혼생활 내내 자신을 한 번도 사랑하지 않았다는 증거라고 몰아세웠다. '나는 두 여자를 불행하게 만들었어.' 이런 이야기를 옛 제자에게 할 수는 없었다. 잠시 사이를 두고 정성모에게 물었다.

"자네는 원래 신성은행 출신이지?"

"네. 그렇습니다. 신성은 합병전쟁에서 정치 논리의 유탄을 맞고 희생된 케이스입니다."

"그건 나도 알고 있네. 신성의 우수한 인적 자원들의 힘을 빌려야겠네."

"감사합니다. 언제든지 하명해주십시오. 교수님을 돕겠습니다."

"이 전쟁에서는 교수가 아닐세, 은화은행장 성도훈이야."

"늘 마음에 두겠습니다."

"양 전무는 어떤 사람인가?"

"오랜 세월 은화에서 잔뼈를 굳힌 사람입니다. 녹록치 않습니다. 많은 임원과 지점장들이 양 전무를 따릅니다."

"그렇겠지. 앞으로 심심치 않은 마찰이 있을 거야."

"예상하고 있습니다. 행장님의 국제은행 매각 선회 때문에."

"양 전무는 아직도 동우 민영화에 미련이 많아."

"그럴 겁니다. 그의 야망은 국내 최대 은행으로의 발돋움이니까요."

"자네는 어떻게 생각하나?"

"치기 어린 계획입니다. 이제는 대형화보다 합병을 통한 시너지 극대화입니다."

정성모는 양 전무를 '치기 어리다'라고 했다. 다분히 무시하는 말투였다. 성 행장은 그 모습에 자신을 도울 조그마한 세력이라도 있음에 안심이 되었다.

"자네 혹시 우수은행에 긴밀한 친구가 있나?"

"우수은행이요? 있지요. 이성걸이라고 대학동깁니다. 왜 그러십니까?"

"우수은행 강 행장의 아들 강민석이 이번에 미국에서 들어오네. 구조조정 본부장으로 발령이 났지."

"그 이야기는 모든 사람이 알고 있습니다."

"어떻게?"

"한국에서 성진그룹 강 회장의 일거수일투족은 많은 사람들의 관심사입니다. 이번에 갑자기 회장직을 버리고 우수은행을 맡은 일이나, 미국에서 아들이 성공하여 돌아와 아버지를 돕는 것이나."

강필수의 갑작스런 우수은행장 등극은 그동안 많은 사람들의 입에 오르내린 것 같다.

"강민석이라는 둘째 아들은 미국에서 M&A 전문가로 상당한 두각을 나타냈다고 합니다.”

“음, 그것은 나도 들었네.”

“아. 그렇겠네요. 그런데 우수은행이야 저희와 상관없는 것 아닙니까?”

“그래, 맞네. 그게…. 사실은 내 조카 때문일세.”

도훈은 얼마 전 성진건설 회장인 형 정훈으로부터 딸 혜진의 이야기를 들었다. 혜진은 강민석을 사랑한다고 했다. 절대 안 된다고 여러 차례 말했으나 딸은 듣지 않는다고 했다. 도훈은 그 이야기를 듣고 가슴이 아팠다. 자신들의 증오가 아래로 흐르고 있었다. 도훈은 수일 내에 조카 혜진을 만나기로 마음먹었다. 혜진이 세상에 태어난 후 첫 만남이었다. 도훈은 설레는 가슴을 진정시키고 있었다.

3

며칠 후, 서울 서림호텔
성도훈과 성혜진

도훈은 약간 일찍 로비에 도착했다. 수행비서도 없이 가벼운 마음이었으나 설렘을 누를 수 없었다. 마치 첫 연인을 만나는 설렘이었다. 조카 혜진과 처음으로 만나는 날이다. 30년 전 미국으로 떠난 뒤 한 번도 보지 못한 조카였다. 혜진은 그가 미국으로 떠난 뒤에 태어났다. 어제 만난 형님에게 도훈은 딸 자랑 이야기를 귀가 닳도록 들었다.

엄마 없이 너무 잘 자란 딸, 애비를 마치 아내처럼 돌봐 아내가 세상을 떠난 후에도 한 번도 불편한 적이 없었다는 칭찬부터 혜진의 학업, 그리고 대학원에 재학 중이면서도 자신의 학비는 자신이 벌어 충당한다는 등 하나같이 딸 칭찬 일변도였다. 그러다가 민석이 이야기를 꺼냈다. 필수놈의 자식과는 어떤 일이 있어도 맺어줄 수 없다는 것이었다. 형님의 증오는 도훈이 생각하는 것 이상이었다. 아니, 상상을 초월했다. 깊었다.

형님은 딸을 사랑했으나 문제는 그녀가 좋아하는, 아니 사랑하는 남자였다. 강필수의 아들. 딸이 사랑하는 민석에 대한 증오의 깊은 골은 도훈이 받아들이기에도 벅찼다.

그러나 도훈이 들은 민석의 근황으로 판단하건데 그는 비범한 친구였다. 비운에 간 친어머니 죽음에도 좌절하지 않고 노력해 미국에서도 알아주는 M&A 전문가가 되었다. 또 우수은행의 본부장으로 취임해 조용한 혁명을 이루고 있다는 것이다. 최고의 엘리트로만 구성되어야 할 구조조정본부를 소위 '찬밥파' 로 채웠다. 그 소문은 은행가에 파다하게 퍼졌다. 직원들은 '나도 할 수 있다' 는 의욕을 가져 자긍심이 높아졌고 인사제도의 오랜 구습들이 깨져가고 있었으며 은행에 활력이 생기기 시작했다. 거기에 우수은행의 진정한 발전을 위한 합병안이 치밀하게 준비되고 있다는 소문도 들었다. 그런 장래가 확실한 민석을 사랑한다면 아버지로서 적극 후원을 해야 하지만 성 회장은 그렇지 않았다. 결사 반대였다.

그러나 도훈은 달랐다. 도훈은 이러한 민석에 관심이 일었다. 무엇보다 사랑하는 조카가 사랑하는 사람이었다. 비록 아버지 세대의 증오에 얽혀 있지만. 도훈은 사실 혜진의 진짜 마음을 알고 싶어서 오늘 만나자고 했다. 귀국 후 첫 만남이었다. 그래서 도훈은 은근히 설레는 마음을 가다듬고 있었다.

그때 도훈의 눈에 언뜻 들어서는 한 아가씨가 보였다. 도훈은 첫눈에 혜진임을 알아보았다. 가볍게 손을 흔들자 혜진이 곧장 다가왔다. 화사한 미소와 품위 있는 자태가 금방 눈에 띄었다. 도훈은 미소를 머금고 일어섰다.

"네가?"

"혜진이예요. 안녕하세요? 작은아버지."

"세상에! 네가 혜진이라니? 허허허."

도훈은 자신도 모르게 조카를 와락 안았다. 사람들이 흘깃거렸으나 혜진 역시 자연스럽게 안겼다.

"정말 반가워요. 작은아빠."

방금 전의 작은아버지라는 호칭은 사라지고 금세 작은아빠가 되었다. 그 호칭의 변경에 도훈은 기분이 흡족했다. 세상 태어나 처음 듣는 호칭이었다. 도훈은 평생 '아빠'라는 말을 들어본 적이 없었다. 비록 그 앞에 '작은'이라는 수식어가 붙었어도 엄연한 아빠는 아빠였다.

"미국에서도 네 사진은 자주 보았단다. 미인이라고 생각했는데 실제로 보니까 더 예쁘구나."

"어머? 정말요? 고맙습니다. 그런데 작은아빠도 미남이세요. 아빠보다 더 잘생기셨어요."

"허허. 고맙구나."

살갑기까지 했다. 이러니 누가 이런 아이를 사랑하지 않겠는가. 그래서 형님은 그렇게 입이 닳도록 딸을 칭찬했구나 하는 생각이 들었다.

두 사람은 음식을 먹으면서 끝없는 이야기를 나누었다. 30년 동안 각자가 살아온 이야기를 다 털어놓기라도 하려는 듯 대화는 멈추지 않았다. 그러던 어느 순간 도훈은 이제 가장 중요한 이야기를 꺼낼 때가 되었다고 생각했다.

"강민석 군 이야기를 들었다."

"민석 오빠요? 어떻게요?"

혜진의 얼굴은 순간 어두워졌다. 도훈도 마찬가지였다.

"누구에게 들으셨어요? 아빠가 그러던가요?"

"아니다. 너희 둘을 진심으로 걱정하시는 분, 최길수 아저씨에게서 들었다.”

“아!”

혜진은 가만히 고개를 끄덕였다.

“그를 사랑하니?”

질문을 던진 순간 도훈은 자신이 어리석은 질문을 했다는 사실을 깨달았다. 물을 필요조차 없는 질문이었다. 혜진의 눈시울이 금세 붉어졌다.

“오빠가 불쌍해요. 속으로는 상처가 많아요.”

“연민과 사랑을 혼동해서는 안 된다.”

“저도 잘 알아요. 절대 혼동의 감정은 아니에요.”

도훈은 고개를 끄덕였다. ‘이 아이라면 그럴 수 있다’ 는 생각 때문이었다. 다행히 길수로부터 혜진과 민석에 얽힌 이야기를 충분히 들었다. 어린 시절부터 둘의 사이, 그리고 민석 생모의 죽음으로 인해 더욱 가까워진 혜진과 민석. 그 이야기가 이렇게 도움이 될 줄 몰랐다. 아니, 혜진을 이해하는 데 결정적이었다.

“왜, 이렇게 힘든 사랑을 하려고 하니? 네 앞에 있는 것은 쉽게 무너질 수 없는 큰 벽이란다. 냉엄한 현실이지.”

이런 말을 하지 않을 수 없는 자신이 원망스러웠다. 똑같은 아픔을 겪었기 때문이다.

“이길 수 있어요. 작은아빠.”

혜진은 혼하게 웃었다. 두려움이 전혀 없는 표정이었다.

“그렇지만 네 아버지와 민석군의 아버지는.”

“그건 알그 싶지 않아요. 그건 우리와 아무런 상관이 없어요.”

“상관있어. 우리들이 쌓은 비극의 불씨가 너희에게 옮겨 붙으려 하고 있으니까.”

“왜, 왜? 아버지와 강 행장님은 그렇게 무서운 증오를 안고 있어야 하죠? 정말 용서할 수 없을 만큼 무서운 증오였어요?”

도훈은 입을 다물었다. 왜 우리들은 아직까지도 그것을 잊을 수 없을까. 바로 어제 일어났던 일도 잊고 살지 않는가. 사실 도훈은 어느 정도 필수에 대한 감정은 정리되어 있었다. 아니 필수도 피해자라는 생각이 들었다. 그도 얻은 것에 대한 혹독한 대가를 치렀을 테니까. 이렇게 생각해보면 잊을 수도 있을 것 같았다.

“그래도 저와 민석 오빠 달라진 게 없어요.”

혜진이 새삼 어른스럽게 보였다. 화사하고 밝기만 한 혜진이 아니었다. 자신의 것을 소중히 여기고 빼앗기지 않으려는 모성의 본성으로 돌아가 있었다.

“민석이도 너를 사랑하니?”

“믿어요. 아니 당연해요.”

“아빠를 넘을 수 있겠니?”

자신은 어느덧 혜진의 편으로 돌아가 있었다. 그래, 우리들의 증오는 우리 몫이다. 너희들이라도 상처에서 벗어났으면 하는 마음이었다.

“네, 언젠가는요. 저희들이 진심으로 사랑하고 있다는 것을 아빠가 아시면 마음이 달라질 거예요.”

“그래, 꼭 그러길 바란다.”

“정말이죠? 작은 아빠도 도와주실 거죠?”

밝게 웃었다. 그 천진한 웃음을 뺏고 싶지 않았다. 도훈은 고개를 끄덕였다. 진심이었다. 도훈은 형을 만나야겠다고 생각했다. 그리고 민석 일을 신중하게 상의해보기로 했다.

4.

비슷한 시간, 명동 한정식집
최길수와 성정훈

최길수는 자신의 앞에 앉아 있는 노년의 한 사나이를 응시했다. 성정훈이었다. 도훈의 귀족적이고 섬세한 모습과 달리 형 정훈은 남자다운 체격이었다. 진내리 인물이라는 평을 들었던 그였다. 그러나 지금은 전혀 아니었다. 등은 굽었고 늘어진 눈과 목, 반백의 머리와 차츰 벗겨져 버린 이마가 세월의 무상함을 여실히 보여주었다. 길수는 피폐해진 친구의 모습에 애써 시선을 피했다. 그리고 생각했다.

‘도대체 얼마만인가?’

오늘 그가 만나자고 할 때도 정훈은 냉랭했다. 그것을 잘 알면서도 꼭 만나야했다. 정애의 아들 민석이 때문이었다.

정애라는 이름만 나와도 길수는 아직도 가슴이 떨렸다. 평생 가슴을 떨리게 했던 여자, 그 여자가 필수의 아기를 가졌다고 했을 때에도 길수는 정애를 받아들일 수 있었다. 그러나 그것으로 끝이었다. 그녀는 정 회장의 분노를 얻고 미국으로 떠나버렸다. 하지만 정애에 대한 길수의 아련한 감정은 민석과 자신의 아들 상우가 절친한 친구가 됨으로써 계속 이어질 수 있었다. 길수는 민석을 정애 보듯 아꼈다.

224

오늘 길수가 내키지 않아하는 정훈을 만나고자 한 것은 친자식 같은 민석의 아픔을 해결하고자 함이었다. 바로 혜진과의 관계를 정훈으로부터 인정받게 해주고 싶었다. 그래서 길수는 작정하고 친구인 정훈을 불러낸 것이다. 필수와의 응어리를 어떻게라도 풀어보고자 함이었다.

그러나 만나자마자 느낀 것은 엄청난 벽이었다.

"그 이야기 하러 온 거냐? 민석이와 혜진이?"

몇 순배의 술이 돌자 정훈은 역정을 냈다.

"이제 그 아이들을 놔줘."

"다른 사람도 아닌 네가 그렇게 말하면 안 되지. 필수 놈과 우리들이 어떤 상황인지 네가 더 잘 알잖아."

"그렇기 때문에 이렇게 말하는 거야. 어려운 일이 아냐, 마음만 열면 간단해. 민석이와 혜진이는 서로를 사랑해."

"사랑? 너 소설 쓰러 왔냐? 미안하지만 난 용서 못해. 필수 놈과 원수가 될 텐데, 그런 놈의 아들을 받아들이라고? 절대 안 돼."

"네 세대와 아이들 세대는 다르잖냐."

"달라? 뭐가? 필수라는 놈, 배반과 악덕으로 점철된 삶을 산 놈이야. 이쯤에서 놈의 숨통을 끊어줘야 해. 난 놈의 숨통을 쥘 비장의 무기가 있으니까."

"정훈아, 네가 그렇게 하면 필수는 가만 있겠냐. 필수를 네 인내의 대상으로 삼으면 안 되겠어? 척결의 대상이 아닌 말이다."

"인내? 미친 놈. 그런 이야기 두 번 다시 내 앞에서 하지 마. 널 친구로도 안 볼 테니까."

“부탁하자. 성정훈. 내가 필수를 만나겠다. 서로 모여 풀자는 말이다.”

“핫핫하. 풀어? 뭘? 놈이 나에게 무릎을 꿇고 용서를 빌고 내 제안을 받아들이면 할 수 있지, 어때 네가 그렇게 제안해볼래?”

“그렇게 해서 너에게 남은 게 뭔데? 끝없는 악순환 아니냐?”

“아니! 악순환이고 뭐고 없어. 놈은 단칼에 사라진다니까.”

정훈의 말에 길수는 묘한 기분이 들었다. 우직한 정훈은 그동안 필수의 상대가 되지 못했다. 그것을 길수는 알고 있다. 그런 그가 필수를 영원히 매장시킨다고 큰소리 치고 있다. 뭔가 있나? 하는 생각이 퍼뜩 길수의 뇌리를 스쳤다. 오랜 형사생활로 가진 육감이었다.

“강필수 그놈뿐 아냐. 후후후. 정애 아들놈, 그놈도 함께 묻을 거야.”

그 말에 길수는 번쩍 정신이 들었다. 정애 아들, 민석은 그렇게 해서는 안 된다.

“그렇게는 안 돼. 그 아이들 손대지 마. 내가 가만 안 있겠다. 그 아이들은 네 놈들의 더러운 증오의 덫에서 풀려나와야 할 권리가 있어.”

길수의 눈에 핏발이 서렸다. ‘정애의 아들이 상처를 받으면 안 된다.’ 그 생각뿐이었다. 엄청난 격정의 물줄기가 다시 한 번 솟구쳤다.

5

같은 시각 캐피탈호텔 강 행장 밀실

강필수와 강민석

필수는 깊은 상념에 잠겼다. 그의 손에는 술잔이 있었고 그 안에서는 노란 액체가 찰랑거렸다. 그는 주저 없이 마셨다. 뜨거운 알코올이 목을 타고 넘어갔다. 초저녁을 조금 지났기에 평소의 그라면 상상할 수 없는 일이었다. 하지만 더욱더 정신이 또렷해짐을 느꼈다.

'오늘 밤을 기점으로 나와 민석이는 철저하게 바뀐다. 민석이는 더 심한 고통에 시달릴 것이다. 꼭 이렇게 해야 할까?'

덫에 걸린 짐승이 자유스럽게 되기 위해서는 덫에 걸린 자신의 육신의 일부가 떼어지더라도 필사적으로 몸부림을 쳐야 한다. 30여 년 동안 자신과 도훈을 묶고 있는 덫을 벗어나려면 필사의 몸부림과 육신의 훼손까지도 감내해야 한다. 그 육신의 일부가 바로 민석이었다. 민석이가 받을 충격을 그는 그렇게 생각했다.

그때 조용한 노크소리가 들렸다. 문이 열리고 민석이가 약간 긴장한 모습으로 들어섰다.

"앉아라."

"피곤해 보이시는데 꼭, 오늘 말씀해야 합니까, 오늘은 민철이 형하고 상우, 혜진이를 만나기로 했습니다."

필수는 민철이와 혜진의 이름이 나오자 으르렁대듯 답했다.

"오늘 만나는 것은 포기해라, 아니 앞으로 만날 생각 마라. 너하고는 이제 아무 관계없는 사람들이 되니까."

"아버지."

강 행장은 민석의 불만에 찬 음성을 귀 밖으로 들었다.

"니 애미 장례 치르고 얼마 후, 청평에서 너에게 이 애빌 이해할 날이 곧 올 것이라고 말했었지?"

민석은 말없이 고개를 끄덕였다.

"오늘이 바로 그날이다."

"꼭, 오늘이어야 합니까?"

민석은 듣고 싶지 않다는 표정이었다. 그러나 강필수는 아랑곳하지 않았다.

"그때, 이 애비가 너에게 한 말, 너와 네 형 민철이는 공존할 수 없다는 말. 잊진 않았겠지?"

"왜, 그래야 하는지를 알고 싶습니다."

강필수는 정신이 점차 또렷해짐을 느꼈다. 아들 민석의 착잡해 하는 표정이 들어왔다.

"말해주마. 넌, 이제부터 이 애비와 운명을 같이 해야만 해."

"전 솔직히 아버지의 그런 말씀이 두렵습니다."

민석은 차분했지만 강 행장의 얼굴에는 광기 같은 웃음이 흘렀다.

"두렵다고? 그래, 그래야지. 그래야 네가 더 강해진다. 핫핫핫."

강필수는 웃음을 그치고는 두툼한 봉투를 민석 앞에 밀어 놓았다.

"보아라."

민석은 떨리는 손으로 봉투를 열어 내용물을 꺼냈다. 오래된 흑백사진이었다. 민석은 창백한 표정으로 사진과 아버지를 번갈아 보았다. 젊은 남녀가 여관으로 들어가는 사진이었다.

"이, 이건 뭡니까? 아니! 누, 누굽니까."

"남자는 젊은 시절, 내 절친한 친구이자 지금의 은화은행장 성도훈이다. 여자는… 지금 이 애비의 아내, 정요숙이다."

"뭐라구요?"

민석은 놀라 뒤로 넘어지듯 했다. 사진이 바닥으로 떨어졌다. 강필수는 눈 하나 꿈쩍하지 않고 바라보았다. 얼음 같은 싸늘한 표정이었다.

"민철이는 그렇게 태어났다. 이 애비와는 전혀 관계없이, 너 같으면 어떻겠니?"

민석은 몸을 와들와들 떨었다. 아버지의 표정은 석고 같았다. 목소리도 높낮이 없이 단조롭게 울려 퍼졌다.

"그래, 하룻밤 관계로 아기를 가질 수 있냐고 묻고 싶겠지?"

민석은 충격에 얼굴이 거의 백짓장처럼 창백해져갔다.

"놈의 혈액형은…. 나와 내 아내 요숙 사이에서 나올 수 있는 혈액형이 아니다. 너라면 용서할 수 있겠니?"

강 행장의 눈은 파랗게 번졌다. 마치 그 빛으로 이 방 모두가 파랗게 변해 버릴 것 같았다. 민석은 고개를 들지 못했다. 연이어 눈물이 쏟아졌다. 어머니가, 그렇게 정숙했던 어머니가 다른 남자와 정을 통해 아들을 낳다니! 민석은 고개를 흔들었다. 이것은 꿈이다. 절대 그럴 리 없다.

"믿을 수가 없어요."

"나도 믿고 싶지 않다. 지금 이 순간까지도."

"어, 어떻게. 어머니가 그런 일을. 이것은 꿈이에요."

"현실이다. 성 행장 아니, 도훈이놈이 그러더구나. 난 네 애미를 영원히 사랑할 수 없을 거라고. 아니 요숙이가 이 애빌 사랑하지 않을 거라고. 도훈이 놈은 그렇게 이 애빌 조롱했어. 그리고 증명했다. 보란 듯이."

"그래서 아버지는 제 어머니를 택해 제가 태어났습니까?"

민석은 울부짖듯 외쳤다. 하나하나 껍질이 벗겨져가는 고통이었다.

"그랬다. 나도 내 핏줄이 필요했어. 핏줄에 광적인 네 외할아버지와 그의 하수인 성정훈 사장이 나를 그렇게 만들었어."

"아… 아… 아…."

민석은 울부짖었다. 그의 울음은 끝없이 퍼져 나갔다. 그런 민석을 보며 강필수는 자신의 육신이 떨어져가는 고통을 동시에 느꼈다. 그러나 여기에서 그쳐서는 안 된다.

"그래서 아비는 은화와 성진을 동시에 몰락시킬 것이다."

울부짖음 속에서도 민석은 아버지의 서릿발 같은 음성을 뚜렷이 들었다.

"알겠냐? 나의 합병 상대는 은화은행이다. 도훈이 놈을 파멸시키기 위한 가장 최고의 전술이다. 놈은 여기서 철저한 패배를 할 것이며 영원히 매장된다. 여기에는 물론 성진건설의 몰락 계획도 포함되어 있다."

민석은 더 이상 울 힘도 없었다. 날카로운 비수같이 던져진 아버지의 말이 계속 윙윙거리며 허공을 날고 있었다. '은화은행과 합병? 그리고 성진 건설 몰락?' 상상할 수 없는 일이었다. 이어 민석은 형이 생각났다. 아무 것도 모른 채 아버지의 철퇴를 맞아야 할 민철 형. 또 있었다. 왜곡된 합병으로 질서가 무너질 금융계의 대 지각변동이었다.

그러나 무엇보다 어머니에 대한 충격이었다. 있을 수 없는 일이라고 수도 없이 자신에게 각인시키고 있지만 악마 같은 생각이 가슴에 피어올랐다. '어머니가, 어머니가 어떻게.' 이 비극의 단초가 어머니부터 시작되었다는 것인가.

그렇게 돌아간 민석은 곧 집을 나왔다. 도저히 어머니를 볼 수 없을 것 같아서였다. 요숙에게는 은행 합병에 몰두해야 하므로 당분간 은행 근처 오피스텔로 옮겨야 한다고 둘러댔다. 어머니 요숙은 놀라 만류했으나 곧 민석의 뜻에 따랐다. '아마, 생모의 죽음을 잠시라도 잊으려는 뜻이겠지' 하고 요숙은 민석의 짐을 꾸려주었다.

6.

밤, 요숙의 방

정요숙과 강민석

요숙은 자신도 모르게 흐르는 눈물을 주체할 수 없었다. 전화를 받은 민석도 곤혹스러워 하는 눈치였다. 요숙은 흐르는 눈물을 감추려 하지 않았다. 요숙에게 민석은 영원히 자신의 아들이었기 때문이었다. 누가 뭐래도 민석은 자신의 아들이었다.

그녀가 갓난아기 민석을 맡았을 때는 머릿속에서 정애가 떠나지 않았다. 그러나 커갈수록 민석은 요숙의 모든 마음을 차지하고 말았다. 영리했고 강단이 있었다. 유약한 형을 끔찍이도 생각했고 동생 애란에게는 의젓한 오빠였다. 그렇게 미워한 외할아버지에게도 민석은 고분고분했다. 그런 민석을 요숙은 좋아했다. 그리고 어느 사이엔가 민석은 요숙의 전부가 되어 있었다.

그러던 어느 날, 지옥 같은 날이 찾아오고야 말았다. 생모 정애를 몰래 만나고 있었던 것이다. 그 사실을 알았을 때 요숙은 불같은 질투를 견딜 수 없었다. 그 질투가 정애의 죽음으로 이어지는 큰 비극으로 변할 줄은 꿈에도 생각하지 않았다. 그런 아픔을 가지고 미국으로 떠난 민석이 돌아왔을 때 요숙은 뛸 듯이 기뻤지만 반대로 불안했다.

돌아온 민석은 요숙에 대한 사랑은 변하지 않았다. 물론 옛날과 절대로 같을 수는 없었다. 그럼에도 요숙은 안심했다. 서서히 민석의 마음을 돌리려 했다. 그런데 어느 날 갑자기 민석은 집을 나간다고 했다. 은행 일에 집중해야겠다는 것이었다. 그날 이후 태도가 확연히 달라졌다. 간혹 전화를 걸어 안부를 물으면 차갑게 사무적으로만 응대했다.

"저녁은 어떻게 했니?"

"회사식당에서 먹었습니다."

"그래? 가급적이면 집에 들어와서 밥을 먹고 가거라."

"그럴 시간이 없습니다."

"일은?"

"잘 됩니다."

그리고 끝이었다. 요숙은 엄마로서 이것저것을 물었지만 예, 아니오가 전부였다. 본인도 미안했던지 한참을 머뭇거리던 민석은 조용히 대답했다.

"어머니, 저에게 이렇게 하지 않으셔도 됩니다."

그렇게 조용히 전화를 끊었다. 요숙은 눈물이 핑 돌았다.

전화를 끊은 민석 역시 더욱 무거웠다. 항상 화사했고 정숙했으며 세련된 어머니가 민석은 얼마나 자랑스러웠는지 모른다. 친구들도 모두 어머니를 한 번 보려고 집에 놀러올 정도였다. 외할아버지의 질타와 질시도 어머니는 항상 막아주었다. 민석은 이 세상에 어머니만 있었으면 좋겠다는 생각을 했다. 어머니는 민석에게는 존재 그 자체였다. 생모가 나타났을 때도 민석의 가장 큰 고민은 요숙 어머니에 대한 자신의 마음이었다. 생모도 중요했지만 요숙 어머니의 자리가 민석에게는 너무 컸다. 미국 생활 중 민석은 어머니에 대한 감정도 정리했다. 어머니를 이해했다.

이런 어머니에게 민석은 엄청난 충격을 받았다. 절대 믿고 싶지 않지만 바로 얼마 전 알게 된 젊은 시절의 사건이었다. 자신의 남편을 빼앗아 간 여자의 아이인 자신을 끔찍이도 사랑해주었던 어머니다. 그것만으로도 어머니의 어떤 것도 자신은 받아들여야 한다. 그러나 아버지는? 자신의 사랑하는 아내를 다른 남자에게 빼앗긴 아버지의 심정은? 자신과는 다를 수밖에 없었다. 그것이 자신을 못내 견딜 수 없게 한 것이었다.

어머니의 사건을 알고 난 민석은 곧 미국으로 돌아가고 싶었다.

그러나 아버지가 꾸미는 복수극의 가장 핵심에 서 있는 어머니를 두고 발길을 쉽게 돌릴 수 없었다. 이미 복수의 화신이 되어 있는 아버지에게 맡기고 떠날 수 없었다. 어머니는 자신의 모든 것을 알고도 사랑해주었다. 그러나 자신은 어머니의 한 면을 보고 주저하고 있다. 그것이 자신과 어머니의 차이라고 생각했다. 민석은 눈시울이 뜨거워지는 것을 느꼈다.

"어, 어머니. 왜."

7

비슷한 시각, 레스토랑
김준수와 강애란

종업원에게 감사하다고 고개를 숙이는 애란을 김준수는 한심하다는 눈 초리로 보았다. 준수로서는 애란의 덤벙댐이 이해할 수 없는 일이었다. 방금 애란과 저녁을 마치고 차에 올라 한참을 달리다가 갑자기 애란이 비명을 내질렀다.

"어머, 어머, 내 핸드백!"

사태를 알아차리고 준수는 다시 차를 돌렸다. 가방을 잘 간직하고 있던 친절한 종업원에게 건네받으며 그녀는 몇 차례나 고맙다고 했다. 잃어버리는 행동도 마음에 들지 않았으나 지나칠 정도로 감사해하는 모습도 마음에 차지 않았다. 준수의 표정에 먹구름이 낀 것을 보고 애란은 먼저 선수를 쳤다.

"저녁식사가 너무 맛있어서 깜빡했어요."

"한두 번이 아니잖아, 자꾸 이러면 곤란해."

'또 시작이다.' 애란은 그렇게 생각했으나 늘 아쉬웠다. '그냥 지나칠 수도 있잖아.' 애란은 입을 삐쭉했다. 사랑한다면 이런 실수도 예쁠 수 있잖아. 애란은 매번 이것이 불만이었다. 준수의 마음을 모르는 바는 아니

다. 그에게는 모든 것이 반듯해야 한다. 조금의 일탈도 죄악이었다. 매사
가 그랬다.

"종업원들에게 너무 그렇게 할 필요 없잖아."

"무엇을요?"

"종업원들은 자신의 일을 한 거야. 지나치게 굽실거린 것 같아."

"굽실거리다니요, 내가요?"

"아닌가? 비굴해 보였어. 더 당당해 봐. 난 그런 게 좋아."

다분히 비아냥거리는 말투였다. 애란은 더 참을 수 없었다.

"오빠 감사와 비굴도 구별 못해요? 내 핸드백을 찾아준 사람이에요. 감
사해야 할 일 아닌가요? 오빠 감사도 몰라요?"

"내 이야긴, 너무 지나치다는 거야."

준수의 말투는 약간 누그러졌다.

"잠깐 차 세우세요."

애란이 날카롭게 쏘았다. 그러나 차를 세울 준수가 아니었다. 그는 이내
입을 다물고 앞만 보며 운전을 했다. 애란은 창문을 내렸다. 시원한 바람
이 몰려 왔다. 머릿결을 바람에 맡기고 그녀는 어둠에 잠긴 서울을 응시
했다. 이미 기분은 망칠대로 망쳐 버렸다.

강필수의 외동딸 강애란, 강필수의 강력한 후원자 김성철 의원의 아들
이자 초고속 출세자 김준수. 강필수는 이 둘의 결혼을 갈망하고 있다. 그
러나 두 사람의 만남은 언제나 이런 식이었다. 창밖을 보며 애란은 '계속
만나야 하나?' 스스로에게 질문을 던졌다.

8

그날 조금 늦은 시각, 동네 카페
강민철과 강애란

애란은 집으로 들어가는 중에 큰오빠 민철을 만났다. 집까지 데려다 주겠다는 준수를 억지로 보내고 혼자 걷고 있었다. 착잡했다. '도대체 우린 어디에서부터 잘못되었을까.' 돌파구가 없었다. 그와 헤어져 혼자 걸을 때면 오히려 행복했다. 우리가 정녕 사랑하는 사이일까? 그때 뒤에서 빵빵 대는 소리가 들렸다. 돌아보니 오빠의 차였다. 창밖으로 고개를 내밀고 물었다.

"강애란. 너 표정이 왜 그러냐? 사약이라도 마셨니?"

"사약, 응. 그러니까 오빠가 맥주 한잔 사."

둘은 집 앞 카페에서 오랜만에 마주 앉았다. 자리에 앉자마자 애란은 쉬지 않고 떠들어댔다. 주로 준수에 대한 흉이었다. 민철은 빙그레 웃기만 했다. 그것이 사랑이라고 생각했다. 사랑하지 않으면 흉조차 보지 않는다. 오빠들과 성장해 성격이 쿨한 애란은 웬만한 것에는 신경조차 쓰지 않는다. 그러나 오빠에게 늦은 시간 미주알고주알 하는 것을 보면 애란의 마음은 상당히 상한 것 같았다.

"꼭 그래야 돼? 잘나가는 공무원은 그렇게 말하는 거야?"

애란은 말을 마친 후 오빠를 바라보았다. 자신의 말에 맞장구를 치라는 표정이었다.

"응, 뭐. 그런 말로 상처를 입은 것 보니 사랑하긴 하는구나."

"사랑? 오빠, 사랑은 그렇게 남발하는 게 아냐, 이것은 사육이야, 사육. 무조건 자신의 울타리에서 자신의 의도대로 커야 되니, 자기가 무슨 조련사야? 우린 사랑을 해야 하잖아."

민철은 순간 심각하다는 생각이 들었다. 애란은 속이 타는지 맥주를 벌컥벌컥 들이켰다. 민철은 그냥 들어줄 수밖에 없었다.

"사랑이 뭔데? 안 보면 보고 싶고, 옆에 없으면 허전하고 이래야 하는 거 아냐? 그런데 난 정반대야. 안보면 안심이 되고, 보면 부담이 되고. 이거 왜 이러는 건데?"

"준수 이 녀석이 좀 지나치기는 한가보구나."

민철은 겨우 그런 대꾸밖에 할 수 없었다.

"친구들 이야기 들어보면 내가 너무 한심해. 걔들은 내가 전혀 느껴보지 못한 사랑의 감정을 가지고 있더라구. 걔들 이야기를 들어보면 난 완전 딴 세상이야, 화성인이라니깐."

민철은 동생이 안쓰럽다는 생각을 했다.

"그리고 왜 그렇게 아빠 이야기만 한대? 짜증나. 자기가 무슨 정보를 드렸다, 아빠 하는 일에 중요한 역할을 했다. 그래서 나더러 어쩌라고. 지금 우리 이야기가 중요한 거지, 아빠 이야기가 왜 나와. 그러려면 아빠하고 살지 왜."

민철은 순간 풋! 웃음이 나왔다.

"오빠 지금 웃음이 나와? 난 심각하다고."

애란은 버럭 소리 질렀다. 조용한 커피숍의 시선이 애란에게 몰렸다. 그래도 이 아이는 조금도 개의치 않는다. 애란은 이런 아이였다. 좋으면 그냥 좋은 것이고 싫다면 싫은 것이었다. 복선이 없다. 강민철은 오랜만에 들어보는 동생의 푸념이 상큼했다. 이렇게도 사는구나, 사람의 삶이 어떻게 복선이 없을 수 있을까. 준수 녀석도 애란이에게 뭔가 불만이 있겠지. 애란의 푸념은 오빠의 이런 마음도 아랑곳없이 밤늦도록 계속되었다.

9.

우수은행

구병모 전무

전무실로 들어선 구병모의 얼굴은 붉으락푸르락했다. 서류를 책상에 던지고는 소파에 털썩 주저앉아 씩씩거렸다. 요즘은 매사가 가슴이 덜컥하는 일뿐이었다. 강 행장과 함께 하면서 그는 매일 긴장의 연속이었다. 언제 어디에서 무슨 말이 터질지 알 수 없었다.

강 행장이 부임했을 때부터 구 전무는 자신의 앞길을 상상해 보았었다. 가시밭길일까 아니면 장밋빛 화원일까. 밀약이 있는 만큼 어느 정도는 장미꽃이 피어 있는 길이라고 생각했다. 그러나 갈수록 그의 길은 가시밭길이 되고 있었다. 그는 늘 대기 상태였다. 강 행장이 언제 호출을 할지 알 수 없었다. '지금 어디에 있으니 오시오' 하면 끝이었다. 새벽이건 한밤중이건 가리지 않았다. 은행의 전무라는 직위는 그리 호락호락한 위치가 아니다. 그런데도 그는 강 행장의 심부름꾼으로 전락하고 말았다. 어젯밤에도 그랬다.

밤 9시가 넘어 '오늘은 연락이 없겠지' 하고 일어서는데 강 행장의 비서가 전화를 걸어왔다.

"북창동 일성회집에서 행장님이 기다리고 계십니다."

급히 전화를 끊고 헐레벌떡 도착한 그곳에서 구 전무는 경천동지할 소리를 들었다.

"은화를 먹어치울 것이오."

"네?"

처음에 구병모는 이게 무슨 소린가 싶었다. 은화라는 것이 새로 나온 회의 일종인가? 싶었다. 설마 은화가 은화은행을 지칭하는 소리는 아니겠지. 그런데 은화은행이란다.

"당분간 함구하시오. 그대와 나만의 비밀이오. 내 첫 번째 요리 솜씨를 보여주기 전까지는."

"해, 행장님 도, 도대체 무슨 말씀을?"

"어렵게 생각하지 마시오. 그저 이 맛있는 회를 한 점 먹는다고 생각하시오."

강 행장은 젓가락으로 회 한 점을 집어 입으로 가져갔다. 구 전무는 그 모습을 질린 눈으로 바라보다가 술잔을 벌컥 들이켰다. 등줄기에 차가운 땀이 흘러내렸다. 도대체 이 사나이, 강필수라는 사나이의 끝은 어디인가. 느닷없는 우수은행장 취임에 이어 이제는 소도 웃고 갈 은화와의 합병을 아무렇지도 않게 꺼낸다. 구병모는 입맛이 썼다.

그런데 오늘 아침 도저히 이해할 수 없는 일이 벌어졌다. 상상도 하고 싶지 않은 일이 마침내 벌어졌다. 조사역실의 이성걸을 구조조정본부 팀장으로 발령을 내라는 강 행장의 지시였다. 아울러 임경호까지 포함되어 있었다. 그 말을 듣는 순간 구 전무의 머릿속은 새하얗게 변해버렸다. 이성걸을? 구조조정본부 팀장으로? 당장 쫓아내는 게 아니라?

그는 너무 황당한 지시에 반론을 꺼내려다 주춤했다. 순간 '이 일은 이미 강민석 본부장에 의해 이루어졌다'는 생각이 번개처럼 스쳤기 때문이었다. 그렇다면, 수긍을 해야지. 그러나 그냥 지나칠 수는 없었다.

"행장님. 사실 이 두 사람. 그러니까 이성걸과 임경호는 문제 직원들 중에서도 말할 수 없는 최고 꼴통들입니다."

"꼴통?"

"네. 진즉에 정리 대상자들입니다, 우수은행에는 인재들이 많습니다. 다시 한 번 재고를 하심이."

"두 사람의 실책이 무엇인지는 모르겠으나 난 시각이 다르오. 합병은 전쟁터요, 그리고 지금 평범한 생각을 가지고 임했다가는 백전백패요. 실제 전쟁에서도 가장 난공불락인 작전에는 항상 말썽꾸러기 병사들이 해냅니다. 그들에게는 그런 기회가 자신의 회생과도 관계가 있기 때문에 죽기를 각오하다는 것을 모르오?"

"하, 하지만 행장님, 이놈들은 그렇게 봐 줄 놈들이 아닙니다."

"아까부터 보니 구 전무께서는 감정에 너무 치우치고 있다는 생각이 드오. 그것은 한 조직을 이끌어야 하는 경영자로서 할 일이 아니요."

'이런 제길.' 강 행장의 말투는 질책조였다. 그러더니 이번에는 빙긋 웃으며 또 다시 어른다.

"여보, 구 전무. 이럴 때 구 전무의 넓은 아량을 보여줄 기회 아닙니까."

'괜히 항거했다. 처음부터 그냥 손들 걸.' 구병모는 입맛만 쩝쩝 다셨다.

"알겠습니다."

　“구 전무, 난 말이요. 편견을 가장 싫어합니다. 구 전무는 인재 활용에서 빵점입니다. 다 쓰고 버린 칼을 잘 벼려서 진검이나 보검으로 만드는 것이 진짜 장인 아니요? 난 구 전무께서 진짜 장인이라고 믿소. 됐지요?”

　또 당했다, 제기랄. 자신의 편협함이 또 다시 강 행장에게 노출되고 말았다. 빌어먹을. 그렇게 강 행장 앞을 물러나왔다. 그는 다시 한 번 추천된 요원들의 면면을 돌아보았다. 두 사람 외에 우수은행 뉴욕지점 최영우 대리, 도쿄지점 신주열 과장. 구병모는 강 본부장이 뉴욕에 오래 있었고 귀국시 도쿄에서 2~3일 머문 것이 생각났다. ‘요 놈들이었구만.’ 구병모는 입술을 깨물었다. 그리고 인터폰으로 지시했다.

　“인사부장 불러라.”

10.

같은 시각 조사역실

이성걸과 임경호

조사역실 이성걸의 오늘 일과도 역시 신문을 덮고 창으로 쏟아져 내리는 햇살 밑에서 오수를 즐기는 것이다. 우수은행 중 가장 한직인 15층 조사역실이지만 햇살은 많이도 쏟아졌다. 이성걸은 늘 이것이 고마웠다.

오늘도 텅 빈 조사역실에는 임경호와 이성걸 둘뿐이었다. 임경호는 오늘도 신이 나 계속 흥얼거린다. "쨍하고 볕들 날 돌아온단다. 쨍하고 볕들 날." '허긴, 저렇게 긍정적이니 오래는 살겠다' 생각하며 성걸은 의자에서 일어섰다.

"야, 이 좆만아. 그 햇볕 너 혼자만 들으라고, 들고 싶으면. 응? 나에겐 지금 햇볕보다 필요한 게 잠이다. 제발, 잠 좀 자자."

"실장님, 이거 좀 보시라요, 고견을 듣고 싶네요."

"고견을 들을 놈의 태도가 그러냐? 뭔데?"

"은화가 동우금융지주 민영화 참여를 철회한다는데요?"

이성걸은 풋, 웃음이 나왔다.

"잘한 짓이지. 내 고견은… 됐지?"

"비록 동우가 공적자금으로 묶여 있다 해도 덩치가 시중은행 1등 아님니까, 그런데 왜 주저해요. 초대형은행으로 발판이 되는데?"

"그러니까 대리하고 실장인 거다. 군대도 괜히 계급이 있겠냐?"

"그러니까. 그 고견 좀 듣자구요."

"내가 볼 땐 은화의 성 행장은 대단한 지략가야. 정곡을 찌르고 있어. 지금 은화가 할 수 있는 것은 대형화가 아니야. 타 은행과의 업무 차별화를 통한 수익구조 극대화지. 그렇다면 백번을 외쳐도 국제은행이지. 국제의 특화된 업무, 탁월한 외환업무가 있잖아. 그것을 잡으면 은화는 날개 단 호랑이야."

"국제은행을 통해 외환업무를 구축한다는 말인가요?"

"그래, 그곳은 공적자금도 없어. 또 지금 대주주인 롬발트컨소시엄이 빠져 나가려 안달인데, 그 호기를 잡으면 끝내주지. 지금의 최고 상품은 국제은행이야. 성 행장은 그걸 간파한 것이라구. 바로 성동격서야."

"동을 두드리는 척 하다가 서를 공격한다구요?"

"동우를 먹는 척 하다가 국제로 칼끝을 돌리는 것이지. 동우에 관심 있는 척 하면서 국제은행 가격이 떨어질 것을 기다리는 거야."

"그럼, 우리 우수는 어떻게 나가야 합니까?"

"우수? 아, 구 전무가 있잖아. 그 잘난 패밀리들이 지지고 볶겠지. 거기에 또 미국에서 오신 새로운 번주님 강민석 본부장이 있잖아."

문밖의 강민석은 조용히 서서 둘의 대화를 들었다. 그리고 회심의 미소를 지었다.

11.

그날 정오 명동의 한정식집

강민석과 이성걸

민석은 '우수은행의 대표적 찬밥'이라는 성걸을 찬찬히 살폈다. 조용히 앉아 있었으나 얼굴은 상당히 도전적이었다. 민석은 잠시 생각에 잠겼다. 민철 형이 은화은행 성도훈 행장의 아들이라는 아버지의 폭탄선언과 우수의 합병 대상이 은화은행이라는 말을 듣고 당장 미국으로 돌아가고 싶었다. 그러나 그렇게 할 수 없었다.

성 행장이 이미 아버지의 가시권에 들어왔기에 아버지의 복수심은 언제 어디를 향해 폭발할 줄 모르는 위험스런 고폭탄이 되어 있었기 때문이다. 무서운 결말을 향해 치닫지만 민석은 파국만은 막고 싶었다. 무엇보다 외로운 어머니 요숙을 그대로 놔두고 갈 수도 없었다.

그래서 이 시점에서 가장 중요한 것은 아버지의 합병안을 무산시킬 제2의 합병안을 수립해 은행이사회를 설득하는 것이었다. 비록 아버지와 충돌을 피할 수 없겠지만 이사회의 뜻을 아버지도 거스르지는 못할 것이다. 그것만이 아버지의 있는 복수극을 막는 유일한 길이다. 그래서 구조조정본부의 본격적 활동이 시급했다. 이를 위해 이성걸이 필요했다.

"저를 보자고 하시는 이유를 모르겠습니다."

“아! 지혜를 빌리고자 합니다.”

“지혜요? 하핫! 전 우수은행에서 이미 퇴물 취급을 받고 있습니다.”

“취급을 당했지, 퇴물은 아니잖습니까.”

“왜 나를 선택하는 무리수를 두셨습니까?”

“무리수가 될지 유리수가 될지는 아무도 모릅니다. 다만 옥석을 가리는 겁니다.”

“누구에게서 무슨 말씀을 들으셨는지 모르지만, 전 옥은 아닙니다.”

“옥이라고 하지 않았습니다. 가린다고 했지요. 일단 제게 오셔서 그것을 증명해주십시오.”

이성걸은 고개를 끄덕였다. 승낙을 한다는 뜻이 아니라 ‘당신이 옥이라고는 하지 않았다’ 는 말에 공감해서였다.

“저에 대한 견제구가 심할 텐데요. 특히 구 전무파에서.”

“우수은행은 어느 파의 것이 아닙니다. 제 것도, 아버지 강 행장님의 것도 아닙니다.”

“흠, 그렇다면 합병에 대한 본부장님의 고견을 들을 수 있을까요.”

“아니요, 함께 이야기해 봅시다.”

강민석은 빙그레 웃으며 먼저 입을 열었다.

“합병을 해도 기본기에 충실하자는 겁니다. 숫자 불리기보다 타 은행과의 차별화를 통한 수익다원화입니다. 한국은 은행상품이 어느 은행에서 나오면 곧 이어 우후죽순으로 나오더군요. 그러면 공멸합니다. 수익원을 다원화할 수 있고 차별화할 수 있는 후발 우량 은행이 저의 공격 목표입니다.”

"본부장님의 의도와 마찬가지로 행장님의 의도도 그렇습니까?"

이성걸의 차분한 질문에 민석은 잠깐 긴장되었다. 지금 이 상황에서 아버지의 왜곡된 은화 합병안은 도저히 설명할 수 없었다.

"물론, 여러 의견이 있을 수 있습니다. 중요한 것은 무엇이 올바른 방향인가 하는 것입니다. 그것을 위해 최선을 다할 겁니다."

"만일 그 역풍이 거세어도 말입니까?"

이성걸이 말하는 역풍은 물론 구 전무파의 동향을 의미하는 것이었다. 새로운 행장 취임과 함께 그는 인적 쇄신이 이루어질 줄 알았다. 그러나 그들 패밀리들은 건재했다. 오히려 더 기승을 부렸다. 그렇다면 강 행장의 의도는 무엇일까. 뿌리는 그대로 두고 머리만 바꾸겠다는 건가. 그렇다면 이 좋은 시기를 왜 실기하고 있단 말인가. 이성걸은 내내 이것이 불만이었지만 오늘 강민석을 만나 한 줄기 길은 뚫린 기분이었다. 적어도 합병원칙을 알았기 때문이었다.

"역풍은 각오하고 있습니다. 분명한 것은 이번 합병이 우수로서는 중요한 기로이며. 합병 결과에 따라 미래가 달라진다는 겁니다."

민석은 차분하게 이성걸을 보며 말했다. 두 사람의 주고받는 눈길은 형형히 빛났다.

12

강 행장실
강필수와 강민석

이성걸과 만나고 돌아온 민석은 즉각 아버지와의 면담을 요구했다. 철저히 바빠져야겠다는 생각이 뇌리에 꽉 차 있었다. 그렇지 않으면 민철형에 대한 아버지의 폭로와 아버지의 합병안 때문에 미쳐버릴 것 같았다. 민석은 하루빨리 구조조정본부를 정비하고 합병에 대한 정확한 안을 세워야 했다.

민석을 맞이하는 강필수 역시 착잡했다. 요숙은 요즘도 집 나간 민석이 걱정뿐이었다. 그런 요숙을 보는 강필수의 마음도 가볍지는 않았다. 어머니를 향한 민석의 애틋한 감정은 누구보다 필수 자신이 알고 있다. 아내 정요숙 역시 민석에 대한 감정만큼은 진실했다. 민석에게 가장 행복했던 시절은 요숙을 진짜 어머니로 알고 성장할 때였다. 어머니의 이야기를 들은 이후 민석은 어느 때보다 일에 미쳐 있었다. 의식적이다 라고 느껴질 정도였다. 저녁 늦게까지 우수은행에서 불이 켜져 있는 곳은 민석의 방이었다. 밤이고 낮이고 일에 몰두했다. 오늘도 자신과의 면담을 요구하고 들어섰을 대 민석의 표정은 너무나 담담했다.

"오늘 요원 중의 한 사람인 이성걸 실장과 만나 요긴한 이야기를 나누었습니다.”

“그래?”

“아주 큰 힘이 될 것 같습니다. 합병에 대한 이야기를 터놓고 나누었습니다.”

“잘했구나.”

강필수는 가급적 사족은 붙이지 않았다.

“그런데, 아버… 아니 행장님. 다짐해 둘 것이 있습니다.”

강필수는 일부러 여유를 보이고 싶어 그런 아들을 보고 싱긋 웃었다. 민석은 의식적으로 아버지의 시선을 피했다.

“이것만은 분명히 해주십시오. 아버지와 은화은행장님과의 대결은 우수은행의 1차 합병 이후입니다.”

얼음이 뚝뚝 떨어지는 차가운 말투였다. 이번에는 ‘행장님’ 이 아닌 ‘아버지’ 였다. 필수의 합병안은 공적이 아닌 개인적인 문제라는 의미였다.

“그게 무슨 소리냐?”

강필수는 무척 불쾌했다. 자신의 합병안을 정면으로 거부한다는 의미였기 때문이다.

“지금은 우수의 체력 보강이 가장 시급합니다.”

“체력 보강?”

“단순히 수치상의 서열 6~7위 은행이라는 말이 아닙니다. 자칫 서두르다가는 아버지의 꿈은 영원히 이루어지지 않습니다.”

“묘안이 있느냐?”

“제게 맡겨주십시오. 이번 우수의 1차 합병 목적은 기본에 충실한 것입니다.”

“기본? 그렇다면 은화와의 전쟁은 언제냐?”

“5년 뒤로 미루십시오.”

민석의 표정은 단호했다. 조금도 흔들림이 없었다.

“뭐야? 5년?”

“장기적 합병전략 총론입니다. 일단 제 보고서를 검토해 주십시오. 각론은 요원들과 정비해 곧 올리겠습니다.”

민석은 가지고온 결재서류를 강필수 앞에 놓았다.

“음. 그래, 수고했구나. 이 애비가 잘 검토해보마.”

강필수는 지금은 쓸데없이 아들과 언쟁을 벌일 필요는 없다고 생각했다. 어차피 자신이 가야 할 길이었다. 민석은 하나의 부분일 뿐이었다. 민석에게 주어야 할 것은 성진그룹의 승계였다. 형 민철을 제거한 후 이루어져야 할 일이었다. 서류를 놓고 조용히 나가는 민석의 뒷모습을 보다가 필수 역시 벌떡 일어서 밖으로 나갔다.

13.

구 전무 집무실

강필수와 구병모

강 행장이 들어서는 모습을 보고 구병모는 소스라치듯 일어섰다. 문이 열림과 동시에 비서의 인터폰이 울렸다. 그는 마치 불총 맞은 황소처럼 당황했다. 그동안 강 행장은 부임 이후 딱 한번 인사치레로 다녀갔을 뿐이었다. 늘 강 행장의 방에서 미팅을 가졌다. 그래서 그는 어느덧 긴장이 풀렸다. 요즘 부쩍 늘어난 배를 주체하지 못해 허리띠를 느슨하게 풀고 넥타이 역시 풀어헤친 경우가 많다. 슬리퍼는 당연하고 가끔 양말도 벗고 있다. 그런데 행장이 들이닥친 것이다.

"해, 행장님. 어, 어떻게, 제 방에, 저를 부르시지 않으시고."

"내가 못 올 곳을 왔소?"

강필수는 휘 둘러보더니 자리에 앉았다. 비서가 부지런히 차를 들고 들어섰다. 그동안에도 구 병모는 자신을 추스르느라 정신이 없었다.

"방금 본부장이 왔다 갔어요. 구 전무님께 무척 감사해 합디다."

"무슨… 말씀을, 좋은 사람을 쓰시겠다고 하시는데."

"음, 그런데 특수업무팀은 잘 돌아갑니까?"

강필수는 목소리를 낮추었다. 특수업무팀. 이것 때문인가? 구 전무는 조금 의아했다. 특수업무팀은 강필수 부임 이후 만든 부서다. 그동안 우수가 안고 있는 고질적인 부실 채권들을 정리하는 편법을 이 부서가 담당하고 있다.

은행평가에서 손해 보지 않도록 부실채권의 강도를 낮추어 맞추어야 한다. 하지만 이것은 공적자금 투입으로 겨우 회생한 우수은행으로서는 모럴헤저드로서 또 다른 부실을 만드는 악법이었다. 그것을 모르는 강필수가 아니지만 그에게는 지금 은화의 성도훈 외에는 아무것도 보이지 않는다. 모든 것을 동원해야 한다.

"지시대로 잘하고 있습니다."

"어떻게 해서라도 은행의 클린화, 건실화를 표면상으로 빨리 만들어내야 하오. 경쟁력 있는 은행으로 말입니다. 알겠소?"

"박차를 가하고 있습니다. 걱정 마십시오."

"그런데 말이요, 의외의 걸림돌이 생겼소."

"걸림돌요? 그게 뭡니까?"

"강 본부장이요."

강필수의 목소리는 아무 톤이나 색깔이 없었다. 구병모는 더 놀랐다.

"네? 그게 무슨."

"시간이 급해요. 은화와의 합병 말이요. 민석이는 조금 늦추자고 하는데. 언제까지 이 자리에 머물겠소? 빨리 마무리하고 난 그룹으로 돌아가야죠. 그래야 구 전무의 새로운 시대도 열릴 것이고, 한시 바삐 말이요. 안 그렇소?"

"황송합니다, 은행장님. 제발 그 이야기는 빼주십시오."

강필수는 피식 웃고는 이야기를 이어갔다.

"강 본부장 계획안은 탁월합니다. 현재 매물로 나와 있는 2개의 지방은행을 합병하자는 것이요."

구 전무는 멈칫했다. 어쩌자는 건가. 하겠다는 건가, 안하겠다는 건가.

"그렇다면 행장님께선 본부장님의 복안을 따르신다는 의미신지요?"

"그대로 둘 것이요, 우린 구 전무 비선으로 은화와의 합병을 노립니다."

'양다리다.' 구병모는 또 빠르게 돌아가기 시작했다. 끔찍이도 신임하는 아들의 합병안도 제치고 기어이 은화와의 합병을 서두르려는 강 행장의 진의는 과연 무엇일까. 거기에 더해 장남이 경영하는 성진건설의 몰락 위기가 닥쳤는데 은행의 신용도를 읊조리며 눈 하나 까딱하지 않는다. 이제 구 전무는 강 행장의 수를 읽는 것은 포기했다. 무조건 따라가자. 그러면 길이 보이겠지 그런 심정이었다.

"그래서 이제부터 구 전무는 나와 별도로 은화 먹어치우기 작전에 들어갑니다. 아시겠소?"

"잘 알겠습니다."

그때 강 행장의 핸드폰이 울렸다.

"나 성정훈이오."

순간 강필수의 얼굴이 일그러졌다. 그는 의자에서 일어서며 담담하면서도 긴장이 서린 목소리로 말했다.

"제 방으로 가서 다시 전화 드리겠습니다."

14

같은 시각, 성 회장 집무실

성정훈 회장

강필수의 전화를 끊은 정훈은 방금 자리를 뜬 민철의 들뜬 모습을 보고 회심의 미소를 지었다. 우수은행에서 1차 만기채 연장을 허락해주었다고 민철은 무척 들떠 했다. 자신이 들이민 CD가 만기채 연장이라는 조건을 들어준 것이다. 민철은 그것을 알 리 없다. 아무것도 모르는 민철은 아버지께서 마침내 성진건설에 대한 지원을 시작한 것 같다고 기뻐했다.

그러면서 자신과 강필수의 화해를 강력히 요구했다. 정훈은 그냥 웃으며 답해주었다.

"그래야지."

그는 이제 강필수로부터 모든 것을 철저하게 빼앗으리라 다짐했다. 그는 CD의 위력을 실감했다. 그날 이후 강 행장은 자신의 손아귀에 꼼짝 없이 갇혀 있었다. 그의 목은 이제 내 손으로 넘어왔다. 정훈은 다시 한 번 고인이 된 정 회장의 무서운 집념에 감사했다. 이제 할 일은 놈의 목을 서서히 어르면서 숨통을 끊는 것이었다.

놈과 자신은 어떤 경우에도 합해질 수 없는 물과 기름이다. 왜 그렇게 되었는지는 모른다. 강필수에 대한 증오가 꼭 동생의 일이나 작고한 정 회장에 대한 복수 때문일까. 아니다. 이것들은 증오에 대한 포장일 뿐이었다. 강필수는 철저히 박살내버려야 하는 대상이었다. 이유는 없다. 있다면 즐거움 아니겠는가. 굳이 따진다면 이러한 행위는 사냥꾼의 심정일 수도 있다. 사냥감의 목숨을 쥐는 그런 즐거움 말이다. 내가 살아있는 존재 의의는 바로 놈의 몰락이다. 나는 오직 그것만을 위해 살 것이다.

그때 핸드폰이 울렸다. 강필수였다. 그의 메마른 음성이 들려왔다. 아마 자신을 염라대왕쯤으로 생각하겠지. 그렇게 생각하니 온몸에 희열이 흐른다. 정훈은 느긋이 대했다.

"오늘 만기채 연장했더군?"

감사하다는 이야기가 아니었다. 당연한 일을 했을 뿐이라는 의미였다.

"예에. 요청하신 거라. 좀 늦었습니다."

강필수가 입술을 깨물고 참는 모습이 눈에 들어왔다. 정훈은 속으로 웃었다. 살다보니 천하의 미꾸라지 강필수를 내가 움켜잡고 쥐락펴락하는 날도 있구나 하는 생각 때문이었다.

"그렇다고 당신이 손 놓고 있을 때가 아닐 텐데? 다음 수순은?"

정훈은 느긋했다. 놈의 씩씩거리며 참는 모습이 눈에 들어왔다.

"김성철 의원의 총리 입각설이 파다하던데? 차기 대권주자로서."

"이러지 마십시오, 그런 분은 국가적으로도 아껴야 할 분입니다."

강필수가 참듯 토해내는 소리를 정훈은 즐겼다

"아? 당연하지. 나도 그분에 대한 사감은 없네, 잘 되셔야지. 그런 청렴 인사가 이런 일에 연루되어 있다는 것이. 하하하. 인생이란 참 우스운 거야. 안 그런가, 강 행장?"

천연덕스럽게 강 행장의 심지를 돋우었다.

"만나서 말씀드리죠."

강 행장의 식식거리는 소리가 이제 확연히 들려왔다.

성 회장은 전화를 끊고는 회심의 미소를 지었다. 지금쯤 강필수는 제 분에 못 이겨 거의 발광 수준일 것이다. 그는 서랍을 열어 CD 원본을 흐뭇한 표정으로 바라보았다.

같은 시각, 백 회장이 밀실로 사용하는 디셈버호텔의 1402호실에는 검정 복장을 한 5~6명의 사나이들이 뭔가를 숙의하고 있었다. 날카로운 표정들이 예사롭지 않았다. 한결 같이 무서운 눈빛들이었다. 백 회장의 심복 심규식 실장이 한가운데 있었다. 탁자 위에는 세밀하게 그려진 지도가 있었다. 그중 한 점에 압정이 꽂혀 있었다. 심규식은 차가운 표정으로 그곳을 가리켰다.

"그동안 너희들이 회장님께 신세진 것 갚는 거다. 너희들의 형 집행 문제는 완벽하게 책임진다, 가족들까지 최선을 다해 주겠다. 몇 년만 참으면 된다. 그때까지 철저한 비밀을 유지해야 한다. 알았나?"

희미한 불빛 아래에서 사내들은 고개를 끄덕였다. 아무도 말이 없었다.

15.

이틀 후 서울 근교 한정식집

강필수와 성정훈

갑자기 목을 잡고 '칵칵' 하는 정훈을 보고 필수는 당황했다. 목에 무엇이 걸린 것 같았다. 필수는 황급히 옆의 접시 하나를 들어 그의 입에 가져다주었다. 정훈은 주저 없이 필수가 건네준 접시에 씹던 음식을 뱉어냈다. 그리고는 두리번거렸다. 필수는 얼른 옆의 물잔을 들어 건넸다. 정훈은 그 잔의 물을 입에 넣고 헹구더니 '카악' 하고 뱉어낸 음식 위에 쏟아냈다. 오물이 접시를 잡고 있는 필수의 손에 튀었다. 그러나 조금도 미안해하는 표정이 아니었다. 일부러 모욕을 주기 위함이었다. 순간 필수는 무서운 치욕을 느꼈다.

정훈은 그런 필수를 보고 슬쩍 웃음을 흘렸다. 비아냥이었다. 목줄을 잡고 있는 자의 여유였고 오만이었다. 필수는 10년 전 정 회장을 실각시킬 때 정 회장과 성 사장에게 주었던 굴욕을 떠올렸다. 접시를 거두면서 필수는 '인과응보인가' 하는 생각을 버릴 수 없었다. 그러나 지금은 모든 것을 참아야 했다.

"어허, 시원허다."

"하시던 이야기를 계속하시죠. 저는."

필수는 정중히 말했다.

"가단, 그때 주총 끝나고 말이야. 자네가 정 회장님과 나를 오라고 한 처음 장소에 갔더니 장소를 마음대로 바꾸어서 오라고 한 곳이 이곳이었지? 마치 개 끌듯 말이야. 허허허."

조롱이었다. 필수의 말을 마음대로 막고 불필요한 이야기만 했다.

"그때나 지금이나 변한 것은 없네. 아니, 자네와 나는 변했군. 안 그런가?"

"송구합니다."

"송구? 송구할 짓은 왜 하누? 그러게 인간은 미련한 동물이야. 한치 앞도 보지 못하지. 허허허."

필수는 주먹을 부르르 쥐면서 가슴 속으로 분노를 삭였다. 어차피 각오하고 나온 자리다.

"김성철 의원님에게는 정말 해가 가서는 안 됩니다. 그분은 모르는 사실입니다."

필수는 머리를 조아리듯 사정했다.

"모른다고? 푸핫핫하. 이거 봐, 강 행장, 없는 것도 만들어내는 게 세상일세. 그것은 자네가 더 잘 알 텐데? 이렇게 푸들푸들 살아있는 물증이 있는데도? 참, 김 의원은 자네하고 곧 사돈이 된다지?"

무서운 고욕이었다. 필수의 관자놀이가 불끈 솟았다.

"가정사는 말씀하시지 않는 것이 서로 예의 아닙니까?"

폭발할 것 같은 감정을 억제하기 쉽지 않았다. 그러나 필수는 꾹 참았다. 오늘은 어떤 모욕이라도 견뎌야 했다. 그저 꾹 참으면 된다. 하지만 벌

써 1시간 이상을 정훈은 본론은 근처에도 가지 않고 필수를 가지고 놀았
다.

 "조건을 말해주십시오. 그리고 선배님도 남자답게 행동하십시오. 성진
건설은 어떻게라도 살리겠습니다."

 "성진건설? 그거야 당연하지. 자네 큰아들 회사 아닌가. 그러니 살려야
하지."

 '아들 회사?' 필수는 순간 눈에 불꽃이 튀었다. 정훈은 알 리 없었지만.

 "분명히 이야기하지만 나에게 자비 따윈 바라지 마."

 정훈은 내뱉듯 말했다. 놈과의 승부에서 지는 쪽은 항상 정훈이었다. 하
지만 이번만큼 확실한 승부는 없다. 그래서 그는 필수가 검을 빼기를 기
다리고 있었다.

 "천만에요."

 필수는 서늘하게 웃었다. '베어 버리자' 하는 생각 때문이었다. 정훈은
못마땅했다. 저 웃음에 자신이 얼마나 농락당했던가. 그는 벌컥 화를 냈
다.

 "웃는구먼? 그 웃음 얼마나 갈까."

 "도대체 언제까지 제 인내를 시험하시렵니까?"

 "오오, 드디어 본색이 나온다? 설마 이러려고 날 불러낸 것은 아니었을
텐데."

 "그럼 안을 제시해 보시죠."

 필수도 능청스럽게 답했다.

 "내 조건을 이야기하겠네. 세 가지일세. 첫째 성진건설에 대한 그룹의

장기적이고 지속적인 지원. 두 번째는 나를 원상 복귀시켜. 그룹으로."

정훈은 말을 마치고 목이 타는 듯 술잔을 거푸거푸 들었다. 필수는 점차 파국이 다가오고 있음을 느꼈다. 하지만 놈이 자신의 명을 재촉하게 된 명분을 조금이라도 더 주고 싶었다. 그래서 냉혹할 정도의 미소를 보이며 조롱하듯 물었다.

"또 있습니까?"

"세 번째는 민석이! 민석인 성진의 후계자가 될 수 없어. 민석에게 주어진 모든 조치를 거둬."

필수는 숨을 쉬지 않았다. 아니 쉴 수가 없었다. 설마 했던 아킬레스건을 놈은 마침내 건드렸다. 이것으로 저 자는 결코 명을 늘리지 못할 것이다. 더 이상 그는 내일을 보지 못할 것이다. 그렇게 생각하니 필수의 마음은 오히려 편해졌다.

"다른 것은 좋아요. 이것만 묻지요. 왜 민석인 후계자가 될 수 없다는 거요?"

서늘했다. 그의 몸은 온통 파란 중오로 넘실거렸다. 정훈은 순간 당황했다. 이런 놈의 모습은 정말 처음이다.

"더 잘 알잖아. 회장님의 직계 피는 민철이야."

"민철이가 회장님의 직계 피라. 그럼, 내 피를 가진 민석인?"

"민철이도 당신 피잖아. 그런데 왜 민석이를."

"내 피? 누가 내 피야?"

"무슨 소릴 하는 게야?"

무서운 합의 싸움이, 광란의 칼부림이 끝났다. 무서운 격돌이었다. 둘 사이에는 칼을 마주 대고 조용한 침묵이 흘렀다. 갑자기 필수가 칼을 거두었다.

"마지막 기회를 주겠어요. 누가 뭐래도 내 후계자는 민석이요."

"유감이네. 설마 기적 따윌 기다리진 않겠지? 자네와 김성철 의원, 내일이 궁금하군."

정훈 역시 칼을 거두며 내뱉듯 말했다. 그리고 입을 악물고 방을 나갔다. 필수는 그런 그의 등을 무서운 눈초리로 노려보았다. '너에게 내일? 과연 그럴 수 있을까.' 필수는 조용히 핸드폰을 들었다.

16

한세병원 영안실
성혜진과 강민석

"분명 꿈일 거야."

혜진은 꿈을 꾸고 있다고 생각했다. 그것도 아주 고약하고 지독한 악몽이었다. 그저 모든 것이 어둡고 음울했다. 그러다가 갑자기 하얗게 변했다. 지금이 아침인지 밤인지도 알 수 없었다. 어젯밤 늦은 시간 혜진은 이상한 전화를 받았다. 민철의 전화였다. 그는 무슨 말인가를 했으나 그녀는 알아들을 수 없었다.

"오빠, 무슨 말이야? 잘 안 들려. 더 크게 말해용."

혜진은 애교를 섞어 말했으나 오빠의 빠른 말은 잡음과 바람에 섞여 알아들을 수 없었다. 그러다가 한세병원으로 즉시 오라는 말을 희미하게 들었다.

"오빠, 병원이야? 어디 아파?"

"응. 아니야. 하여튼 병원으로 와. 지금 당장!"

도착하니 병원 정문에는 뜻밖에도 민철이 서 있었다.

"오빠가 아픈 것 아니었어? 도대체 누가 병원에 있기에 이 밤중에 오라는 거야?"

"음. 나를 따라와라."

민철은 더 이상 아무런 말없이 혜진의 손을 잡고 병원 뒤편으로 향했다.

"오빠, 여기는 병원 가는 길이 아닌데."

그 길의 끝에 영안실이라는 커다란 글자가 눈에 들어왔다.

"누가 죽었어? 누가?"

민철은 여전히 아무 말 없이 안으로 성큼 들어섰다. 혜진은 콩닥거리는 가슴을 안고 영안실로 들어섰다. 그리고 복도를 돌아 한곳에 이르렀을 때 국화꽃에 둘러싸인 영정 사진을 보았다.

"오빠, 왜 아빠 사진이 저기 있어?"

그리고 그녀는 정신을 잃었다.

그녀가 눈을 떴을 때 가장 먼저 보인 것은 흰 벽이었다. 얼마나 이곳에 오래 있었는지 그녀는 알 수 없었다. 긴 악몽을 꾼 것은 확실했으나 더 이상은 기억이 나지 않았다. 그때 누군가가 그녀의 손을 잡았다. 힘겹게 고개를 돌리자 민석의 얼굴이 보였다. 슬픔과 당혹감이 가득했고 금방이라도 눈물이 쏟아질 것 같았다. 혜진은 민석을 보면서 악몽이 아니라 현실이라는 것을 깨달았다. 옆에는 작은아빠가 침통한 모습으로 서 있었다. 혜진은 다시 설움이 복받쳤다. 성 행장은 그런 혜진을 안았다.

"작은아빠."

"오냐. 잘 이겨내야 한다."

작은아버지에게 안겨 한바탕 서러운 울음을 쏟아낸 혜진은 이내 침착함을 되찾았다. 그리고 상주석에 섰다. 다리가 후들거렸지만 가까운 곳에 민석이 서 있음을 보고 정신을 차릴 수 있었다. 성 행장이 민석에게 다가가 고마움을 표했다.

그러나 민석은 그럴 수 없었다. 어머니를 범한 사람. 민석의 뇌리에는 번뜩 이 생각이 스치고 지나갔다. 잠시 후 강필수가 이끄는 성진그룹의 사장단 일행이 도착했다. 모두 긴장되고 엄숙한 얼굴이었다. 강필수는 성도훈을 바라보았다. 두 사람의 눈길이 잠깐 마주쳤으나 서로 외면을 하였다. 그리고 형식적인 인사가 오갔다.

"뭐라고 위로를 해야 할지."

"찾아와줘서 고맙네."

30년 만이었다. 그러나 그걸로 끝이었다. 두 사람의 해후를 민석은 착잡한 표정으로 보았다. 그러나 도훈의 표정은 평안해 보였다. 어머니와의 일이 있었다면 아버지를 저런 모습으로 대할 수 있을까? 그때 민철이 허겁지겁 들어왔다. 얼굴이 말이 아니었다. 민철은 아버지를 발견하고는 이내 다가왔다.

"아버지 오셨습니까?"

"음, 수고한다. 조금도 허술함이 없도록 해라."

"고맙습니다."

오랜만에 따뜻한 위로를 들은 민철은 눈물이 핑 돌았다. 민철은 민석을 발견하고 다가갔다.

"정확한 사고 경위를 이제 파악했어. 성 회장님이 아버지를 만나고 저녁에 돌아오던 길에 내부순환로에서 고장이 났고, 운전기사가 차를 갓길에 세워놓고 핸드폰을 들고 밖으로 나와 전화를 하는 사이에 화물트럭이 덮쳤어. 한순간이었단다. 운전기사도 정신이 반쯤 나갔어.”

“그래 알았어, 형 너무 피곤해 보여. 자세한 이야기는 나중에 들을게.”

“아냐. 괜찮아.”

민철은 무척 불안해 보였다. 성 회장은 민철에게 큰 지주였다. 성 회장 없는 성진건설, 형은 이 난국을 어떻게 뚫을 것인가. 민석은 착잡했다.

“미안하다, 민석아.”

“뭐가?”

“성 회장님. 너에게 미안해하실 거야.”

민철은 퀭한 표정이었다. 이야기에 앞뒤가 없다. 민석은 고개를 끄덕였다. 그리고 물었다.

“참, 성 행장님, 오늘 처음 본 거야?”

“응. 오늘 처음 뵀지.”

“그래?”

“인자하고 품위가 있으시더라, 혜진인 그나마 위로가 되었을 거야.”

“그것뿐이야?”

“그것뿐이라니? 더이상 뭐가 필요해?”

17

같은 시각, 한세병원 밖
최길수와 아들 최상우

길수는 허탈했다. 술을 연거푸 들이켰지만 정신은 더 또렷해졌다. 성정훈은 어린 시절부터 진내리에서 함께 컸던 친구다. 그러나 악연만 계속되었다. 사랑하는 정애를 미국으로 내보낼 때 가장 극악하게 대했던 사람이 바로 정훈이었다. 자신이 저지른 짓은 아니지만 도훈의 체포로 그는 심각한 오해를 했다. 마지막으로 만났을 때의 정훈은 옛날의 정훈이 아니었다. 온통 증오로 가득 찬 인간이었다. 모든 것이 필수 탓이었다. 자신은 물론 동생의 앞길을 막았고 하늘같이 모셨던 정 회장도 버렸다. 가장 가슴 아픈 것은 자신들의 증오를 자식들에게까지 물려주려고 하는 것이었다 한 인간의 증오에 사로잡히면 이렇게도 변하는구나 하는 생각에 길수는 슬펐다. 술잔을 기울이던 길수는 퍼뜩 성훈의 말이 떠올랐다. '필수의 목을 쥘 무기가 있다' 고 호언했다. 그것이 무엇일까?

"아버지. 너무 상심마세요."

아들 상우가 처연한 눈길로 바라보았다.

"넌, 이 아비가 상심한 것으로 보이냐? 아비는 아무렇지도 않다."

길수는 다시 잔을 들었다.

“혜진이는 어떠냐?”

“이제 괜찮아요. 정신이 들었어요.”

“불쌍한 것. 이제 애비까지 보내는구나. 좋은 친구였는데 세상이 그 녀석을 바꿔 버렸어. 그렇게 알아듣게 이야기했는데, 얼마나 한을 가지고 떠났겠냐. 풀 것은 풀었어야 했어. 왜 내 말을 안 듣는 거야, 왜.”

길수의 눈에는 피가 맺혔다.

“아버지. 고정하세요.”

“넌 어서 들어가 봐라, 가서 민석이하고 교대도 해줘. 녀석 오늘 아무것도 안 먹더라.”

상우는 씁쓸하게 웃었다.

“하여튼 우리 아버지 못 말려, 옛날부터 그저 민석이 민석이 하시더니. 지금도 그러시네. 무슨 아들보다 더 걱정해요?

“응? 아, 아니다.”

길수는 괜히 마음이 들킨 것 같다. 아버지의 마음을 알길 없는 상우는 병원으로 들어섰다. 그때 주차장 한쪽 구석에서 일단의 사람들이 시끄럽게 소란을 피우는 소리가 들렸다. 검은 옷을 입은 대여섯 명의 사내들이 술에 취해 행패를 부리는 한 사내를 끌고 가 차에 태우려는 듯 했다. 상우는 먼발치에서 그들을 보고 지나치다가 가로등 불빛에 비치는 한 사내의 얼굴을 순간적으로 보았다. 그는 백성태 회장 직계인 심규식 실장이었다. 차에 끌려가는 남자가 갑자기 고함을 질렀다.

“약속과 다르잖아, 이 새끼들아. 혼만 내준다 했잖아…. 그런데 왜… 아이구… 회장님.”

상우는 문득 발걸음을 멈추었다. 사내는 '… 회장님' 이라고 불렀지만
다른 사내들이 입을 가려 정확히 듣지 못했다. 그러나 상우는 그 단어가
'성' 이라는 것을 직감했다.
    "약속과 다르다고? 무슨 약속과 다르다는 것일까?"

18.

세종캐피탈

최상우와 오영일 기자

상우의 머리는 복잡했다. 성 회장의 죽음 이후 백성태 회장과는 아무 연락이 되지 않고 있었다. 상우는 병원 주차장에서 들은 사내의 말이 머릿속에서 떠나지 않았다. 동시에 상우는 병원에서 비통해하던 아버지가 떠올랐다. 아버지는 무엇인가를 예견했다는 것인가.

그때 인터폰이 울리며 비서의 목소리가 들렸다. '오영일 기자님 오셨습니다.' 그 소리와 동시에 문이 벌컥 열리고 오 기자가 성큼 들어섰다. 그는 소파에 털썩 앉아 한숨을 내쉬었다.

"웬 한숨이십니까."

"한숨을 안 쉴 수 없지. 성진건설 이제부터가 중요한데, 이럴 때 가시다니. 성 회장님 빈자리가 클 거야."

"그럴 겁니다."

"드디어 왕자의 난, 종결편인가. 정 회장 왕국 드디어 무릎 꿇은 거야. 성 회장 없는 민철은 어려웠다. 이쯤에서 강 행장님이 다시 아들에게 손을 내밀지 않을까."

"그렇게 됐으면 좋겠습니다."

명품 진돗개 후각이 춤을 춘다. 조심해야 한다는 생각을 하면서 상우는 맞장구쳤다.

"뭐야, 자네 이야긴? 안 된다는 건가? 도대체 뭐야."

"강 형장님 마음속에 들어갈 수 없잖아요."

하면서도 상우의 마음은 복잡했다. 오 기자는 강 행장의 칼끝이 은화의 성 행장에게 향하고 있다는 것을 어느 정도 눈치 채고 있을까. 아니, 이 음모에는 성진건설 몰락이라는 패가 끼어 있다는 것도 상상이나 할까. 언제 이 사실을 오 기자에게 이야기해야 할까. 너무 빨라도 너무 늦어도 안 된다. 이런 생각에 상우는 한숨이 나왔다

"말 좀 해봐라, 넌 지금 뭔가 알고 있잖아. 요즘 스토리를."

"스토리라니요?"

"어허, 참. 멀리는 강 회장님의 우수은행장 접수, 가까이는 성 회장님의 사고사."

"참, 형님은 소설 쓰셔도 되시겠다."

"염병헐, 여기도 저기도 크렘린 밖에 없으니."

"형님도, 참 누가 크렘린이라고 그래요."

"강 행장님과 성 회장님 사이의 숙명적 라이벌, 거기에 성도훈 행장은 바로 동생. 백 회장님은 강 행장님의 오른팔, 넌 백 회장의 오른팔. 그런데 하나같이 둔한 표정만 짓고 있으니 이게 크렘린이 아니면 뭐냐고. 이 화상아, 엉?"

"도대체 오늘 하고 싶으신 이야기가 뭔데요."

"성 회장님의 갑작스런 사고."

“예에?”

“좀 이상하잖아? 갑자기 차가 고장을 일으키고 그 순간 거대한 트레일러가 덮쳤다?”

상우는 가슴이 철렁했다.

19

병원 영안실

정요숙과 성도훈

영안실로 들어서는 순간 요숙의 가슴은 만감이 교차했다. 저 멀리 검은 리본 속에 감싸여져 있는 정훈의 영정을 보는 순간 요숙은 눈물부터 솟구쳤다. 이날까지 정훈은 오빠 같은 역할을 해주었다. 때로는 급한 성격으로 아버지에게 질타를 당하기도 했지만 우직했고 순수했다. 한번 그렇게 믿으면 죽어도 돌파하는 저돌적인 성격이었다. 자신에게는 오빠 이상의 사람으로 남편 강필수 대신 역할을 해주었다. 더더구나 도훈이 군에 있을 때 일요일마다 자신을 태우고 그 먼 전방까지 오가면서도 한 번도 불평이나 거르는 일이 없었다. 혈육이라고는 아버지밖에 없는 요숙에게 정훈의 역할은 컸다.

영안실로 들어서자 혜진과 도훈이 일어섰다. 도훈을 보는 순간 요숙은 이상하게도 마음이 진정되었다. 한때는 젊은 날의 열기로 둘은 사랑했다. 그러나 벌써 30년 전의 일이다. 도훈의 머리는 희끗희끗했고 잔주름이 불빛 아래에서 더 짙게 보였다. 요숙은 먼저 영정 앞에서 기도를 하고 혜진에게 다가갔다. 그런 요숙을 보는 도훈은 뭐라고 형언할 수 없는 착잡한 표정이었다.

혜진은 흐느끼며 요숙의 가슴에 얼굴을 묻었다. 어릴 때부터 민석을 죽어라 좋아했던 혜진이기에 요숙은 항상 혜진을 딸 이상으로 사랑했다. 혜진의 아픔이 그대로 가슴에 전달되어 왔다. 이어 도훈 앞으로 가 정중히 고개를 숙였다. 도훈은 아무 말 없이 깊숙이 고개를 숙였다.

그때 민석이 들어섰다. 민석은 어머니와 성도훈 행장이 마주 서 있는 모습을 보고는 숨이 막힐 것 같았다. 요숙이 고개를 돌려 민석을 발견했다.

"내 아들, 민석이예요."

"알고 있소, 너무 고마웠소. 장례 내내 혜진이를 돌보아주었소."

"우리 민석이 미국에서 큰 활동하고 이제 아버지를 도우러 왔어요."

"알아요, 훌륭하고 좋은 아들을 두었더만."

어머니의 민석 자랑에 성 행장도 맞장구쳤다. 민석은 혼란에 쌓였다. 두 사람은 옛날에 사랑하는 사이였다. 민철이 그들의 사랑의 결실이다. 그런데 너무도 평온한 모습이었다. 지나간 세월에 대한 회한의 흔적이나 아픔 같은 찌꺼기는 없었다. 민석은 이 자리를 벗어나고 싶었다.

"성 행장님. 혜진이를 잠깐 쉬게 해야 할 것 같습니다."

민석은 혜진이를 부축해 영안실 밖으로 나갔다. 요숙과 도훈은 그런 두 사람의 뒷모습을 바라보았다. 도훈은 그 모습에서 그 옛날 자신과 요숙의 모습을 발견했다. 그는 조용히 요숙을 보았다.

20

병원 밖

정요숙과 성도훈, 강민철

혜진을 잠시 휴게실에 쉬게 한 민석은 다시 밖으로 나왔다. 방금 전 어머니와 성 행장 사이에 있었던 이해할 수 없는 풍경을 다시 확인하고 싶었다. 정문 주차장 쪽으로 급히 발을 옮기다가 어머니와 민철 형, 성 행장이 서 있는 모습을 발견했다. 민석은 호흡이 멎을 것 같았다. 아마 어머니의 차를 기다리고 있는 것 같았다. 어머니와 성 행장은 약간의 거리를 두고 이야기를 나누고 있었고, 민철은 차가 오는지 보려고 저만치 떨어져 있었다.

그 세 사람의 구도는 참으로 묘했다. 젊은 날 사랑을 불태웠던 두 사람. 그 사이에서 태어난 아들. 그들이 한곳에 모여 있었다. 그런데도 전혀 그런 기분이 느껴지지 않는다.

민철은 차를 기다리며 가끔 성 행장이 묻는 질문에만 대답했다. 어머니와 성 행장이 젊은 시절 알고 있었다는 이야기에도 민철은 별 감정을 느끼지 못했다.

"형님에게 난 평생 죄인이야. 그것을 못 갚아 드리고 보냈어. 못난 모습만 보이고."

“저도 회장님께 죄만 지었어요. 어렵고 힘든 일만 부탁했지요. 저에게 평생 큰 방패가 되어 주셨는데.”

“다 지나간 일이야. 훌륭한 아들들을 두었구먼.”

성 행장은 민철을 바라보며 말했다.

“그래요, 그게 기뻐요. 은행일은 저도 잘 모르지만 많이 어렵죠?”

“뭐랄까. 난 강 행장처럼 민철이나 민석이 같은 훌륭한 아들이 없어 더 힘들어.”

자조 섞인 말투였다. 어머니는 이어 아들 자랑에 빠졌다.

“민철이는 사려 깊고 민석이는 뛰어난 아이예요.”

“그래. 오늘 보니 그렇더구먼. 훌륭히 장성했어.”

민철은 자신이 거론되는 것이 어색했다. 차가 도착하자 어머니는 차에 올랐다. 차에 탄 어머니는 자연스럽게 성 행장에게 눈인사를 했다. 그리고 차는 출발했다. 민철과 성 행장만 남자 민철은 조금 어색해 했다. 그와 많은 이야기를 해보지 않았기 때문이다. 무엇보다 작고한 성 회장의 동생이라는 것 외에 민철은 아는 것이 별로 없었다.

“자네 집안과 난 참 길고도 이상한 인연이야, 어머닌 젊은 시절 내 친구였었지.”

“알고 있습니다.”

“형님이 자네 이야기를 자주 했다네.”

“아! 그렇군요.”

“자넨 어머니 모습을 빼 박은 것 같아. 그런 말 많이 듣지?”

“네에.”

순간 요숙의 우수 짙은 눈빛이 생각났다. 민철은 요숙의 짙은 눈매를 닮았다. 도훈은 가슴이 아려왔다. 저 눈빛. 도훈은 요숙의 그런 눈빛을 사랑했다.

"동생 이야기도 많이 들었어. 능력있더구먼?"

"형 같은 아우죠, 제가 많이 의지합니다."

순간 민철의 말에 생기가 돌았다. 여태껏 귀찮은 듯 건성건성 대답하던 민철이 동생 이야기가 나오자 생기가 돌았다. 도훈은 새삼 형님의 말이 생각났다. 동생에게 빠진 형, 그 동생이라는 녀석이 얼마나 영악한 줄 모르는 형, 그렇게 생전의 형은 민철을 걱정했다. 그게 사실이었다.

"우애가 대단하구만. 동생도 형을 그렇게 생각하나?"

"그럼요."

해맑게 웃는 민철을 도훈은 눈부시게 바라보았다. '형님 말이 맞았다.' 그렇게 생각했지만 도훈은 더 이상 생각하기 싫었다. 둘에게서 형제애를 보았기 때문이었다.

그렇게 병원으로 들어서는 두 사람을 민석은 착잡한 표정으로 보았다. '왜일까, 두 사람에게서는 아무것도 느껴지지 않는다.'

21.
이른 아침, 아빠의 묘
혜진과 민석

초여름이라고 하지만 새벽공기는 아직 차가웠다. 택시에서 내린 혜진은 아빠 묘소로 향했다. 혜진은 장례식 후 선영의 말대로 잠시 그녀의 오피스텔로 가서 머물기로 했다.

아빠 없는 집에 견디기 어려울 것이라며 선영은 부득부득 혜진을 오피스텔로 데려왔다. 밤새 뒤척이며 잠을 이루지 못하던 혜진은 벌떡 일어났다. 시계를 보니 새벽 4시가 조금 지나 있었다. '차가운 땅속에서 아빤 얼마나 추울까?' 혜진은 어제 묻힌 아빠의 묘가 생각났다. 그래서 부지런히 집을 나섰다. 빨리 아빠의 묘소로 달려가고 싶었다.

다행히 택시는 곧 잡을 수 있었다. 택시운전사는 아빠 또래의 늙수그레한 분이었다. 행선지를 알려주자 운전사는 좀 의아해하는 눈치였다. 한참을 달리다가 묻는다.

"예쁜 처자가 이 시간에 그곳은 웬일로 가는 거요."

"아빠에게 가는 거예요."

"그래요?"

운전사는 아무 말 없이 조용히 차를 운전하고 빠른 길로 들어섰다.

같은 시각, 선영은 소스라치게 놀라 일어섰다. 그리고 혜진의 방문을 급히 열었다. 설마 했는데 없었다. 아무 곳에도 없었다. 큰일이었다. '이 시간에 왜 없는 거야.' 선영은 마음이 급했다. 급한 대로 상우에게 전화를 했다.

"오, 오빠. 혜, 혜진이가 안 보여."

"혜진이가? 바람 쐬러 갔을지도 모르니, 일단 기다려봐"

"오, 오빠. 설마, 다른 일은 없겠지?"

선영은 지금 무슨 방정맞은 소리를 하고 있는지 모른다는 생각이 들었다.

"민석이에게 연락할 테니 좀 기다려봐."

상우는 즉각 민석에게 전화를 했다.

전화를 받은 민석은 차에 올라 두 말없이 성 회장 묘소로 향했다. 마음이 급했다. 민석은 엑셀을 있는 힘을 다해 밟았다. 공원묘지 성 회장 묘소로 가까이 가면서 민석은 조그맣지만 혜진의 모습이 보인 것에 안심이 됐다. 혜진은 아빠의 묘소 앞에 쭈그리고 앉아 있었다. 민석은 다가가서 그런 혜진을 꼭 안아주었다. '새벽공기가 차가웠을 텐데.' 그렇게 생각하며 민석은 혜진을 더욱 꼭 안았다.

"오빠. 아빠가 왜 나에게 그랬을까, 엄마 일찍 떠나보낸 것도 미안하고, 내가 그동안 아빠 옆에 있어서 아빤 얼마나 행복했는지 모른다고 그랬어. 나에게 고맙다고, 그리고 마지막으로 뭐라고 했는지 알아? 아빠 미울 때가 너무 많았지? 아빤 딸에게 미안한 게 너무 많다고 했어. 이게 아빠가 나에게 남긴 마지막 말이었어. 엉엉, 아빤 왜 그런 말을 했을까."

혜진은 통곡하듯 엉엉 소리를 내며 울었다. 민석은 아무 말 없이 혜진을 더욱 껴안았다. 자신의 눈에서도 눈물이 흐름을 민석은 그제서야 알았다. 혜진 아버지 앞에서 슬퍼진다는 것이 너무도 감사했다. 그렇게 자신에게 야멸치게 했던 성 회장. 솔직히 장례식 내내 혜진이의 슬픔이나 아픔을 함께 해줄 수 없음이 안타까웠다. 그런데 그 슬픔을 함께 할 수 있는 눈물이 나왔다. 혜진의 눈물 앞에서.

혜진은 탈진한 듯 민석의 어깨에 머리를 기댔다. 둥그런 묘소 위를 어느덧 더운 초여름의 햇살이 더듬고 있었다. 따스했다.

"오빠도 이랬어? 엄마 떠나보낼 때?"

혜진이 눈을 감은 채 물었다. 따스한 햇살이 혜진의 얼굴을 덮어가고 있었다. 민석은 그런 혜진을 조용히 바라보았다. 입술에 짙게 음영이 져 있었다.

"미안해, 그때 오빠 마음을 제대로 알지 못한 것 같아서."

"네가 나를 돌봐준다고 엄마에게 약속했잖아."

민석의 말에 혜진은 눈을 감은 채 배시시 웃었다.

"혜진아."

"응?"

"넌 나하고 같이 아파주었는데, 난 네 마음만큼 아프지 않았어. 미안해."

"오빠 마음 다 알아. 그러나 괜찮아."

"이제 나에게 의지할 수 있어?"

민석의 말에 혜진은 아직도 눈을 감은 채로 있었다.

"나 말이야, 너를 사랑하고 있다는 것을 알았어. 내가 진정으로 널 사랑하고 있는 걸까, 지난 세월 내가 가져야 하는 의문이었어. 혹시 너만의 가진 특별한 것이 좋아 그것을 사랑이라고 혼동하고 있지나 않은지 두려웠고, 그래서 그것을 확인하는 것조차 무서웠지."

혜진은 조용히 눈물을 흘렸다.

"그러나 네가 약해지는 것을 보고 내가 강해짐을 느꼈어. 그것이 사랑이었음을 운명은 스치듯 가르쳐줬어. 이제 너를 지키고 싶어. 나 아닌 너를. 혜진이 너를."

민석은 조용히 혜진의 입술에 자신의 입술을 포갰다. 싸아한 공기에 혜진의 상큼한 냄새가 다가왔다. 흐르는 눈물이 민석의 입술까지 적셨다. 짭짤한 나음이었으나 민석은 절대 싫지 않았다. 흐르는 눈물을 주체할 수 없었다. 그러나 민석의 체취를 혜진을 더욱 느끼고 있었다.

멀리서 차에서 내린 선영과 상우가 둘의 아름다운 해후를 지켜보고 있었다. 선영의 눈에서도 눈물이 걷잡을 수 없이 흘러내렸다. 상우는 그러한 선영의 손을 꼭 잡아주었다. 초여름의 해는 어느덧 불끈 솟아올랐다.

제5부 승부

1.

우수은행장실

강필수와 구병모

강필수는 눈을 감고 소파에 깊이 묻혀 있었다. 성 회장의 옛 모습이 떠올랐기 때문이었다. 어린 시절 진내리에서 함께 컸던 고향 선배. 그때도 정훈은 자신에게 알듯 모르듯 거리감을 두었다. 동생 도훈이가 항상 나에게 밀린다는 생각을 하고 있었는지 모른다. 경찰서장 아들인 귀공자 타입의 도훈에 비해 필수의 삶은 강인해야 했다. 빨치산 아버지의 그림자가 너무 컸기에 필수는 그것을 벗어나는 데 젊음의 많은 부분을 소비해야 했다. 그 과정에서 도훈의 희생은 불가피했다.

그 순간부터 정훈은 필적의 라이벌로 지내야 했다. 그러나 솔직히 정훈은 필수의 상대가 되지 못했다. 우직하고 저돌적이며 직선적인 그는 항상 우회적이고 곡선을 지향하는 필수와 대적할 수 없었다. 싸울수록 승수는 항상 필수 편에 던져졌다. 업무로 경쟁할 때도 그는 항상 필수에게 뒤통수를 맞았다. 필수가 항상 한 걸음 빨랐던 것이다. 왕자의 난 때도 정 회장은 정훈만 믿다가 발 빠른 필수에게 카운터펀치를 먹은 것이다.

그러나 아까운 사람이기는 했다. 필수는 이것을 운명으로 생각했다. 정훈과 자신은 웬지 태생적으로 맞지 않았다. 그래서 솔직히 필수도 정훈에게 화해의 손길을 내밀지 않았다. 오히려 그의 화를 돋우었다는 말이 맞을 것이다. 필수는 의자를 빙그레 돌려 창가로 갔다. 파란 하늘 사이로 늘 자신을 비웃고, 정 회장에게 충성하던 그의 모습이 그려졌다. 그리고 며칠 전 마지막 날 밤. 자신을 조롱하던 모습도 들어왔다.

"왜 끝까지 그렇게 나오셨습니까. 왜, 해서는 안 될 말을 했습니까."

필수는 창밖을 보며 중얼거렸다. 그때 인터폰이 울렸다. '행장님, 구 전무님이십니다' 하는 비서의 날아갈 듯한 목소리가 들렸다.

"들어오시라고 해."

구 전무가 들어서며 깊숙이 고개를 숙였다.

"어서오시오. 동우금융지주 이호성 회장과의 면담은 어떻게 진행되고 있소."

"곧 연락주기로 했습니다. 회장님의 요청이라니까 기다렸다는 듯이 아주 반색을 하더군요."

"이성호 회장님, 아주 정력가죠?"

강필수는 기분이 좋았다.

"동우은행 행원 출신으로 은행장까지 이른 입지전적 인물입니다."

"그거야 앞으로 우리 구 전무에게도 해당되지 않겠소."

"황송합니다."

구 전무는 더욱 자세를 낮추었다. 이제 자주 들어 처음과는 별 감동이 없지만 그럴수록 더욱 조심해야 함을 스스로 채찍질했다.

"동우의 조속한 민영화 바람에 기름을 부어야 하오. 그러자면 은화은행이 동우 민영화 공개입찰에 반드시 들어가게 해야 합니다. 은화가 국제은

행으로 빠지지 않게 말이요. 그렇지 않으면 우리들의 은화 삼키기가 큰
난관에 부딪칩니다."

강필수의 눈이 날카롭게 빛났다.

"그래야겠지요."

"이호성 회장에게 은화를 반드시 공개입찰에 참여시킬 수 있는 방법을
알려드릴 예정이요. 그것을 도와주겠다는 약속을 할 예정이오."

"복안이 있으십니까?"

구병모는 이제 강필수 탐색은 아예 포기했다. 그래서 늘 묻고 그의 지시
를 기다렸다.

"복안? 당연히 있소. 앞으로 우리의 은화 삼키기는 동우, 국제 그리고
한민 3각 편대가 뜰 것이요."

"네?"

구병모는 큰일 났다 싶었다. 이제는 대선단 편성이다. 대규모 기동함대
가 뜬다는 것이다. 도대체 어디까지 간다는 것일까. 어디까지 가야 이 끝
도 없는 게임이 끝나는 것일까? 솔직히 은화 하나만 상대해도 겪어야 할
피의 대가는 엄청나다. 은화가 이를 알면 코웃음이라도 칠까. 혼자 펄쩍
이다가 제 풀에 꺾이는 것은 아닐까.

"하지만 행장님, 모두가 절대 쉬운 상대들이 아닙니다. 국제은행은 냉
철한 국제 감각을 갖춘 영국인 페이슨 행장, 동우의 이호성 회장은 금융
계의 제갈량이라는 소문이 났을 정도의 재사며 탁월한 전략을 구사합니
다. 공적자금 투자기관인 동우를 오늘의 리딩뱅크로 만들었습니다. 거기
에 한민 역시 리딩뱅크로 자부심이 대단합니다. 여석태 회장은 명 CEO

총장 출신인데다 뛰어난 업무추진력과 훌륭한 싱크탱크 참모진을 거느리
고 있습니다.”

말을 다 마치고 구병모는 눈을 질끈 감아버렸다. 어쩌면 또 무서운 강
행장의 질타가 있을 것이었다. 그러나 폭풍은 불지 않았다. 오히려 미풍
이었다.

“그러니 더 의욕이 납니다. 상대가 상대인 만큼. 적어도 내가 상대할 사
람은 그 정도는 되어야죠. 안 그렇소?”

“행장님, 그렇게까지 하시면서 꼭 은화이어야 할 이유가 있습니까?”

“가장 밀고 있는 구 전무께서 이런 한가한 소리나 하십니까? 실망했소.
내 분명히 말했잖소, 짧은 기간에 우리 우수은행을 금융계의 명가 반열에
올리고 나는 그룹으로 돌아가야 한다고, 그러기 위해서는 은화보다 더 좋
은 곳이 없습니다. 나에게 중요한 것은 빠른 시간이요. 그래야 그만큼 구
전무도 제때 통치를 할 수 있을 것 아니요.”

버럭 소리를 지르며 질타했다. 그러면서도 마지막에는 꼭 먹이를 던진
다. 절대 구병모가 포기할 수 없는 먹이 말이다. 이것이 산전수전 다 겪은
강필수의 전법인 줄을 왜 모르겠는가마는 알고도 당하는 것이 우습다. 병
모는 또 다시 번쩍 백기를 들고 조아렸다.

“송구합니다. 행장님의 깊은 속내를 어찌 저같은 사람이 살피겠습니
까.”

“아니요, 대다수 사람들이 갖는 의문일 거요. 하지만 구 전무는 달라야
합니다. 우수가 살 길은 은화를 삼켜 상위권으로 도약하는 것이요.”

‘나는 달라야 한다?’ 군주가 신하의 충성을 유도하는 데 이 말보다 더

진한 표현이 있을까. 그러나 알 수 없는 것이 사람의 마음이었다. 그 말의 진의를 뻔히 알면서도 구병모는 강 행장에 대한 충성을 서약하고 있었다. 구병모는 다시 한 번 머리를 조아렸다. '이제 진짜 전쟁이다.' 스스로에게 그렇게 다짐했다.

2

세종캐피탈
최상우와 백성태

백 회장 집무실로 가면서 상우는 생각에 잠겼다. 며칠 동안 사무실을 비운 백 회장이었다. 공교롭게도 성 회장의 사고가 일어났을 때 그는 국내에 없었다. 잠깐 홍콩을 다녀와야 한다며 급히 출국했다. 상우는 오 기자가 말한 성 회장의 죽음에 대한 의혹을 잊을 수 없었다. '이상하지 않나? 왜 그 시간에 갑자기 차가 고장나고 트레일러가 덮쳤을까?'

동시에 심규진의 부하에 의해 끌려가던 사내의 말도 뇌리에서 떠나지 않았다. 5층 백 회장의 방까지 상우는 일부러 느릿느릿 계단을 통해 내려갔다. 안으로 들어서자 백성태는 거대한 소파에 눈을 감고 앉아 있었다. 상우가 들어서도 한참을 그렇게 앉아 있었다. 상우는 조용히 그 앞에 앉았다

"자네도 요가 한 번 해봐, 이게 요가 중의 하나인 묵상이라는 거야. 건강과 마음에 참 좋아."

그러나 그의 얼굴은 무척 초췌했다.

"안색이 안 좋습니다. 무슨 일이 있으십니까?"

"일은 무슨 일! 요즘 들어 간혹 이런 생각이 들어. 인생이란 참 부질없

다, 한 줌 흙이야. 성 회장님을 보면 더 그래.”

그는 눈을 지그시 감았다. 상우는 그 말이 남다르게 가슴에 와 닿았다.

“살아있을 때 남에게 나쁜 일 하지 않고 원망 듣지 않는 것이 바로 인생의 성공일세. 남에게 상처를 주면 제명에 못 살아요.”

‘제 명에 못 산다’ 라는 의미가 상우에게 별다르게 들렸다. 백 회장이 번쩍 눈을 떴다.

“이제부터 강필수 회장의 본격적 은화 잡아먹기가 시작될 걸세.”

그의 눈에 탐욕과 공허함이 뒤범벅되었다. 상우는 그 눈빛을 피했다.

“쉬운 일일까요? 최근에 은화가 발 빠르게 움직이는 것 같던데요.”

“상대는 천하의 강필수 아닌가. 그는 못할 일이 없지.”

“강 행장님이 그렇게까지 은화의 성도훈 행장님을 몰아붙여야 할 이유가 있습니까? 굳이 따진다면 정 회장님, 성 회장님도 돌아가셨잖습니까?”

“인간의 기억이란 말이야, 세월이 가면 잊혀지는 일도 있지만 세월이 지날수록 더 뇌리에 박히는 일이 있다네.”

백 회장은 이제 완전히 자신의 모드를 찾았다. 끊임없이 무엇인가 꾸미는 그의 눈빛은 항상 부옇게 흐려 보였다. 상우는 잠자코 듣기만 했다.

“강 행장의 작전, 듣고 보니 거대하더구먼. 은화를 잡기 위해 3각 편대를 준비한다는 거야. 동우의 이호성 회장, 국제 그리고 한민의 여석태 회장을 파트너로 삼겠다는 거야.”

“은화를 삼키기 위해서요?”

“그만큼 강 회장에게 은화의 성 행장은 필생의 타도 대상이라는 거지.”

백성태의 목소리는 낮게 깔렸다. 음울함까지 배어 있었다.

"민석이까지 이 음모에 포함됩니까?"

"당연하지, 가장 중심이야. 강 행장은 필생의 사업에 모든 것을 걸었어."

"민석이는 안 됩니다."

상우는 힘이 불쑥 솟는 것을 느꼈다. 고등학교 때 민석이가 일진회 아이들에게 당할 때 구해주기 위해 달려가던 때와 똑같았다. 그때도 솟구치는 피를 느꼈었다

"강민석이 왜 들어온 줄 아나?"

어느새 백성태는 본연의 자세로 돌아와 있었다. 처음 방에 들어왔을 때의 허무함과 공허함은 어디에서도 찾을 수 없었다. 번득이는 차가움과 냉혈만 있었다.

"성 행장 몰락과 함께 강민석의 후계자 옹립이야. 그래야 강 행장 필생의 사업이 마무리되지."

"후, 후계자라니요? 그럼 강민철은?"

"돌아가신 정 회장님과 강 행장 사이가 갈라진 결정적 원인이 무엇인지 아나? 바로 강민석의 후계자 문제 때문이었네."

"그것은 저도 어렴풋이 알고는 있습니다."

"알고 있다는 사람이 왜 그런 언사를 쓰누?"

"당시와는 모든 것이 다릅니다. 정 회장, 성 회장님 모두 이 세상 사람이 아닙니다. 거기에 민철 형이 있는데."

"그게 이 일하고 무슨 상관이야."

“저에게는 말씀해주셔도 되지 않습니까?”

“뭘?”

“강 행장님과 민철 형의 관계, 두 분 사이에 무슨 일이 있습니까?”

상우는 마침내 뇌관을 건드렸다. 상우로서는 도저히 이해할 수 없는 일이었다. 물론 민석이가 성진의 후계자가 되는 것은 좋다. 하지만 이러한 무리수까지 둘 필요가 있을까.

“나도 자세한 것은 모르네. 그리고 너무 많이 알려고 하지 말게. 우린 그냥 맡겨진 일만 하면 돼.”

“민석이와 혜진이 일은 건들지 마십시오.”

“아직도 내 말을 이해하지 못하는군. 총연출 지휘는 강 행장이야, 지금은 그 누구도 그의 시도를 막을 수 없어.”

3.

같은 시각 서림호텔 스카이라운지
강민석과 김준수

　민석은 조금 후 만날 김준수를 잠깐 생각했다. 사실 그와는 같은 고교를 다녔지만 그렇게 큰 교유는 없었다. 같은 우등생이었으나 민석은 그와는 달랐다. 그에게는 상우라는 걸출한 싸움꾼 친구가 있어 또 다른 세계를 즐길 수 있었다. 덕분에 민석은 상우로부터 브라질리언 하이킥이니 정권 부수기니 등 싸움의 기술을 상당 부분 전수받았다. 하지만 준수는 글자 그대로 우등생이었다. 국회의원 아버지 덕인지 준수 곁에는 항상 경호원이 따라 붙었고 학교가 파하자마자 곧 친구들의 시야에서 사라졌다. 학원, 사설강습 등에 쫓겨 다녔기 때문이었다. 그에게는 친구가 없었다.
　그는 '이기적'의 대명사였다. 자신 외의 것에는 어떤 것도 거들떠보지 않았다. 심지어 청소 구역도 맡지 않았다. 담임선생님이 종례시간에 호되게 나무랐지만 벌을 받은 사람은 준수가 아니라 선생님이었다. 그 선생님은 한 달 후 다른 학교로 전근을 가셨다. 그 이후 준수를 나무라는 선생님은 아무도 없었다. 대신, 학교 성적만은 타의 추종을 불허했다. 녀석은 고등학교 때도 월반을 했다. 아주 희귀한 경우였다. 그래서 민석보다 한 살 어리지만 졸업은 같이 했다. 그 후 그의 엘리트 코스는 탄탄대로였다.

아버지는 준수의 이러한 모든 것에 흡족해 했다. 앞으로 성진 왕국을 구축하는데 조금도 손색없는 대상이라는 생각 때문이었다. 오늘 만나는 것도 아버지의 압력 때문이기도 했다. 합병에 대한 상의라고 했지만 기실은 앞으로 가족이 될 준수와 미리 친해두라는 의미였다. 민석은 내키지 않았으나 만나보고는 싶었다.

그때 준수가 들어왔다. 신경질적이고 주위를 무시하는 태도는 예나 지금이나 별반 다르지 않았다. 그를 발견한 준수가 다가왔다. 별 표정이 없는 모습이었다.

"강민석에게 우수은행, 아니 한국 금융계는 너무 좁은 게 아닌가."

"그렇지 않아. 너무 황당하게 넓어."

그는 앉자마자 본론으로 들어갔다.

"행장님에게 들었다. 은행 합병에 네 역할이 크다고 하더라. 넌 어떻게 할 작정이야?"

"지방은행 한두 곳을 생각하고 있어."

"지방은행?"

준수는 놀랐지만 강민석은 침착하게 고개를 끄덕였다.

"행장님 뜻과는 전혀 반대구나."

준수는 강 행장으로부터 은화은행에 대한 관심과 합병 의도를 들었기 때문에 의아했다. 그러나 민석은 차분하게 답했다.

"물론 1차 합병 시도야. 지금 우수은행 체질로는 웬만한 은행을 취하기에는 상황이 좋지 않은 것을 알잖아."

"체한다 이거지? 틀린 이야기는 아냐."

"내가 생각하는 우수은행 1차 합병안은 우선 전국 규모의 점포 확대야. 우수은행은 전국적인 점포 확산이 너무 취약해."

민석은 차분하게 설명했다.

"그래서 이번 매물시장에 나온 호남의 광도은행과 영남의 경은은행을 일차 티켓으로 삼고 있어. 우수로서는 가장 합당한 방법이라고 생각해. 특히 지방의 경우 점포가 겹치는 곳이 거의 없지. 우수는 두 지역의 점포 상황이 취약해."

"그 다음에는?"

준수는 아무래도 어렵겠다는 생각이 먼저 들었다. 아들이지만 아직 아버지의 뜻을 정확히 읽지 못하고 있었다. 아니면 알고 있으면서도 자신의 주장을 내세우는 건가?

"자네는 행장님의 합병 의지를 정확히 알고 있나?"

준수는 아들보다 강 행장의 모든 것을 더 잘 알고 있다는 것을 은연중에 비친 말이었다. 민석은 빙긋 웃으며 확고한 어투로 대답했다.

"나의 은행 합병 원칙은 기본에 충실하자는 거야. 모두들 일방적인 대형화로 나가다가는 결국은 대형 은행끼리 영업경쟁으로 무덤이 되고 말지. 한국의 은행은 한 상품이 나오면 곧이어 우후죽순처럼 나오더군. 차별화가 되지 않아, 수익원 창출에 굉장한 애로가 있지. 난 대형화보다 수익원을 찾는 조합을 은행 합병 기본 원칙으로 삼고 싶어."

준수는 민석의 말을 들으며 '아직 한국에는 익숙지 못한 유아기적' 생각이라고 여겼다.

"그게 가능하려면 얼마나 많은 세월이 흘러야 하는지 아나?"

"물론 시간이 소요될 거야. 하지만 합병은 이런 방향으로 가야 해."

미국에서 오래 갈고 닦았던 민석의 실력을 준수는 모르는 바 아니었으며, 민석의 말은 분명 맞다. 그러나 여기는 한국이다.

"재미있군. 후후후. 그러나 자네가 배우고 힘을 겨뤘던 곳은 미국이라는 선진 금융국이야, 그곳은 자네 이론이 가능해. 하지만 그게 이제 막 발아되는 한국에서 통용될 것 같은가?"

"누군가는 해야지, 언제까지 바라만 보고 있을 수는 없으니까. 특히 자네들이 주도하는 정부의 입장이 가장 중요해."

준수의 얼굴에 핏기가 가셨다. 준수는 자신이 정부를 대표한다는 생각을 늘 하고 있었다. 그래서 어설프게 정부를 비난하는 사람에게는 늘 칼같이 대했다. 정부를 두둔하는 것이 아니라 자존감을 건드리는 자에 대한 경고였다.

"정부가 주도하라고? 그게 되면 진즉에 했지. 한국의 행장들 헛 멋만 잔뜩 들었어. 1차 구조조정 후 정부의 입김이 먹히질 않아, 전부 대주주의 탓으로 돌린단 말일세."

"그게 왜 은행장들 탓인가, 솔직히 1차 합병 때는 정부의 무리수가 많았지. 때로는 정치논리로, 때로는 선거 인심으로, 경쟁의 원칙, 적자의 원칙이 실종된 합병이 많았잖아. 그래서 은행장들이 정부를 믿을 수 없다는 거지."

민석의 말에 준수는 심히 자존심이 상했다. 당연한 이야기였다. 그러나 불쾌함은 참을 수 없었다.

"누굴 훈계하나? 그렇게라도 했으니까 외국의 투자자들이 몰린 거야."

"그게 지금의 국제은행을 삼켜 원금회수는 물론 원금의 2배나 되는 5조의 막대한 이익을 남길 롬발트컨소시엄이나 으뜸은행을 먹어치우고 또 다른 해외투자자에게 되팔아 단기간에 1조가 넘는 수익을 올리고도 이중과세협정을 앞세워 세금 한 푼 내지 않고 빠져나간 뉴글로벌캐피털 같은 케이스 아닌가."

민석의 차분한 반격에 준수는 얼굴이 붉어졌다. 불쾌했고 치욕이었다. 거기에 더해 민석은 결심한 듯 직격탄을 날렸다.

"IMF 위기에서 벗어나자마자 정부가 한 일이 무엇이었나? 오직 공적자금 회수에만 모든 힘을 쏟았지. 그 틈새를 치고 들어온 것이 이들 사모펀드야. 물론 당시는 최선의 방법이라고 했겠지, 또 그들이 남긴 긍정적인 면도 있네만 다시는 이런 참담함은 없어야지."

"오랜만에 만난 친구에게 훈계나 듣는 게 대한민국 공무원 서기관이구먼. 자넨 정책 실행자들의 고민을 몰라."

"아, 그렇게 되었나? 이해하네."

민석은 조용히 고개를 숙였다.

"충고 하나 하지, 자네 이야기는 다 맞아. 하지만 자네 아버지가 무슨 생각으로 합병에 임하고 계시는지를 먼저 파악하게."

"알고는 있네."

민석의 표정은 어두워졌다.

"아는 사람이 그런 마음을 품고 있나? 한차례 태풍이 몰아치겠구먼."

걱정이 아니었다. 이죽거림이었다. 구경하겠다는 속내였다.

"그래서 자네의 지원을 받고 싶네. 아버지를 설득해주게."

"내가?"

준수는 눈을 번쩍 떴다. 무슨 소린가. 혹 떼려다 붙이려고? 어림없다. 그는 고개를 저었다.

"아버지의 은화은행 합병안은 자네도 알고 있을 걸세. 그게 가능할까? 아니 과연 올바른 합병일까? 난, 자네의 양심에 묻겠네."

민석의 진지함을 보고 준수는 이쯤에서 선을 그어야 한다는 생각을 했다. 어설픈 기대는 독약보다 쓰다. 또 추후 강 행장에게 생색과 함께 자신의 위치를 한층 공고히 할 수 있다. 그의 머리는 재빠르게 회전했다.

"그렇다면 날 잘못 찾아왔네, 이미 늦었어. 아버님의 은화 섬멸은 이미 종교 수준이야, 엄청난 파워를 가지고 여기에 집중하시고 있네. 이미 늦었어. 자네에게 힘이 되어주지 못해. 그게 나의 한계야"

민석도 준수에게 큰 기대는 하고 있지 않았다. 그의 마음을 읽고 화제를 돌렸다.

"참, 애란과의 일은 축하하네."

"애란인 아직 아이야."

'매사가 이런가?' 민석은 새삼 애란이가 준수에게 얼마나 끔찍한 알레르기를 가지고 있는가를 잠시 떠올렸다.

"어렸을 때부터 오빠들하고만 살아서 그래. 좀 선머슴 같은 덴 있지. 하지만 속내는 정말 깊네. 자네가 알지 못해 그래."

"그것은 그렇고, 민철 형 말이야."

준수가 이번에는 민철을 거론했다.

"민철 형?"

298

"도대체 아버님은 왜 민철 형에게는 관심이 없는 건가?"

"뭘? 난 자네 말의 의미를 모르겠네."

민석은 그렇게 대꾸하면서도 가슴이 아렸다.

"성진건설에 대한 루머가 좋지들 않아."

"건설경기가 전반적으로 좋지 않잖아. 형은 일어날 걸세."

그 정도로 마치고 싶었다. 그러나 준수는 집요했다. 아니 무엇인가 감을 잡았다는 걸까.

"진짜 아버님의 의도는 뭔가, 자넨가? 아니면 민철 형인가?"

4.

자동차 안

강민석과 성혜진

준수와의 피곤한 만남은 곧 민석을 지치게 했다. 쓰러지듯 차에 앉은 민석은 눈을 감았다. 무엇보다 그가 남긴 마지막 말, '자넨가, 민철 형인가'의 의미를 민석은 모르는 바 아니었다. 그 눈치 빠른 친구는 이미 뭔가 캐치했겠지. 그런 생각으로 핸드폰을 들었다. 조금 후에 혜진의 상큼한 목소리가 전파를 탄다.

"왜 전화해? 오빠 지금 바쁜 시간 아냐?"

"아빠 짐은 정리했어?"

아버지 묘소에서 만난 이후 민석의 일과는 혜진의 상태를 점검하는 일이었다.

"응, 의외로 많지 않아. 거의 정리되었어."

혜진의 목소리는 밝았다.

"성 행장님은 다녀가셨고?"

"응, 여긴 빨리 전세라도 내놓고 작은아빠 아파트로 들어오래."

"그렇게 하는 게 좋지 않아?"

"생각 중이야. 오래 살아서 쉽게 발이 떨어지지도 않고. 참, 오빠. 작은 아빠가 오빠 보고 뭐라 했는지 알아?"

　민석은 긴장되었다. 성 행장이 자신의 이야기를 했다는 것에 만감이 교차했다. "작은아빠가 그러는데, 오빠 괜찮은 사람 같대. 난 아니라고 했어. 참, 작은아빤 사람 그렇게 볼 줄 모르나? 오빠 진면목을 몰라 그래."

　혜진은 쫑알대다가 이어 깔깔 웃었다. 오랜만에 듣는 혜진의 깔깔거림이었다. 민석은 기뻤다. 나 때문에 혜진에게 계속 웃음이 나오는 일이 생겼으면 좋겠다. 그러면서도 민석은 무거운 표정이 되었다. '민철이는 성도훈의 자식이다' 라는 아버지의 말이 뇌리를 스쳤기 때문이다.

　"오빠, 내 말 들어? 이런 감격스런 말을 해도 감동도 안 받나?"

　"아냐, 감동 받았다."

　"됐네."

　혜진의 쾌활함이 민석의 가슴에 요동쳐 왔다.

5.

그날 밤, 근교 고급 요정
강필수와 동우금융 회장 이호성

　동우금융지주 이호성 회장은 약속장소에 먼저 도착했다. 강필수 행장과
의 회동을 위함이었다. 이호성 회장은 금융계의 큰 마당발이며 연배도 필
수보다 위다. 명문 사립대 출신으로 행원부터 시작해 은행장에 이르고 금
융지주 회장에까지 이른 입지전적 인물이다. 이런 이호성 회장이 강필수
의 회동에 대한 감사와 예의를 지키기 위해 20여 분 먼저 도착했다.

　이 회장은 제2차 금융조정 시 만신창이가 된 은행 몇 개를 묶은 동우금
융지주를 이어 받아 오늘의 리딩뱅크 반열로 올려놓은 경영의 귀재이기
도 하다. 문제는 동우의 민영화였다. 정부로서도 대규모 공적자금이 투입
된 동우의 민영화는 사실 시급했다. 그러나 경영 정상화가 된 이후에도
동우의 민영화는 지지부진이었다. 웬만한 국내 은행은 참여하기를 꺼렸
다. 공적자금 회수가 워낙 큰 문제라 쉽게 달려들려 하지 않았다. 사실 그
동안 1,2차 합병을 통해 덩치를 불린 국내의 은행들은 이제 안정화를 기
해야 하는 시점이었다.

　워낙 큰 덩치를 무리하게 합병했다가는 물린다는 계산 때문이었다. 그
런 차에 은화은행이 동우의 민영화에 참여한다는 방침을 전해왔다. 동우

는 물론 정부로서도 반가운 일이었다. 전임 행장 때의 일이었다. 정부로서는 은화의 민영화 참여에 많은 편의를 제공했다. 일반투자자들도 있었지만 공적 은행이 참여해야 신빙성이 있고 흥행이 되기 때문이었다.

동우의 민영화는 이호성 회장의 필생의 소명이었다. 그런 차에 은화가 갑자기 꼬리를 내렸다. 성도훈 부임 후 은화는 국제은행 매입으로 뱃머리를 돌렸다. 아직도 만만치 않은 세력으로 상존하고 있는 은화 내부의 동우 민영화 참여파와 끊임없이 접촉했으나 여의치 않았다. 그들은 2인자 양만길 전무를 위시한 패밀리들이었다.

그들 역시 행장의 확고한 뜻이라면서 참여 의사를 거두어 버렸다. 그때 뜻밖의 호소식이 왔다. 강필수 행장이었다. 이호성도 강필수에 대해서는 잘 알고 있다. 초 글로벌그룹 성진을 일구어온 그의 화려한 성장사를 익히 알고 있었다. 그런 그가 우수은행장으로 부임한다는 것부터 이호성의 비상한 관심을 끌었다. 무엇인가 있다는 생각 때문이었다. 그런데 강필수로부터 합병에 대한 이야기를 나누고 싶다며 연락을 해왔다. 이호성이 마다할 이유가 없었다. 그때 강필수가 문을 열고 들어섰다. 그는 미안해하는 표정이었다.

"죄송합니다. 도착해 계신 줄도 모르고 이런 결례를 저질렀습니다."

강필수는 진심으로 머리를 조아렸다.

"천하의 강 회장님이 만나자 하시니, 이런 영광이 있습니까."

이호성은 호탕하게 웃었다. 가까이 본 이 회장은 생각보다 단단해 보였다. 조그마한 체구는 강필수의 훤칠한 키와 비교가 되었다. 그러나 형형히 눈빛이 빛났다. 단단한 쉿소리도 그가 얼마나 험한 길을 이겨냈는지를 말해주는 녹록치 않은 관록이었다. 두 사람은 악수를 나눈 뒤 자리에 앉았다.

강필수는 금융계 인사들이 얼마나 치밀하고 대단한 인사들인가를 점차 느껴가고 있었다. 기업인들과는 또 다른 특유의 정서가 있었다. 은행의 부장이면 산전수전 다 겪은 백전노장들이었다. 이들의 관록은 소문대로 만만치 않았다. 자신 앞에 앉아 있는 이 회장도 행원부터 시작해 회장까지 오른 인물이다. 조심해야 한다.

"공적자금 투하로 멸망 직전의 동우를 오늘의 리딩뱅크로 만드신 행장님 아니십니까, 한 수 배우고자 뵙자고 했습니다."

"하하. 저야 평생을 은행이라는 좁은 무대에서 뛴 사람입니다. 산전수전 겪으며 재계를 흔드신 강 회장님과 비견하겠습니까. 제가 배우러 왔습니다."

첫 판부터 만만치 않은 판세였다.

6.
같은 시각, 성진건설 사장실
강민석과 강민철

　늦은 밤이었지만 민석은 은행으로 돌아가고자 했다. 방금 전 준수와 나
눈 이야기도 나름대로 정리하고 싶었다. 남대문 쪽으로 꺾어지자 성진건
설 본사 건물이 보였다. 아직 불이 켜져 있는 곳이 많았다. 민석은 잠시 생
각에 잠겼다. 10년 전 생모의 죽음에 성 회장이 연루되었다는 말을 듣고
이곳을 찾은 적이 있다. 그러나 아픔과 서러움만 겪고 돌아섰다. 정 회장
과 성 회장은 어머니의 죽음에 대한 민석의 아픔 따위는 아랑곳하지 않았
다. 조롱까지 했다. 분을 참지 못하는 민석에게 외할아버지는 따귀까지
안겼다. 그때 민석은 두 사람을 절대 용서하지 않기로 마음먹었다. 그러
나 이제 두 분 다 세상 사람이 아니었다. 민석은 착잡해졌다
　"성진건설로 갑시다."
　차에서 내린 민석은 7층 사무실로 무조건 올라갔다.
　"선약이 있었나요?"
　깨끗한 미모의 여비서가 물었다. 순간 민석은 그 여비서에게서 30년 전
의 어머니를 떠올렸다. 어머니도 이곳에서 비서로서 아버지를 만났고 나
를 낳았다. 그런 생각에 잠겨 있는데 비서가 의아한 눈빛으로 보았다.

"아, 동생입니다. 강민석이라고."

비서가 인터폰을 하자 문이 벌컥 열렸다. 민철 형이 반가움과 의아함을 담고 놀란 눈으로 나타났다.

"네가 여길 어떻게? 들어와라."

사장실로 들어선 민석은 주위를 돌아보았다. 무엇인가 스산했다.

"사무실 좋네."

민석은 일부러 마음에도 없는 말을 하며 소파에 앉았다.

"좋긴? 그나저나 같은 서울에 있어도 만나기가 이렇게 어렵구나."

"미안해, 형."

"그래, 그런 것은 미안해도 좋다. 그런데 합병이 복잡해질 것 같더라."

성진건설 사태가 코앞에 있을 텐데도 민철은 동생부터 걱정했다.

"만만치 않아. 한국의 현실이라는 게 있잖아. 그런데 형은 어때?"

"전반적 건설경기 부진이지. 우린 덩치가 크잖냐. 그래서 더 시간이 걸 릴 뿐이야."

"아버지가 성진건설 지급보증을 해주셨던데? 좋아지지 않을까."

"곧 프랑스 법인에서 대출 소식이 올 것 같아."

"프랑스은행에서? 형네 회사는 프랑스에 아무런 담보도 없잖아. 국내 신용도 어려운데."

"재미없는 이야긴 그만하자. 여하튼 좋은 소식이 오면 알려주마."

민철은 정말 동생에게 회사의 어려움을 말하고 싶지 않은 것 같았다. 순 간 아버지에게서 들은 형에 대한 이야기를 해야 하지 않을까 하는 생각이 들었다. 하지만 그것을 알 리 없는 형은 계속 자신에 대한 걱정이다.

"모든 것을 아버지 뜻대로 해. 내 말은 네 앞길에 내가 장애가 되어서는 안 된다는 거야."

"그런 말, 그렇게 쉽게 하지 마."

민석의 등에는 차가운 땀이 배었다. 왜 형이 이런 말을 하지?

"난 그동안 할아버지로부터 충분히 누리고 살아왔잖냐. 너에게 항상 미안했어."

민석의 마음은 답답했다. '왜 형이 미안해?' 고함을 치고 싶었다. 아무것도 모르는 형에게 지금 자신은 얼마나 잔인한 짓을 하고 있는가 하는 죄책감 때문이었다.

"하지만 할아버지에게 연민이 생겼어. 자신의 핏줄에 대한 광적인 집념, 그 아무것도 아닌 것으로 할아버진 모든 것을 잃었어. 자식 같은 아버지에게 배반을 당했고, 마지막까지 화해를 거부하고 가셨잖냐."

"그 핏줄에 얽힌 광란이 지금도 계속되고 있다면."

민석은 우울하게 답했다. '그 가장 중심에 형과 어머니가 있어.' 이 말을 해야 하지만 할 수 없었다. 민석의 마음은 까맣게 타들어갔다.

"그렇게 이야기하지 마. 광란이라니 말도 안 된다. 모두 가셨잖니."

'형 그게 아니야.' 민석의 가슴은 무너져갔다.

7.

고급 요정

강필수와 동우금융 회장 이호성

강필수는 시간이 갈수록 이호성이라는 사나이에게 빠져 들었다. 술은 몇 순배가 돌았다. 자기관리에 철저한 강필수는 절대 과음을 하거나 탐닉하지 않았다. 이는 강필수의 평생의 원칙이었다. 술이란 강필수에게는 수단이지 절대 목적이 아니었다. 그러나 오늘은 달랐다. 벌써 잔이 6번이 오갔다. 그만큼 이호성은 화통했다. 평생을 은행에서 보낸 사람이라고 하기에는 이해하기 힘든 모습이었다.

그는 순수했고 담백했다. 마음에 담아두는 것이 별반 없었다. 자신의 마음을 숨기지 않았으며 상대에게 신뢰를 주었다. '그것이 이 사나이의 큰 장점이구나. 그래서 행원에서 회장까지 올랐구나.' 그런 생각을 하면서 필수는 점차 마음을 열고 있었다. 그는 자나 깨나 동우 민영화였다. 자신의 일에 전력투구하는 사람. 강필수는 이런 사나이가 좋다. 자신도 그러했기에.

"동우금융의 민영화가 빠를수록 국익에도 유리합니다."

이호성의 목소리는 술이 들어가자 우렁우렁하기까지 했다.

"역시 듣던 대로군요, 이 회장님의 열정과 투지는 저 같은 후배들이 많이 배의야 합니다."

"핫핫핫. 과찬입니다. 전 비록 강 회장님 같은 서울대는 아니지만 명문 사립대 법대를 나와 행원으로 들어와 동우은행 상무와 동우증권 사장을 지냈습니다. 뼈까지 동우은행 물이 든 놈입니다."

"그러니 동우은행에 대한 자부심이 얼마나 크시겠습니까."

"맞습니다, 전 은행의 발전에 모두를 바쳤습니다. 오늘 세계적 기업으로 성장한 대성전자가 반도체사업에 투자할 때나 한국철강이 철강공장을 세울 때 담보가 없다고 모든 은행이 대출을 거부했지만 동우는 대출을 해주었습니다. 이런 은행이 외환위기로 잠시 정부의 소유로 돌아갔지만 원래 우리의 자리를 찾아 정상화하자는 것입니다."

이 회장의 말에는 자부심과 열정이 묻어났다.

"전적으로 동의합니다."

"전 동우 회장으로 취임 시 민영화를 첫 과제로 내세우고 그동안 꾸준히 노력해 왔습니다. 2차 글로벌 금융위기 때도 아무도 동우 민영화에 관심도 안 갖더군요. 거의 매일 정부, 국회, 청와대까지 찾아다니며 민영화를 호소해왔습니다."

이호성은 감정이 격해졌는지 눈시울까지 붉혔다.

"그 이야기는 저도 들었습니다. 공적자금 투입 후 11년이나 꿈적 않던 동우 민영화에 정부가 시동을 건 것도 다 이 회장님의 열정과 노력에 의한 것이라고 하더군요. 그래서 오늘의 민영화가 임박해 있지 않습니까."

필수는 진심으로 말했다.

"부족한 저가 그룹 회장을 마다하고 은행장으로 뛰어든 것도 이 회장님

같은 탁월한 열정을 지닌 선배들이 계시기 때문입니다.”

“저도 평소 존경하던 강 회장님을 직접 대면하니 감회가 새롭군요.”

두 사나이는 화통하게 잔을 부딪쳤다. 그러나 길은 달랐다. 이호성의 열정은 진심이었지만 강필수의 열정은 달랐다. 그의 목표는 은화였다. 은화를 죽이기 위해 그는 이호성의 열정을 이용하고 있었다.

“구체적으로 회장님께서 안고 있는 걱정이 무엇인지요, 이 아우도 좀 들어두면 좋은 경험이 될 것 같습니다.”

강필수는 스스로를 아우로 낮추었다. 가까이 가자는 의도였다.

“지금 입질을 하면서 인수의향서를 제출하려는 기관을 보면 정부 지분 전체인 57%를 인수하겠다는 투자자가 없소. 투자처는 많이 나서지만 말이요.”

이호성은 고민을 진지하게 강필수에게 털어놓았다.

“하지만 우리사주조합을 근간으로 한 동우사랑컨소시엄이 있다고 들었습니다만.”

“그렇소, 동우사랑이나 동우은행과 거래하는 중소기업 모임인 동우비즈니스클럽컨소시엄이나 한국철강이나 KG 같은 대기업 컨소시엄도 있습니다. 하지만 모두 말만 무성합니다. 지지부진합니다.”

“결정적 흥행 요소가 빠졌군요? 그 흥행의 결정적 요소가 바로 은화은행의 참여 아니었습니까?”

필수의 눈이 반짝했다.

“바로 보았소.”

이호성의 답변은 직선적이었고 단답형이었다.

"사실 난 주주컨소시엄을 구성해 동우금융의 독자적 민영화를 꿈꿔왔
소이다. 그런 면에서 은화는 사실 껄끄러운 상대였지요."

이 회장은 그렇게 말하면서 또 잔을 건넸다. 두주불사였다. 필수는 이제
과하다는 생각이 들었으나 사양하지 않았다.

"그런데도 회장님이 걱정하시는 것은 은화가 빠짐으로 경쟁구도가 허
약해지고 민영화 일정에 차질이 생길지도 모른다는 것 아닌가요?"

"핫핫핫. 정말 내 마음을 유리알 같이 보고 있었구려."

마침내 강필수는 주사위를 던질 순서가 왔다고 생각했다.

"내친 김에 그 유리알을 현실로 바꿔드릴까요?"

"은화를 다시 경쟁구도에 끼워 넣을 수 있다는 겁니까?"

이호성의 눈이 번뜩였다. 여태까지의 풀어진 표정은 간 곳이 없었다. 평
원에서 먹이를 노리는 맹수의 눈빛이다.

"그 일을 강 행장님께서 해주시겠다는 겁니까? 왜죠?"

"바로 이 회장님의 뜨거운 동우금융 사랑 때문입니다."

'과연 이것이 옳은 답일까' 하는 것은 필수가 생각할 몫이 아니었다. 몇
시간을 그와 보내면서 이것보다 좋은 답이 떠오르지 않았다. 과연 이호성
의 눈빛은 예전으로 다시 돌아갔다. 순수한 열정으로 휩싸였다.

"그것은 맞소이다. 동우금융 사랑도 있지만 국가적 차원에서도 동우가
하루빨리 민영화가 되면 공적자금 회수를 극대화해 국익에 도움이 됩니
다. 12조 8,000억 원의 공적자금에 대한 이자와 상환비용이 매년 3,000억
에서 5,000억이니 민영화를 늦출수록 쓸데없는 비용만 들어가지요."

"저는 비록 늦게 뛰어들었지만 금융계나 인생의 후배로서 선배님의 깊

은 열정과 은행 사랑에 깊은 감동을 받았습니다.”

“강 행장, 정말 나를 사심 없이 도와줄 수 있겠소?”

“도와 드리겠습니다. 동우의 성공적 민영화를 위해 은화의 국제은행 매입을 막고 은화가 이 홍행에 뛰어들 조건을 만들어 보겠습니다.”

그 조건이란 바로 김성철 의원의 지원을 받는 것이다. 유수한 공기업 및 대기업의 동우 민영화 참여 독려를 요청할 계획이었다. 그렇게 되면 아직도 은화 내에 잔존하고 있는 동우 합병파에게 힘을 실어줄 수 있다. 그들이 본격적으로 전면에 나서면 국제를 향한 도훈의 항로는 큰 좌초에 직면하게 된다.

여기에 더해 은화와의 합병을 적극 반대하는 국제의 강력한 반발을 조성한다. 즉, 국제 대주주 롬발트에 대한 성급한 협상과 은화의 매각대금에 대한 의혹을 충분히 활용할 예정이다. 이것으로 은화 내의 강력한 동우 합병파는 국제은행의 은화 합병 반대 여론에 더 큰 힘을 얻게 된다. 동우의 이 회장도 적극 은화의 참여를 요구케 한다. 은화가 동우파와 국제파로 혼란에 빠질 때 강필수는 성진건설의 간사은행으로서 은화에게 결정적 타격을 준다. 바로 성진건설 부도다. 그것으로 은화는 결정적 타격을 받게 된다. 그때 우수는 은화를 삼킨다.

그렇다면 동우는? 필수의 계략에 동우의 역할은 은화가 국제로 가지 못하게 하는 강력한 흡인력일 뿐이다. 그것만 이용하고 나면 동우의 앞길은 한민금융에 맡길 것이다. 부실로 떨어진 은화보다는 제1금융인 한민과의 합병이 낫다고 설득한다.

이 모든 것이 성도훈의 몰락을 위해 조여가는 전략이다. 그렇게 되면 엄청난 후폭풍이 불 것이다. 도훈은 결국 국제은행 매입에 실패하고 연이은 동우금융 참여에도 실패한다. 결국 성도훈은 낙마한다.

이 과정에서 동우는 배신을 느낄 수도 있다. 개인적으로 이호성 회장의 인격은 존중하나 이것 역시 강필수의 성도훈에 대한 복수의 일념 앞에서는 미미한 잔풍일 뿐이다. 그러나 이호성은 진심으로 필수의 손을 잡았다. 그 손의 열기는 뜨거웠다.

"고맙소, 강 행장. 이 늙은이 마지막 꿈이요, 도와주시오."

8.

다음날 밤. 호텔 레스토랑

혜진과 민석

민석은 오랜만에 혜진을 만났다. 그동안 또 일주일이 훌쩍 지났다. 불시에 아버지를 잃은 혜진에게는 분명 짧은 시간이 아니었을 것이다.

이 여자를 보면 민석은 항상 좋다. 어린 시절부터. 그냥 편안하고 푸근했다. 초등학교 때는 마치 엄마나 된 듯 잔소리를 해댔다. 중학교 때는 아예 자신이 민석의 애인이라고 동네방네 떠들고 다녔다. 그런데 이상한 것은 민석의 마음이었다. 그것이 싫지 않았다. 물론 '네가 뭔데 까부냐' 하며 핀잔을 주고 따졌고 결국에는 자신이 진다. 그렇지만 기분이 나쁘지 않다.

그리고 십수 년 떨어져 있다가 다시 만난 이 여자에게 민석은 조금의 서먹한 감정도 느껴지지 않았다. 오랜 시간은 아무 의미가 없었다. 말투나 행동 하나하나 버릇까지도 하나도 변하지 않고 가지고 있었다. 마치 민석에게 추억을 기억하게 하는 화석 같은 여인이었다. 아버지를 불시에 잃은 슬픔에 빠졌지만 곧 돌아왔다. 민석에게 어떤 아픔도 보이지 않으려 했다. 슬픔이야 왜 없겠는가마는 가급적 민석에게는 보이려 하지 않았다.

"정말 아무렇지도 않니?"

"어쩜, 선영 언니하고 똑같은 질문을 하냐?"

혜진은 씩씩했다. 민석은 다행이다 싶었다. 그래서 그는 혜진에게 칭찬 받을 일이 생각났다.

"어젯밤 민철 형 만났어, 오랜만에."

"잘했네, 무슨 이야기했어?"

역시 반색한다. 민석도 그것이 좋다. 자신이 좋아하는 대상을 좋아하는 것은 기분 좋다.

"아빠 이야기도 했어?"

조심스럽게 혜진이 묻는다.

"응. 난, 솔직히 그동안 할아버지와 아버지 그리고 성 회장님 모두를 이 해할 수 없었어."

"지금도 그래?"

"지금은 혼돈이야. 모두에겐 입장이라는 것이 있다는 것, 이게 내가 혼 돈을 일으키는 이유야, 선한 것도 악한 것도 모두 상대성이 있어."

"아빠를 이해한다는 거야?"

"이 세상에 계시지 않지 않니."

민석은 쓸쓸히 웃었다.

"나에겐 한없이 인자하고 좋으신 아빠였어. 그래도 아쉽긴 해, 아빠가 오빠와 화해하고 가셨으면 얼마나 좋았을까 하고 말이야."

"넌, 왜 그렇게 나한텐 관대해? 나를 좀 미워해도 괜찮아."

"오빠 엄마에게 오빠 지켜준다고 약속했잖아, 미워도 참아야지."

"하여튼, 너라는 애는."

민석은 기가 막혔으나 그 말이 좋았다.

"그럼, 그 약속을 깨?"

장난기가 또 발동하는가 보다. 깔깔거린다. 천진하다고 할까. 민석은 이 여자가 더욱 사랑스럽다.

"요즘은 네가 내 옆 어디엔가 있다는 것을 생각하면 참 좋아."

"어머? 난 옛날부터 그랬는데? 오빠, 이제 겨우야?"

"그땐 내가 몰랐었지. 너를 사랑하는 건지, 그냥 좋아하는 건지."

"지금은?"

"사랑한다!"

"난 사랑이 아니야."

혜진은 조용했으나 단호했다. 민석은 무슨 소린가 싶었다.

"난 사랑보다 더 큰 거야. 좋고 나쁜 것에 좌우되지 않는 말이야."

혜진의 목소리는 잔잔했다. 항상 이랬다. 소녀같이 보이다가 마치 바다처럼 깊을 때가 있다. 혜진이가 말하는 사랑보다 더 크다는 그것은 뭘까, 민석은 생각했다.

"난 너에게 빚만 진 것 같아."

"그럼 내가 뭐 악덕 채권자라는 거야, 뭐야!"

혜진은 버럭 소리를 질렀다. 말이 끝나기도 전에 민석은 혜진의 입술을 찾았다. 혜진은 거부하지 않았다. 민석은 깊게 혜진의 입술을 탐했다.

9

다음날 새벽 혜진의 집
성혜집

창으로 뿌연 하늘이 밝아오고 있었다. 혜진은 책상 앞에 앉아 머리를 그러쥐었다. 어젯밤 민석과 헤어져 돌아와 이제까지 한숨도 자지 못했다. 상상도 할 수 없는 일이 벌어졌기 때문이다. 제발 꿈이기를 바랐다. 그러나 꿈은 아니었다. 아빠의 죽음이 현실이었듯이 이 일도 현실이었다. 어젯밤 민석과 헤어진 후 집으로 들어온 혜진은 아주머니가 건네주는 봉투를 받았다.

"뭐예요?"

"아, 미안해. 회장님 장례식 때문에 전달을 못했네."

아줌마는 미안해하는 눈치였다.

"뭔데 그래요?"

봉투를 받아들었다. 받아드는 순간 혜진은 '악' 하는 소리와 함께 쓰러질 뻔했다.

"아, 아줌마, 도, 도대체 이 우편물은 언제 온 거예요?"

"글쎄, 일찍 왔지. 그러니까 회장님 장례식 전 같은데."

혜진은 파랗게 질렸다. 봉투 발신인에는 아빠 이름이 선명하게 박혀 있었다. 물론 수신인은 혜진이었다. 혜진은 부들부들 떨듯 우편물을 바라보았다.

"정말 미안해. 깜빡했지 뭐야. 그런데 어떻게 회장님에게 이런 소포가 와? 돌아가시기 전에 부치셨나?"

아줌마의 미안해하는 말에도 혜진은 정신이 없었다. 분명히 아빠의 서체였다. 혜진의 눈은 부옇게 흐려왔다 새삼 아빠에 대한 그리움이 밀려왔다. 그런 생각을 하며 혜진은 급히 우편물을 뜯었다. CD 하나가 뚝 떨어졌다. CD를 집어들고 우편물 내부를 살펴보니 하얀 봉투가 들어 있었다.

"아, 아빠."

눈물이 앞을 가리며 혜진은 편지를 뜯었다. 편지를 읽으며 얼굴은 백짓장처럼 창백해져 갔다. 놀라움과 두려움으로 벌벌 떨었다.

"혜진아… 네가 이 편지를 받을 때는 아빤 어떤 상황에 처할지도 모른다는 생각으로 일단 너에게 이 내용을 보낸다…. 이 내용은 강 행장이 그동안 정부의 주요 기관을 상대로 벌인 검은 거래 내역이다. 강 행장은 민철 대신 민석을 후계자로 삼으려 한다. 이것은 고인이 되신 정 회장님과 아빠가 평생 막으려 했던 일이었다. 이 자료의 내용은 돌아가신 정 회장께서 민철의 후계자 문제를 해결하기 위해 강 행장과의 거래를 위한 극비의 준비된 자료다…. 나는 곧 강 행장과 만난다. 하지만 사람 일은 어떻게 변할 줄 모르며, 강 행장이 무슨 술수를 쓸지 모른다는 생각이 불현듯 들어 이 내용을 너에게 전한 것이다. 아빠에게 불상사가 생기면 지체 없이 이 자료를 작은아빠에게 전달하여 함께 문제를 상의하여라…."

혜진은 현기증으로 소파에 쓰러졌다.

"아가씨!"

아줌마가 급히 부축했다. 그리고 2층 방으로 올라온 혜진은 밤새 잠을 이루지 못했다. 이런 일이 있을 수 있을까 하는 생각 때문이었다. 하얗게 날을 산 혜진의 눈에는 또 다시 눈물이 흘러 내렸다.

"아, 아빠, 왜 나에게 이렇게 무거운 짐을. 그럼, 민석 오빠 어떻게 되는 거야."

10.

우수은행 강민석 본부장 집무실
그의 팀원들

민석은 하루 빨리 은행 합병을 완성시키고 미국으로 건너가고 싶었다. 아버지의 곁을 떠나 혜진과 함께 하고 싶었다. 아버지는 은화와의 합병을 결코 포기하지 않을 것이다.

민석은 자신의 방안대로 밀고나가기로 했다. 그동안 팀원들은 민석의 지방은행 합병안을 마치 보물 다루듯 진행해 왔다. 이성걸은 과연 소문대로였다. 탁월한 기획력과 함께 엄청난 추진력을 갖추고 있었다. 그는 혼신을 다해 민석의 안을 다듬었다. 수차례 상대 은행들과 회동을 가지면서 막힌 것은 뚫고 무너진 곳은 길을 만들어 팀원들을 독려해 여기까지 왔다. 그렇게 2개의 지방은행 합병안은 거의 다듬어져 가고 있었다.

그것뿐만이 아니었다. 만나면 터지는 이성걸과 임경호의 걸쭉한 입담도 팀원들에게는 신선한 청량제였고 결속력을 한층 강화하는 촉매제였다. 이러한 팀원들이 민석은 자랑스러웠다. 신주열과 최영우의 분석력과 임경호의 풍부한 은행업무 지식은 이 팀을 강력하게 묶어가고 있었다.

어느 걸림돌도 두렵지 않았다. 아침마다 정례화된 회의와 이를 토대로 하루의 일과를 잡고 주 계획과 월별 계획을 추진해갔다. 민석의 미국에서

의 풍부한 M&A 경험은 훌륭한 자양분이 되었다. 오늘도 그렇게 토론이
시작되었다.

"대성경제연구소에서 오늘의 금융위기를 금융사들이 중개 기능을 경시
한 것과 리스크를 간과한 것으로 꼽았더군요, 저도 동감합니다."

민석이 화두를 던졌다.

"은행 스스로가 본래 은행이 가진 중개 기능 업무를 중시해야 하는데,
아직 저희들의 경우는 많이 부족하다고 봅니다."

이성걸이 고개를 끄덕였다.

"우리나라 은행의 경우는 금융 부문이 가계나 기업보다 훨씬 빠른 속도
로 부채와 자산을 확대했다고 말하더군요."

도쿄지점에서 온 신주열이 말했다.

"그것은 한국뿐 아니라 미국의 경우도 같습니다. 1981년 국내총생산
(GDP) 대비 금융자산 부채가 22%였는데 최근에는 117%까지 치솟았습니
다. 영국도 250%까지 치솟았는데 기업대출의 경우 20~30%에 머물면서
금융과 실물의 발전이 동반해 일어나지 않는다는 것을 보여준 겁니다."

민석은 미국에서 보았던 보고서를 기억해 말했다.

"그 말씀은 한국경제의 문제점 중 하나가 금융 부분의 급성장이 실물에
기반하지 않는다는 의미 아닙니까."

"맞아요, 그래서 금융은 중개 기능이 중요합니다. 기업과 사회의 이윤
을 위해 투자를 결정하는 것은 기업이고 금융산업은 이러한 실물경제의
투자 결정을 심사하고 지원해주는 고도의 2차적 기능을 해야 한다는 것
입니다. 여기에 맞는 고도의 고객분석, 대출심사 신용평가부터 철저히 해

야 한다는 것입니다.”

“바로 이 문제로 이 팀장님이 구 전무님과 한판 붙은 것 아닙니까.”

임경호가 이성걸을 지원했다.

“저 친구가 지점에서 또라이가 된 것도 지점장이 신용평가를 편의대로 지시했는데 못한다고 하다가.”

이성걸이 임경호를 비틀었다.

“표현 좀 고상하게 합시다. 또라이가 뭐요, 또라이가.”

모두 폭소가 터졌다. 민석은 즐거웠다. 이렇게 한마음의 사람들만 있으면 어떤 일도 못해내랴 싶었다.

“오늘 아침 미팅은 이것으로 끝내도록 하겠습니다. 저의 합병론에서 중요한 것은 우수의 체질을 바꾸어 경영관리 능력과 위기관리시스템을 갖추는 것입니다. 이를 위해서는 광도은행과 경은은행이 최적입니다. 최선의 준비를 해주십시오.”

“알겠습니다.”

우렁찬 대답과 함께 미팅이 끝났다. 민석은 오늘도 무엇인가 잘될 것 같았다. 팀원들이 나간 후 민석은 설레는 마음으로 혜진의 번호를 눌렀다. 그러나 받지 않았다.

“아직 자나?”

민석은 갸웃하면서 핸드폰의 폴더를 닫았다.

11

병원

성혜진, 백선영, 최상우

"너무 심한 스트레슨데…절대적인 안정이 필요합니다. 지금은 절대 안정입니다."

파란 면도 자국을 가진 의사의 목소리에는 확신이 있었다. 선영은 정신없이 고개를 끄덕였다. 너무 당황해 안절부절못할 뿐 어떤 말도 나오지 않았다.

"사실은 얼마 전에 부친상을 당했거든요."

그런 선영을 보며 상우가 의사에게 침통하게 말했다.

"아이, 어떻게 해, 혜진아."

선영은 주르륵 눈물을 흘렸다. 평소의 강단 있는 모습이 아니었다. 상우는 선영의 어깨를 감싸 안았다.

"걱정하지 마. 아버지를 잃은 후유증일 거야."

"그때는 멀쩡했는데, 왜 이제 와서."

오늘 아침 혜진은 조금 늦게 패션숍에 나타났다. 얼굴이 말이 아니었다. 눈이 충혈돼 있었고 초점이 없었다. 걸음걸이도 이상했다. 흐느적거리듯 들어선 것이다. 화장도 하지 않은 채였다. 이마에서 땀이 계속 흐르고 있었다.

"혜진아, 너 왜 그래?"

"나? 아무렇지도 않은데."

그러나 혜진은 말을 맺지 못하고 핑그르르 한 바퀴 돌더니 바닥으로 쿵 쓰러졌다.

"어맛, 혜진아!"

직원들이 달려들어 황급히 차에 싣고 가장 가까운 병원으로 달려왔다.

병원에 실려 온 혜진은 여러 가지 조치를 했다.

"며칠 입원시키는 게 좋을 것 같습니다. 환자 심리 상태도 좀 살펴야 하니까요."

깨끗한 인상을 가진 젊은 의사는 그렇게 말하고 자리를 떴다.

"저 계집애, 내가 그랬잖아, 지금은 아빠 집에 들어가면 안 된다고. 그렇게 내가 같이 있자고 하니까 기어코 간다고 하더니만, 혼자서 얼마나 외로웠을까."

"그래, 혜진이 일단 회복 후에 다시 생각하자."

상우는 훌쩍이는 선영을 달랬다.

"퇴원하면 이제 나하고 있어야 해. 오피스텔 더 넓은 데로 갈 거야. 혜진이 쓸 방 하나 더 있는 곳으로."

훌쩍이던 선영이 작심한 듯 말했다.

상우는 감동했다. 쿨한 선영이지만 이렇게까지 혜진을 진심으로 생각하고 있는 줄은 몰랐기 때문이다.

"나도 엄마 없으니까 혜진이 마음 더 잘 알아. 그래도 난 엉터리지만 아빠라도 계시잖아."

선영의 말에 상우는 폭소를 터뜨렸다. 백 회장에 대한 딸의 비아냥은 너무 들었지만 이런 때 또 나온 것이 너무 우스웠다.

"하하하. 넌, 꼭 비유도 그렇게 하냐."

"오빠 이제 들어가. 민석 씨에겐 나중에 연락할게. 상태 좀 지켜본 후에."

"그게 좋겠다."

"참, 내 사무실에 들러줘, 혜진이 가방 내 책상에 두었거든. 챙겨다 줘, 핸드폰이나 필요한 것 있을지 모르니까. 난 여기 있을게. 올 때 혜진이 가방 챙기는 것 잊지 말고."

병원 문을 나서면서 상우는 어제까지 기분이 아주 좋아 보였던 혜진에게 무슨 일일까 의아했다. 그러나 이내 곧 장례식 후유증일 것이라 생각하며 차에 올랐다.

12.

그날 오후, 병원 밖

민석과 백선영

왜 이런 일이 일어났을까. 병원 밖에는 약간 더운 바람이 스쳤다. 그러나 민석의 마음에는 차가운 바람이 일었다. 너무 가슴이 아려왔다. 도저히 알 수 없는 혜진의 태도 때문이었다. 옆에 서 있는 선영도 민망해하고 있었다. 민석은 참담한 마음을 추스를 수 없었다. 혜진은 연락이 안 되었다. 무슨 일이 있나 싶어 선영에게 전화를 걸자 그녀는 잠시 망설였다.

"혜진이가 전화를 받지 않는데, 어디 갔습니까?"

"…사실은 병원에 입원해 있어요."

"뭐라고? 병원이요? 왜요?"

민석은 곧바로 병원으로 왔다. 먼저 만난 선영은 오히려 민석에게 조심스럽게 물었다.

"혹시, 어젯밤에 두 사람 아무 일도 없었어요?"

"아니요. 전혀."

그렇게 대답하고 다른 것을 물을 경황도 없었다. 먼저 혜진의 상황이 궁금했기 때문이다. 허겁지겁 선영과 함께 병실에 들어섰을 때 혜진은 여전히 잠을 자고 있었다. 두 사람이 한참을 내려다보다가 밖으로 나오려 할

대 혜진이 눈을 떴다. 민석은 너무 기뻐 손을 꼭 잡았다. 그러나 혜진은 잡은 손을 빼내더니 다시 눈을 감아 버렸다. 이상한 징조는 그때부터 나타났다. 찬바람이 일도록 고개를 돌려버렸다. 이상했다. 왜 웃지 않을까. 자신만 브면 웃어주던 혜진이 아니었는가. 돌려진 뺨 위로 눈물이 죽 흘러내렸다. '아빠 때문이구나.' 민석은 가슴이 저며왔다. 순간, 혜진이 다시 고개를 돌려왔다. 눈에는 아직 이슬이 남아 있었다.

"이제 너 혼자 둘 수 없어. 아니, 혼자 두지 않을 거야."

민석은 혜진의 눈물 젖은 눈을 보고 각오한 듯 말했다. 그러나 혜진은 쾡하게 허공만 보고 있었다. 민석의 이야기는 귀로 흘린 듯했다. 아무 생각 없이 허공만 응시했다.

"우리 결혼하자. 너와 난, 이제 함께 있어야 해."

순간 뒤에 서 있는 선영의 얼굴이 환하게 밝아졌다. 그러나 혜진의 얼굴은 아무 표정 없이 점점 창백해져갔다. 선영은 눈물까지 글썽거렸다.

"이런 감동에도 아무 표정이 없어? 계집애가, 정말 복에 겨웠구나? 왜, 병원에서 청혼 받았다고 김새서 그러니?"

선영은 감격한 나머지 혜진의 마른 뺨을 토닥거려주었다.

"무슨 말인지 알지? 더 이상 넌 혼자 있어서는 안 돼."

민석이 다시 그렇게 말했다. 그러자 혜진의 입에서는 쉰 듯한 말이 새어나왔다. 너무 지친 목소리였다.

"그만해, 그럴 순 없어."

그리고는 다시 눈을 감았다. 마치 민석과 단절이나 하려는 듯. 민석이나 선영 모두 지금 혜진이 하는 말이 무슨 뜻인지를 잠시 헤아렸다. '너무 갑작스런 구애여서일까.' 선영은 그렇게 생각했다. 그러나 분명한 것은 명백한 거부 의사였다는 것이다.

"혜, 혜진아."

민석은 당황했다. 사정없이 무너져가는 자신을 도저히 추스를 수 없었다. 혜진은 가쁜 숨을 들이쉬며 파랗게 변했다.

"진정해. 혜진아."

민석은 혜진을 안으려 했다. 그러나 놀라운 일이 일어났다.

"비켜. 난 아무렇지도 않아. 아니 그냥 그대로 둬. 제발."

버럭 소리를 지르며 민석을 거칠게 거부하는 혜진을 보고 선영 역시 놀랐다.

"혜진아, 너 왜 그래."

선영이 혜진을 안았다. 혜진은 안긴 채 가쁜 숨을 몰아쉬었다. 민석은 참담한 마음을 가눌 길이 없었다. 그러더니 혜진은 안긴 채 흐느끼기 시작했다. 선영은 민석을 돌아보며 잠깐 나가 있으면 좋겠다는 표시를 했다. 민석은 주춤주춤 병실을 물러 나왔다. 그 뒤로 혜진의 긴 흐느낌이 들려왔다. 민석은 후들거리는 다리로 서 있을 수 없었다. 겨우 벽을 지탱하고 섰다. '도대체 무슨 일일까?'

13

같은 시각, 백선영 사무실
최상우

최상우는 깊은 늪에 빠졌다. 그러나 이상하게도 그 늪을 몸부림치며 빠져나올 생각이 전혀 없었다. 하염없이 자신을 감아오는 뻘을 떨쳐버릴 생각도 없었다. 그냥 감겨오는 뻘에 맡기고만 있었다. 아무 생각도 나지 않았다. 얼마나 시간이 흘렀을까. 그는 많은 땀을 흘리고 있음을 알았다.

'이것 때문에 혜진이가 그랬구나.'

상우는 중얼거렸다. 조금 전에 보아서는 안 될 것을 봐버린 자신이 저주스러웠다.

'차라리 보지 말 것을.'

그는 말할 수 없는 후회가 몰려왔다. 선영의 부탁으로 혜진의 가방을 가지러 숍으로 갔다가 그는 가방 안에 들어 있는 이상한 봉투를 보았다. 아무 생각 없이 집어넣으려다 보낸 사람의 이름을 보는 순간 몸이 얼어붙었다. 죽은 성정훈 회장이 보낸 편지였다.

성정훈? 아니 돌아가신 분이 무슨 우편물을 보내셨지? 하는 생각에 상우는 봉투를 들었다. 거기에서 멈췄어야 했다. 하지만 상우는 자신도 모르게 끌리는 심정으로 봉투를 열었다. 봉투 안에는 CD가 있었고 또 하나 하얀 봉투가 손에 잡혔다. 순간, 상우는 짧은 순간이지만 봐야 하나 말아야 하나를 생각하다 조용히 봉투 속의 내용물을 펼쳤다. 읽어가면서 상우의 얼굴은 창백해지며 눈앞이 깜깜해졌다. 이마에 땀이 흐르며 몸이 휘청했다. 다 읽은 상우는 쓰러지듯 선영의 책상에 주저앉고 말았다.

그는 무엇을 쥐고 있는지도 몰랐다. 한참 만에 손에 들려 있는 편지와 CD를 벌레 보듯 책상 위에 던져버렸다.

"혜진이가 이것 때문이었구나. 그렇다면 이것을 꾸민 사람이 강 행장님과 백 회장님? 이, 이럴 수가, 이럴 수가."

그는 무서운 굉음을 듣고 있었다. 이 거대한 쓰나미가 어디로 향할지를 가늠할 수 없었다. 무서운 회오리가 덮치고 있었다. 이 엄청난 사태를 누가 해결할 수 있을 것인가. 무엇보다 민석과 혜진이 문제였다. 이 사실을 안 혜진은 어떻게 나올 것인가. 강 행장과 백 회장이라는 거대한 벽을 마주하고 싸울 것인가. 그렇게 된다면 둘은 어떻게 될 것인가. 성 행장의 몰락에 모든 것을 쏟고 있는 강 행장이 눈 하나 깜빡하겠는가. 성 회장은 섣부른 행동으로 명을 다하지 못했다. 이것이 혜진이라고 다를 것이 무엇이겠는가. 이 생각에 미치자 상우는 부르르 떨었다. 무엇보다 충격에 싸인 혜진을 어떻게 다듬을 수 있겠는가.

그런 수많은 생각의 회오리에 상우는 잠겨 있었다. 그러다가 문득 성 회장 장례식 때 아버지가 침통해하는 것을 떠올렸다. '넌, 이 아비가 상심한 것만 보이냐? 왜 그렇게 부질없는 것에 매달리는지. 아버지는 그렇게 절규하듯 말씀하셨다. 그렇다면 아버지는 어느 정도 이 사태를 짐작하고 계셨다는 말인가.

순간 또 하나의 정경이 떠올랐다. 심규식 부하들에 의해 끌려가던 한 사나이의 절규였다. 그는 상당히 취해 울며 외쳤다. '약속이 틀리잖아, 이 새끼들아. 혼만 내준다고 했잖아.'

마지각 장례식 때 오영일 기자가 했던 말이 생각났다. '좀 이상하지 않아? 갑자기 차가 고장을 일으키고 그 순간 거대한 트레일러가 덮쳤다?' 상우는 모골이 송연해졌다.

이미 상당한 사람들이 여기에 의혹을 가지고 있다. 거대한 해를 손바닥으로 가릴 수는 없다. 어떻게라도 이 사실은 알려질 것이다. 어떻게 될 것인가. 지금 강 행장이나 백 회장은 성도훈의 몰락을 위해서는 어떤 일도 눈 하나 깜박하지 않고 수행한다. 이러한 강 행장 앞에 민석이나 민철이 할 수 있는 일은 무엇일까. 여기에서 남은 것은 무엇인가. 모두에게 파국뿐이다. 상우는 눈을 들어 허공을 바라보았다. 아무 생각도 떠오르지 않았다.

14.

캐피탈호텔 1902호

강필수와 백성태

백성태는 갈수록 강필수의 그림자에 자신이 꼼짝도 할 수 없이 잡혀 있
다는 사실에 소스라치게 놀랐다. '이 사나이와 어떻게 여기까지 오게 되
었지?' 하는 생각 때문이었다. 그와 끈질긴 인연은 마침내 또 하나의 거대
한 잔치를 벌이게 했다. 바로 얼마 전의 성 회장 사건이 그것이었다. 목숨
은 물론 장래까지 담보를 잡혀야 저지를 수 있는 일이었다. 그러나 그는
주저 없이 이 일을 감당했다. 왜였을까?

성도훈이 국내로 컴백할 때까지만 해도 백성태는 일이 이 지경까지 가
지는 않으리라 생각했다. 왜냐하면 30년 전의 일이었기 때문이었다. 그는
세월의 위력을 믿는 사람이었다. 인간에게는 망각이라는 좋은 선물이 있
기 때문이다. 그러나 강필수가 도훈 형제 앞에 서면 망각은 사라지고 시
퍼렇게 살아나는 증오의 화신으로 변한다.

여기에는 백성태를 포함한 몇 사람만이 알고 있는 성도훈의 불구라는
열쇠가 있다. 그것을 밝히면 강필수가 민철에 대해 가지고 있는 모든 증
오는 금방 풀린다. 그러나 백성태는 그렇게 할 생각이 전혀 없었다. 그는
강필수라는 사나이가 무엇엔가 미쳐 있을 때가 좋았다. 서울대생 시절에

는 빨치산 아버지의 사슬을 풀기 위해 미쳐 있었다. 성진건설 시절에는
요숙에 미쳐 있었다. 아내에게 배신당했다고 생각하는 순간 그는 숙적 도
훈에 대한 복수로 미쳐 있었다. 그래서 자신의 길에 걸림돌이 되는 아버
지 같은 정 회장이나 형님같은 성 회장 모두 제거했다.

그럴 때 강필수라는 사나이는 생기가 돌며 파릇해진다. 소름 돋우는 파
란 기운이 뻗어 나온다. 백성태는 그것이 좋았다. 아니 즐겼다. 강필수에
게 도훈이 불구라는 사실이 알려지면 그는 삶의 큰 줄기를 놓쳐 버린다.
성도훈 한 사람에게 향하고 있는 무서운 증오의 고리가 풀리면 그는 한없
이 추락해 버릴지 모른다. 그가 성도훈 형제에게 가지고 있는 증오는 종
교였기 대문이다.

강필수가 광기와 증오를 잃고 무력해진다는 것은 백성태로서는 상상도
하기 싫다. 그는 무덤까지 강필수와 강민철의 관계를 가지고 갈 예정이었
다. 그래야 강필수는 증오로 지탱한다. 증오로 활활 자신을 태우는 강필
수. 그게 백성태는 좋았다. 방금도 강필수는 동우 이 회장과의 회동 이야
기에 몰두해 있었다.

"동우금융의 이 회장님과 그런 정도로 허심탄회하게 통했다면, 길조입
니다."

"그렇소, 아주 길조요."

"아직까지 모든 전선은 예상대로 나가는 것 아닙니까."

"그런 것 같구려."

강필수의 얼굴에는 만족감이 흘렀다.

"그러면 이제 넘으셔야죠."

백성태는 그런 만족감을 보며 동참하고 싶었다.

"해야죠, 이제 은화가 서서히 타격을 받을 대상에 포격을 시작할 것이요."

강필수의 그로테스크한 얼굴이 조명에 드러났다. 이거다. 이 표정이 백성태는 좋았다. 먹이를 노리는 맹수의 주도면밀한 움직임. 그의 표정 하나하나는 그것과 닮았다.

"성진건설이요, 포격 대상은."

강필수의 눈은 희번덕거리며 빛났다.

"기어이 실행하시렵니까?"

"은화를 잡기 위해선 방법이 없소."

둘 사이는 단답형으로 계속되었다.

"성진의 자구책을 보니까 만만치 않더군요."

백성태가 운을 떼운다.

"프랑스 은행에서 대출 말이요? 그것은 성진의 신용등급 상향을 전제로 한 거요. 그룹의 지원이 절대 필요하오."

강필수는 시니컬하게 웃었다. 오싹할 정도의 냉기가 배어 있었다.

"성진건설이 목숨같이 붙잡고 있는 프랑스 해외대출은 꿈이군요."

백성태는 고개를 끄덕였다. 그래도 예의상 물었다.

"강민철 사장은 어떻게 하시렵니까?"

"나도 모르오."

강필수는 냉정하고 차가웠다. 또 다시 오싹함이 흐른다. 이제 강민철의 운명은 그야말로 바람 앞의 촛불이다. 강필수가 훅, 불면 사라질 촛불 말이다.

"강 본부장은 이를 알고 있습니까?

백성태는 조심스럽게 물었다.

"해주었소. 그런데 그 아이는 애비의 생각을 알면서도 자신의 길을 갈려고 하오. 합병안이나, 제 형 일이나. 아직 이 애비를 잘 몰라요. 그게 걱정이요."

강필수의 표정이 잠시 어두워졌다.

15.

그날 밤, 명동 선술집
우수은행 구조본 일원과 오영일 기자

오영일은 우수은행 구조본과 무슨 인연이 있구나 생각했다. 기사 작성을 마치고 출출한 김에 명동 뒷골목 멸치국물 국수가 생각나 신문사를 나섰다. 문득 우수은행 이성걸 팀장이 자주 가는 막창구이집이 생각나 길을 꺾어 돌아섰다. 그런데 그곳에 일행이 있는 게 아닌가. 오영일은 너무 반가웠다. 그가 안으로 들어서자 맨 처음 그를 본 사람은 임경호였다.

"어? 오 기자님."

오 기자라는 말에 이성걸이 화들짝 놀라 고개를 돌렸다. 빙그레 웃는 품새가 심상치 않았다.

"하여튼 양반은 아닝게."

이성걸 팀장이 이죽거렸다.

"또 나 없는 사이에 먼 소리를 했다요? 내 얘기 했는갑소."

오영일도 맞대꾸를 하며 자리에 앉았다. 둘은 만나면 걸쭉한 고향사투리로 돌아간다.

"자주 뵙게 됩니다."

신주열 과장이 웃으며 잔을 건넸다.

336

"구조본이 무슨 국제화본부요? 뉴욕에 이어 일본에서까지 사람을 데려오고. 뭐 우수은행 인재 싹쓸이했나?"

"다는 아니여, 나하고 저 화상."

이성걸은 임경호를 가리켰다.

"어? 나는 빼세요."

임경호가 질겁을 한다.

"야, 이 좆만아, 너 혼자다. 너어."

이성걸은 소리를 버럭 질렀다. 일행은 와자하게 웃었다. 두 사람의 입담 싸움은 언제나 주위 사람들을 기분 좋게 한다. 오영일도 지지 않는다. 그는 지글지글 끓는 막창구이를 한 점 물었다. 싸한 소주와 함께 고소한 향내가 목젖을 타고 내려간다. 기분 좋은 끈적함이었다.

"천하의 강민석 본부장이 삼고초려하여 모신 분들 아닙니까. 어때요? 강 본부장? 아니, 이 팀장님은 후회는 없소?"

솔직히 영일은 아직 민석을 만나보지 못했다. 민철의 부탁도 있었으나 어쩐 일인지 서로 연락이 닿지 않았다. 그래서 민석에 대한 평이 더욱 궁금했다.

"저놈에게 물어보쇼."

이성걸이 임경호를 가리키자 기다렸다는 듯 입을 열었다.

"「불씨」의 요네자와 번주님. 황량한 번을 일약 번영시킨 명 지략가. 무엇보다 인재등용에 탁월함을 보였던 번주. 그게 바로 우리의 강민석 본부장입니다."

임경호는 줄줄 외웠다. 오영일은 씩 웃으며 강민석이라는 사람이 은행을 서서히 장악해 나가고 있음을 깨달았다. 이성걸이 옆에서 거들었다.

"강 본부장의 합병안은 아주 탁월하죠. 대형화보다 합병을 통한 수익 극대화. 지금 우수로서 취할 길을 가장 정확히 짚었습니다. 우수에게 가장 시급한 것은 지방점포 확댑니다. 2개의 지방은행을 잡으면 우수는 분명 새로운 길로 들어섭니다. 살 수 있습니다."

이성걸의 눈은 형형하게 빛났다. 그리고 사설이 길었다. 평소의 그답지 않았다. 늘 시니컬하고 세상을 비웃던 그 아니었는가. 그런데 표정이 진지해졌다. 참석한 이들은 모두 그의 말에 고개를 끄덕였다. 군주를 위해서는 목숨을 버리겠다는 비장함까지 있었다. 오영일은 속으로 혀를 내둘렀다. 역시 보통 사람은 아니었구나. 민석은 이미 이들의 마음에 확실히 자리 잡고 있다. 민철의 이야기가 맞았다. 동생에 대한 지극한 믿음. 그것을 영일은 현장에서 보았다.

"그게 잘 되었으면 좋겠소만."

"뭔 소리여?"

영일의 말에 성걸이 잔을 가져가려다가 묻는다.

"요즘 댁들 행장님 아주 바쁘십디다?"

영일은 다시 잔을 들이컸다. 최근 강 행장의 바쁜 행보가 오영일의 안테나에 잡혀 있었다. 강 행장은 동우 이호성 회장과 장시간 밀담을 나누었다. 그것도 아주 취해가면서. 그런 후 한민금융지주 여석태 회장 역시 상당한 시간을 할애해 회동했다. 모두가 지방은행 합병과는 전혀 무관한 발걸음이었다. 그런데도 구조본은 새까맣게 모르고 있는 것 같았다.

그러나 아직 발설하기에는 이르다. 뭔가 확실한 것을 잡아내야 했다. 분명한 것은 강민석이 생각하는 2개의 지방은행 합병안은 아니라는 것이었다. 강 행장과 강민석은 지금 겉돌고 있다. 그렇다면, 왜 아들을 불러들였을까.

"뭐여? 말을 했으면 끝을 내야제. 뭐 하고 안 닦은 사람같이, 뭐 허는 짓이여? 시방?"

이성걸은 이미 상당히 취해 있었다.

"그런 것 함부로 말허간디? 분명한 것은 토네이도가 분다는 거요. 강 행장님이라는 걸물이 몰고 온다는 거요."

영일은 오이에 된장을 듬뿍 발라 와삭 소리를 내며 씹으면서 말했다. 문득 생각이 떠올랐다. 얼마 전 만난 대학 선배인 은화은행 정성모 이사가 한 말이었다.

"아직도 은화에는 동우와의 합병 몽상을 가지고 있는 파들이 있네. 동우도 아직 은화의 참여에 미련을 버리지 못하고 있지. 그러나 성 행장님은 이를 단호히 거부했어. 은화가 취할 길은 국제은행이니까."

동시에 그는 성 행장이 국제와의 합병에 구 신성은행 출신들의 단합을 은근히 기대하고 있다는 말도 전했다. 그중 '동우가 아직도 은화의 참여에 미련을 버리지 못하고 있다'는 말이 빙빙 머리를 맴돌았다. 이런 상황에서 강 행장과 동우의 이호성 행장의 잦은 회동은 무슨 의미일까? 두 사람은 사석에서는 형님동생이라고 부른다거나 의형제를 맺었다는 루머도 솔솔찮게 흘러나오고 있었다.

왜 그렇게 밀착하는 것일까. 동우는 민영화 계획에 은화의 참여를 목마르게 학수고대하고 있다. 그렇다면 혹시 동우는 강 행장에게 여기에 따른

역할을 요청했다는 뜻일까? 가능한 일이다. 강 행장은 단순한 은행장이
아니다. 그의 가늠할 수 없는 넓은 정재계 인맥을 활용하면 못할 것도 없
다. 그러나 문제는 다음이었다. 그렇다면 동우는 우수에 무엇을 주겠다는
것인가. 아니, 강 행장은 이들에게서 무엇을 빼앗을 계획일까.

16

은화은행 성도훈 집무실
성도훈과 정성모

행장실로 돌아온 도훈은 털썩 소파에 무너지듯 앉았다. 기분이 썩 좋은 것은 아니었다. 방금 한국은행 은행협의회에서 만난 강필수가 떠올랐다. 은행협의회는 한 달에 한 은행이 간사은행이 되어 은행장들끼리 모임을 갖고 현안을 논의하는 일종의 친목단체였다. 정보의 주요 교환처였기에 은행장들은 이곳에서 정보를 주고받았으며 상호 친선도 다졌다.

도훈으로서는 부임 후 첫 모임이었기에 다소 긴장이 되었다. 필수가 반드시 나타날 것이라는 생각도 한몫했다. 그는 담담한 마음으로 참석했다. 그런데 자신이 생각한 정보 교류와 친목이 아니었다.

강 행장 일변도로 흐르고 있었다. 모두 강 행장의 눈치를 보고 그와 이야기를 나누려 했다. 그것은 현 행장 중 가장 장자인 동우의 이호성 회장 때문인 것 같았다. 두 사람은 유별난 친분을 과시했다. 솔직히 도훈은 동우와의 석연치 않은 문제도 있고 해서 동우의 이 회장과는 조금 데면데면했다. 하지만 강필수와 이호성 회장은 마치 십년지기처럼 대했다. 그러면서 이 회장은 가끔 도훈을 비아냥거렸다.

거기에 그는 독특한 친화력을 발휘해 서먹한 은행장들을 필수에게 소개시켜주며 자리를 만들었다. 그를 일일이 데리고 다니면서 은행장들에게 소개했다. 행장들은 모두 강필수를 익히 알고 있었다. 성진그룹의 총수를 모를 리 없었다.

"이 분은 중산은행장의 유영석 행장이요."

"만나서 반갑습니다."

"강 회장님이 금융계로 뛰어드셔서 바짝 긴장하고 있습니다그려."

유 행장은 상당히 활달했고 유머가 있었다.

"선배님들에게 열심히 배우겠습니다."

강필수는 예의를 갖추었다. 이어 국책은행인 장업은행 윤홍성 행장이었다. 이번 국제은행 매각에 뛰어든다는 소문이 있었다.

"행장님의 국제은행 매각 참여, 대단한 결단이십니다."

하며 필수는 도훈을 슬쩍 바라보았다. 두 사람의 눈길이 마주쳤다. 필수의 눈에는 비웃음의 미소가 흘렀다. 그때 국제은행 페이슨 행장이 들어섰다. 묘한 타이밍이었다. 굿모닝! 인사와 함께 들어서는 페이슨 행장을 이호성 회장이 도훈 앞으로 데려왔다. 도훈은 잠시 긴장했다.

"성 행장은, 국제은행장 옆에 서시오. 곧 결혼할 사람들 아니요?"

페이슨 행장은 어색하게 웃으며 만류했으나 도훈에게 악수를 청했다. 도훈도 미소를 지으며 악수에 응했다. 유영석 행장이 거들었다

"뭐요? 벌써 이루어진 게야? 결혼 끝났어? 하객들도 도착 안했는데."

행장들은 왁자지껄 웃었으나 묘한 페이소스가 있는 이호성 회장의 행동에 화답하는 웃음이었다.

"신부야 결혼 전까지는 임자 없으니까 중산은행이 가로채면 되겠네."

농업은행 정문석 행장이 말을 던지자 또 한 번 웃음이 터졌다. 이들의 웃음은 단순한 웃음이 아니었다. 엘리트 은행원의 세계에서 험한 과정을 뚫고 정상에 선 사람들이다. 말하자면 산전수전 다 겪은 용장들이었다. 하나같이 도훈에게 쉬운 상대는 없었다. 모두가 한국이라는 쉽지 않은 금융시장에서 발 벗고 뛰어 살아남은 사람들이다. 그렇게 생각하면 자신은 철저한 이방인이다. 이들과 어떻게 싸워야 하나 도훈은 회의 도중 내내 그 생각만 했다.

은행으로 돌아온 도훈은 심신이 피곤했다. 무엇보다 이호성 회장과 강필수의 밀착된 모습이 마음에 걸렸다. 그러나 페이슨 행장과 상당히 밀도 깊은 이야기를 나누었다는 것에 위안을 삼았다. 도훈은 인터폰을 들었다.

"정성모 이사 좀 부르세요."

얼마 안 되어 정성모가 들어왔다.

"자네 내일 태국으로 떠나게."

"태국이요? 갑자기 왜?"

"국제은행 페이슨 행장이 내일부터 싱가포르 출장이야."

"무슨 말씀을 나누셨군요."

"중요한 이야기를 나누었네. 롬발트와 은화의 상생이지. 동우금융은 우리가 먹기엔 소화불량이야. 우리로부터 싱가포르 국부펀드가 빠져나간 것도 우리의 잘못된 합병전략 때문이지."

"맞습니다, 그것을 양 전무가 주장했습니다."

"페이슨 행장 만나는 것은 극비로 하게. 그쪽에서의 요구야. 우리 이야기를 듣고 싶다고 했네. 태국으로 간 다음에 싱가포르로 비밀리에 들어가. 그들과 접촉할 때는 암호를 사용하게. 암호는 '맥아더' 야."

"어느 수준까지가 제 역할입니까."

"음. 논바인딩 양해각서(Non-binding MOU)까지야."

"네?"

정성모는 깜짝 놀랐다. 너무 큰 권한 부여였기 때문이었다.

"일단 시도하게. 추후 실사과정에서 협상이 결렬된다 해도 상호 불이익이 없는 각서 아닌가."

"금액은 어느 수준에서 정하면 되겠습니까."

"4조에서 4조 5천 억 정도."

"알겠습니다."

정성모가 물러나자 도훈은 벌떡 일어서 조금 전의 이호성 회장과 강필수의 모습을 떠올렸다. 분명 강필수가 무엇인가 크게 움직이고 있었다. 그는 창가로 다가가 머릿속을 정리했다.

"이호성 회장과 강필수 둘 사이에 오고가는 게 무얼까? 그것이 무엇이든 은화와 국제은행과의 합병은 속전속결로 이루어져야 해. 더 이상 동우가 우리 은화에게 홍행 참여 구걸을 할 수 없게 해야 돼."

17

같은 시각 우수은행 임원식당

구병모와 그의 패밀리

접시 위에 얼마 남지 않은 음식을 구병모는 맛있게 치웠다. 그가 즐기는 양고기 갈비와 내장이었다. 오늘 식단은 특식으로 잘 구운 양고기 내장이라기에 구병모는 패밀리들을 이끌고 임원식당을 찾았다. 그는 양고기 마니아였다. 이사 시절 유럽 출장 중 우연히 터키에 들러 먹은 양고기에 그는 흠뻑 매료되었다.

그것을 잘 아는 임원식당에서는 가끔 양갈비나 내장을 구워 독특한 소스를 내어 온다. 오늘이 그날이었다. 그는 수북이 쌓아놓은 양갈비와 내장을 맛있게 비우고 있었다. 입가에는 양고기 특유의 기름이 번들거렸다. 식사를 마치자 그들은 포만감에 느긋해졌다. 후식으로 커피가 나왔다.

"도대체, 어디가 끝인 줄을 모르겠어, 강 행장님은."

강 행장이 이 시간 은행에 없다는 것을 그는 알기에 불쑥 불만의 소리를 뱉어냈다. 강필수는 갈수록 점입가경이었다. 구병모는 슬슬 지쳐가는 자신을 느끼고 있었다.

"어젯밤 늦게까지 함께 계셨다면서요?"

자금부장이 궁금한 듯 물었다.

"말도 마, 난 죽겠는데 끄덕도 않더라고. 내가 나갈 때 세종 백 회장이 들어오더라고. 그 전날에는 동우금융의 이호성 회장 회동, 어제는 지점 현장 방문, 임원회의 주재, 저녁에는 나하고 백 회장 회동. 도대체 몸이 무슨 강철이야? 이러다가 합병도 하기 전에 내가 죽을 것 같아."

솔직한 심정이었다. 은행 합병도 중요하지만 구병모는 건강도 걱정되었다. 얼마 전 종합검진에서 과다 혈당에 엉망진창이 되어버린 건강상태를 보고 아연했다. 의사는 휴식을 권했다. 그것은 한가한 타령일 뿐이다. 요즘 부쩍 바빠지는 강 행장의 노선은 현란할 지경이다. 동우, 한민, 중산금융, 유수 공기업 대표, 대기업 회장단 모임, 심지어 국회까지 그의 행로를 따라다니다 보면 파김치가 되어 버렸다. 또 강 행장 지시는 어떤 때는 무엇을 지시 받았는지도 모를 지경이다.

구 전무는 강 행장보다 한두 살 아래지만 벗겨진 머리 때문에 나이가 더 들어 보였다. 사무실에서 상의를 벗고 와이셔츠 바람으로 일하는 강 행장의 몸매는 군살 하나 보이지 않았다. 처진 살이 하나도 안 보이는 늘씬한 체형을 유지하고 있다. 그것이 경이로웠다.

"합병안은 행장님이 주도하는 겁니까? 아니면 구조본입니까?"

불만인 듯한 기획부장의 투정에 구 전무는 약간 당황했다. 은화은행 포획은 당분간 자신과 강 행장만의 소유다. 강 행장은 이에 대해 철저한 함구를 요구했다. 그는 자식에게까지 숨기고 있었다. 강 본부장의 2개의 지방은행 합병안도 강 행장은 그대로 진행시키면서 은화의 합병은 비선 조직으로 하겠다고 말했다.

"왜? 무슨 소릴 들었어?"

"구즈본 말입니다. 이성걸이 신났던데요?"

기획부장 얼굴에 묘한 냉소가 흘렀다.

"미친 놈! 그냥 모른 척해."

구병고는 어젯밤 강 행장 이야기를 떠올렸다. 동우와 한민, 국제의 3각 편대의 협공이라는 강 행장의 주도면밀한 계획을 아직 발설하기는 이르다. 강 행장이 단단히 일러두었기 때문이었다. '가장 믿을 만한' 구 전무와 자신만 아는 사실이라고 못을 박았다.

"이성걸, 그놈 만만치 않은 놈이라는 것, 잘 아실 텐데요."

"제깟 놈이 뛰어봤자."

그러다가 구 전무는 입을 다물었다. 증오로 가득한 모습이었다. 놈만 생각하면 그는 치가 떨린다. 그런 놈을 강 본부장은 발탁했다. 더 이상 놈을 화제에 올리고 싶지 않았다.

"아, 잘 먹었다. 그만 일어서지."

오야붕이 일어서자 모두 따라 일어섰다. 특식으로 먹은 양고기 맛이 좋았다는 둥, 형님 덕에 잘 먹었다는 둥 기분 좋은 덕담을 나누며 문을 나섰다. 그때 바로 옆에 붙어 있는 직원식당에서 이성걸과 일행이 나서고 있었다. 구병모는 핏대가 올랐으나 놈은 별로 놀라는 기색도 없이 간단한 목례만 하고는 지나치려 했다.

"여어, 이성걸 실장."

분위기 메이커 인사부장이 그를 불렀으나 이성걸은 본체만체다.

"잘 되어가나?"

그의 길을 막듯 구 전무가 세워 물었다.

"걱정해주시는 겁니까. 걱정이라면 사양하겠습니다."

역시 그대로였다. 1년 유배생활을 했으면서 바뀐 것은 하나도 없다. 아니 오히려 더 펄펄 살아나고 있다.

"하여튼, 자넨 그 모난 소리 때문에 매 한 번 더 맞을 거야."

"또 맞을 시간이 있겠습니까."

시니컬하게 웃는 폼이 아예 사람을 무시까지 한다. '이놈을?' 하고 욱했으나 구병모는 한숨 죽였다. 세상물정 모르고 날뛰는 놈이 불쌍했다. 그래서 그는 억지 여유를 부렸다

"허허허. 왜 이러나, 잘 나가시는 구조본 팀장님께서. 하여튼 구조본의 맨파워, 기대함세. 있을 때 최선을 다해야지, 안 그런가?"

"저도 그럴 생각입니다."

놈은 끝끝내 굽히지 않았다.

'좋다. 조금만 기다려라. 네 놈의 목줄이 나에게 돌아올 날이 얼마 남지 않았다. 두 번 다시 후회하지 않도록 해주마.'

구병모는 그렇게 속으로 중얼거렸다.

18

여의도 금감원장실
강민철과 금감원장

금감원장 응접실에 앉아 있는 민철의 마음은 초조했다. 금감원장은 처음 만나지만 할아버지에게서 많은 이야기를 들었다. 금감원장은 가난한 집안 태생의 영재로 할아버지 생전에 베풀었던 유학생 장학금 수혜자였다. 귀국 후 그는 할아버지 생전에는 자주 만나는 사이였다. 그 조그마한 인연이라도 붙잡고 싶은 것이 민철의 심정이었다.

프랑스 은행에서의 해외 대출금 차입 문제는 성진건설의 신용등급이 가장 크게 걸려 있었다. 우선 신용등급을 상향 조정해야 했다. 첫 단계로 국내차입금 변제를 위해 자금을 모아야 했는데 그 방법 중의 하나가 할아버지의 손때가 묻어 있는 평산농원의 매각이었다. 그러나 여기에는 상당한 난제가 있었다. 그것을 풀기 위해 민철은 금감원장 면회를 신청했다.

"나는 선대 정 회장님의 사랑을 많이 받았습니다."

금감원장은 앉으며 이 말부터 했다. 그 말을 듣자 민철은 일단 마음이 풀렸다. 은혜를 아는 분이라면 허심탄회하게 이야기를 나눌 수 있는 여지가 생기기 때문이었다.

"할아버지께서 자주 말씀하셨습니다."

"정 회장님이 그렇게 아끼셨던 회산데."

이미 보고를 받았기에 금감원장은 침통한 표정으로 말했다.

"그게 다 제가 부족한 탓입니다."

진심이었다. 민철은 성 회장 사후 더욱 자신의 입지가 좁아들고 있다는 것을 피부로 절감했다. 성진건설의 임원들은 거의 할아버지 충복들이었다. 그래서 손자에 대한 충성도는 변함이 없었지만 타래같이 얽혀 있는 이 상황을 헤쳐가기에는 충성심만으로는 부족했다.

"강 사장 잘못이 아닙니다. 지금 금융권의 복지부동이 문제지요. 섣불리 움직이려 하질 않아요. 과도한 여신회수를 자제해 달라고 해도 소귀에 경 읽기니까요."

"은행으로서도 사활이 걸린 문제니까 그렇지 않겠습니까."

"꼭 그렇지만은 않죠. 일부 은행장들의 심각한 모럴해저드가 우려를 넘는 상황입니다. 우량은행이라는 대일은행은 일시적 유동성 위기에 처한 기업들의 여신회수에만 급급하고 있고, 선도은행인 중산은행의 경우 자생력이 있는 명진건설을 부도내고 법정관리를 신청했어요. 성진건설도 여기에서 예외는 아니잖습니까?"

금감원장은 온화한 미소로 민철을 보았다.

"해외차입금 만기도래를 막기 위해 소유 부동산을 매각하고자 합니다."

"부동산이라면?"

금감원장의 날카로운 눈이 번뜩였다

"평산농장을 매각하고자 합니다. 협조를 요청합니다."

"대단한 결정을 했군요. 그곳은 회장님의 분신인데… 그러자면 특별목적회사(SOC)를 설립해야 하고 시간이 걸릴 텐데."

"그래서 금감원장님의 도움을 받고자 왔습니다. 방법을 알려주십시오."

"방법이라면, 토지공사를 매개로 해서 위탁매매를 요청하는 방법이 있습니다."

"그렇게 도와주시면 정말 감사하겠습니다."

민철은 벌떡 일어서서 고개를 숙였다.

"감사는 우리가 감사해야죠. 자신의 살을 깎는 심정으로 자구책을 강구하면 다 살 수 있는 방법이 생기니까요. 힘껏 도와주겠소. 그런데 프랑스은행 대출 문제는?"

"아직 신용등급 문제가 있어서 좀 지지부진합니다."

"우수은행과의 관계는, 진도가 잘 나가는 것 같지 않던데요."

금감원장은 조심스럽게 물었다. 정 회장과 강 행장과의 관계를 잘 알고 있기 때문이었다.

"아버지가 계시니까 아무래도 좀 숨통을 터주시지 않겠습니까."

민철은 밝게 웃으며 답했지만 금감원장은 곤혹스러운 표정이었다. 얼마 전 친구인 우수은행 자금담당 이사로부터 묘한 소리를 들었기 때문이었다. 강 행장의 우수은행 취임 이후 성진건설에 대한 지원은 말도 못 꺼내게 한다는 이야기였다. '강 행장이 워낙 사업가 기질이 투철해서 아들 회사 일도 공적으로 처리한다' 고 에둘러 말했지만 그 역시 석연치 않은 표정이었다.

오늘 사안인 평산농원 매각도 우수은행의 만기채 불연장이 큰 원인일 것이라고 금감원장은 예측했다. 쉽게 이루어질 만기채 연장도 질질 끌다가 성 회장 작고 전에야 겨우겨우 이루어지기는 했지만 이것이 여타 은행에 결정적 영향을 미쳤다. 그룹의 은행도 쉽게 해주지 않은 만기채 연장이어서 모두 성진건설의 앞날을 어둡게 보고 연장은 물론 회수에 열을 올리고 있기 때문이었다.

"참, 동생 되는 강민석이 귀국해서 구조조정에 임하고 있다죠?"

"네. 아주 잘하고 있습니다."

민철은 금감원장이 민석을 거론하자 기쁜 듯 대답했다.

"동생은 성진건설의 자구책에 지원책을 가지고 있던가요?"

"아닙니다. 제가 만류했습니다. 동생에게는 이것보다 은행 합병이 더 큰 문제니까요."

"흠, 이럴 때 동생이 조금 힘이 되어주면."

금감원장은 아쉽게 여운을 끌었다.

"동생에게 제가 말했습니다. 은행 합병에만 모든 힘을 쏟으라고요. 곧 좋은 소식 기다리겠습니다."

민철은 마지막 당부를 하고는 일어섰다. 금감원장도 일어섰다.

"너무 걱정 말고 최선을 다하십시오. 평산농원 건은 토지개발공사와 협의할 테니."

그렇게 손을 잡았지만 금감원장의 마음은 어두웠다. 아직도 계속되고 있는 아들에 대한 아버지의 냉대 때문이었다.

제6부 혼란

1.

우수은행 7층 은행장실

강민철과 강필수

비서가 성진건설 강민철 사장이라며 인터폰으로 알려올 때 강필수는 피하고 싶었다. 그러나 이미 민철이 아침에 '성진건설에 좋은 소식이 있어 알려드린다' 고 전화로 연락을 했기 때문에 엉겁결에 약속을 하고 말았다. 무엇인지 궁금했기 때문이었다.

한편으로 강필수는 그런 마음에 너무 깊이 빠져 있는 것이 우울했다. 민철은 아버지에게 어떤 해도 입히지 않았다. 너무 착했고 아버지 말이라면 조금도 거역함이 없었다. 무엇보다 그는 동생 민석을 끔찍이도 아꼈다. 성진그룹의 후계자를 이미 민석이로 내정했다는 것도 그는 알고 있을 것이다. 그러나 그 문제에 대해서는 얼굴 한번 붉히지 않았다.

외할아버지 정 회장과 아버지와의 화해를 위해 생전의 정 회장에게 무척 애를 썼다는 것도 강필수는 알고 있다. 성진건설에 대한 박해도 민철은 아버지를 이해한다고 했다. 그는 이유도 모르는 아버지의 냉대에 무슨 생각을 하고 있을까. 솔직히 강필수도 때로는 가슴이 아팠다. 그래도 이 게임을 멈출 수는 없었다. 숙적 성도훈의 아이. 강필수는 마음이 해이해지려 하면 이 채찍을 들었다. 그리고 사정없이 자신을 가격했다. 그러면 또 다시 증오가 피어오른다. 그때 조용히 노크소리가 나 번뜩 정신을 차렸다. 산뜻한 차림으로 민철이 들어섰다.

"아버지. 기뻐해주십시오. 일차적으로 해외차입금 7,800억은 메울 수 있을 것 같습니다."

민철은 들떠 있었다. 필수는 속으로 놀랐으나 이내 태연한 척했다.

"그래서 먼저 아버지께 알려드리고 싶어 왔습니다."

"어떻게 해서 그 어려운 과제를 풀었지?"

"할아버지의 평산농원을 처분했습니다."

"평산농원을? 그렇게 빨리? 매각하려면 여러 가지로 복잡했을 텐데."

"금감원장님이 협조해주셨습니다. 금감원과 건설은행, 토지공사, 재경부 4자 협의를 어젯밤 늦게까지 마라톤 회의를 했습니다."

"호오, 그래?"

강필수는 감정을 숨길 수 없었다. '금감원장이 개입했군. 그래서 일이 일사천리로 진행되었구나. 생각지도 못한 복병이 나타났군.'

"토지공사가 위탁매매를 담당하고, 재경부에서는 특별예산안을 처리해주기로 어제 밤늦게 결론을 보았습니다. 정말 감사했습니다."

강필수는 떨떠름한 기분을 떨쳐버릴 수 없었다.

"잘됐구나. 그렇다면 당장 급한 국내차입금은 어떻게 할 예정이냐?"

"성진건설의 자회사인 성진상선의 주식 일부를 매각할 예정입니다."

"성진상선 주식을 매각한다고?"

강필수는 놀랐다. 어떻게 이런 생각을 할 수 있었을까. 그렇다면 성진건설의 회생도 가능하다. 이는 필수의 계획에 크게 차질이 생긴다.

"성진상선이 가지고 있는 성진중공업과 성진전자의 지분을 팔아 건설의 차입금을 일단 막을 예정입니다. 물론 중공업과 전자는 아버지 그룹계열이기에 아버지의 양해를 구하고 싶습니다."

"그거야…네 그룹에 속한 회사 주식을 매각한다는데 내가 관여할 바는 아니다. 네 판단대로 하거라."

강필수는 일단 시큰둥했다.

"그럼, 아버지도 찬성하시는 것으로 알겠습니다."

민철은 감사하게 생각한 탓인지 고개까지 깊숙이 숙였다.

"그런데 말이다, 성진상선 박철영 사장이 만만치 않은 자다."

"박철영 사장은 할아버지의 충신으로 알고 있습니다. 이 정도는 해결해 주시지 않겠습니까? 설득해 보겠습니다."

말을 마치면서 민철은 아차! 했다. '할아버지의 충신' 이라는 잘못된 표현을 쓴 것이다. 아니나 다를까 아버지의 반응이 곧 이어졌다.

"할아버지의 충신이라? 잘해 봐라."

냉소가 정확했다. 그 실수를 만회하려고 민철은 더욱 고개를 숙였다.

"아버지께 어려움을 드리지 않겠습니다, 최선의 모든 방법을 동원해 성진건설을 살리고 아버지께 보람을 드리겠습니다."

"그렇게 해야지. 이제 그만 가보거라. 나는 회의가 있어서."

2

조금 후, 우수은행 7층 구조본실
강민철과 강민석

"그래? 정말 잘됐네. 그렇게 속전속결로 끝날 수 있다니."

민석은 진심으로 기뻐했다. 아버지를 만나고 돌아가는 길에 민철은 민석의 방에 들렀다. 동생의 사무실에 들르기는 처음이었다. 민석은 반가운 얼굴이었으나 조금 어두워 보였다.

"고맙다. 급한 불은 일단 끌 것 같아. 제일 먼저 아버지께 알려드리고 싶어서 한걸음에 달려 왔다."

"잘했어. 아버진 뭐라셔?"

"몰라서 묻니? 아버지가 언제 우리 형제 칭찬한 적이 있었니. 그저 알았다고만 하더라. 그나저나 네 은행 합병 문제는 잘 되냐?"

그러나 민석은 지금 형과 그 이야기를 나눌 기분은 아니었다.

"그것보다, 형."

"왜? 무슨 일이 있니?"

"혜진이가 병원에 입원했어."

"입원? 왜?"

"마음이 아파."

“무슨 말이냐?”

“어떻게 설명해야 할지 모르겠어, 너무 갑자기 변해버려서.”

“무슨 일이 있었는지 자세히 말해봐.”

“결혼하자고 했어.”

“정말?”

“응. 난 정말 절박한 심정으로 말한 거야. 더 이상 혜진일 혼자 놔두어서는 안 되겠다는, 정말 진심이었어.”

민석의 목소리는 더욱 음울해져 가고 있었다.

“그런데 내가 상상할 수 없는 반응을 보인 거야, 그런 거 있지. 원초적인 혐오, 생리적인 거부감 같은 거 말이야.”

민철은 무슨 말을 해야 할지 몰랐다. 중요한 것은 혜진이가 민석을 거부했다는 것이다. 무슨 일일까. 아니, 그런 일이 있을 수 있을까? 민석에게는 큰 충격이었으리라. 그는 무슨 말인지도 모르게 웅얼거리고 있었다.

“오싹하도록 무서웠어. 어떤 설득이나 간청에도 흔들리지 않을 것 같은 혜진이의 무서운 표정, 형은 상상도 못할 거야. 여태까지의 혜진이가 아니었으니까.”

“너에 대한 혜진의 마음은 내가 더 잘 안다. 네가 잘못 생각하고 있다는 것만은 확실해. 만일 혜진이가 정말 그랬다면 혜진이가 잘못된 거고. 일단 병원에 다녀가마.”

도대체 있을 수 없는 일이다. 민철은 그렇게만 생각했다.

3

조금 후, 병원
강민철과 성혜진

들어서는 민철을 본 혜진은 살짝 웃었으나 어두움이 배여 있었다. 어두움과 불안, 놀라움과 미안함도 섞여 있었다. 그 위에 '어떤 일이 있었는지 알고 왔구나' 하는 당혹감이 범벅된 얼굴이었다.

"오, 오빠! 나 여기 있는 거 어떻게 알았어?"

"내가 누구에게 들었겠니, 민석이가 알려주더라."

"미, 민석 오빠가? 다른 말은 안 하고?"

"무슨 말? 너 아프다고만 하더라. 그래서 내가 곧장 이리로 왔지."

그때 문이 열리고 선영이가 들어왔다. 그녀도 놀라는 기색이다.

"어? 선영 씨, 어떻게 오셨어요?"

"민석 씨한테 몇 분 간격으로 전화가 와서요. 좀 가보라고."

그렇게 아무렇지 않게 말은 했지만 행동이 부자연스럽다. 선영도 괜히 어색해한다. 어두워지는 표정들이었다. '민석이 말이 맞구나.' 민철은 생각했다. 동시에 곤혹감이 든다. 무엇을, 어떻게 이야기를 나눌 자신이 없다. 혜진 역시 이 상황이 곤혹스러웠다. 민철은 서둘러 핑계를 대고 병실을 나왔다 밖으로 나와 민철은 선영에게 말했다.

"민석이가 많이 아파하더군요."

"그럴 거예요."

선영의 얼굴도 편치 않다. 이어 한숨이 나온다.

"저도 너무 의외였어요."

선영의 말에 민철은 조용히 고개를 끄덕였다.

"민석 씨 그렇게 보내고 재, 말도 마세요, 계속 울고. 의사 선생님이 안정해야 하는데 이렇게 하면 퇴원 안 시킨다고 하니 그치대요."

"도대체 무슨 일입니까? 둘 사이에?"

"아직은 모르겠어요. 집에 함께 있으면 좀더 이야기를 나누어 볼려구요."

선영도 이 말 외에는 할 말이 없었다. 민철은 착잡했다. 아무리 생각해도 있을 수 없는 일이다. 지금 그는 혜진을 보고 민석의 말이 진실임을 확인했다. 병원 도착 전까지만 해도 설마했던 마음이었다.

"이럴 때 제가 해야 할 일이 뭐죠?"

민철은 선영에게 물었지만 곧 바보같다는 생각이 든다.

"지금은 아무 것도요. 아무도 할 수 있는 일이 없어요. 저도 마찬가지예요, 지켜볼 수밖에."

"혜진이와 민석 둘 사이는 어떤 일도 있어서는 안 된다는 것 아시죠?"

선영은 고개를 끄덕였으나 암담한 표정이었다.

돌아간 성 회장님에게는 미안한 일이지만 '민석과 혜진을 생각하면 돌아가신 것도 다행이다' 라고 생각할 정도가 민철의 마음이었다. 장애가 하나씩 제거되어가는 시점인데. 왜일까?

“잘 될 거예요.”

민철이 우울한 표정을 짓자 선영은 결연한 미소를 지으며 큰 소리로 말했다. 목소리가 듣기 좋다는 생각에 민철도 빙그레 웃었다.

“그래요, 믿고 갑니다.”

돌아서서 나가는 민철의 등이 왠지 작아 보였다.

4.

그날 밤 한정식 요정
강필수와 유강오 전무

성진상선 유강오 전무는 가슴부터 뛰었다. 오늘 오후 그는 뜻하지 않는 전화를 받았다. 강필수 회장에게서였다. 만나고 싶다는 것이었다. 그는 쿵쾅거리는 가슴을 억제하지 못하고 즉각 대답했다. 그는 정 회장 시절만 해도 알토란 기업인 성진상선을 성진건설과 함께 그룹에서 분리시켜 나올 때 정 회장을 따라나온 것을 탁월한 선택으로 여겼다. 그룹 최고의 기업인 성진건설과 성진상선 없는 성진그룹은 껍데기밖에 없다고 생각했기 때문이었다.

그것이 겨우 십수년 전 일이었다. 그런데 눈앞에서 놀라운 변화가 일어났다. 정 회장 없는 성진그룹은 강필수라는 걸물을 만나 승승장구하는 것이었다. 새로운 IT산업에 사운을 걸 때만 해도 유강오는 성진그룹은 곧 재계에서 사라질 줄 알았다. 그러나 엄청난 성장과 함께 세계의 IT를 선도하는 기업으로 우뚝 섰다. 이어 전자, 조선, 중공업, 방산산업에 엔터테인먼트 사업까지 모든 부분에서 성진그룹은 눈부시게 발전했다. 재계 2~3위로 확고하게 자리를 잡은 것이다..

반면 성진건설은 구조조정 위기에 처했고 성진상선 역시 그에 버금가는 실태를 벗어나지 못한 채 명맥만 유지하고 있었다. 유강오는 엄청난 실수를 저질렀음을 깨달았다. 땅을 쳤으나 허사였다. 당시 강 회장을 따라 성진그룹에 남은 동기들은 승승장구하며 장미빛 앞길을 구가했다. 반면 정 회장 그룹은 과장해서 표현하자면 하루하루를 연명하는 식이었다.

그런데 강필수 회장이 만나자는 것이었다. 약속장소에 이르자 유 전무는 급한 마음으로 택시에서 내렸다.

"꼭 택시를 타고 오시오."

강필수의 그 요청도 무언가 특별함이 있다는 심중을 더욱 굳히게 해주었다. 식당 안으로 들어서자 웨이터가 다가와 따라오라는 신호를 보냈다. 그는 앞서면서 조용히 소곤거렸다.

"강 회장님이 벌써 오셔서 기다리고 계십니다."

의외였다. 약속시간이 아직 20여분이나 남아 있었기 때문이다. 그는 급히 방문을 열었다.

"여어, 유 전무. 오서 오시게나."

강필수는 호탕하게 그를 맞이했다.

"회장님."

유강오는 황송해서 고개를 들 수 없었다. 감히 만날 수 없는 사람을 오늘 만난 것이다. 어쩌면 오늘의 회동은 인생의 결정적인 터닝포인트가 될지 모른다는 생각이 들었다.

"이 사람, 이젠 회장이 아닐세, 행장이야. 이젠 회장이란 호칭이 영 거북해."

"무슨 말씀입니까, 지금 그룹에서는 회장님 경영 복귀만 학수고대 한다던대요.”

“핫하하. 그저 호사가들이 하는 소리지. 자 우선 내 술 한잔 받게나.”

“감사합니다.”

그렇게 몇 순배가 오고간 후 필수는 본론을 꺼냈다.

“요즘 성진상선 말이 아니던데?”

“그그게… 강 회장님 경영 시절을 그리워하고 있습니다.”

“무슨 소리야, 성진상선은 박철영 사장이 건재하고 있는데.”

“옛날이야깁니다. 정 회장님 생전의 향수만 가지고 회사를 운영하고 있습니다.”

그 말은 어느 정도는 사실이었다. 유 전무는 박 사장에 대한 불만이 확실히 있었다. 이제 불만 지피면 되겠구나 하는 생각이 들었다.

“부채가 심각하더구만?”

“5조 7,000억 원에 달합니다. 문제는 개선될 기미가 전혀 보이지 않는다는 겁니다. 상선을 정 회장님에게 넘겨서는 안 되는 일이었습니다.”

이 친구, 유 전무는 자신이 왜 불려 나왔는지를 이미 파악하고 있다. 강필수는 그렇게 생각했다. 하긴 젊은 시절에도 이 친구 머리회전 하나는 기가 막혔다. 그래서 강필수는 전무 시절 이 친구를 기획실 요직에 박아 둔 적이 있었다.

“그래서 회장님의 성진상선 재탈환이 필요합니다. 인수하셔야 합니다.”

단도직입적으로 그가 먼저 제안을 했다. 강필수는 고개를 끄덕이고는 빙그레 웃었다. 충분한 가치가 있는 친구였다.

“그럴 생각이네. 출자전환 방법을 생각해볼 거야. 그렇게 되면 경영진

교체는 필연적이지."

말을 마치며 강필수는 유 전무를 넌지시 바라보았다. 그는 몸을 가늘게 떨고 있었다. 시선을 피하며 눈까지 내리깔았다. 이 정도면 길게 끌 것도 없다. 빨리 먹이를 던져주어야 한다.

"그런데, 성진상선에 이상한 소문이 돌던데? 자네 들어 보았나?"

"무슨 말씀인지요?"

유 전무의 눈이 번득였다. 오랜 세월 그는 이런 게임에 익숙해 있던 자다. 게임의 수순을 누구보다 잘 알고 있었다.

"음, 다른 사람을 통해서 들었는데 성진건설 말이야, 자구책 중의 하나가 현재 성진상선에서 보유하고 있는 성진중공업과 성진전자 지분을 팔아 성진건설의 차입금을 막는다더군."

"네? 느, 누가 그런 말을? 그것은 성진상선을 말아먹겠다는 것 아닙니까?"

거의 고함에 가까울 정도로 소스라치게 놀라는 유강오를 보며 강필수는 속으로 방긋 웃었다. 강필수는 오늘 낮 민철이 시도하려는 성진전자와 성진중공업 지분 매각이 난관에 이를 것이라는 것을 읽고 있었다.

"자네 생각은 나하고 똑같구만. 성진건설이 가지고 있는 성진전자, 중공업 지분을 매각하면 빈 껍데기야, 나도 관심이 없어져, 은행에서 대출금 회수가 잇따를 걸세. 그러면 상선은 견디지 못해."

"그, 그것은 안 됩니다. 제가 결사반대 하겠습니다. 성진상선의 살 길은 회장님께서 그룹 차원에서 출자전환을 해주시는 것입니다."

"나도 그렇게 하고 싶지만 문제는 박철영 사장일세. 그가 고집을 부리면 어떻게 하지?"

"회사는 박 사장 혼자의 것이 아닙니다. 수많은 주주들이 있습니다. 그 땐 거사를 해야죠."

"그래? 자네 뜻이 확고하다면 나도 돕겠네."

"그런데 회장님, 이렇게 되면 강민철 사장님이 곤란할 텐데요."

머리 회전이 빠르기로 소문난 그도 이 점만은 이해할 수 없었다. 아니면 두 마리 토끼를 잡으려는 양다리 전법 중의 하나일지 모른다. 나중의 위험을 피하자는 것이다.

"이것 봐, 유전무, 자넨 CEO가 뭔지 아나? 가족보다는 회사 전체를, 소보다 대를 봐야 하네. 비록 내 아들이 어려움을 당해도 사업은 사업이야. 상선이 살아야 내가 인수할 수 있잖아, 경영진 교체를 통한 정 회장의 그림자 청소도 하고 말이야."

"알겠습니다. 주군. 제 소임을 다하겠습니다."

그는 벌떡 일어서 큰절을 올렸다.

"주군? 핫하하. 그 말이 마음에 드는군."

5.

비슷한 시각. 성진상선 사장실
강민철과 박철영 사장

성진상선 박철영 사장은 이 유약해 보이는 젊은 사나이에게서 선대 정 회장의 모습을 읽어보려 노력했으나 곧 헛된 것임을 알고 포기했다. 자신의 멘토였던 정병석 회장은 이제 이 세상에 없다. 사위의 난에 칼을 맞고 그룹을 해체한 뒤 상선과 건설을 이끌고 나올 때 박철영은 두말하지 않고 정 회장을 따랐다.

저간의 사정이야 알 바 없지만 일단 박철영은 도덕적 차원에서 강필수를 용서할 수 없었다. 아버지같은 정 회장을 강필수는 무자비하게 무너뜨렸다. 그 충격과 굴욕으로 정 회장은 건강을 해쳤고 결국 반신불수라는 지병을 얻어 세상을 떠났다. 떠나면서도 그는 결코 사위와 화해하지 않았다. 이어 정 회장을 충실히 보필했던 성 회장도 비운에 갔다.

그래서 성진건설과 상선은 같은 계열이라고는 하지만 이미 구심점을 잃어버린 표류선과 같은 처지였다. 강필수는 장남의 성진건설을 철저히 외면하고 있고, 성진상선 역시 옛날의 빛을 잃어 막대한 적자를 안고 한없이 추락하고 있다. 당연히 구성원들은 동요했다. 다시 성진그룹으로 들어가야 한다는 주장도 난무했다. 회사를 살리기 위함이었다. 강 회장도 어느 정도 이를 검토하고 있다는 소식이 풍문으로 들려오고 있었다.

그러나 박철영은 일소에 부쳤다. 다시 성진그룹에 무릎 꿇고 들어가기보다는 모래에 혀를 박고 옥쇄하겠다는 것이 그의 의중이었다. 그는 강필수를 생리적으로 싫어했다. 그러나 눈앞에 앉아 있는 강민철 사장에게는 남다른 애착을 가지고 있었다. 정 회장이 끔찍이도 사랑한 대상이었기 때문이다.

"그러니까, 저희 성진상선이 소유하고 있는 성진중공업과 전자의 주식을 매각해 성진건설 자구책에 사용하자는 말씀입니까."

"네. 그렇습니다. 성진건설은 선대 정 회장님의 땀과 눈물이 배여 있는 그룹의 상징이었습니다. 이를 살리기 위해 할아버지의 평산농장도 매각했고, 이에 정부에서는 우리의 자구책에 많은 점수를 준 겁니다."

강민철은 차분하게 설명했다. 박철영 사장의 하얀 머리가 불빛 밑에서 끄덕였다.

"물론 곧 회수해드릴 겁니다. 단기유동성만 확보하면 신용등급 상향 조정과 외자유치가 가능합니다. 영업수익도 꾸준히 이루어지고 있습니다."

"저야, 정 회장님의 총애를 생각하면 당연히 거들고 싶습니다. 하지만."

박철영은 고민에 찬 표정이었다. 지금 회사의 분위기상 쉽지 않은 일임은 분명했다. 몇몇 임원들은 노골적으로 성진그룹으로의 회귀를 바라고 있다. 이런 차에 이 위험한 일을 쉽게 승인하려 하지 않을 것이다.

"박 사장님, 대승적인 차원에서 생각해주십시오. 우리의 생존이 걸려 있는 문젭니다."

"그것은 잘 알지요. 그러나 아시다시피 지금 회사 사정이 무척 어렵습니다. 만성적자에 주가 하락으로 수천억대의 평가손을 안고 있는 전자와 중공업의 주식을 판다는 게 아무래도.”

“평가손차익은 곧 보완하겠습니다. 분명히 약속드립니다.”

박철영 사장은 조용히 눈을 감고 생각에 잠겼다. 곧 거절할 수 없다는 결론을 내렸다.

“알겠소이다. 내 반드시 통과시켜 보리다.”

“감사합니다. 박 사장님. 이제 성진건설은 살았습니다.”

민철은 벌떡 일어서 고개를 숙여 감사를 표했다.

“정 회장님을 따라가지 못해 한이 된 늙은입니다. 내가 이제 무슨 욕심이 또 있겠소. 갈 날도 얼마 남지 않았소이다. 가더라도 회장님 앞에 떳떳하게 설 수 있도록 해 드리리다.”

“고맙습니다. 어르신.”

민철은 할아버지의 충복 박철영 사장의 손을 잡고 감사를 표했다. 눈물까지 배어 나왔다.

6.

그날 밤, 민석의 오피스텔

강민석과 최상우

상우가 방을 떠난 뒤 민석은 골똘히 생각했다. 방금 상우가 혼자 중얼거린 말을 곱씹었다. 혜진의 돌변을 민석은 도저히 이해할 수 없었고 받아들일 수도 없었다. 시간이 지나면 원래대로 돌아가리라 여겼지만 그 반대였다. 민석의 초조함은 극에 달했다. 혜진은 민석에게 알리지도 않고 퇴원을 했으며 그 이후에도 전화 한 통화 없었다.

선영은 '무조건 기다리라'는 말만 되풀이했다. 자신도 전혀 알 수 없으니 그저 기다려야 한다는 것이었다. 그러면서 당분간 혜진을 만나지 않았으면 좋겠다고 했다. 답답한 민석은 상우를 찾았다. 그는 무엇인가 알고 있으리라는 생각에서였다.

"도대체 이유가 뭐야? 넌 뭔가 분명히 알고 있어."

"뭘 안다고 그래? 난 그날 전화를 받고 병원으로 간 것뿐이야. 내가 혜진이 마음속에 들어갔다 나온 것도 아닌데, 도대체 뭘 안다는 거야? 그냥 기다려. 여자의 마음은 같은 여자도 모르는 것이야."

"내 말을 못 알아듣는 것은 아니지?"

"그저 아버지의 죽음 이후에 찾아온 정신적인 공황 상태야. 이해해."

"그럴수록 내가 있어야 하는 것 아냐?"

"어쨌든, 아버지 죽음 이후 혜진이 쉬지 못했잖냐, 왜 그렇게 조바심이냐? 너답지 않게."

민석은 갑자기 쿡쿡거리며 웃었다. 상우는 자신의 마음이 들킨 것 같다.

"실성했냐? 너, 왜 그래?"

"실성? 그래 했다. 아니, 할 것 같다."

"야, 임마. 도대체 너 왜 그래? 사람이 항상 좋을 수 있냐, 좀 혼자 있고 싶기도 하고. 너무 심신이 지치면 아무것도 보기 싫고 하더라. 그것을 이해 못해?"

버럭 소리를 질렀지만 상우의 마음은 찢어질 것 같다. 이 문제를 어떻게 풀어가야 할지 암담했다. 일단 민석의 마음은 풀어주어야 한다. 달래주느라 상당히 취했다. 민석은 만취했다. 상우는 기사를 불러 차에 태우고 함께 민석의 오피스텔로 갔다. 혼자 보내서는 안 될 것 같았다.

도착하여 상우는 민석의 잠자리를 봐주고 돌아 나서는데 인사불성인 민석을 혼자 두고 오려니 마음이 아팠다. 상우는 한참을 보며 중얼거렸다. 자신도 모르게 나온 말이었다.

"그래, 미안하다. 난 죽어도 그 이유를 말할 수 없어. 나도 미치겠다. 너희 둘 사이에 왜 이런 일이 생겨야 하는지. 하지만 난, 너희들을 믿어."

상우는 돌아서서 나갔다. 나간 후 민석은 조용히 눈을 떴다. 그리고 그 말을 음미했다. '혜진에게 분명히 무슨 일이 있었다.'

7.

다음날 밤, 백선영 오피스텔 앞

강민석과 백선영

선영은 창문의 커튼을 살짝 걷고 밖을 보았다. 아직도 민석의 차가 그대로 주차되어 있었다. 민석이가 그곳에 온 지 벌써 2시간이 넘었다. 도대체 왜 혜진이 이렇게 칼같이 변해야 하는지 그 이유를 알 수 없었다. 선영은 안절부절못하다가 밖으로 나갔다.

민석의 참담한 모습이 눈에 어른거린다. 밖으로 나가니 민석의 차가 보였다. 선영은 죽을 지경이었다. 이 상태를 어떻게 해결해야 할지 난감했다. 민석이 있는 곳까지 불과 수십 미터인데 십리길 같았다. 선영을 보는 민석의 표정도 굳어 있었다.

"민석 씨, 죄송해요. 오늘도 그냥 가서야 할 것 같아요."

선영은 괜히 자신이 죄인 같다.

"이렇게 해서 해결될 일은 아닌 것 같아요."

말 없이 앉아 있는 민석에게 할 수 있는 것은 겨우 이 말이었다.

"왜죠? 내가 말한 결혼이 그렇게 잘못된 겁니까."

민석의 어투는 격하기까지 했다.

"그게 아니라니까요. 입원 전에 무슨 충격적인 일이 있었어요."

“왜 그것을 나에게 이야기하지 못한다는 겁니까?”

“저도 그 이상은 알 수 없잖아요. 제가 천천히 꼭 알아볼게요. 민석 씨가 이러면 혜진이도 얼마나 괴롭겠어요.”

혜진이도 괴로울 것이라는 말에 민석의 표정이 창백해졌다. 선영의 마음도 함께 춥다. 왜 이런 지경까지 왔을까. ‘도대체 저 기집애는 왜 말을 하지 않는 건가.’ 혜진을 한 대 때려주고 싶을 만큼 지금의 민석의 모습은 가슴에 아렸다.

민석은 다시 한 번 혜진의 방을 보았다. 그리고 고개를 떨구었다.

“알았습니다. 갈게요.”

민석의 차는 조금 후에 떠났다. 그 자리가 텅 비어버리자 선영의 마음도 함께 빈 것 같았다. 창문의 커튼 사이로 혜진은 차가 떠나가는 것을 보고 있었다. 그리고 침대로 가서 무너지듯 쓰러졌다.

“오빠. 잘 가. 이젠 절대 오빨 볼 수 없어. 미안해. 그냥, 날 미워해. 좋은 여자 만나구. 오빠 엄마와 약속지키지 못한 것, 정말 미안해.”

혜진은 소리없이 흘러내리는 눈물도 닦지 않았다. 동시에 아버지를 빼앗아간 강 행장의 얼굴이 떠올랐다. 혜진은 고개를 저었다. 그리고 엉엉 통곡하듯 울었다.

8.

비슷한 시각, 캐피탈호텔 밀실

강필수와 백성태

"어제 성진상선 유 전무를 만났소."

강필수는 속삭이듯 말했다. 백성태는 무슨 말인가 싶었다. 오늘 갑자기 만나자는 전갈이 왔을 때 그는 갈수록 강필수의 마음이 급해가고 있다는 것을 느꼈다. 그런데 느닷없는 성진상선의 유 전무 만남을 거론한다.

"성진건설이 같은 계열사인 성진상선이 가지고 있는 성진중공업과 성진전자 주식을 팔아 자구책에 사용한답디다."

"네? 성진상선 보유 주식을요?"

백성태는 깜짝 놀랐다. 이는 허벅지 살을 깎아 팔에 붙이겠다는 것 아닌가. 그만큼 성진건설의 살아남기 위한 몸부림은 필사적이었다. 백성태는 측은한 마음이 들었다.

"이를 막아야겠소. 성진상선 박철영 사장은 민철의 말을 따를 가능성이 농후해요, 그는 정 회장을 주군으로 모신 맹장 중의 맹장이오. 내부 반발을 간단하게 제압할 수 있는 인물이요."

"옛 주군의 회사를 살린다는 향수가 주효하겠군요."

"상선의 유 전무를 만나 제지하라고 했으나 그가 박철영 사장을 감당하기에는 벅차오."

"그렇다면 주주들에게 호소할 수밖에 없군요."

"맞소. 십수 년 전 정 회장을 꺼꾸러뜨렸던 그 작전 말이요."

강필수가 두툼한 봉투를 탁자 위에 놓았다. 군자금이었다. 상당한 액수임이 틀림없었다. 백성태는 한참을 보다가 그 봉투를 다시 강필수 앞으로 밀었다.

"회장님과 나 사이의 신의를 굳이 돈으로 따지시렵니까."

"신의가 아니요, 책임이요."

강필수다운 서릿발이 배여 있었다. 상대를 빼도 박도 못하게 만드는 서릿발이었다. 그래, 강필수와 자신의 사이는 책임관계다. 신의가 아니었다. 책임은 항상 결과가 따른다. 책임을 다 하지 못하면 버림을 당한다. 다행히 아직까지 그는 책임을 다해 왔다. 하지만 언제 추락할지 모른다. 그러면 그것으로 끝난다. 그는 새삼 그런 생각으로 그 봉투를 다시 자신 앞으로 끌어들였다

"제가 잠시 실수했습니다. 책임을 가져가겠습니다."

"일단 성진중공업과 전자 주식 매각이 불발로 끝나게 해주시오."

"알겠습니다."

"성진을 코너로 몰아놓고 은화로 하여금 성진을 지원케 하겠소."

강 행장의 은발이 반짝 빛났다.

"이를 위한 측면 지원자로 은화의 양만길 전무를 선택했소."

"양만길 전무요?"

백성태는 놀란 표정이었다. 벌써 강 행장의 거미줄은 사통팔달로 뻗어

가고 있었다. 최근의 그의 부지런한 행보, 동우, 한민, 김성철 의원을 돌아 이제는 은화의 깊은 심장을 겨누고 있다. 바로 양만길 전무였다.

"은화가 성진을 돕지 않을 수 없게 하는 비책을 가지고 계시군요."

"하하. 모든 것이 다 준비되어 있소. 은화의 양만길 전무가 입맛을 당길 안이요. 그는 꼼짝없이 걸려듭니다. 일단 그의 동우 합병안을 도울 계획이오."

점차 결론에 다가오고 있었다. 백성태는 식은땀이 계속 흘렀다. 도착 전에 생각했던 '오늘 밤이 거사의 시작이다' 하는 생각이 끊임없이 자신을 엄습했다. 백성태는 침을 꼴깍 삼키고는 물었다.

"그리고 마지막으로 제가 할 일이 있군요."

"그렇소, 마지막은 백 회장님 순서요. 세종캐피탈에서 성진건설 투자펀드를 조성하되 시작 후 실패로 마쳐야 합니다."

"알겠습니다."

"거기까지 만이요. 나머지는 나와 양 전무, 이호성 회장 그리고 국제은행 민 전무가 맡으리다."

이미 4각편대가 떴구나. 백성태는 강필수라는 사나이를 새삼 다시 보았다. 언제 이런 발사대를 구축해 놓았을까. 양만길, 오호성, 민찬웅. 이제 은화의 성도훈은 갈 곳이 없을 것이다. 그의 진지는 곧 초토화된다. 방사포, 자주포, 곡사포가 한꺼번에 뜬다. 엄청난 위력으로.

9

며칠 후, 룸살롱
백성태와 성진상선 주주들

　백성태는 이제 자신의 페이스대로 이들이 따라와주고 있음을 동물적 감각으로 느꼈다. 그의 오랜 경험에 따름이었다. 십수년 전에도 그는 정 회장 실각을 위해 이러한 짓을 저질렀다. 대주주들을 일일이 찾아다니며 설득하고, 안 되면 협박했다. 그의 가방 안에는 대주주들의 비리 자료가 가득 담겨 있었다. 세금 포탈은 물론 부정을 저지른 자료, 심지어는 유치한 여자관계도 전부 담아두었다. 그것이 엄청난 효력을 발휘했다. 그때 백성태는 느꼈다. 털어서 먼지 안 나는 놈은 사람이 아니라고.

　하지만 오늘은 그때와는 사정이 다르다. 성진상선이 보유하고 있는 주식을 매도한다는 것 자체가 대주주들에게는 위협이었다. 아니나 다를까 백성태가 이 말을 꺼내자마자 성토 일변도로 변했다. 백성태는 가끔 불만 지펴주었다. 그러면 불은 무서운 기세로 활활 타올랐다. 백성태는 그것을 보며 즐겼다. 그는 자신이 하는 일에 언제나 기쁨과 보람을 느꼈다. 상대가 어떤 상황에 처하건 알 바 아니었다. 지금의 일도 즐거웠다. 그는 떠드는 사람들 사이에서 고개를 끄덕여주고 동조를 해주는 것이 전부였다. 그러다가 식을 만하면 기름을 부었다.

"다 죽어가는 성진건설을 살리자고 성진상선을 죽이자는 거 아닙니까."

이 말 한마디면 주주들은 질세라 불만을 쏟아냈다.

"성진건설은 그대로 두면 고사합니다. 관심의 초점은 금융기관협의회에서 성진건설 만기차입금의 연장안건의 통과 여붑니다. 75% 찬성해야 하는데 통과가 어렵소."

"결국 성진건설은 죽는다는 것 아니요."

성격이 불같은 박 이사가 불쑥 말을 던졌다.

"맞아요. 성진상선 부채가 지금 얼맙니까. 4조 7,000억 아닙니까. 그런데도 상선이 보유하고 있는 성진중공업과 전자 주식을 팔면, 금융권에서는 성진상선에 채권 회수를 당장 시도할 겁니다."

"그렇죠, 이미 수천억 평가손을 입고 있는 성진중공업과 전자 주식을 판다니, 금융권이 가만히 있을 리 없죠."

"당장 임시주총을 엽시다. 이사선임 안건 말이요."

드디어 결론이 맺어졌다. 이것으로 성진상선 박철영 사장은 두 번 다시 사장실에서 볼 수 없을 것이다. 노인네가 괜히 뇌관을 건드렸다. 싸움도 상대를 보고 붙어야 하지 않겠는가. 그는 스스로 명을 재촉했다.

백성태는 비릿한 미소를 흘렸다. 그리고 조금 후 이 자리가 파하면 강행장에게 전할 말을 생각하고 있었다.

10

같은 시각 캐피탈호텔 중식당
강필수와 김성철 의원

임시회기 중 바쁜 중에도 김성철 의원은 시간을 내주었다. 필수가 여의도로 가겠다고 했으나 '오랜만에 시내 구경 좀 하겠다' 고 해서 명동으로 왔다. 김성철 입장에서 보면 강필수와의 잦은 회동은 썩 좋은 일은 아니다. 총리 후보로 거론되는 마당에 도움보다 실이 클지도 모른다. 사업가와 국회의원 아닌가. 그러나 김성철은 일소에 붙였다. 주도면밀한 강필수의 실력을 믿기 때문이었다. 오늘 만남은 필수에게는 흥분되는 일이었다. 딸 애란과 김성철 의원의 아들 준수와의 결혼을 본격적으로 꺼내야 할 시점이 왔다고 생각했기 때문이었다. 그러나 처음부터 그 이야기로 시작할 수는 없었다.

김성철은 특히 중국음식을 좋아했다. 그의 말마따나 가난했던 고학생 시절에 가장 먹고 싶은 음식은 자장면과 탕수육이었다. 가난했던 그의 어린 시절은 필수와도 잘 맞아 떨어졌다. 그래서 둘은 만나면 보릿고개 이야기와 쑥버무리, 고구마 등 구황식에 열을 올리기도 했다.

김성철 역시 오늘 강필수의 면담 요청은 단순한 만남 이상일 것이라고 예상했다. 그는 그것이 좋았다. 바쁜 세상 한담이나 하자고 만나는 것을 극히 싫어했다. 만나면 무엇인가 일을 만들어야 한다. 힘이 필요한 일이라면 더욱 좋다. 그는 힘이란 누군가와 나눌 때 더 커진다는 것을 알고 있다. 자신에게 힘이 있으니까 누군가 필요로 한다는 것. 그는 그것에 희열을 느낀다. 그것도 도와주고 싶은 사람이라면 금상첨화였다. 바로 강필수가 그런 사람이었다.

앉자마자 김성철은 곧바로 말문을 열었다.

"은화가 국제 공략을 발 빠르게 진행하고 있던데요?"

"기다리고 있습니다. 둘 사이에서 뭔가 나오기만 말입니다."

"은화의 수를 읽고 있다는 거군요?"

"제가 보기에 성사 여부의 열쇠는 국제가 쥐고 있습니다."

이 말에 김성철은 '이미 정확한 수를 읽고 있다'고 생각했다.

"국제은행은 승자의 저주를 두려워할 겁니다. 은화가 국제를 합병 시 동원할 무리한 자금은 합병 후 일등의 자부심을 갖고 있는 국제에 부담이 미칠 것을 걱정하는 거죠. 강력 반발할 겁니다."

강필수의 말에 김성철은 고개를 끄덕였다.

"그렇다면 행장님의 복안은요?"

강필수는 주위를 살피고는 목소리를 낮추었다.

"아마 롬발트와 은화의 매각조건이 곧 나올 겁니다. 그러나 결국 국제는 은화와의 합병을 강력히 거부할 겁니다."

강 행장의 얼굴에는 자신이 넘쳐 흘렀다. 김성철은 경이롭게 보는 동시에 흥미가 당겼다. 그래서 슬쩍 운을 뗐다.

"그때 우수가 은화를 취하신다는 거군요?"

"국제가 은화와의 합병을 거부할 명분을 줄 겁니다. 지금 은화가 제시한 금액의 조달방법에 대한 위험성을 적극 파고드는 겁니다. 충분한 자료가 있습니다."

김성철은 '역시 강필수다' 라는 생각이 스쳐지나갔다. 동시에 상당한 위험이 따르거나 자칫하면 엄청난 후폭풍에 휩쓸릴 계략이라는 것도 떠올랐다. 그러나 해볼 만한 일이었다. 정부로서도 골치 아픈 문제를 하나 해결할 수 있으니까. 그런데 김성철에게는 풀리지 않는 의문이 하나 있었다. 왜 이 사나이는 이토록 은화은행 합병에 목을 걸고 있는가였다. 그런 생각에 잠시 잠겨 있는데 강필수가 뚜벅 말을 꺼냈다.

"그런데 의원님, 불초 제 여식의 문제를 어떻게 생각하시는지요?"

"글쎄요, 그것은 저도 행장님께 드리고 싶은 이야깁니다. 준수도 따님을 매우 가음에 들어 합니다. 그래서 사실은 제가 기다렸습니다. 하하하."

"이런, 제가 이렇게 아둔합니다. 상견례 일정을 잡아도 되겠습니까?"

"그거야 부모 마음이지만 일단은 아이들 이야기를 들어봅시다."

김성철은 유쾌하게 웃음을 터뜨렸다. 강필수는 화사한 웨딩드레스를 입고 서 있는 딸 애란을 생각했다. 그 옆에는 물론 준수가 서 있었다. 너무나 잘 어울리는 한 쌍이었다.

11.

강필수 저택
강필수와 강애란

　백성태로부터 성진상선 주주 및 이사들과의 회동 결과를 들은 강필수는 회심의 미소를 떠올렸다. 이것으로 민철의 회생 계획은 큰 암초에 부딪칠 것이다. 이제 다음 순서다. 그것은 은화로 하여금 성진건설 회생에 참여를 유도하는 것이다.

　그동안 은화와 우수는 성진건설 지원 문제로 껄끄러운 관계였다. 은화는 성진건설의 주요 채권은행으로 은근히 성진건설의 일부 채무를 우수 측에 떠밀려 했다. '부자지간이 아니냐'는 일종의 호소였다. 물론 강필수는 일축했다. 성진건설이 호황일 때는 열매를 얼마나 따먹었는데 이제 와서 우수은행에 맡기려는 것이냐고 거부했다. 은화 역시 이 논리에는 할 말이 없었다. 그러면서 은화는 성진에 대한 일체의 지원을 끊었다.

　그러나 이제는 사정이 달라졌다. 무엇보다 도훈은 성진건설 부활에 죽음까지 불사한 성 회장의 친동생이다. 그런 성진의 어려움에 눈만 감고 있을 수는 없을 것이다. 자식인 민철이 맡고 있는 성진건설이 아닌가. 여기에 필수는 양 전무를 상대로 맛있는 미끼를 던질 예정이었다. 바로 은화가 치명타를 입을 덫이었다. 물론 양 전무는 꿈에도 모른다. 하지만 양만길이 꼼짝할 수 없을 미끼다. 이런 수순은 이제 얼마 남지 않았다. 은화의 몰락, 아니 도훈과 그의 자식 민철의 몰락. 작전은 물론 애란과 준수와의 결혼 이후다. 그래서 결혼도 한두 달 내로 성사시켜야 한다. 그는 한껏 흐뭇한 생각에 잠겼다. 그때 애란이 들어섰다.

"왜 이렇게 늦니. 준수하고 있었니?"

"아니에요, 연주회 연습 때문에 정신없어요."

딸은 약간 지쳐 있었다.

"좀 앉아라. 아줌마, 사모님 좀 나오라고 해요."

필수는 흐뭇한 표정으로 딸을 보았다. 애란은 의아한 듯 머뭇거리다가 소파에 앉았다. 조금 후 요숙이 나와 딸 옆에 앉았다.

"약혼식을 준비해야겠소."

필수는 들뜬 목소리였다. 요숙은 약간 놀란 얼굴이었으며 애란은 경악하듯 펄쩍 뛰었다.

"아빠! 약혼식이라니요?"

그때까지도 필수는 딸의 마음을 전혀 헤아리지 못하고 있었다.

"하하. 좋긴 좋은가 보구나. 약혼식이 뭔지 몰라? 너와 준수 말이다. 오늘 김 의원을 만나 대강 이야기를 나누었다. 은근히 기다린 것 같더라. 준수도 너를 아주 마음에 들어 한다면서. 허허허, 우리 애란이가 선머슴아 같아 보여도 매력은 있나봐."

요숙은 간간히 미소를 띠었다. 그러나 애란의 모습은 예상과 반대였다. 새파랗게 질린 얼굴이 곧 어둡게 변했다.

"그러니 당신이 김 의원님 사모님을 만나 날을 택해요."

“아, 아빠! 아, 안돼요.”

애란이 벌떡 일어서더니 소리를 내질렀다.

“무슨 소리냐?”

필수와 요숙은 의아한 눈으로 딸을 보았다. 그러나 두 사람의 의아한 눈길은 달랐다. 요숙은 딸의 마음이 심상치 않다는 것을 읽었다.

“안 되다니, 무슨 소릴 하는 게냐?”

필수의 관자놀이가 불끈 솟았다. 최고로 흥분할 때 나타나는 습성이었다. 요숙이 재빨리 딸에게 말했다.

“잠깐만요. 애란아, 넌 네 방으로 들어가거라.”

“무슨 소리요, 들어가다니. 지금 중요한 결혼 이야기를 하는데.”

필수는 버럭 소리를 질렀다. 그러나 요숙은 침착했다.

“갑자기 이야기하니 애도 생각할 여유를 줘야 하잖아요. 애란아, 너 올라가 엄마하고 이야기 좀 하자.”

애란은 벌떡 일어서 이층으로 쿵쾅거리며 올라갔다. 요숙은 잠시 소파에 앉아 있다가 그 뒤를 따라갔다.

12

강애란의 방
강애란과 정요숙

애란은 침대에 털썩 쓰러지며 엎드렸다. 방금 아버지가 한 말이 귀에 맴돌았다. '준수와의 약혼식?' 애란의 가슴은 심하게 떨렸다. 평생 한번 듣는 이 아름다운 말에 왜 가슴은 무섭게 뛸까. 그러면서 애란은 지금부터 자신이 해야 할 일이 얼마나 엄청난 파장을 가져올 것인가를 먼저 생각했다. 철벽같이 높기만 한 아버지의 벽을 넘어야 했다. 과연 가능할까? 그러나 두려움은 없었다.

그때 조용한 노크 소리가 들리고 엄마가 들어왔다.

"왜 왔어?"

"잠깐 이야기 좀 하자. 준수하고 무슨 일 있었니?"

"아무 일 없어. 준수 오빠 만나면 그럴 짬도 없어."

"무슨 말이니?"

"난 엄마처럼 살기 싫어."

순간 애란은 당황했다. 전혀 생각지 않은 말이었다. 왜 이런 말이 튀어나왔지? 그러나 요숙의 표정은 담담했다.

"날 진정으로 사랑하는 사람과 살고 싶어."

“…….”

요숙은 아무 말 없이 침대에 걸터앉았다. 딸의 결심을 말려야 할까, 후원해주어야 할까?

“네 일생이 걸린 중요한 문제야.”

“그러니까, 난 엄마처럼 살지 않겠다는 거야.”

요숙은 그 말에 동의하지만 딸의 마음을 확인하고 싶었다.

“엄만 행복해.”

“엄마처럼 사는 것이 행복이라면, 난 그런 행복 원하지 않아.”

“너 정말?”

요숙은 ‘딸에게 큰 변화가 있었다’ 는 생각에 입술이 바짝 탔다. 보통 문제가 아니었다. 하긴 민철에게서 애란과 준수 사이가 심상치 않다는 이야기는 들었다. 그러나 그냥 결혼을 앞둔 딸의 또 다른 불안감이 그렇게 표출되었겠지 하는 정도로 지나쳤다. 애란의 쿨한 성격상 그럴 수도 있다는 생각이었다. 그러나 그것이 아니었다. 요숙은 딸의 변화가 제발 찻잔 속의 미풍에 그치기를 바랐다. 그러나 요숙의 이러한 바람은 산산조각이 나버렸다.

“일단 나에게 맡겨요. 어쨌든 약혼식은 싫어. 엄마가 말하기 싫으면 내가 준수 오빠에게 직접 말할 거야.”

요숙은 천정이 빙빙 도는 것을 느꼈다. 동시에 굳은 표정의 딸의 모습도 함께 들어왔다. 딸의 모습에는 30여 년 전 자신의 모습이 있었다. 요숙은 소스라치게 놀랐다. 그리고 쓰러지듯 침대에 앉았다.

13.

병원

박철영 사장과 강민철

119 구급차가 병원에 도착하자 산소마스크를 한 박철영 사장이 황급히 병원 안으로 실려 들어갔다. 구급차 안에서도 대원들은 급박한 상황을 병원에 알리며 조처를 하고 있었다. 쓰러진 박철영 사장은 거의 죽음이 임박한 듯 보였다.

민철은 정신이 없었다. 그저 멍한 상태였다. 차에서 내린 민철은 거의 사색이 되어 실려가는 박 사장을 따라갔다. 구급대 위의 박 사장의 축 처진 손을 간호사들이 구급대 위로 올려놓고 있었다. 민철은 참담했다. 마치 자신의 책임인양 싶었다. 자신이 제안한 주식매매 건을 놓고 이사진들과 불협화음 때문에 박 사장이 쓰러졌기 때문이었다.

그동안 구급대는 응급실로 급히 들어섰다. 의사들이 몰려왔다. 그들의 표정이 심상치 않아 보였다. 일부는 고개를 저었다. 급격히 떨어지는 심장박동이 민철의 눈에 보였다. 의사들은 급한 표정으로 서두르며 응급조치를 취하나 서서히 떨어지는 심장박동이 마침내 0에 이르렀다. 의사들은 침통한 표정으로 고개를 저었다. 그리고 이내 의사의 확인을 거친 후 박 사장의 산소마스크가 거둬지고 하얀 천을 덮었다.

"사, 사장님. 사장님. 안 됩니다."

민철은 겨우겨우 입술만 뒤적였다. 아무것도 보이지 않았다. 모래성처럼 무너지는 성진건설의 모습이 보였다. 이로써 주식매매를 통한 성진건설 구제 계획은 또 물거품같이 사라지고 말았다.

3시간 전에 두 사람은 회사 문제에 대해 머리를 맞대고 상의했다.

"이 안건을 말하자 유 전무란 놈이 아주 정색을 하고 대듭디다. 지가 누구 덕에 그 자리에 오른 줄도 모르고. 내가 따끔하게 알아듣게 말했소. 걱정 마시오."

오늘 따라 박철영 사장의 모습은 무척 피곤해 보였다. 아마 이사들과의 심한 격론이 있었던 것 같았다. 민철은 고개를 숙였다.

"죄송합니다."

"세상의 논리라는 게, 참. 이렇게 돼야 합니까. 모두 정 회장님의 은덕을 받은 자들 아닙니까. 그런데 이런 지경이 되니까 모두 나 몰라라예요, 특별히 그 유강오 전무라는 놈. 그놈이 회장님의 은덕을 어떻게 받고 큰 놈인데. 에이 배은망덕한 놈! 어쨌든 저에게 맡기세요."

그때 급히 비서가 뛰어 들어왔다.

"사, 사장님."

"왜 이렇게 호들갑인가?

박철영 사장이 의아한 듯 물었다.

"크, 큰일 났습니다. 지, 지금 총무부장에게서 전화가 왔는데 주주들이 모, 모레 임시주총을 가진다고 통보해 달라고 했답니다."

"임시주총? 안건이 뭔데?"

박 사장의 미간이 꿈틀했다. 무슨 소리인가 싶었다. 안건을 묻자 비서는 송구한듯 말을 더듬거렸다.

"이, 임원 변경안이랍니다. 사, 사장님."

"뭐야? 아니, 유강오 전무, 이놈이?"

박 사장은 벌떡 일어섰다. 그러더니 하얗게 얼굴이 변하더니 그대로 꼬꾸라지듯 무너졌다. 그 서슬에 머리가 바닥에 부딪혔다. 쿵하는 굉음이 울리는듯 했다. 박 사장의 얼굴은 하얗다 못해 백지장이었다. 민철은 급히 박 사장의 용태를 살폈다. 눈을 뒤집어 보았지만 눈꺼풀이 풀리고 있었다.

"빨리 119를 불러요."

민철은 고함을 지르듯 소리쳤다. 119는 급히 도착했으나 이미 박 사장의 몸은 축 늘어져 있었다. 민철은 아득한 심정으로 그가 구급대에 실려 나가는 모습을 보았다.

그리고 도착한 병원의 응급실에서 박철영 사장은 운명했다. 민철은 천지가 하얗게 변해가는 것을 보고 있었다.

15.

며칠 후 어느 까페

최상우와 강민철

밖은 초여름비가 추적추적 내렸다. 잔뜩 흐린 날씨 때문인지 실내 조명 역시 어둑했다. 벌써 다섯 잔째였다. 상우는 그럴수록 정신이 말짱해졌다. 이야기를 어떻게 꺼내야 하나. 상우는 다시 잔을 들었다. 그러나 더 이상 미룰 수 없었다. 두 사람 때문이었다. 하나는 오영일 기자였다.

어제 만난 그는 대뜸 '이제 성진건설의 목조르기는 초읽기에 들어갔다'라고 말했다. 그리고 그는 박 사장 죽음의 배후에 백 회장의 대책회의가 있었음을 민철이 알게 되었다고 전했다. 박철영 사장의 작고로 성진건설의 자금회생 능력은 날아가 버렸다는 것이었다. 박 사장 없는 성진상선의 주식매각은 상상조차 할 수 없으며, 임시주총이 예정되어 있고, 성진그룹에서 출자전환을 통한 경영권지배가 기정사실화 되어 있다는 것이었다.

그러면서 오영일 기자는 히죽 웃었다. 그 표정에 상우는 오싹했으나 아무런 대답을 하지 않았다. 그는 분명 무슨 냄새를 맡은 게 확실했다. 강 행장의 필살기 전투는 이미 시작되었다. 그는 거침없이 전 전선을 지휘하며 대담하게 국경을 넘고 있었다. 성진건설의 자금줄을 목조르기 시작한 것이었다. 아니, 자금동원 능력을 원천봉쇄하기 시작한 것이었다. 그렇다면 성진건설의 초토화는 불을 보듯 뻔하다. 다음은 뭘까, 그렇게 생각하면서 상우는 선영의 말을 떠올렸다.

"민석 씨가 여태 혜진이 기다리다가 금방 떠났어. 저러다 병나겠어. 날마다 찾아와서 한두 시간씩 밑에서 기다리다가 그냥 가. 저러다 정말 혜진이 포기하는 거 아냐? 둘 다 이해할 수 없어."

어젯밤에도 늦은 밤 선영이는 숨을 죽여가며 전화를 해주었다. 민석이 며칠째 저러고 있다는 것이다. 상우는 더 이상 미룰 수 없다는 생각이 들었다. 문제의 CD를 알고 있는 사람은 자신과 혜진이 밖에 없다. 그렇다고 혜진이 혼자 이 문제를 풀 수 있을까. 절대 할 수 없다. 민석의 상처를 생각하고 혜진은 머뭇거리고 있을 것이다. 그러나 아버지 일이다. 불의의 음모로 억울하게 유명을 달리한 아버지의 죽음을 이끈 사람들에 대한 원한이 왜 없을까. 그것을 견디지 못하고 혜진이 직접 나선다면 문제는 걷잡을 수 없이 커지고 만다. 그래서 더 이상의 머뭇거림은 아무 의미도, 도움도 되지 않는다. 민석이도 혜진이의 억울함을 알면 해결책을 강구할 것이다. 이해할 수 없는 혜진의 돌변함으로 상처만 쌓아간다는 것은 적어도 민석과 혜진 둘 사이에는 있을 수 없는 일이다.

그래서 상우는 오늘 민철을 만나기로 했다. 만일 이 이야기를 민석에게 직접 하면 엄청난 충돌이 따를지 모른다. 민석이는 당사자이기 때문이다. 걷잡을 수 없는 소용돌이로 휘몰아 들어갈 것이다. 그래서 완충역이 필요했고 그것을 해 줄 사람으로 민철을 택했다. 물론 민철 형도 아버지를 설득하기에는 어려울 것이다.

그러나 민석이가 먼저 아는 것보다는 이 편이 낫다는 생각이었다. 만일 혜진이가 직접 나서면 그것은 정말 파국이다. 민석과 혜진 사이는 영원히 건널 수 없는 강을 건너고 만다. 이것만은 막아야 했다. 그래서 그는 일단 민철을 택한 것이었다. 그러나 유약한 심성의 민철을 생각하면 그의 마음은 복잡했다. 그때 문밖에서 우산을 접고 있는 민철의 뒷모습이 언뜻 보였다. 상우는 숨이 막혔다. 주머니 안에 있는 문제의 CD를 다시 한 번 꼭 잡았다. 손에 땀이 배어 나왔다.

16

늦은 밤 강민철 사무실
강민철

　민철은 눈을 감았다. 심하게 떨리는 몸을 주체할 수 없었다. '혜진이가 이것 때문에 민석이 곁을 떠났군.' 민철은 심한 갈증을 느꼈다. 그러나 일어서지 않았다. 식은땀이 기분 나쁘게 옥죄고 있었다. 머리가 핑핑 돌았다. 성 회장, 아니 성정훈 아저씨의 죽음도 바로 이 CD 때문이었다.

　상우가 건네준 CD를 보면서 숨도 쉴 수 없었다. 아버지의 비리는 그만두고라도 할아버지는 왜 이것을 만들었을까? 그리고 왜 이것을 정훈 아저씨에게 넘겼을까? 성 회장은 이것으로 아버지를 협박했다는 말인가? 작고 전 '이제 아버지가 돕지 않을 수 없다' 라고 한 것은 바로 이것 때문이라는 것인가? 민철은 마구 고함을 지르고 싶었다.

　왜, 무엇 때문에 아버지는, 외할아버지는, 성 회장은 이토록 증오의 고리를 이어가는가. 이것을 혜진에게 전달했다는 것은 성 회장도 죽음을 어느 정도 예견했다는 뜻이다. 그럴 정도로 아버지를 압박했다는 말인가. 자신의 죽음을 예견할 정도로?

　이제 누가 죽고 누가 죽였는가가 문제가 아니었다. 도대체 어디에서, 어떻게 끝내야 할지가 문제였다. 도대체 아버지의 증오의 원인은 어디에 있는가. 그 끝은 어디인가. 그는 벌떡 일어서 창문을 열었다. 서늘한 바람이 실내로 들어왔다. 이미 새벽 1시를 지나고 있었다. 거리는 고요하게 가라앉아 있었다. 간간히 지나가는 차들 몇 대만 보일 뿐이었다. 그는 순간 뛰어내리고 싶은 충동에 사로잡혔다.

성진건설의 자구책은 이제 멀어져 갔다. 성 회장, 박 사장 모두 차례로 세상을 떠났다. 아니 외할아버지 정 회장부터. 그래도 아버지는 옥죄임을 조금도 풀려하지 않고 있다. 누구의 잘못일까, 아니 누가 먼저 시작했을까. 민철의 머리에는 어린 시절부터 유독 민석을 싫어했던 외할아버지, 성 회장 그리고 민석 생모의 죽음, 돌아온 민석, 아버지의 냉정한 모습 하나하나가 지나갔다. 이 지루한 싸움은 끝날 기미가 없다. 그 분들의 죽음으로 증오 하나씩 사라질 줄 알았지만 어처구니없게도 이제 혜진과 민석에게 전이되었다. 민철은 의자에 무너지듯 쓰러졌다.

"할아버지, 이게 나를 위한다고 세운 방법이었나요? 왜요, 무엇 때문에. 진짜 나를 위함이었나요? 아저씨도, 할아버지도? 나를 핑계로 당신들은 서로를 증오할 명분을 갖춘 건 아닌가요? 증오를 위한 증오 말입니다. 그게 정말 나를 위한 것입니까? 당신들은 자신들의 게임을 알아서 즐긴 것 아닙니까? 그래도 아버지, 아버진 분명 잘못된 방법을 사용하신 겁니다. 맞아요, 잘못됐어요. 아, 할아버지 왜 나에게 이런 짐을. 후계자? 싫습니다. 그것은 할아버지의 빗나간 욕망일 뿐입니다."

17

다음날, 명동 캐피탈호텔 강 행장 밀실
강필수와 강민철

'지금 이 기분을 어떻게 표현할 수 있을까.' 강필수는 잠깐 당혹했다. 그러나 차츰 당혹과 놀라움이 사라졌다. 오늘 아침 민철에게서 중요한 이야기라며 이곳에서 만나자고 할 때 강필수는 무언가 찌뿌듯한 느낌이 들었다.

그때 민철은 '성진건설 이야기는 절대 아닙니다' 라고 못을 박았다. 목소리가 심하게 떨렸다. 이런 아들의 목소리는 처음이었다. 위압감과 단호함이 있었다. 그럼에도 문을 열고 들어오는 아들의 모습은 곧 쓰러질 듯 창백했다. 자리에 앉고서도 민철은 경황이 없어보였다.

"뭐냐, 애비를 만나자고 한 이유가."

민철은 떨리는 손으로 작은 봉투를 꺼냈다.

"아버지 …."

그는 봉투를 앞으로 밀었다.

"이, 이게, 진실입니까?"

"뭐냐?"

"직접 보시면 압니다."

필수는 봉투의 뚜껑을 열었다. 안에는 은색의 CD 한 장이 들어 있었다. 필수는 순간 숨을 쉴 수 없었다. 뿌연 안개가 앞을 가렸다. 정신이 잠깐 나갔지만 곧 평정심을 되찾았다. 민철을 쏘듯 노려보았다.

"아버지!"

민철은 갑자기 무릎을 꿇었다.

"허어, 세상에. 급한 일이라는 게 이것이었냐?"

"아버지, 저도 괴롭습니다."

강필수는 아들을 노려보면서도 왜 이 저주의 CD가 민철의 손에 들어갔는지만 생각했다. 누구의 손을 거쳐 이 녀석에게까지 갔을까?

"모든 게 밝혀졌습니다. 하지만 더 이상 불행이 계속되면 안 됩니다. 혜진에게도 진실을 이야기하고 용서를 빌면."

"네 이놈!"

혜진에게 용서를 빌라고? 그렇다면 성 회장의 사고사가 자신이 꾸며낸 사건이라는 것을 알고 있다는 말인가? 도대체 누가 최초 발설자였을까? 필수는 치가 떨렸다. 은화의 섬멸작전은 순조롭게 진행되고 있다. 그런데 생각지도 못한 이 걸림돌은 또 무엇인가. 무엇보다 필수가 당황한 것은 아들 민철의 당당함이었다. 전혀 생각지 못한 모습이었다.

"아버지, 손바닥으로 어떻게 하늘을 가리시려 합니까."

무릎을 꿇은 채 민철은 흐느꼈다. 필수는 묵묵히 그를 바라보았다.

"지금이라도 늦지 않았습니다. 고인에게 용서를 빌고 혜진에게도 진실을 밝히십시오. 그 이후 모든 일은 제가 책임지겠습니다."

그의 눈에는 눈물이 홍건했다.

"이. 이놈, 네가 감히 나에게."

필수는 이를 갈았다. 그의 눈에는 파란 중오가 이글거렸다.

"죄송합니다, 아버지. 저는 어떻게 돼도 좋습니다. 민석일 위해서도 아버지께서 현명한 판단을."

민철의 말이 끝나기도 전에 필수는 아들의 뺨을 후려쳤다. 엄청난 분노의 표출이었다. 그러나 민철은 조금도 물러서지 않았다.

"미우면 저를 얼마든지 때리십시오. 대신 민석이를 진정으로 위하신다면 꼭 진실을 밝혀주십시오. 그래야만이 더 큰 불행을 막을 수 있습니다."

"가거라! 난 네놈에게 처음부터 아무것도 바라지 않았다. 가서 그 원수의 딸년에게 이 아비를 고발하라고 해라. 그래야 네놈은 니 할애비 원대로 이 아비 자리를 뺏을 것 아니냐."

물론 그렇지 않음을 필수는 잘 알고 있다. 왜냐하면 민철의 이야기는 사실이니까. 그러나 지금은 이렇게 해야 한다. 그렇지 않으면 모든 것이 수포로 돌아가니까. 그럴 것 같았으면 처음부터 시작하지도 않았다.

"싸우자. 이 아비도 여기까지 올 때는 모든 것을 각오한 몸이다. 이제 너와 나는 완전히 남남이다. 이제 네가 죽든지, 내가 죽든지 결판을 내자."

필수는 그렇게 소리치고 밖으로 나왔다. 민철은 아무 말도 하지 않았다. 다만 허공을 바라보며 앉아 있었다. 그의 눈에 또 다시 물밀듯 눈물이 쏟아지기 시작했다.

"아, 아버지. 제발…."

18.
백선영 패션숍 앞 커피숍
성혜진과 강민철

혜진은 순간 하늘이 노랬다. 민철 오빠가 어떻게 이 일을 알았다는 것인
가. 그녀는 앞에 앉아 있는 민철을 보며 그 생각만 했다. 무엇보다 놀란 것
은 민철의 모습이었다. 너무 초췌해 보였다. 그냥 멍한 표정이었다. 까칠
한 모습이 면도도 하지 않은 것이 분명했다. 넥타이도 풀어헤친 채였다.
창백한 그의 표정은 더욱 공허해 보였다. 혜진은 가슴이 덜컥했다. 무슨
일일까.

"그일 때문에 민석이에게 그랬니?"

혜진이 자리에 앉자마자 민철은 물었다.

"무슨 말이에요?"

"성 회장님, 아니, 네 아빠 비명에 가신 것, 모든 것은 내가 책임진다."

혜진은 경악했다. 아빠 일을 민철이 어떻게 알았을까. 갑작스런 민철의
말에 혜진은 어떻게 대처해야 할지 난감했다.

솔직히 아버지 일은 혜진으로서는 덮을 수밖에 없었다. 아버지의 억울
함은 말할 수 없지만 자신만이 아는 것으로 마치고 싶었다. 단, 민석과는
두 번 다시 만날 수 없다는 생각도 같이 했다. 그렇게 정리하고 일에 몰두

하면서 점차 벗어나는 중이었다. 그런데 아닌 밤중에 홍두깨라고 민철이 어떻게 이것을 알았단 말인가. CD와 편지는 이 세상에서 자신만 알고 있는 비밀 아닌가.

"모든 것이 나 때문이야, 성 회장님이 아버지에게 그렇게 했던 것도."

"잠깐, 오빠."

혜진은 민철을 제지했다. 어떻게 알았느냐고는 묻고 싶지 않았다. 더 급한 문제가 있었다. 아버지의 일을 잊는 대신 민석도 잊어야 한다는 것을 민철에게 분명히 해야 했다.

"다른 말은 않겠어. 민석 오빠와는 다시 만나지 않을 거야."

"그것은 안 돼."

민철의 눈이 살아났다. 지금까지와는 다른 눈빛이었다.

"나에겐 그것이 제일 중요해. 너하고 민석이. 다시 시작해라, 부탁이다."

"오빠, 너무 이기적인 거 아냐?"

혜진은 차가워지는 것을 느꼈다. 민철이나 민석은 어차피 강 행장 아들이다. 피할 수 없는 현실이다. 아버지를 비명에 가게 하신 당사자의 아들들이 아닌가. 그런데 자신의 마음과는 아랑곳없이 민석이와 다시 시작하라는 것이다. 결코 받아들일 수 없는 일이었다.

"제발, 혜진아."

"난 분명히 말했어. 아버지 일과 민석 오빠 일을 동시에 잊는다고."

혜진은 스스로 생각해도 서릿발 같다는 느낌이 들었다. 어떻게 이런 마음이 생길 수 있었을까. 다른 사람도 아닌 민석이 아닌가.

"아버지에게 선전포고를 했다."

민철의 말에 혜진은 다시 한 번 경악했다. 그렇다면 당사자인 강 행장의 귀에도 이 말이 들어갔다는 것인가. 혜진은 또 한 번의 무서운 회오리가 떠올랐다. 끝도 없이 계속되어지는 그 무서운 회오리의 여진. 혜진의 가슴은 떨려오기 시작했다. 겨우 안정되어가는 마음에 또 다시 무서운 칼바람이 불고 있었다.

"아버지에게 진실로 너에게 사죄하라고 했다."

이 말에 혜진은 발딱 일어섰다. 참았던 분노가 쏟아져 나왔다. 턱이 덜덜 떨리기 시작했다. 묻혀 있던 서러움과 분함이 춤을 추듯 너울거리기 시작했다.

"사죄? 오빤 그 정도였어? 사람을 죽여 놓고 미안하다고 사죄하면 그게 다 되는 거야? 그러면 나는 다시 민석 오빠와 손을 잡고 시시덕거리면 되는 거라고? 오빤 그렇게 인생을 살아 왔는지 모르지만 난 아냐. 강 행장님이 오빠에게 그렇게 부탁했어? 나에게 사죄한다고? 그럼 다 되는 거야? 행장님은 그렇게 세상을 편하게 사신 거야?"

혜진은 분노에 겨워 지금 무슨 말을 하는지도 몰랐다. 억울하게 아버지를 죽게 해놓고 사죄하면 된다고? 말을 마친 그녀는 씩씩대며 민철을 노려보았다. 민철이 당황할 줄 알았다. 그러나 요동도 하지 않고 앉아 있었다. 마치 바위 같은 모습이었다.

순간, 혜진은 두려움이 앞섰다. 여태껏 보지 못했던 민철의 모습이었다. 무엇인가 확고한 그의 모습 앞에 혜진은 자신의 반발이 큰 파도 앞의 물방울 정도밖에 안 된다는 생각에 다시 털썩 주저앉았다.

“네 다음, 알아.”

“…….”

“너와 민석이 함께 하라고 한 것은 아버지 사죄로 인한 것이 아냐. 그 훨씬 이전의 문제인 것, 네가 더 잘 알잖아. 아버지의 사죄가 있건 없건, 네 아버지가 억울한 죽음을 당했건, 너희에겐 상관없는 일이야. 너희 둘은 하나야. 그것을 잊었니?”

민철은 차분했다. 큰소리도 아니었다. 속삭이듯 말했다. 순간 혜진은 왈칵 눈물이 쏟아졌다. 그랬다. 민석 오빠와 자신은 흔한 사랑의 감정이 아니었다. 좋으면 만나고 싫으면 헤어지는 그런 감정이 아니었다. 그 이전의 것이었다. 민철은 그것을 정확히 알고 있었다. 민철은 그것을 위해 자신이 희생하려 하고 있다. 서릿발 같은 아버지 앞에 유약한 민철이 이 일로 인해 겪어야 했을 심적 고통을 혜진은 그때야 알 것 같았다. 혜진은 눈물이 왈칵 쏟아졌다.

민철은 울고 있는 혜진을 조용히 지켜보았다. 그러면서 머릿속으로 다음 순서를 그리고 있었다. 그것은 성진건설 몰락을 위한 아버지의 계획대로 가는 것이었다. 그것으로 민석과 혜진의 앞날을 보장받고 싶었다.

19.

같은 시각, 우수은행 구조본

강민석과 팀원들

민석은 어젯밤에도 늦게까지 선영의 오피스텔 앞에 있었지만 결국 혜진을 만나지 못했다. 마음이 아팠으나 민석에게는 시급한 일이 있었다. 아버지의 민철 형에 대한 몰락 계획과 은화와의 잘못된 합병안이었다. 민석은 그것을 막아야 했다. 그래서 민석이 추진하는 합병안은 결코 미룰 수 없는 주요 안건이었다.

이미 아버지의 은화 합병안은 불변의 원칙이다. 결코 바른 길이 아니다. 그래서 민석은 지방의 2개 은행인 광도은행과 경은은행의 합병에 혼신을 쏟고 있었다. '어차피 아버지와 한판승부를 겨루어야 한다.' 민석은 그런 각오도 불사했다.

며칠 전 강필수는 민석을 불러 최후통첩을 했다. 아버지의 합병안은 은화은행이며 성진건설 몰락 그리고 혜진과의 결혼 불가였다. 민석은 그 어느 것에도 답하지 않았다. 그러나 마음으로는 반드시 자신의 합병안을 먼저 성사시켜야 한다는 전의를 불태웠다. 그는 팀원들과 일할수록 용기가 생겼다. 합병안을 은행 직원들에게 설득할 자신이 있었다. 노조와 우리사주조합 등은 이성걸 팀장과 임경호가 부지런히 설득하고 있었다. 아직 구 전무파에서는 이러한 기류는 정확히 포착하지 못하고 있는 것 같았다. 그래서 빠르게 진행해야 했다.

최악의 경우 합병안이 받아들여지지 않으면 미련없이 혜진과 함께 떠날 예정이었다. 그래서 아버지의 은화 합병안에도 대꾸를 하지 않았다. 성진건설 몰락에 대한 아버지의 구상은 끝나 있었다. 평산농원 매각은 물론 성진상선 주식 매각도 실패할 것이라는 예측이었다. 과연 아버지의 말대로였다. 평산농원 매각 특별예산 문제도 지지부진이었고, 성진상선 주식 매각도 박철영 사장의 급사로 허공에 뜨고 말았다. 민석은 아버지가 이 계획을 수정할 마음이 한치도 없음을 확인했다.

방법은 하나였다. 자신의 합병안이 살아야 아버지의 무모한 계획을 저지시킬 수 있다. 그래서 극비로 합병안을 진행했다. 임경호와 최영우 보고에 의하면 직원들의 관심은 지방은행 합병 쪽으로 기울고 있다는 것이었다. 그는 마음이 급했다. 빠른 시일 내에 자신의 합병안을 먼저 이사회에 상정하기로 했다. 이를 위해 민석은 오늘도 밤늦게 팀원들과 일일이 점검했다.

"광도은행의 경우 가장 부담되는 경쟁자는 중국의 공상은행입니다. 아마 서해안 공략을 위한 전략 같습니다."

광도은행 담당 신주열 과장의 보고였다.

"현재 LCI(입찰참가의향서)를 제출한 투자자들은요?"

"같은 지방인 북도은행, 광주지역 상공인, 중국 공상은행, 호주의 맥쿼리, 미국의 칼라일 정도입니다."

"일부 지분 매각이 아닌 경영권을 넘기는 것이 관건이므로 경영권에 대한 경쟁입찰이 유효하다고 판단되지 않으면 재입찰에 넘긴다고 합니다.”

이성걸이 옆에서 거들었다.

“경영권 인수 주체가 나타나지 않고 경쟁입찰 요건이 유효하다고 판단되면 수의계약까지 갈 수 있다고 하더군요.”

“그것은 쉽지 않은 조건일 겁니다. 경영권 인수 최소비율이 28.5% 이상입니다. 우린 두 은행에 똑같이 입찰서를 내되 광도은행은 우리 독자적으로 내고, 경은은행의 경우 규모가 광도은행보다 크므로 타 기관과의 컨소시엄 형성도 괜찮다는 생각입니다.”

민석의 말에 팀원들은 고개를 끄덕였다.

“칼라일과 맥쿼리는 경영권인수에 많은 관심을 보이고 있습니다. 이들과의 제휴도 하나의 방안입니다.”

“그들 실무진들과의 회동을 이 팀장님이 주선해 주십시오.”

“알겠습니다.”

“다음은 경은은행을 봅시다.”

민석의 마음은 무거웠다. 지금 벌이고 있는 일은 최후통첩을 한 아버지의 경고에 정면 위배되는 일이기 때문이었다. 그러나 멈출 수는 없었다. 이제 아버지와의 마지막 일전을 더 이상 미룰 수 없다. 어차피 겨룰 일합이라면 지금이 적기다. 민석은 굳은 다짐을 했다. 더 이상 물러설 곳도 없다. 시간은 벌써 자정을 넘기고 다음날로 달려가고 있었다. 2개 지방은행 합병안은 그렇게 무르익어 갔다.

20

다음날 서울 근교 요정
강필수와 국제은행 민찬웅 전무

눈을 감고 강필수는 깊은 생각에 잠겼다. 이제 더 이상 미루면 안 된다. 어제 민철과의 만남 이후 필수는 더욱 이를 갈았다. 그것에 더해 오늘 아침 신문에 은화와 국제은행과의 합병에 롬발트가 합의했다는 기사가 온 지면을 덮었다. 글자 그대로 '합의'였지만 필수는 초조했다. 언제 이렇듯 속전속결로 이루어졌을까? 하지만 위로도 받았다. 이렇게 노출되어야 포격을 가할 수 있기 때문이다.

이제부터는 속전속결이다. 포진은 이미 끝났다. 이호성 동우금융지주 회장, 한민금융지주의 여석태 회장, 은화은행의 양만길, 거기에 국제은행의 민찬웅 전무를 합세시켰다. 국제은행 민찬웅 전무는 반듯한 사나이였다. 그는 서울대 후배라고 자신을 소개했다. 물론 강필수도 알고 있었다. 필수는 국제은행 매각에 은행장으로서 많은 관심이 있음을 먼저 솔직히 토로했다. 민 전무는 '우수은행 따위가?' 하는 표정이 아니었다. 감사하다고 대답했다. 이 말이 필수의 마음을 흔들었다.

그는 강필수의 질문에 차분히 대답해 나갔다. 겸손했으나 송곳 같은 예리함을 지니고 있었다. 그 날카로움 속에는 유연함도 흘렀다. 그는 예리했고 사태를 정확히 꿰고 있었다. 대주주 롬발트에 대한 불만도 한쪽만이 아니었다. 롬발트를 이해하면서도 좋아하지 않았다. 묘한 양면성 이론을 전개했다.

"롬발트는 이미 쏟아 부은 원금은 다 회수했습니다. 2003년 국제를 인수할 때 2조 1,600억, 2007년 지분 13.6% 매각시 1조 1,900억, 그동안 배당 9,300억 등 투자의 99%를 회수했습니다."

"호오, 그럼 오늘 은화의 성 행장이 발표한 매각금액 4조 6,000억은 순수이익이군요."

"하지만 롬발트의 수익에 배만 아파할 필요는 없습니다. 그들은 2002년 제2차 구조조정 당시 정부도 외면한 국제은행을 과감하게 사들였으니까요. 그리고 유수한 해외경영자를 도입해 자산을 66조에서 110조로 두 배로 늘렸고 주식도 6,300원에서 14,500원으로 늘어나게 했습니다. 소위 초일류은행으로 발돋음하게 했죠. 그 공과는 인정해줘야 합니다."

균형잡힌 탁월한 논리였다.

"국제의 앞길은 이제 은화에 맡기는 겁니까?"

강필수는 슬쩍 물었다.

"그렇게는 안 될 겁니다."

"은화와 대주주 간의 합의는 끝났지 않았습니까?"

"국제은행 임직원들은 반대할 겁니다. 무엇보다 은화은행의 자금동원 능력에 의구심이 많습니다. 은화가 기껏한다는 것이 또 하나의 해외 사모펀드를 끌어들이는 것일 겁니다. 빚으로 국제은행을 사보았자 결국은 동반부실로 이어집니다."

"동감입니다."

이 사나이와는 처음부터 시작이 맞았다.

"거기에 대 국제은행이 단자회사가 전신인 은화에 흡수통합된다는 것은 격에 맞지 않지요."

필수는 민찬웅에게 기름칠을 했다. 일류 은행으로서의 자존심을 한껏 높여주는 수순이었다.

"거기에 오늘 발표안을 보니 자본조달 방법이 애매모호 하더군요."

"그렇습니다. 자체 보유 현금자본 2조 외 나머지 조달 방법이 오리무중입니다."

민찬웅은 불만이 많은 표정이었다.

"물론 재무적 투자자 유치와 상환우선주, 회사채발행 등을 통한다고 하지만 저희들이 생각하기에는 무리한 면이 많습니다. 먼저 주주 대상 유상증자는 둘건너 갔습니다. 싱가포르 국부펀드가 빠져 나간 이후 이 문제로 골든브리지마저 지분을 처분할 겁니다. 그래서 할 수 없습니다. 재무투자자 유치를 통한 상환우선주 발행도 이중레버리지* 비율이 치솟아 자산건전성에 치명상을 입어 이것도 여의치 않습니다."

민 전무의 판단과 계리는 예리했다.

"그렇다면 추후 국제은행 노조의 강력한 반발이 있겠군요."

"노조와 행동을 같이 하기로 다짐했습니다."

"이 갈등 언제까지 안고 있으렵니까. 국가적으로 일류 은행이 표류한다

---

*이중레버리지 비율: 금융지주사의 차입을 통한 자회사 출자 비율.

는 것은 불행한 일입니다."

"방법이 있습니까?"

민 전무는 즉각 반응했다.

"제가 생각해도 은화가 너무 조급하게 시작했습니다. 롬발트 먹튀에 대한 여론과 국제은행 입장을 너무 가볍게 생각한 거지요. 시간에 쫓기는 것은 롬발트입니다. 값을 더 낮출 때까지 놔두어야 했지요."

"행장님. 바로 그겁니다."

필수의 말에 민 전무의 눈이 반짝 빛났다. 무릎을 바짝 당겼다.

"적어도 감독 당국이 롬발트에 국제은행 주식 강제매각 명령을 내릴지 말지에 대해 판단할 시간을 줬어야 했습니다. 즉, 롬발트의 산업자본 판정 여부가 나면 당국은 강제매각 명령을 내리지 않습니까. 그때를 기다렸어야 한다는 말입니다."

필수의 말에 민찬웅의 눈은 더 빛났다.

"정말 정확히 보셨습니다."

"어떻소, 민 전무. 잘못된 길은 바로 잡아야 하지 않소? 은화와 국제의 합병구도 말입니다."

필수는 민찬웅을 찬찬히 살폈다. 보통 이 정도의 속내를 비추면 긴장의 도를 높인다. 그러나 민 전무의 표정은 평안했다.

"강 행장님께서 관심을 보이시는 것은 무슨 이유 때문입니까?"

"난 오늘까지 사업도 국익 차원에서 이루었소, 모두 비웃었던 IT산업이나 전자산업, 방산산업 투자도 장래의 국익 때문이었소."

필수의 말에 민찬웅은 조용히 고개를 끄덕였다.

“오늘 국제의 노조나 임직원들을 보니 애국자가 따로 없구나 하는 생각을 했습니다.”

강필수는 이제 민 전무가 은화 합병에 반대할 공정한 마당을 제공하고 있었다. 바로 애국심이라는 표현이었다.

“애국자라니 무슨 말씀이신지요?”

“바로 국부 유출을 막자는 것입니다. 국제은행 임직원이 그것을 행동으로 보여주었기에 애국자라고 하는 것입니다. 우린 롬발트가 국제은행을 시가의 절반에 내놓을 결정적 증거를 가지고 있습니다.”

민찬웅의 얼굴이 밝아졌다.

“도와주시겠습니까?”

“민 전무의 승부수가 필요합니다. 국제를 위한.”

“혹시 우수은행이 국제 합병에 뜻을 가지고 있습니까?”

민찬웅의 눈이 또 반짝였다.

“지금 국제가 합병 대상을 우수와 은화 둘 중에서 택한다면 합병 이후 어떤 은행이 더 상대하기 쉬울 것 같소?”

필수도 패를 던졌다.

“그렇다면 우수는 합병 이후 국제에게는 어떤 의미입니까?”

“합병 없는 철저한 투 뱅크체제입니다. 일본의 2위 금융그룹인 미즈호 사례를 따를 것이지요. 이름은 통일되었으나 법인체는 그대로 살려둔 채로 갑니다.”

필수는 던질 수 있는 것은 다 던졌다.

“은화도 그렇게 한다고 말했습니다.”

"그렇겠지요. 하지만 나는 합병 후 그룹으로 돌아갑니다."

필수는 차분하게 잔을 들었다. 그리고 민찬웅이 생각할 여유를 주었다. 자신은 합병만 성사시키고 그룹으로 돌아간다는 말을 깊이 생각해보라는 것이었다. 우수와 국제은행이 합병되면 뛰어난 능력자에게 맡기겠다는 뜻이었다. 사실 구 전무 같은 인물은 안중에도 없었다.

민찬웅은 깊이 생각에 잠겼다. 합병 이후의 방향을 생각하면 과연 우수가 나을까, 은화가 나을까를 계산했다. 강필수 행장이 합병 후 물러난다는 것은 공정한 게임을 통해 능력자를 선발하겠다는 것이었다. 그런 의미에서는 은화보다는 우수은행이 한결 낫다. 강 회장이 중립만 지켜준다면.

"회장님이 중립을 지켜주실 수 있습니까?"

필수는 확실하게 고개를 끄덕이고는 덧붙였다.

"또 하나 구조조정의 피해를 고려해야 합니다. 은화와의 합병 시 겪어야 할 구조조정 인원 감축을 생각해 보았나요. 행원이 은화의 절반 수준인 우수은행은 국제와 합해도 전혀 인원 감축은 없을 것입니다. 이 정도면 나는 민 전무에게 줄 것은 다 주었다고 생각하오만?"

"다시 한 번 묻겠습니다. 행장님, 중립을 지켜주시겠습니까?"

"내 이름을 걸고 언약하리다. 우수와 국제의 감격적인 합병만 이루면 난 곧 그룹으로 돌아갈 겁니다. 내가 은행의 은행장으로 만족할 것 같소? 나는 우리 대 성진그룹을 이끌어야 합니다."

대 선언이었다. 민찬웅을 충분히 흥분시키는 선언이었다. 이로써 민찬웅은 강필수와의 길고 긴 마라톤의 결승점이 바로 눈앞에 다가섰다는 생각이 들었다. 민찬웅은 앞에 놓인 잔을 훌쩍 비웠다. 그리고 강 행장에게

두 손으로 건넸다. 강 행장이 받자 민찬웅은 고개를 깊이 숙여 경의를 표했다. 필수는 붉게 충혈된 눈을 감았다. 싸움은 이제 끝나간다.

그는 며칠 전 만났던 현재 1위인 한민은행 여석태 행장을 떠올렸다. 그에게는 만일 은화와 국제가 합병되면 현재의 한민, 동우, 한신은행 3강구도가 무너짐을 각인시켰다. 은화와 국제의 합병은 총 311조 규모의 거대은행을 탄생시켜 4강구도로 또 다시 치열한 시장점유 싸움을 벌여야 한다는 것을 설득했다. 그것은 곧 리딩뱅크 한민은행을 위협할 것이라는 경고를 주었다. 그래서 은화와 국제의 합병구도를 깨고 대신 우수가 들어가면 아직 미약한 우수의 기반 때문에 기존의 3강 체제를 유지할 수 있음을 비쳤다. 여석태 행장은 깊이 고개를 끄덕였다.

오늘 국제의 민 전무를 만난 것으로 모든 수순은 끝났다. 그렇게 생각하면서 필수는 어제 자신 앞에 엎드려 울었던 민철을 떠올렸다. '빨리 끝내자.' 그는 그렇게 다짐하며 눈을 부릅떴다. 그리고 마지막으로 민철의 목을 쥘 은화은행의 양만길 전무를 떠올렸다.

제7부 일전

1.

서울근교 요정

강필수와 양만길 전무

복도 끝에서 조용히 울려오는 발자국 소리를 강필수는 듣고 있었다. 민철을 도우려는 성진상선의 박철영 사장도 세상을 떴다. 덕분에 성진상선이 보유하고 있는 성진중공업과 성진전자 주식을 매각해 성진건설을 살린다는 민철의 계획은 수포로 돌아가 버렸다.

다음 수순은 은화은행의 양만길 전무였다. 그에게 내부의 불길을 일으킬 기름을 부어줄 차례였다. 그와 독대하는 것 자체가 필수로서는 모험이었다. 구병모 전무가 걸렸기 때문이었다. 구병모는 양만길 전무와 강필수가 독대한다는 것을 알자 얼굴색이 변했다.

그러나 강필수는 노회했다. 지금 구병모와 함께 양 전무를 만나는 것은 득보다 실이 많다. 구 전무의 존재를 양 전무가 의식하면 다 된 밥에 재를 뿌린다는 논리를 폈다. 일단은 오늘 양 전무와 허심탄회하게 마음을 풀고 그의 의중을 알아야겠다는 것이었다. 자신과 만난 후 다음 수순은 구 전무 당신이라고 설득했다.

방문 앞에서 인기척이 났다. 필수는 일어섰다. 문이 열리고 양만길 전무가 들어섰다. 날카로운 안광을 가진 사나이였다. 구병모와는 달리 인상부터가 만만치 않았다. 갑자기 양만길이 넙죽 엎드렸다.

"하늘같은 회장님을 기다리게 해서 죄송합니다."

순간 '이 사나이 봐라?' 하는 생각이 들었다. 그러나 강필수다. 그도 함께 엎드렸다. 양만길은 한참을 그렇게 하고 있었다. 강필수 역시 그런 자세로 있었다. 조금 후 그는 일어섰다. 강필수도 따라 일어섰다. 두 사나이는 서로를 말없이 살폈다.

"소문에 듣던 대로군요, 강필수 행장님."

"뵙고 싶었습니다."

필수는 손을 내밀었다.

"저의 무례를 용서하십시요."

잡은 그의 손은 두툼했다. 은행원의 손이 아니었다.

"전 흉증을 털어놓을 수 있는 분인지 여부가 궁금했습니다."

"그래서 만족하셨습니까?"

필수가 빙그레 웃었다.

"저와 같은 모습으로 엎드리지 않으셨습니까?"

양만길도 웃었다. 같이 엎드렸으므로 서로 통할 수 있다는 의미였다.

"양 전무님과는 긴 시간이 필요 없을 것 같군요."

둘은 벌써 통하고 있었다. 필수는 본론으로 빠르게 접근했다.

"양 전무님의 동우금융 합병을 도와드리겠습니다."

"왜입니까?"

"국제은행은 우수은행이 필요하니까요."

"저희들도 필요합니다."

필수는 그를 다시 보았다. 쉽게는 보지 않았지만 끌고당길 줄 아는 사내였다. 구병모와는 확연히 다르다. 이호성 회장과도 달랐다.

"국제가 필요하다는 것은 양 전무님의 생각이 아닐 텐데요?"

강필수는 돌려서 물었다. 당신의 흉중은 다 알고 있다는 뜻이었다. 그러니 밀고당길 필요가 없다는 의미였다. 양만길은 곧 수긍했다.

"그것은 맞습니다."

"저와 흉중을 털어놓을 수 있는 분이라 생각했는데… 아니었나요?"

필수는 재차 압박했다. 여차하면 자리를 뜨겠다는 의사 표시였다. 양만길은 눈치가 빨랐다. 그는 재계의 풍운아라는 강필수가 얼마나 벅찬 상대인 줄 잘 알고 있었다. 그래서 처음부터 만만하게 물려 들어가면 돌이킬 수 없는 상황에 처한다는 것도 알고 있었다. 그래서 그는 지금 엄청난 모험을 하고 있다. 하지만 너무 길면 꼬리가 밟힌다.

"말씀해 주십시오, 제가 무엇을 도와드리면 되는지를."

양만길은 이쯤에서 꼬리를 내렸다. 그래야 얻을 것을 더 얻는다. 오늘의 수싸움은 누가 더 얻어내느냐다. 그것이 본론인데 쓸데없는 가지치기는 할 필요가 없다.

"성진건설, 국내 일부 차입금을 맡아주시오."

"대신 저에게 돌아오는 것은 무엇입니까?"

"은화가 국제은행 합병을 할 수 없게 할 것입니다. 반드시 저희 우수가 가져갈 것입니다."

"가능합니까?"

"롬발트가 꼼짝할 수 없는 자료를 가지고 있습니다. 이는 국제은행 노조도 솔깃한 유익한 정봅니다. 우리는 은화가 사려는 4~5조 원의 절반 가격으로 치려고 합니다."

양만길은 숨이 막힐 듯했다. 강필수 행장의 말은 핵심에서 한 치도 비켜가지 않는다. 지금 은화가 국제를 사려는 금액은 4~5조 원이며 여러 가지 부대조건이 걸려 있었다. 국제은행 노조가 적극적으로 반대하는 것은 바로 이 위험스러운 금액 때문이었다. 승자의 저주에 걸려 무리한 자금 동원으로 합병 후 일류 은행이 되어 있는 국제은행이 부실화된다는 우려 때문이었다. 국제은행 노조는 대주주 롬발트를 천박한 산업자본으로 취급하고 있었고, 그들은 7~8년 동안 뽑아 먹을 것은 다 뽑아 먹었다고 생각하고 있었다. 무리한 돈을 줄 필요가 없다는 것이었다.

"우수의 자금 동원 계획은 국제은행 노조를 충분히 설득할 명분을 가지고 있소. 거기에 실례지만, 국제은행은 단자회사 출신인 은화에게 먹힌다는 자존심도 걸려 있더군요."

양만길은 고개를 끄덕였다. 과연 치밀한 사나이다 라고 생각했다. 듣고 싶은 이야기를 족집게 같이 짚어낸다. 사실 그는 국제은행이 은화에 가지는 위화감을 은근히 즐기고 있었다. 자신의 합병 원칙은 초대형화였다. 성 행장이 추구하는 균형적 발전 따위는 안중에도 없었다. 은화와 동우가 합하면 국내는 물론 세계적 글로벌 은행으로 뜰 수 있다.

그는 지방대학 출신으로 은화가 단자회사 시절 입사했지만 그 후 합병을 통한 대형화의 수익을 누구보다 누린 사람이다. 그 추세로 2인자까지 올랐다. 지방대학 출신이라는 핸디캡을 딛고. 그래서 그는 대형화에 대한 향수를 결코 잊지 못하고 있다.

“행장님의 국제은행 접근은 어느 정도까지 되어 있습니까?”

“이미 통했습니다. 문제는 은화의 협조입니다.”

“협조라면, 성진건설 국내차입금 담당이군요?”

“그렇소, 하지만 오래가지 않습니다. 펀드 조성으로 상환할 것입니다.”

“성진건설을 살리시겠다는 의미에서는 좋습니다. 그렇다면 행장님의 우수은행은 성진에 어떤 역할을 하십니까?”

“국내 신용등급을 위한 조치를 해줄 것이요. 그래야 해외 대출이 이루어집니다. 그러면 자금 유동성에 여유가 생깁니다. 은화의 대출금은 변제할 겁니다. 물론 이것은 은화가 성진건설의 국내차입금을 먼저 담당해준다는 조건하에서요.”

강필수가 꾸미고 있는 은화와 성진의 몰락 계획이었다. 물론 양만길은 이러한 의도를 꿈에도 생각하지 못했다. 양만길은 잠시 생각에 잠겼다. 쉬운 문제는 아닐 것이다. 성 행장의 꼬장꼬장한 태도 때문이었다.

“은화의 주인은 누가 되어야 한다고 생각하십니까?”

강필수가 묻는다. 양만길을 쿵쾅거리는 가슴을 스스로도 진정시킬 수 없었다. 모른 척 하고 되물었다.

“무슨 의미신지?”

“맨치니는 프로입니다. 그들이 내세운 행장이라도 실패하면 가차없이 머리를 돌립니다. 그 이후는 공을 세운 사람에게 열매가 돌아가죠.”

양만길은 식탁 위의 물잔을 들어 벌컥 마셨다.

“전 평생을 은화에 바친 사람으로서 오직 은화의 대형화, 글로벌화를 이루는 것이 소원입니다.”

양만길은 이 말을 하며 목소리가 떨림을 느꼈다. 본심을 감추고자 하는 본능 때문이었다.

"물론, 저도 은행장을 맡고 은행원들의 사명을 새삼 다시 느꼈습니다. 우수와 국제의 합병만 이루어지면 저는 그룹으로 돌아갈 겁니다. 합병 후 우수은행은 구 전무님에게 맡길 예정입니다."

가슴 뛰는 이야기다. 자신도 가능하다는 이야기다.

"성도훈 행장은 학자 출신이지요. 은행은 은행원에게 맡겨야 한다는 것이 제 스신입니다. 맨치니 같은 프로는 프로를 알아봅니다. 양 전무님의 솜씨를 기대하고 있을 것 같은데요? 성 행장은 미국에서도 얼마든지 연구를 계속할 수 있을 겁니다. 하하하."

필수는 양만길의 잔에 술을 따랐다. 양만길은 다시 마셨다. 그의 눈은 충혈되어 있었다.

"좋습니다. 성진건설을 지원하겠습니다."

"하하. 감사합니다. 대신, 국제은행은 은화가 얼씬도 못하게 하겠소. 그리고 동우의 이호성 회장은 아주 호탕합디다. 양 전무와 잘 맞을 것이오. 한번 회동함이 어떻소?"

2.

은화은행 성 행장 집무실
양만길 전무와 성도훈

도훈은 부담 가는 이야기에 얼굴이 찌푸려졌다. 성진건설에 대한 지원 문제였다. 사실 이 문제는 지금 은화가 부실을 안느냐, 피해 가느냐의 중대한 사안이었다. 성진건설은 은화로서는 효자 거래처였다. 물론 제대로 운영되었을 때만 말이다. 은화가 단자회사에서 출발해 오늘에 이르기까지 많은 기업들의 덕을 보았는데 그중의 하나가 성진건설이었다.

성진건설의 창업자 정 회장은 은화은행 창업자 유만종 행장과 절친한 친구였다. 두 사람 모두 1.4후퇴 때 내려온 친구로 함흥고보 동기동창이었다. 은화의 전신인 신흥단자회사를 세운 유 행장은 오늘의 은화로의 변신에 절대 공로자였다. 정권의 비호를 받아 은화은행으로 탈바꿈하면서 중소기업 육성에 많은 부분을 할애했고 그렇게 성장시킨 것이 바로 오늘의 성진건설이었다. 그래서 성진건설과 은화은행은 성장의 맥을 함께 한다고 보아야 했다.

덧붙여 이미 세상 사람이 아닌 형 정훈의 땀이 묻어 있는 기업이었다. 그런 만큼 성진건설의 어려움을 강 건너 불 보듯 할 수는 없었다. 그러나 워낙 어려운 성진건설의 후유증으로 은화는 골머리를 앓고 있었다. 더더구나 도훈에게는 지금 국제은행 합병 외에는 다른 것을 생각할 겨를이 없었다. 국제와의 합병 논의는 대주주 롬발트와 순풍에 돛단 듯 일사천리로 진행되고 있었다. 롬발트의 먹튀 논쟁에 여론의 시선이 곱지 않다는 것은 익히 알고 있다.거기에 국제은행의 노조 반발이 예상외로 강력했다. 예상은 했지만 강도가 세다. 하지만 언제까지 일류 은행을 남의 손에 맡기고만 있을 수는 없었다. 도훈은 그런 생각으로 정면돌파하기로 마음먹고 정성모 이사를 일선에 내세웠다.

당연히 양만길 전무를 위시한 그의 패밀리들의 불만은 컸다. 그러나 대주주 맨치니의 후광 앞에 고개를 숙일 수밖에 없었다. 그럼에도 동우 합병에 미련을 버리지 못하고 있었다. 그런데 오늘 아침 임원회의가 끝나고 여신부장과 함께 들어온 양 전무가 성진건설에 대한 지원책을 꺼냈다. 도훈은 의외라는 느낌이 들었다. 성진건설은 이미 채권단이 구성되어 있어 자구책을 검토하고 있는데 느닷없는 독자 지원 카드를 꺼내든 것이었다.

"양 전무의 마음이 고맙기는 하지만, 우리는 성진건설에서 손을 떼는게 좋을 것 같아요. 또 성진에는 그룹은행인 우수은행이 있지 않소? 그룹은행에서 모른 척하는 기업을 우리가 단독 지원한다는 것은."

"그러나 성진건설은 선대 정 회장님과 은화은행의 창업자인 유 행장님이 강한 유대관계를 갖고 형제처럼 성장해온 기업입니다. 또 우리 주거래 기업입니다."

양 전무는 그렇게 말하면서 강필수를 떠올렸다. 어제 강필수를 비밀리에 또 다시 만났다. 그 자리에서 강필수는 동우지주 민영화 추진방안이 다각적으로 이루어지고 있음을 확인시켜주었다. 바로 은화로서는 생각할 수도 없는 국책기관인 연금기금의 참여 의사였다. 그 자리에는 연금기금의 고위 담당자가 나와 있었다. 연금기금은 현재 동우의 지분 1.6%를 가지고 있는데 이번 홍행에 적어도 10% 지분 인수를 요청하겠다는 것이었다.

그렇게 되면 KI 같은 대규모 공기업이나 대한철강 같은 대기업이 참여할 명분을 주게 된다. 여기에 강필수는 동우 우리사주조합 결성도 성공적으로 진행하고 있음을 이호성 회장에게 들었다며 확인시켜주었다. 이렇게만 되면 홍행은 당연한 성공이다. 12조라는 공적자금을 안게 되는데 여러 주주가 나누어 참여하므로 은화로서는 한결 부담이 적어지면서 대주주가 된다.

국제에 쏟을 5조에 미치지 못하는 자금으로 동우라는 공룡을 삼킬 수 있다. 이것은 은화의 직원이나 주주들을 설득하는데 큰 효력을 발휘할 것이다. 심한 악여론에 시달리고 있는 국제 합병에 쏟을 정력을 동우로 돌릴 호재이기도 했다. 여기까지 오는데 양만길은 새삼 강필수의 위력에 질렸다. 이 정도 진행은 적어도 정권이나 국회 차원의 강력한 비호가 있어야 한다. 강필수에게는 막강한 후원자가 버티고 있다는 것이다. 또 하나 놀란 것은 국제의 엄청난 반발이었다. 합병 의사가 밝혀지자마자 그들은 기다렸다는 듯 노조와 임원단이 함께 조직적으로 반발했다. 이것도 강 행장이 약속한 처신이었다.

그러면서 강필수는 한민은행 여석태 행장이 은화와 동우가 합해져 구성될 3강구도에 충분한 지원을 하겠다는 약속도 받아냈음을 상기시켰다. 엄청난 4각편대가 뜨고 있는데도 양 전무만 주저하고 있다는 것을 은근히 비난했다. 양만길은 아차 싶었다. 더 이상 머물면 자신만이 처지고 만다. 그는 마음이 화급했다. 그래서 오늘 이 문제를 끄집어낸 것이다.

"왜, 강 행장은 아들 일을 모른 척 한다는 거요?"

양만길은 뜻밖의 질문에 '이 사람에게도 이런 치기어린 생각이 있었는가?' 하며 속으로 비웃었다. 그리고 숨겨둔 카드를 꺼냈다.

"걱정 마십시오. 위험부담은 우수와 나누겠습니다. 우수는 이번 지원이 성사되면 신용등급 상향 조정을 위한 조치를 하겠답니다. 그렇게 되면 해외대출이 이루어지고 자금유동성을 확보하게 됩니다. 건전성을 유지하게 되죠."

양만길의 말에 도훈은 잠깐 생각에 잠겼다.

"믿을 수 있겠소?"

"성진건설은 어떤 의미에서는 국가 기업입니다. 이런 기업이 도산함은 국제적 망신 아니겠습니까. 이는 국익 차원이기도 합니다."

양만길의 말에 도훈은 깊은 생각에서 깨어났다.

"알았소, 이 일은 양 전무께서 잘 알아서 처리해 주시오."

도훈은 착잡한 표정으로 고개를 끄덕였다. 양만길은 심호흡을 했다.

"걱정 마십시오. 행장님 기대에 어긋나지 않도록 하겠습니다."

3.

최상우 텐텐 룸살롱
강민석과 최상우

혜진에게서 연락을 받은 상우는 착잡했다. 민철 형이 마침내 혜진을 만났고 CD에 관한 이야기를 했다는 것이었다. 기다렸던 순서였다. 혜진은 이제 무엇을 어떻게 해야 하느냐고 흐느꼈다. 어차피 상우의 목적은 혜진과 민석이었다. 이를 누군가가 풀어주어야 한다는 생각에서 민철을 찾은 것이었다. 민철을 만난 혜진은 혼란에서 벗어났다. 그리고 민석이 자신에게 어떤 의미인지를 생각했을 것이다.

상우는 오늘 민석을 이곳으로 불렀다. 그가 경영하는 이 룸살롱은 십수 년 전 민석의 생모가 경영했던 곳을 인수해 오늘에 이르렀다. 상우가 민석을 이곳으로 부른 이유는 혜진에 대한 새삼스런 사랑을 일깨워 보고자 함이었다. 그 옛날 생모를 민석과 함께 가장 먼저 찾은 사람은 혜진이었다. 혜진은 이곳에서 민석의 아픔을 직접 체험했고 민석은 혜진에게 가장 아픈 곳을 먼저 보였다. 그래서 앞으로의 어려움은 함께 이겨내야 할 문제였기에 민석을 이곳으로 불렀다.

민석이 도착하자 상우는 차근차근 그동안 혜진에게 무슨 일이 있었는지를 설명했다. 그랬다. 설명이었다. 민석은 상우의 말을 듣고 창백해졌다.

그는 고개를 숙이고 깊이 생각했다. 그러다가 상우에게 물었다.

"아버지가 꾸미신 일이냐?"

"그것은 아무도 몰라. 그렇지 않기를 바랄 뿐이지."

"형이 아버지를 만났다고? 아버지를 만났다면 형은."

민석은 절망이었다. 이 사실로 아버지를 만났다면 그것은 아버지라는 기름에 불을 붙이는 형상이었다. 악수 중의 최악수였다. 이 일을 어디에서부터 막아야 할지 민석은 난감했다. 당장은 아무 생각이 나지 않았다. 그중에 다행인 것은 혜진의 마음을 알았다는 것이었다.

"일단 혜진이를 만나라."

"형에 대한 아버지의 계획을 넌 얼마나 알고 있어?"

"행장님 의중을 우리가 어떻게 알겠나."

"아는 대로 말해줘. 아버지와 형 사이는 너희들이 상상할 수 없는 무거운 무게가 있어."

"분명한 것은 행장님과 백 회장님 사이가 더욱 긴밀해져가고 있다는 것이야. 성 회장님 사건 때도 눈에 띄게 그랬어."

민석은 잠시 생각하다가 일어섰다.

"혜진의 마음을 알려줘서 고마워. 이제 혜진에게 가야겠어."

"성진상선 박 사장의 죽음으로 성진의 자구책은 포기 단계인데, 갑자기 은화에서 손을 내밀었단다. 넌 어떻게 생각하니?"

일어서는 민석을 향해 상우가 우울하게 읊조리듯 말했다. 민석은 숨이 막혔다. 아버지의 무서운 칼이 드디어 춤추기 시작했구나. 하필 형이 민석과 혜진의 문제로 마음을 빼앗겼을 때 이러한 결정이 났다. 아버지는 더 이상 주저하지 않는다. 칼을 빼서 치고 있다. 순간 민석은 아득했다. '성진의 몰락을 통해 은화를 잡는다.' 아버지가 항상 주술같이 외웠던 이야기다.

"은화가 성진을 지원해?"

민석은 멍한 기분으로 상우를 보았다.

"그런데 조건이 있단다. 우수는 성진건설의 신용등급 상향 조정을 지원한단다. 얼마 전까지만 해도 계획에 없던 일이었지."

"아버지가 형과 협상을 하겠다는 뜻인가?"

"아니. 그것은 아닐 거야."

상우는 마침내 자신의 순서가 다가오고 있음을 알고 있다. '성진건설의 펀드를 모집하되 실패로 끝나게 해라.' 상우는 성진의 운명이 얼마 남지 않았다는 것을 알고 있다. 그렇게 되면 민철 형의 운명은? 여기에 이르자 상우는 생각을 멈추었다. 빨리 민석과 혜진을 미국으로 보내야 했다.

"혜진이를 데리고 미국으로 돌아가. 지금 당장! 형이 간절히 원하고 있어. 진심이야."

그때 핸드폰이 울렸다. 민철이었다. 상우는 급히 전화를 들었다.

"예, 형님."

4

레스토랑

강민철과 최상우

비는 계속 내렸다. 레스토랑에 도착한 상우는 조명이 밝지 않은 내부를 살폈다. 저 멀리에 혼자 앉아 있는 민철의 등이 보였다. 그 등이 작게 보여 상우는 가슴이 아팠다.

"앉아라."

민철은 혼자 술을 따르고 있었다. 이미 상당히 취한 것 같았다. 상우는 착잡한 심정으로 앉았다. 조명을 받은 민철의 얼굴은 어느 때보다 우울해 보였다.

"오늘 은화에서 일부 상환금을 위한 당좌대월 7,000억을 해준다고 연락이 왔다."

상우는 어떻게 답해야 할지 몰랐다. 이미 알고 있었지만 예상 외였다. 혜진의 이야기를 할 줄 알았다. 그런데 느닷없는 은화은행의 지원 이야기가 튀어 나왔다.

"박 사장님 죽음 말이다. 또 너희 세종이 끼어 있었다며? 아니 백 회장님이 그랬지. 성 회장님에 이어 이번에는 박 사장님까지 보내다니. 정말 위대한 세종이구나."

상우는 아무 말을 할 수 없었다.

"박 사장님 장례식 때 누군가가 알려주더라. 이번 임시주총은 백 회장의 작품이라고. 백 회장이 관여했다면 아버지가 자유스러울 수 있을까."

상우는 침통한 심정이었다.

"아버진 분명히 주식 매각에 찬성하셨다. 그런데 결과는? 왜, 왜 이것을 막는 건가. 아버지의 진의가 무엇인지 알 수 없어. 정말 성진건설이 망하기를 바라는 거냐? 이제 할아버지와 성 회장님에 대한 원한도 잊을 만 할 때가 됐잖아."

민철의 눈은 심하게 충혈되어 있었다.

"이제 털어놓아라. 세종이 꾸미고 있는 짓을."

"전 아무것도 모릅니다."

"모른다고? 은화가 성진건설을 지원해주겠다고 한 이유는 무엇일까? 여태까지 모른 척하던 은화가 왜 갑자기 선회했지?"

"아마…성 행장님의 결정이겠지요."

"그 말을 내게 믿으라는 거냐? 성 행장은 성 회장의 친동생이지만 절대 그런 관계에 연연해하지 않는다. 공과 사를 엄격히 구분하는 분이다. 또, 지금 은화의 총력은 국제은행 매입에 있다."

"거기에는 우수은행의 신용등급 상향 조정에 따른 지원도 포함되어 있지 않습니까?"

"혼자서 이겨보겠다는 방안은 막고 이제 와서 신용등급 상향 조정을 지원해? 도대체 아버지의 진의는 무엇이지? 넌 알고 있잖아."

민철은 붉은 눈으로 상우를 노려보았다. 식은땀이 흘렀고 가끔 몸도 떨고 있었다. 아버지의 한없는 질시와 이율배반적인 태도. 왜 자신은 아버지에게 이런 지경을 당해야 하는가. 아니, 언제까지 아버지는 이것을 계속할 것인가. 그것이 지금 민철로 하여금 피를 토하게 하는 감정이 되어 있었다.

"아버지는 정말 성진건설의 몰락을 원하시냐?"

"아닙니다."

상우는 가슴이 아팠지만 거짓말을 할 수밖에 없었다.

"뭔가, 잘못, 아신, 겁니다."

"잘못 알아? 온 천하가 다 아는 이야기를 아들인 나만 모르고 있는데?"

민철은 술잔을 들어 상우에게 뿌렸다. 상우는 그대로 있었다. 차라리 이것이 좋았다. 종업원이 다가오자 상우는 물러나라는 눈짓을 했다.

"하나만 묻자, 아버지가 나를 죽이려는 이유가 민석이 때문이냐?"

"형님! 민석이는 정말 아무것도 모르고 있습니다."

상우는 절박해졌다. 왜 민석에게까지 불이 붙는가. 민석에게까지 오해를 할 만큼 민철의 마음은 상해 있다는 것이었다.

"그래, 모르겠지. 나 역시 그렇게 생각해."

민철은 쓰러질 것 같았다.

"성진건설을 잃는 대신 나도 확실히 해둘 것이 있다. 바로 민석이와 혜진이 문제다. 아버지에게 이것만은 나도 양보 못한다."

민철의 눈은 붉게 타오르듯 했다.

5

은행장 사무실

강필수

책상 위에 펼쳐진 신문을 필수는 물끄러미 바라보았다. 국제은행 노조와 임직원들이 은화와의 합병에 강력 반대한다는 기사였다. 그는 빙그레 웃었다. 의견은 반반이었다. 롬발트의 공과를 인정하며 이제 떠나보내야 한다는 논조와 롬발트의 자본 성격을 철저히 규명하고 국제카드 주가조작 등 범법행위에 대한 단호한 조치를 해야 하며 대주주 자격이 없는 롬발트가 매각 협상을 할 수 없다는 강경 논조까지 다양했다.

민찬웅 편대가 잘 시도하고 있다는 증거였다. 동시에 곤혹스러워 하는 도훈의 얼굴도 떠올랐다. 국제은행 노조 입장에 동조하는 논조는 다분히 논리적이면서도 강경했다. 대주주 롬발트의 먹튀에 더 이상 국제가 희생되어서는 안 되며 무엇보다 은화는 이러한 졸렬 협상을 하루 빨리 거둬야 한다는 것이었다. 대한민국 금융계가 이제는 더 이상 국제적 변칙자금이 놀고 가는 마당이 되어서는 안 된다는 것이었다. 또 은화의 매입자금동원 능력에 대한 의구심과 너무 서둘러 산출된 지나친 매입 조건 등에 대한 의구심이 주류를 이루고 있었다.

필수는 회심의 미소를 지었다. 여기에 롬발트의 정체를 밝힐 결정적인 증거를 가지고 있다. 그것은 가장 필요할 때 터뜨릴 예정이었다.

필수를 더욱 기쁘게 만드는 것은 방금 은화의 양만길 전무에게서 온 전화였다. 성진건설 지원에 대한 확답을 성 행장으로부터 받았다는 것이다. 양만길은 확실히 태도가 많이 변했다. 처음에는 경계와 세를 빼앗기지 않으려 안간힘을 보였으나 이제는 확실하게 무릎을 꿇었다.

강필수의 실력을 보았기 때문이다. 필수는 은화가 동우의 민영화에 다시 참여할 수 있는 여건을 확실히 조성해주었다. 은화가 국제은행 매입에 필요한 5조의 자금을 동우 쪽으로 돌리면 훨씬 더 큰 효과를 가질 수 있다는 판단을 양 전무가 할 수 있도록 모든 조치를 이행하고 있는 중이었다. 연금기금이나 KI 같은 공기업, 대한철강 등의 대기업 참여를 진행했고 이들의 참여 의사가 속속 발표되고 있었다. 국제에 쏟을 5조 원이면 규모면에서 거의 2배가 더 큰 동우를 삼킬 수 있다는 계산이 양만길에게는 확실히 섰다. 이는 주주 설득에 큰 힘을 발할 수 있다. 그래서 강필수에게 바짝 엎드릴 수밖에 없었다.

"이제 끝을 향해 달려가는군."

그는 수화기를 들고 버튼을 눌러 구 전무를 호출했다.

"성진건설 신용등급 상향 준비를 검토하시오."

6.

강민석 사무실

강민석과 정요숙

　민석은 깊은 생각에 잠겨 있었다. 어젯밤 혜진이는 자신을 안고 펑펑 울었다. 상우에게서 혜진의 이야기를 들은 그는 곧장 그녀의 오피스텔로 향했다. 상우는 그동안 선영에게 미리 연락을 했다. 민석이 도착하면 아무 소리 말고 문을 열어주라고. 민석이 도착하자 선영은 순순히 문을 열어주었다. 거실에는 혜진이 서 있었다. 창백한 모습이었다.

　민석이 안으로 들어서자마자 그녀는 와락 민석의 품에 안겨 슬픈 울음을 터뜨렸다.

　"미안해…. 오빠."

　민석은 그런 혜진을 껴안고 함께 눈물을 흘렸다. 두 사람에게 더 이상의 말은 필요 없었다. 민석은 아무 생각도 나지 않았다. 다만 이제는 절대 혜진을 혼자 두지 않겠다는 생각뿐이었다.

　"난 아무 생각도 나지 않는다."

　민석은 혜진의 조그마한 등을 어루만졌다. 그래도 혜진은 '미안해, 오빠' 만을 연발하며 울었다. 선영도 눈시울이 붉어지더니 '기집애 결국 저럴 걸 왜 버텼어?' 하며 눈물을 흘렸다.

"다른 것은 생각하지 말자. 절대 너 혼자 두지 않는다. 결혼하는 거야."

민석은 다시 다짐했다. 혜진은 울며 고개를 끄덕였다. 선영은 눈물 속에 밝게 웃었다. 민석은 혜진을 더욱 으스러지게 안았다. 마치 그동안 떨어져 있었던 모든 것을 다시 붙이려는 듯이. 밤새 혜진과 이야기를 나누었다. 혜진은 아빠의 사건이라는 어두움을 점차 거둬갔다. 그러나 민석은 그럴 수 없었다. 아버지와 어떤 식으로든지 성 회장과의 문제를 해결하리라 마음먹었다. 함께 거실에 있던 선영은 꾸벅 졸다가 그대로 소파에 쓰러져 잤다. 하지만 민석과 혜진은 밤새 시간이 아까웠다. 어린·시절부터 생모의 죽음, 그리고 최근까지 소소한 기억이란 기억은 다 꺼내 둘은 이야기를 나누다가 잠이 들었다.

그리고 오늘 아침, 민석은 정요숙에게 전화를 걸었다. 1초도 안 되어 설레는 목소리가 들렸다.

"민석이니? 아침 일찍."

"어머니께 드릴 말씀이 있습니다."

민석은 차분하게 말했다.

"어머니, 저 혜진이와 결혼하기로 했습니다."

"…"

민석의 귓가에 바람소리가 들려왔다. 어쩌면 어머니의 설레는 마음인지도 몰랐다.

"내 새끼, 민석이가 결혼을? 민석아 고맙다. 이제 내 예쁜 며느리가 생겼어. 민석아, 엄마가 도와줄 게 뭐지? 아니, 내가 당장 혜진이를 만나겠다. 아무것도 필요없다고 할 거야. 와서 민석이 너하고만 있으면 돼. 혜진이 지금 어디 있니?"

요숙은 떨리는 가슴을 주체할 수 없었다. 민철이나 애란의 일은 뒷전이었다. 오직 민석이뿐이었다.

"혜진이는 잘 지내요. 결혼에 대해 아버지에게도 말씀드려야 합니다."

"아버지? 아, 그렇구나!"

요숙의 들뜬 감정은 순식간에 사라지고 절망감이 들었다. 분명 반대할 것이다. 우리가 이겨낼 수 있을까? 그러나 모든 것을 희생하더라도 민석이를 지켜주어야 해. 요숙은 심호흡을 깊게 했다.

"민석아, 아버지와 어려운 일이 있어도 걱정하지 마. 이 엄마가 너희들을 지켜줄게."

"고맙습니다. 어머니."

민석은 눈시울이 붉어졌다. 어린 시절 그 어머니였다. 자신이 싸우고 돌아와 외할아버지에게 혼쭐이 났을 때도 엄마는 외할아버지를 막고 자신을 품에 안고 이층으로 올라가 약을 발라주었다. 그리고 '우리 아들 고추 얼마나 컸어?' 하며 장난을 치던 그 엄마였다. 민석은 그 시절을 생각하며 조용히 미소를 지었다.

7

캐피탈호텔
강민석과 강필수

강필수의 귀에는 아무 소리도 들리지 않았다. 오늘은… 모든 것이 이상하다. 도저히 있을 수 없는 일들이 일어나고 있다. 필수는 민석을 다시 보았다. 귀가 윙윙거렸다.

아침 출근 준비를 하면서 애란에게 준수와의 약혼에 대해 다시 말하자 딸은 얼굴을 찡그리며 당분간은 그에 대해 이야기하지 말라고 했다.

"제 결혼은 제가 알아서 하겠어요."

"네 결혼이라니? 결혼은 너 혼자 하는 것이 아니다."

"제 인생이에요. 제가 심사숙고하겠습니다."

순간 필수는 머쓱했다. 딸에게서 여태껏 없었던 태도를 보았기 때문이다. 오빠들 사이에서 큰 탓인지 선머슴아 같기는 했어도 딸은 항상 고분고분했다. 그런데? 오늘은 선머슴아 차원이 아니었다. 당당했다. 마치 둥지를 떠나려고 힘찬 날개짓하며 초원을 노려보는 맹금류의 모습이었다. 필수는 아연 긴장했다. '이 아이가 왜 이렇게 갑자기 변했지?' 하면서도 더 이상 무슨 말이 나오면 터져 버릴 것 같아 필수는 노려보고만 나왔다. 그 뒤를 따르는 요숙에게 괜히 신경질을 냈다.

그런데 오후 늦게 민석이가 전화를 걸어왔다.

"아버지, 긴히 드릴 말씀이 있습니다."

필수는 합병 건에 대해 비밀리에 상의할 것이겠지 생각하고 민석을 만났다. 그러나 아들의 입에서 나온 말에 필수는 전율했다.

"아버지, 저 결혼하겠습니다."

필수는 무슨 말인가 했다. 그러나 조금도 시간을 주지 않고 민석은 동요 없이 말했다.

"혜진입니다."

강필수는 묵묵히 고개를 돌려 창밖을 보았다. 가까이 있는 건물의 지저분한 옥상이 보였다. '참 지저분하군. 오늘 일진이.' 필수는 그렇게만 생각했다. 민석의 말은 무시하자고 결심했다.

"이해해 주시리라 생각합니다."

"아니! 못한다."

필수는 오히려 마음이 편해졌다. 어차피 한번 걸려야 할 과정이었다. 단지 조금 빠르게 닥쳐온 것뿐이었다.

"네 짝은 아버지가 따로 생각하고 있다."

그는 부드러운 눈빛으로 아들을 보았다.

"제 결혼 상대는 성혜진입니다."

조금도 흔들리지 않는 표정이었다. 필수는 오기가 났다. 그러나 흥분하면 진다는 생각 때문에 차분히 응했다. 그는 갑자기 민철이 떠올랐다.

"네 형도 있잖냐."

자신이 생각해도 치기어린 말이었지만 그런 말이라도 하고 싶을 정도로 필수의 마음은 다급했다.

"형과도 어제 만나 이야기를 했습니다. 전적으로 찬성했습니다."

"형? 너완 상관없는 사람이다. 아니, 애빈 네 형 의견을 듣고 자시고 할 이유가 없어."

"도와주십시오. 아버지."

"네가 나를 도와라, 왜 이렇게 갑작스럽게 결혼 이야기를 꺼내는지 애빈 이해가 안 간다. 혹시 혜진이라는 아이가 이렇게 하자고 하더냐?"

민석은 고개를 번쩍 들었다.

"아닙니다. 제가 정식 청혼했습니다."

"결혼은 혼자 하는 게 아니다."

"그리고 아버지, 돌아가신 성 회장 일은… 아버지께서 혜진이에게 언젠가는 사죄를 해주십시오."

필수는 순간 가슴에 심한 것을 얻어맞은 충격이었다. 얼굴이 파랗게 질렸다. 결국 민철이 놈이 이렇게 일을 꼬이게 하는구나. 필수는 분노가 치솟았다. 민철이 이놈, 자기 애비에 이어 결국 나에게도 이런 비수를 꽂는구나! 민철에 대한 끝없는 증오가 넘실댔다.

"민철이 놈에게 들었냐?"

"누구에게 들었냐가 중요한 것은 아니지 않습니까. 혜진이도 기다리고 있습니다."

"넌, 이 애비의 인내의 한계가 어디까지라고 생각하느냐, 너에게 언제까지 관대하리라고 생각해?"

"용서하십시오, 아버지. 그게 옳다고 생각해서 드린 말씀입니다."

필수는 더 이상의 이야기는 필요 없다고 생각했다. 이제부터는 행동이다. 그것만이 이놈들에게 애비의 마음을 보여줄 수 있다. 아무것도 필요 없다. 자식들도, 모든 것이. 어차피 혼자 모든 것을 헤쳐왔다. 자신의 방식대로. 자신의 방식을 자식놈들이 받아들여 주지 않으면 받아들일 수 있게 행하면 된다. 이제 분쇄 대상은 민철에 이어 민석이까지 넓혀졌다. 그리고 혜진이까지. 어쩌면 애란이까지 일지도 모른다. 자신의 방식을 따르지 않는 자는 무조건 분쇄한다.

"고맙다, 분명한 것은 너희 결혼은 안 된다는 것이다. 마지막으로 부탁하마. 이 애비 말을 들어라."

"이 문제만큼은 아버지께서 한번만 양보해 주십시오, 부탁합니다."

"그래? 됐다. 이 애비의 마음을 너에게 전달했으니, 이 이야긴 안 들은 것으로 하겠다."

말을 마친 강필수는 벌떡 일어서 거칠게 나갔다. 그러면서 그는 다시 한번 이를 악물었다. 민철이 놈부터 철저히 부순다. 그리고 내 방침을 거부한 모든 대상들, 모두 부순다. 차에 오르는 필수의 얼굴은 무서운 악마였다.

8

우수은행 강 행장실
강민철과 강필수

아버지를 기다리고 있는 민철은 착잡했다. 우수에서 신용등급 상향 조정을 위한 만기채연장 지급보증을 위해 만나자고 연락이 왔기 때문이었다. 그는 담당부장을 대동해 자금부에 들러 서류를 제출하고 돌아가는 길에 아버지를 잠깐 만나고자 들렀다. 비서는 곧 들어오신다며 기다리라고 했다는 아버지의 전갈을 전했다.

조금 후 문이 열리며 아버지가 들어섰다. 무척 굳어 있는 모습이었다.

"앉아라."

"정말 감사합니다."

"은화은행 당좌대월 얼마나 약정했니?"

"7,000억입니다. 당장의 국내차입금 교환 문제는 숨통이 트였습니다."

"그래? 어음 교환일자는 언제냐?"

"약 보름 후입니다."

강필수는 잠깐 생각하다가 입을 열었다.

"알았다. 한 가지 조건을 걸자. 네 신용등급 지급보증을 위한 조건으로 먼저 펀드조성을 해라."

“네? 그것은 결국 사채 수준 아닙니까?”

“자식의 기업이라고 봐준다면 앞으로 너를 더 도울 수 없다. 펀드를 담보로 자금부에 지급보증을 해주라고 했다. 그냥 요식행위니 그렇게 해라.”

“하지만 갑자기 펀드를 어떻게 조성을?”

“마침 세종에서 새로운 투자처를 준비하는 펀드 조성이 시작되었다고 하더라. 그곳에 요청해라. 최대한 협조할 거다.”

“세종이요?”

민철은 퍼뜩 불안한 생각이 들었다.

“내 말대로 해라. 나도 그렇게 알고 준비를 시키겠다. 자, 난 또 다른 회의가 있어서.”

아버지가 서두르며 일어서자 민철도 따라 일어섰다.

“참, 성 회장 일, 민석이에게 네가 이야기했나?”

조용한 말투였으나 서릿발이 날카로웠다. 민철은 주춤했다. 그것을 강필수는 날카롭게 읽었다.

“알았다. 그만 돌아가거라.”

“아버지. 민석이 결혼 건은.”

“그것은 네가 관여할 일이 아니다.”

돌아서는 아버지의 등에는 찬바람이 불었다. 민철은 생각에 잠겼으나 혜진과 민석의 결혼은 ‘결코 포기할 수 없는 일이다’ 라는 생각으로 일어섰다. 이 모든 것이 자신을 향한 무서운 비수라는 것을 꿈에도 모른 채.

9

은화은행장실
성도훈

도훈은 머리가 어지러웠다. 국제은행과의 합병이 쉽지 않을 것이라고는 애당초부터 예측하고 있었다. 그러나 이렇게 역풍이 거셀 줄은 미처 생각하지 못했다. 모든 신문에는 국제은행 노조의 '은화는 국민들에게 인수대금의 축소공시를 사과하고 인수절차를 중단하라' 는 대형 광고가 떴다. 여기에는 매매대금의 1%만 지급한 상태에서 나머지 잔금의 외부 조달에 대한 신랄한 비판이 있었다. 결국 또 다른 사모펀드인 롬발트 재판이 된다는 것이었다. 국제와 은화의 동반 부실은 자명하며 이를 국민적 공분으로 막아야 한다는 요구였다.

문제는 인수금이 또 다른 사모펀드라는 주장이었다. 사실 도훈은 투자자를 모으는데 애로를 겪고 있었다. 원래 도훈의 계획은 장기간 경영에까지 함께 할 전략적 투자자(SI)를 유치하려 했으나 무위로 그쳤다. 그래서 단순한 국내외 재무적 투자자(FI)로 선회했다. 여기에 문제가 생긴 것이다. 아무래도 투기적 성격이 강한 것이 재무적 투자자이므로 이는 롬발트의 전철을 밟을 수도 있다는 것이었다. 사모펀드인 롬발트를 국제은행 노조가 비판한 것은 단기이익에 집착한 경영 형태였다. 이를 또 다시 밟게 된다는 비판이었다.

솔직히 투자자 모집에 도훈의 처음 의도와는 달리 많은 변질이 있었다. 처음부터 도훈은 장기적 차원의 전략적 투자자 유치에 심혈을 기울였으나 쉽지 않았다. 그래서 '장기적 파트너가 되는 전략적 투자자와 국부펀드를 우선 영입하고 사모펀드도 조건이 맞으면 받겠다' 고 조건을 바꾸었다. 사모펀드도 조건으로 장기적 투자를 붙이면 가능하다는 생각이었다. 말하자면 조건이 문제였다. 도훈은 이미 중국의 청상은행과 전략적 투자 협의를 마쳤다. 그러나 이것도 국제은행에서는 마치 전략적 투자자 유치를 한 것처럼 물타기를 했다는 비판이었다. 도훈은 인수금액의 75% 정도는 마련했다. 나머지 25%인 1조 2천억은 재무적 투자자만을 대상으로 보통주와 전환 우선주를 발행해 조달할 계획이었다.

도훈은 이러한 자금 조달계획을 어제 소공동 론진호텔에서 '은화 드림소사이어티' 라는 행사를 가져 소상하게 밝혔다. 그리고 다음주까지 FI를 확정해 증자 등의 모든 과정을 마무리하겠다고 공개 약속했다. 재무적 투자자에는 MPK파트너스, 포에버컨소시엄, 커리어캐피털 등 유수한 투자 증권 등이 참여 의사를 밝혔음도 발표했다. 더 이상의 공론을 잠재우자는 것이었다.

이러한 도훈의 노력에도 국제의 반발은 끈질겼다. 그들은 이러한 계획에 대해 조목조목 반박했다. 여기에 은화의 태생적 아픔도 지적했다. 바로 단자회사부터 출발해 수개의 은행, 즉 경성은행, 기쁨은행, 지방의 한밭은행 등을 먹어치웠지만 화학적 융합을 이루지 못하고 있다고 비난했다. 여기에 국제까지 합치면 글자 그대로 콩가루 집안이 된다는 조롱도 들어 있었다.

'쉽지 않은 싸움이다, 하지만 어차피 건너야 할 강이다.' 도훈은 깊은 생각에 잠겼다. 도훈을 어렵게 만드는 것은 갈수록 격화되어가는 국제은행 노조의 반발이다. 이 반발이 단순히 국제은행에 그치지 않는다는 점이다. 은화은행 직원들도 이러한 격렬한 반대에 벌써 위화감을 가지고 합병 이후의 갈등을 걱정했다. 그들은 합병무용론을 옹호하며 벌써 국제은행을 비난하는 글들이 많이 올라오고 있다. 갈등의 조짐이 보이기 시작한 것이었다.

그때 핸드폰이 울렸다.

"혜진아. 오랜만이구나."

"작은아빠."

혜진의 목소리에는 뭔가 부끄러움이 들어 있었다.

"만나 뵙고 말씀드려야 하는데… 먼저 전화로 말씀 드릴게요. 저, 민석 오빠와 결혼할 거예요. 허락해 주세요."

도훈은 하마터면 핸드폰을 떨어뜨릴 뻔했다.

'드디어 올 것이 왔구나.'

10.

원주 별장

성혜진과 강필수

어두운 길을 밝히며 차가 들어서자 강필수는 창문을 뚫어지게 바라보았다. 차는 길을 벗어나 출입문을 거쳐 널따란 마당에 이르렀다. 이곳 원주 별장은 혜진이도 어린 시절부터 많은 추억이 깃든 곳이었다. 그래서 혜진에게는 특별한 장소가 될 것이다.

필수는 이제부터 혜진과 풀어야 할 문제를 다시 한 번 떠올렸다. 짧게 끝날 수도 있고 아니면 영원히 풀 수 없을지도 모른다. 필수는 민석이 먼저 행동으로 옮길까봐 조바심이 들었다. 비밀리에 결혼식을 올리거나 둘이 함께 미국으로 출국할 수도 있었다. 조바심에 필수는 오전 내내 마음을 다스릴 수 없었다. 그러다가 혜진에게 전화를 걸었다.

"나, 강 행장이다."

"네에."

혜진의 목소리는 차분했다. 마치 기다렸다는 듯한 느낌도 들었다. 필수는 조바심이 났다.

"본론부터 말하자. 결혼 이야기를 민석에게 들었다."

아무 말이 없었다. 조용한 숨소리만 들려왔다.

"너희들이 결정하기 전에 나하고의 문제는 해결해야 하지 않겠니?"

"어떻게 해야 합니까?"

"일단 만나자. 장소는 원주 별장이다. 너도 잘 아는 곳. 차를 보낼테니 그 차를 타고 오너라. 단 한가지만 약속해 달라. 민석에게는 절대 말하지 말아라."

"그렇게 하겠습니다."

차에서 내리는 혜진의 모습을 필수는 창을 통해 보았다. 혜진은 침착하게 들어서서 깊숙이 고개를 숙였다.

"어서 오너라. 오느라 수고했다. 이곳은 어렸을 때부터 너와 민석이가 뛰놀던 곳이지."

강필수는 향수를 자극하려 했으나 혜진은 미동도 하지 않고 앉았다.

"네 아버지 일은 무척 유감스럽게 생각한다. 사적으로는 내 친구의 형님이시다. 나는 너를 속일 생각은 추호도 없다. 내 죄값은 달게 받겠다."

강필수의 정면돌파였다. 혜진은 의외라는 듯 움찔했지만 곧 차분한 표정으로 돌아갔다.

"너희들은 우리들의 상처를 알 수 없어. 알려고 할 필요도 없다."

"그럼… 민석 오빠 빼주세요. 아버지 시대의 상처는 아버지들끼리 치유하실 수 있잖아요."

"치유는 함께 해야 한다."

"함께 증오를 키우라구요? 오빠들과 저는 증오할 수 없어요."

"해야 돼."

“저희들은 아버지들을 용서할 수 있어요. 아버지들도 저희들을 이해해
주서야 해요.”

혜진의 말은 넓은 거실의 공간을 울리며 돌아다녔다.

“우리들에겐 용서고 이해고 없다.”

“왜요? 그런 말이 어디 있어요? 행장님은 하시고자 하신 일 다 하셨잖
아요.”

혜진의 눈에는 어느덧 눈물이 고였다. 필수는 애써 외면했다. 자꾸 약해
지려는 자신에게 그는 혹독하기로 마음먹었다. 결론을 말해야 했다.

“민석일 포기해라. 아니 놓아주어라.”

“행장님.”

“알다시피 난 네 원수다. 설마 이런 사람을 네 가족으로 삼을 수는 없겠
지? 대신 내가 저지른 대가는 치르겠다.”

“대가는 필요 없습니다. 민석 오빠와 저를 허락해 주세요. 전 아빠 일은
용서하리라고 마음먹었어요.”

“용서? 훗, 참 좋은 말이지. 고맙구나. 하지만 그것으로 민석이를 포기
할 순 없다.”

“저도 민석 오빨 포기 못해요.”

혜진은 버럭 소리를 질렀다.

“그래? 그럼 알았다. 분명히 말해두는데 넌 이제 민석인 못 만나. 아니,
만날 수가 없다. 여기 있다가 준비한 유학을 떠나라. 내가 모든 것을 책임
지겠다.”

“그게 가능하다고 생각하세요?”

“난 여태 하고자 한 것을 못해본 적이 없다. 미안하다만 당분간 네 입장이 정리될 때까지 이곳에 있어야 한다.”

“오빠가 가만 있을 것 같아요?”

“이곳에서 준비하고 떠나. 불편은 절대 없게 하겠다. 그리고 내 말 기억해라. 만일 또 다시 너로 인해 민석이가 혼돈을 일으키면 난 민석이도 버린다. 그 말은 민석이에게 무서운 일이 일어난다는 게다. 알겠니? 판단은 네가 해.”

강필수가 의자 옆에 붙은 초인종을 눌렀다. 그러자 조용한 모습의 여자가 다가와 혜진의 핸드폰을 요구했다. 그 모습은 아주 단호했다.

“아무 불편 없게 하겠다. 미안하다만 네 입장을 잘 정리하여 이 분들에게 전해라. 민석에게도 네가 아무 문제없이 잘 있다는 말은 전해주겠다.”

혜진은 무섭지 않았다. 조금의 두려움도 없었다. 다만 자신이 잘못하면 민석에게 무서운 일이 일어난다는 강 행장의 말만 생각했다. 그날 이후 혜진은 민석과 아무런 연락을 취할 수 없었다.

11.

캐피탈호텔

강필수와 강민석

"혜진이는 내가 잘 데리고 있다. 그러니 걱정하지 마라."

민석은 조금도 흔들림이 없어 보였다. 얼음같은 냉정함이 느껴졌다. 필수는 순간 두려움마저 느꼈다.

"그곳이 어디입니까? 제가 가겠습니다."

"지금은 애비도 피곤하다. 내일 아침 일찍 호텔로 오너라."

필수는 먼저 도착해 조용히 커피를 마시면서 아들을 기다렸다. 문이 열리고 민석이 들어섰다. 눈에 핏발이 서 있었다.

"이제 그 지겨운 연기, 그만 하시죠. 혜진이는 어디 있습니까."

"혜진이는 이제 잊어라."

"아버지께서는 그게 가능하다고 생각하십니까?"

"혜진이는 너를 위해 떠난다더구나. 그 아이는 곧 외국으로 나갈 거다."

"네! 잘하셨군요. 잘 하셨습니다."

민석의 창백한 얼굴이 백지장처럼 변했다.

"현실을 제대로 보거라. 혜진이는 철부지가 아냐. 그 아이는 내 게임을 이해했어.”

　필수는 차분하게 아들을 보았다. ‘나는 지금 이런 일로 시간을 허비할 여유가 없다’ 는 모습이었다.

　“전 이해 못합니다.”

　민석은 버럭 소리를 질렀다.

　“이해하도록 해. 난 혜진이에게 이 게임을 자세히 설명했다. 영리한 아이더구나. 금방 이해하고 내 뜻에 동의했다.”

　“이해했다구요? 뭘요? 뭘 이해했다는 겁니까?”

　“네가 위험해진다고 했다.”

　필수는 자신의 목소리가 마치 날이 잘 선 칼 같다는 생각이 들었다. 누구도 베어 버릴 수 있는 그런 칼이었다. 민석은 멈칫했다. 어이없다는 의미인가, 두렵다는 의미인가. 필수는 내친 김에 또 하나의 카드를 던졌다.

　“너에게도 조건을 걸겠다. 형을 살려주겠다. 혜진을 잊고 애비 말을 따른다면.”

　민석은 순간 냉정을 되찾았다. 분노로 아버지를 이길 수는 없다. 맹수처럼 덤벼서는 안 된다.

　“너도 알지만 은화 합병에 대한 내 계획은 그 누구도 막지 못해. 그것에 걸림돌이 되는 것은 가차 없이 벤다.”

　“그것이 잘못된 방향이라는 것을 저는 누누이 말씀드렸고 아버지도 알고 계십니다.”

　“이미 늦었다. 애비는 이미 모든 포진을 마쳤다.”

　“아닙니다. 지금이라도 돌아서서야 합니다.”

"이제는 나 혼자가 아니다. 동우, 국제은행, 한민은행 심지어 은화은행
까지 모두 나의 지휘를 기다리고 있다."

민석은 다급해졌다. 언제 여기까지 왔단 말인가. 결국 하겠다는 건가.
그것을 까맣게 모르고 있었던 자신에 대한 자괴감이 일었다. 너무 방심했
다.

"그렇다면 더 큰일입니다. 아버지의 증오 때문에 많은 은행들이 잘못된
길을 갈 수 있습니다."

"그만큼 애비에게는 절대적이라는 말이다."

"제발 여기서 멈춰주십시오."

"넌 그게 가능하다고 생각하니? 내 말을 들어라. 그러면 민철이는 지켜
주마."

"제가 거부한다면요?"

민석의 목소리는 평온을 찾았다. 아니다, 평온이 아니다. 애비와 일전을
벌인다는 냉철함이 아닐까. 애비에게 일격을 가하기 위한 조용한 숨 고르
기가 아닐까. 강필수는 그런 생각이 들었다. 솔직히 민석이가 이런 마음
을 진정으로 먹는다면 자신의 일도 쉽게 넘어갈 수 없을 것이다. 아들이
지만 결코 만만한 대상이 아니다. 그래서 차제에 쐐기를 박고자 했다.

"민철이도 혜진이도 앞길을 보장 못한다."

"그게, 아버지 뜻대로 되실 것 같습니까?"

"넌 아들이면서도 아버지에 대해 제대로 아는 게 하나도 없어. 넌 네가
이 애비의 상대가 된다고 생각하느냐?"

"아버지를 알고 싶은 생각은 추호도 없습니다. 아버지의 상대로는 물론

부족하지만 저희에게는 진실의 힘이 있습니다."

민석은 일어서더니 거칠게 문을 닫고 나갔다. 일전을 벌인다는 걸까? 아니면 마지막 자존심을 지키기 위한 안간힘일까. 서두르자. 민석이 빨리 아버지를 알 수 있도록 하는 다음의 조치가 필요했다. 성진건설의 몰락 수순을 밟는 것이었다. 그렇게 되면 민석은 아비를 진심으로 알게 될 것이다. 이해가 아니다. 알게 된다. 아들의 발자국 소리가 멀어지자 필수는 수화기를 들었다.

"네. 백성태입니다."

"빨리 시작하시오. 시간이 급합니다."

12.

우수은행 구조조정본부
강민석과 팀원들

구조본 팀원들 모두의 얼굴에는 결단의 각오들이 담겨 있었다. 이성걸에게는 더욱 그런 감회가 짙었다. 2개 지방은행 합병안은 차질없이 진행이 되었다. 팀원들의 검토와 사전조사, 해당 은행 담당자들과의 끊임없는 회동 등을 통해 이성걸은 심혈을 기울여 기획안을 다듬어왔다. 문제는 그 시점이었다. 갈수록 행내에는 이상한 합병안들이 흘러다니기 시작했다. 그것은 구 전무쪽에서 흘러나오는 이야기들이었다.

솔직히 이성걸은 조바심이 났고 불안했다. '무산된 것이 아닌가?' 혹은 너무 큰 기대를 걸고 있는 것은 아닐까. 아무리 강 본부장의 의지가 굳다 해도 열쇠는 강 행장이 쥐고 있다. 이것이 이성걸을 불안하게 만드는 요인이었다.

그렇기 때문에 구조본은 이것을 언제 터뜨리느냐에 논란이 많았다. 본부장도 심사숙고했다. 본부장은 아마 아버지의 깊은 속내를 알고 있는 듯했다. 하지만 그것을 구체적으로 알 필요는 없었다. 왜냐하면 강 본부장의 2개 지방은행 합병에 대한 의지는 확고했기 때문이었다. 오늘 팀원들을 모은 강 본부장의 얼굴은 어느 때보다 굳어 있었다.

"이 팀장님, 우리의 합병안 준비 다 되었지요?"

"그렇습니다."

"이사회에 정식 상정합시다. 이사회 소집을 요구하겠습니다."

모두들 눈을 크게 떴다. 드디어 시작이구나.

"쉽지는 않을 겁니다. 하지만 해내야 합니다. 지금 행내에서는 이상한 움직임이 포착되고 있습니다. 아버지는 별도의 안을 상당 수준 진행시킨 것 같습니다. 저는 분명 정면 반대한다고 말했습니다."

팀원들은 숨도 쉬지 못했다. 강 행장의 안을 정면 반대한다는 것도 큰 문제지만 강 본부장이 정면 반대할 만큼 사안은 심각하다는 것이었다.

"아버지는 은화를 합병 대상으로 삼고 있습니다."

폭탄선언이었다. 모두들 경악했다. 드디어 실체가 나타났다. 엄청난 괴물이었다. 팀원들은 경악에 이어 어이없다는 표정을 지었다. 어떻게 그런 생각을 할 수 있을까. 은화는 지금 국제와 합병안을 이미 발표했다. 동우의 민영화를 배제하면서까지. 그런 강력한 은화를 상대로 합병전쟁을 벌이겠다니? 모두 입을 다물지 못했다. 결론은 불을 보듯 뻔하다. 설령 은화를 삼켰다 해도 우수은행은 대형 소화불량에 걸린다. 자멸하는 것이다.

"확실합니까?"

이성걸의 눈이 번득였다.

"이 팀장님, 은화의 정성모 이사를 통해 진의를 확인해 주십시오."

"알겠습니다."

"우리는 이 계획을 막아야 합니다. 막지 못하면 우리 모두는 파멸에 이릅니다."

민석은 팀원들의 전의를 불러일으키기 위해 파멸이라는 부정적 단어를
사용했다.

"그리고 신주열 과장님, '우사모' 라는 모임이 있지요?"

"네, 우수은행을 사랑하는 모임입니다. 본부의 과장 차장급들의 모임입
니다."

"그 모임에 우리의 합병안을 설명할 기회를 만들어 주십시오. 합병안을
공론화 하겠습니다. 무엇이 옳은지를 묻겠습니다."

"알겠습니다."

"그리고 최영우 대리는 오영일 기자에게 연락하세요. 임경호 대리는 국
제은행 노조위원장이 학교 선배라고 했지요? 국제와 롬발트의 관계가 어
디까지 왔는지 정확히 확인해 주세요. 덧붙여 아버지와 무슨 움직임이 있
었는지도 탐문해 보세요. 자, 시작합시다."

민석은 아버지의 뜻이 결코 물러설 수 없음을 알고 있다. 하지만 막아야
했다. 일전이다. 민석은 그렇게 생각하고 주먹을 불끈 쥐었다.

제8부 귀결

1.

커피숍

강민석과 오영일

밖은 줄기차게 비가 쏟아지고 있었다. 영일을 기다리는 민석의 마음은 초조했다. 며칠 동안 팀원들이 조사한 결과 민석은 아버지의 책략을 꿰뚫을 수 있었다. 먼저 은화은행 정성모 이사에게서 들은 이야기를 이성걸은 전했다.

동우금융과의 합병파인 양만길 전무가 슬슬 다시 동우 민영화 참여안을 뿌리기 시작한다는 것이다. 목숨 걸고 반대하는 국제은행보다 은화에 구애하는 동우금융과의 합병이 타당하다는 것이다. 컨소시엄을 조성해 많은 주체들을 참여시키면 은화는 대주주가 되는 동시에 국제은행 매입가인 5조 정도면 국제은행의 두 배 가까운 우량 은행을 먹어 치울 수 있다는 논리였다. 그는 끈질기게 이 안을 설득하고 있으며 상당수 주주들과 사내 이사들이 동조해 성 행장의 입지가 갈수록 줄어들고 있다는 것이었다.

임경호가 파악한 국제은행의 내부 동향도 민석이 예상한 대로였다. 여기에서도 아버지의 엄청난 밀약 징후가 곳곳에서 보이고 있었다. 국제은행 노조의 결사항전에는 민찬웅 전무를 위시한 임직원들의 지원에 큰 힘을 얻고 있다. 임경호는 "오 기자가 그러더군요. 강 행장님과 국제의 민찬웅 전무의 회동을 심심치 않게 보았다고요"라고 말하면서 그냥 지나칠 일이 아님을 강조했다.

그렇다면 성 행장의 낙마를 위해 아버지는 국제를 은화로부터 떼어내는 책략을 쓰고 있다는 증거이다. 국제의 노조위원장은 국제와 은화의 합병은 꿈에도 이루어지지 않는다고 공언했다. 대신 자신들이 편한 상대를 고르겠다는 것이다. 일류 은행으로 자처하는 국제는 합병 대상으로 은화보다는 한 수 아래인 우수가 상대하기 훨씬 쉽다는 의미다. 그렇게 되면 민석의 2개 지방은행 합병안은 허구로 돌아간다.

민석은 창밖에 내리는 비를 바라보았다. 자신도 모르게 이러한 엄청난 전략이 진행되고 있었다는 것에 그는 새삼 전율했다. 더 이상 지체할 수는 없었다. 아버지의 합병안을 막기 위해 오 기자의 힘이 필요했다. 사실, 오영일 기자와는 귀국 이후 민석도 처음이었다. 그때 텁수룩한 모습의 한 사나이가 문으로 들어섰다. 한눈에 오 기자임을 알아 보았다. 민석은 자리에서 일어섰다.

"처음 뵙겠습니다. 오영일 기자님."

"아! 그래요. 난 민철이에게 하두 많이 들어 별로 낯설어 보이지 않소. 앉으시오."

친구 동생이지만 그는 쉽게 하대말을 하지 않았다. 민석은 일단 그런 그의 진지함이 좋았다. 그가 앉자 민석은 고개를 숙였다.

"오 기자님의 힘이 필요합니다."

앉자마자 민석은 본론을 꺼냈다. 오영일은 잠시 생각에 잠겼다.

"하하. 내 힘이 필요하다구요? 어떤 의미입니까?"

"잘못된 아버지의 합병안으로 많은 사람들이 피해를 봅니다. 이를 막는 일에 힘이 필요합니다. 그중의 한 분이 바로 오 기자님이십니다."

"실례지만 강 본부장께서 알고 있는 것은 어디까지입니까?"

"아버지가 이렇게 빠른 시간 내에 엄청난 일을 이루어 놓았다는 겁니다."

"잘 보셨소. 최근의 강 행장님 행보가 예사롭지 않았지요. 동우금융의 이호성 회장, 한민의 여석태 회장, 국제의 민찬웅 전무, 심지어 은화의 양만길 전무까지 자주 회동을 하더군요. 아쉽게도 그 내용은 전혀 감을 잡을 수 없었죠."

"역시 그랬었군요."

"도대체 행장님이 의중에 둔 합병 대상 은행은 어디입니까?"

"은화은행입니다."

오영일을 마시려던 커피 잔을 탁자 위에 내려놓았다.

"설마했더니, 그게 사실이었군요."

"여기에는 형의 몰락이 포함되어 있습니다."

"민철이요? 성진건설 말입니까?"

오영일의 목소리는 거의 고함에 가까웠다. 사람들의 시선이 흘깃흘깃 향했다. 민석은 참담해졌다. 자신의 이야기가 엄청난 파문을 일으킬 것이기 때문이었다. 하지만 더 이상 이 사실을 감추고만 있을 수는 없었다. 아버지의 파괴력 수순이 엄청난 힘을 가지고 절정에 이르고 있기 때문이었다.

"자세히 말씀해주실 수 있습니까."

그의 눈빛에서는 기자로서의 호기심보다 친구의 위험을 걱정해주는 우정의 눈빛이었다. 민석은 그런 오 기자의 눈빛에 안심했다.

"아버지의 무리한 합병수는 바로 성도훈 행장님 때문입니다."

"돌아가진 성 회장과 강 행장 사이에 얽힌 사연은 어느 정도 파악하고 있습니다. 그러나 성 행장은 강 행장과 직접 관계가 없지 않습니까?"

"아니요. 그 이전부터 아버지와 성 행장님 사이에는 엄청난 질곡이 있었습니다. 바로 이것이 비극의 시작이었습니다."

오 기자는 전율이 등을 타고 흘렀다. 지금 강민석의 입에서 나오려는 이야기는 여태껏 수수께끼였던 문제를 풀 수 있는 단초가 된다는 생각 때문이었다.

"하지만 아버지와 성 행장님 사이에 얽힌 증오는 아들인 제 입으로는 말할 수 없습니다. 이해해 주십시오. 문제는 이러한 질곡이 오늘의 아버지의 부당한 합병론을 지탱하고 있다는 겁니다."

"아!"

오 기자는 아쉬웠다. 말할 수 없다는 민석의 심중을 헤아려 더 물을 수 없었다. 그러나 강 행장이 이루고자 하는 합병론은 그의 사적인 문제가 개입되어 있다는 것만은 확실했다. 대신 다른 핵심을 건드렸다.

"은화의 몰락은 이해할 수 있지만, 민철의 경우는 왜입니까?"

"차차 말씀드리겠습니다. 급한 것은 이 부당한 합병론을 포기시켜야 한다는 것입니다. 오 기자님이 힘이 되어주십시오."

민석은 가방에서 봉투를 꺼내 전달했다.

"여기에는 최근의 은화와 국제, 동우 그리고 한민금융지주와 아버지에 얽힌 이야기를 정리했습니다.”

“…”

“동우금융 합병파인 은화의 양 전무, 또 다시 사모펀드인 롬발트식 매각을 원치 않는 국제은행, 하루 빨리 정부의 그늘에서 벗어나려 안간힘을 쓰는 동우, 현재의 리딩뱅크 자리를 위협하는 제2의 대형 금융지주 탄생을 원치 않는 한민금융지주 그리고 마지막으로 아버지의 공식 스폰서인 재경위원장 김성철 의원, 아버지의 평생 보조자 세종캐피탈의 백 회장이 합작해 밀약으로 그려 놓은 설계도입니다. 여기에서 형의 성진건설 몰락은 핵심 요인입니다.”

오영일은 가슴을 진정시킬 수 없었다. 잔을 들어 벌컥 마셨다.

“핵폭탄이군요.”

“결국 아버지는 성진의 몰락을 통해 은화의 부실을 기하는 결정타를 날려 국제와의 합병을 무산시키고, 그 파장으로 동우와의 민영화도 혼선을 가져와 숙적 성도훈 행장의 몰락을 꾀한다는 겁니다.”

민석은 말을 마치고 오 기자처럼 잔을 들어 벌컥 마셨다. 그는 심히 탈진해 있었다. 이 폭로는 아버지에 대한 큰 반역이다. 자신을 믿고 미국에서까지 불러들인 아버지에게 등 뒤에서 비수를 꽂는 일이었다. 그의 마음이 어떠할까.

“지금 강 본부장이 나에게 얘기하는 이유는 단순히 잘못된 합병안 때문만입니까? 지금 아버지에게 어떤 일을 하고 있는 줄 아십니까?”

오영일은 마지막 화두를 던졌다. 민석은 창백했다.

“오 기자님은 이유도 모른 채 끊임없이 닥쳐오는 회오리를 맞이할 때의 기분을 아십니까?"

"무슨 뜻이지요?"

"형 이야기입니다. 형은 아버지에게 당해야 할 이유도 모른 채 질곡의 회오리에 서 있습니다. 형은 억울해요. 이것을 막아야 합니다."

민석은 소리를 지르듯 했다. 이마에 땀이 송골송골 맺혔다. 오영일은 진심으로 이 사나이가 좋아졌다. 그동안 자신은 민철이가 장자이면서 아버지에게 경원당하는 까닭을 민석이 때문이라고 어렴풋이 짐작했다. 그래서 좋은 감정이 아니었다. 그러나 오늘 만난 민석은 역시 민철이가 이야기한 것에서 한 치도 벗어나지 않았다.

"민철이는 정말 좋은 동생을 두었군요. 녀석의 말이 한 치도 틀리지 않았어요."

영일은 가슴이 뜨거워짐을 느꼈다. 더 이상 이 형제들을 비극에 노출시키지 말자. 이들에게 쏟아질 질곡을 막자. 오영일은 그렇게 생각하고 봉투를 다시 보았다. 창밖에는 여전히 거칠게 비가 쏟아지고 있었다.

2.

조금 후 민철의 사무실 부근 커피숍

강민석과 강민철

동생의 설명을 자세히 들은 민철의 표정은 담담했다. 민석은 가슴이 타
는 듯 형에게 그동안 아버지 주위에서 벌어진 일들을 세밀하게 설명했다.
그러나 형의 표정은 의외로 평온했다. 민석은 재차 형에게 세종의 펀드
조성 의뢰를 철회하라고 요청했다. 아버지의 계획대로 간다면 성진의 몰
락은 물론 금융계에 큰 파장이 시작될 것이라는 예고였다.

"알았다. 그것보다, 너하고 혜진이."

"형, 지금 급한 것은 그게 아냐."

"난, 그렇지 않아. 혜진이는 지금 어디에 있니. 아버지가 데리고 있다는
말은 뭐냐?"

"혜진인 내가 알아서 해. 급한 것은 형이야."

민석은 버럭 소리를 질렀다. 민철은 그런 동생을 멍한 눈빛으로 바라보
았다. 자신을 무너뜨리려는 아버지의 계획에도 담담한 심정이었다.

"난 이해할 수 없다. 아버지가 나에게 이렇게 해야 하는 이유를."

"형, 지금은 그게 중요한 문제가 아냐, 먼저 형이 살아야 해."

"살아? 뭘?"

민철은 시니컬하게 웃었다.

"내가 그나마 아버지의 미움을 이해할 수 있는 것은 할아버지 때문일 거라는 생각은 한다. 워낙 자신의 핏줄에 집착하는 할아버지 아니셨냐? 그래서 할아버지는 나에게 모든 것을 걸었어. 난 할아버지 의사를 따른 것 밖에 없어."

"지금 와서 그런 이야기 아무 소용없어. 내 말을 들으라구."

민석이 다그쳐도 민철은 동요가 없었다. 할아버지도 결국 아버지에 의해 쓰러지셨다. 그러면 아버지와 자신과의 관계는 다시 회복될 줄 알았다. 성 회장도 그렇게 아버지는 보냈다. 그러면 자신에게 가진 미움은 풀어야 하지 않겠는가.

그러나 방금 민석의 말에서 아직도 아버지의 증오는 계속되고 있음을 확신했다. 왜일까. 왜 아버지는 그 증오의 덫에서 풀려나오지 못하실까. 민철은 심히 허탈해졌다. 30년 숙적관계였다는 성도훈 행장의 몰락을 위해 아버지가 준비했다는 이 모든 것들. 그게 민철은 허탈해 보였다. 어떻게 30년 묵은 원한을 이렇게도 끈질기게 이어가려고 할까.

솔직히 긴철은 모든 것이 싫었다. 또 아버지가 경이로워 보였다. 30년 동안 한 치의 물러섬도 없이 그 무서운 증오의 짐을 지고 오셨을까. 아니, 그 원인이 도대체 무엇일까. 이 거대한 계획을 아버지는 지금 한 치의 오차도 없이 진행해 왔다. 그것을 새삼 깰 수 있을까. 깨진다면 아들의 몰락에 모든 것을 걸고 있는 아버지의 삶은 어떻게 바뀔까. 민철은 천천히 다음에 할 일을 생각하고 있었다.

"형. 당장 상우에게 펀드 조성 포기를 지시해."

“알았다.”

민석은 형이 말은 그렇게 하지만 실천은 하지 않을 것이라고 판단했다.

“아버지를 말려야 돼. 형이 위험해. 아버진 지금 한국 금융계에 거대한 피바람을 만들려고 해. 그리고 형도 위험해. 난 이것을 막아야겠어.”

“후후. 그렇다고 아버지가 포기하시겠니?”

“나도 최후의 일전이야. 형, 제발 내 말 들어. 상우에게 빨리 중지시켜.”

민석이 그렇게 말하고 급히 일어서 나갈 때 뒤에서 음울한 형의 음성이 들려왔다.

“넌, 뭔가 알고 있지? 아버지와 나 사이의 일….”

모골이 송연했다. 형은 완전히 비어 있는 모습이었다.

“무슨 소리야. 그저 아버지와 아들이야.”

3

우수은행장실
강필수와 구병모 전무

전단지를 읽는 강필수의 손이 가늘게 떨렸다. 눈은 붉게 충혈되었다. 구병모는 눈을 질끈 감아 버렸다. 이제 곧 하늘에서 벼락이 떨어지리라. 오늘 아침 은행 정문 게시판에는 '우사모는 바란다' 라는 대자보가 붙었다. 그들은 현재 진행되고 있는 은행 합병 방향은 바람직하지 않으며, 구조본이 추진하는 2개의 지방은행 합병을 통해 시너지 효과를 최고로 높일 수 있는 방안을 지지한다는 내용이었다. 거기에 더해 불필요하고 낭비적이고 소모적인 은행 합병은 절대 반대한다는 성명서였다.

필수는 마지막 문장을 여러 차례 읽었다. '불필요하고 낭비적이고 소모적이라는 합병 방안' 은 물론 지금 자신이 추진하고 있는 은화에 이은 국제은행 합병 방안일 것이다. 무엇보다 민석의 반격에 필수는 아연했다. 급속하게 이루어진 반격이었다. 설마했으나 민석이 이렇게까지 재빠르게 치고 들어올 줄 몰랐다

"일단 이 대자보를 전부 철거하시오."

"워낙 이른 시간에 발견해서 많은 행원들은 접하지 못했을 겁니다."

"어차피 누군가가 알았지 않소. 곧 모든 사람이 알게 될 것이오."

“소, 송구합니다.”

“각 부장들은 우사모 소속 차과장들에게 경거망동하지 말도록 특별 지시를 내리시오. 더 이상 사태가 번지면 문제 삼을 것이며, 은행 합병은 우수의 앞길을 위해 심사숙고하고 있다고 전하도록 하시오.”

“알겠습니다.”

“곧 다가오오. 구 전무께서 대형글로벌 은행 수장이 되는 날이.”

“해, 행장님 제발… 하지만 이 입단속 문제만큼은 제가 틀림없이 처리하겠습니다.”

“노조 움직임을 주시하고 행원들 동요를 막도록 하시오.”

물론 쉽지는 않을 것이다. 우사모가 움직였다면 노조가 가만 있지는 않을 것이다. 문제가 커진다. 하지만 구병모의 뚝심이면 가능할지 모른다는 생각으로 강필수는 구병모를 부추겼다. 동시에 당장 민석은 터치하지 않기로 했다. 저 정도의 각오면 어떤 이야기도 먹히지 않는다. 섣부른 대처는 오히려 빌미만 주게 된다. 서서히 물밑작업으로 이들의 물살을 막아야 한다. 그게 구 전무의 역할이었다. 급한 것은 세종의 펀드 조성 실패가 빨리 이루어져야 했다.

그때 인터폰에서 화급한 비서의 목소리가 들렸다.

“행장님, 성진건설 강 사장님이십니다.”

그 말이 끝남과 동시에 민철이 벌컥 문을 열고 들어섰다.

4

소공동 커피숍
강민철과 강필수

　민철이 들어서자 강 행장은 아무 말도 하지 않고 그를 데리고 방을 나섰다. 비서가 따라오려 하자 괜찮다는 눈짓을 보냈다. 그렇게 은행을 나온 둘은 아무 말 없이 소공동 지하상가를 걸었다. 아직은 좀 이른 시간인지라 상점은 막 기지개를 켜는 중이었다. 휘황한 조명으로 복도가 번들거렸다. 필수는 새삼 이곳의 풍경이 정겨웠다.

　얼마만인가. 이렇게 걸어본 것이. 필수는 문득 뒤를 돌아보았다. 아들이 따라오고 있었다. 처음이 아닐까. 묘한 생각이 들었다. 그는 지하상가를 걸으며 옷가게, 보세상품가게, 카메라점, 꽃가게, 보석가게 등을 지나면서 하나하나 눈여겨보았다. 마치 한가한 초로의 사나이가 아들을 데리고 구경나온 모습이었다. 민철도 별 표정 없이 아버지 뒤를 따랐다. 필수는 조금 전의 대자보 사건은 까맣게 잊었다. 지하상가를 벗어나 캐피탈호텔로 가는 길이었다. 길가에 조그마하고 예쁜 카페가 보였다.

　"저리로 가자."

　필수는 앞서 들어갔다. 안에는 청년 한 명이 커피에 막 빵을 적셔 먹고 있었다. 필수는 구석에 자리를 잡았다. 민철은 아버지를 따라 앉으며　무의식중에 왼쪽 팔로 오른쪽 팔을 잡으며 의자턱에 잠깐 기댔다. 그 모습을 본 순간 필수는 화들짝 놀랐다. 의자에 그렇게 앉는 것은 자신의 오랜 버릇이었다. 그런데 민철이 그 버릇을 그대로 하다니! 왜지? 필수는 머리를 흔들었다. 우연이겠지.

"무슨 일로 이렇게 급히 왔냐?"

민철은 처음과 달리 그다지 서두르지 않았다.

"부탁입니다. 아버지, 저는 아버지 뜻대로 하십시오. 단, 혜진이는 민석에게 돌려주십시오. 더 이상 나아가시면 안 됩니다."

민철은 조용했지만 단호한 표정이었다.

"그 아이들 문제는 두 사람이 결정한 것이다."

"결정하다니요?"

민철은 눈을 부릅떴다. 가당치도 않다는 표현 같았다.

"넌 항상 이 애비 말을 잘못 알아듣더구나. 둘 사이는 이제 아무것도 아니다. 네가 나설 일이 아니다."

"이것도 아버지의 작품입니까?"

"아비한테 하는 말버릇이 고작 그거냐?"

필수는 싸늘한 미소를 지었다. 아무리 네가 날뛰어도 곧 성진건설이 끝장난다는 여유 때문이었다.

"도대체 아버지께서는 무엇을 생각하고 계십니까?"

"이 애비가 뭘 생각하는가를 아는 것보다 넌 지금 네 회사 살리는 일이 더 급할 텐데?"

"성진건설은 포기하기로 했습니다. 아버지의 계획대로 하십시오."

"나의 계획? 그게 뭐냐, 난 도대체 네 말을 이해할 수 없구나."

민철의 얼굴에 비웃음이 가득했다.

"대신 민석이와 혜진이는 이루게 해주십시오."

"그것은 네가 관여할 일이 아니다. 내 일도 아니다."

"세종의 펀드를 포기할까요. 그래도 아버지의 계획에는 차질이 없으십니까?"

민철의 말에서는 쇳소리가 났다. 필수는 긴장되지 않을 수 없었다. '내 계획을 알았구나.' 세종의 펀드 조성을 포기하면 필수의 계획은 모든 것이 어긋난다. 그렇게 되면 그 이후의 사태는? 이런 소문이 은화로 들어가면 양 전무에게서 생각지도 않은 역공을 받을 수 있다. 이어 동우와 국제의 반격도 예상해야 한다. 이때까지 쌓아놓은 탑은 모두 공염불이 된다. 필수는 등에 식은땀이 흘렀다. 어떻게 모면해야 하나. 난감했다. 이런 식으로 코너에 몰릴지 몰랐다. 필수가 당혹해할 때 민철이 의자에서 일어섰다.

"지금 혜진이를 민석에게 돌려주십시오. 펀드 개시를 지시하겠습니다. 그래야 아버지의 은화 삼키기가 실현되지 않습니까?"

그렇게 말한 민철은 야릇한 웃음을 남기고 조용히 일어섰다. 필수는 할 말을 잃었다. 뚜벅거리며 돌아나가는 민철의 등이 큰 바위같이 느껴졌다. 그는 일어서려다 털썩 주저앉고 말았다.

5.

서울 인근 낚시터
최상우

  찌가 심하게 움직였지만 상우는 그냥 보고만 있었다. 아무것도 생각나
지 않는다. 지금쯤 선영이는 자신을 애타게 찾고 있겠지. 상우는 몸을 뒤
로 젖혀 누웠다. 습한 바람이 또 한 차례 저수지를 건너왔다. 지금쯤 민철
형은 어떻게 되었을까, 민석이는?

  마침내 성진건설은 강 행장의 의도대로 부도가 났고 은화은행은 쑥밭이
되어버렸다. 그 모든 것에는 상우가 시도한 성진건설의 펀드 실패에 원인
이 있었다. 혜진이가 원주 산장에서 민석에게 돌아온 날, 민철은 상우에
게 펀드 조성을 개시해 달라고 정식으로 요청했다. 상우는 주저했다. 이
일의 결과를 민철도 알고 있었다. 말만 하지 않았을 뿐이었다. 상우는 더
듬거리듯 물었다.

  "정말 진행할까요?"

  "아버지와의 약속이니 진행해."

  전화를 끊은 상우는 휘청했다. 그동안 민석은 수차례 성진건설에 대한
펀드 조성을 막아야 한다고 상우를 찾아와 강력하게 요구했다. 민석은 아
버지 강 행장의 획책을 설명했다. 정확히 꿰뚫고 있었다.

470

그는 오 기자의 협조를 전했다. 우수은행에서 진행하고 있는 올바른 합병운동이 상당한 효과를 보고 있고 아버지를 반드시 설득하겠다고 했다. 이 모든 이야기를 상우 역시 모르는 바 아니었다. 하지만 너무 멀리 와버렸다.

그들이 추진하는 성진건설펀드는 처음에는 많은 사람들이 의혹을 가졌다. 그러나 은화의 거액의 당좌대월 약정에 이은 우수은행의 신용등급 상향 조정을 위한 지급보증 등 호재가 잇따랐다. 이어 프랑스 현지법인에서도 신용등급 상향을 전제로 대출을 약속했다. 은화와 우수의 호의적 지원에 이어 채권단에서도 성진을 살리자는 분위기가 완연했다. 거기에 성진의 눈물겨운 자구책이 채권단 은행의 고개를 끄덕이게 했다. 성진건설은 리비아 대수로공사 입찰에 사활을 걸고 있었다. 가능성도 예단되었다. 이 모든 것이 성진의 신용등급 상향 조정과 맞물려 있었다.

이 중요한 신용등급 상향은 결국 세종의 펀드 여부에 달려 있었다. 우수은행은 이것을 조건으로 걸었기 때문이었다. 이러한 국내외 은행의 호의적 반응으로 처음부터 성진건설펀드는 상당한 관심을 끌었다. 동남아의 유수한 사모펀드 MB파트너스, 호주계의 알피니트브라더스, 중국의 동상은행, 싱가포르 국부펀드도 관심을 보였다. 국내에서도 몇 개의 종합금융 등이 참가 의사를 보였다. 이 중에서 가장 큰 역할을 할 곳이 바로 국내의 BK트랜스비즈니스였다. 그들은 51%의 지분 참여를 요청했다. 그러나 BK는 사실은 페이퍼컴퍼니로 유령회사였다. 투자 참가 의욕을 부추기기 위해 백성태가 별도로 만든 유령회사였다.

이를 추진하면서 상우는 너무 뻔한 결론에 마음이 아렸다. 그때마다 백성태 회장은 "모든 것이 이 하나로 끝난다. 아무도 이를 막을 자가 없다"
며 상우를 다그쳤다. 상우가 빠지려 하면 그동안 세종CRC를 운영하면서
상우가 기업 합병 시 저질렀던 비리를 들이밀었다. 검찰 조사를 요청할
수도 있다는 막가는 협박이었다.

그래서 모든 순서는 순차적으로 진행되었다. 예의 참석 기업들도 펀드
조성에 호의적이었다. 그들은 성진건설의 미래를 상당히 낙관적으로 보
았다. 무엇보다 BK의 강력한 투자 참여가 이들을 부추겼다. 상황은 누가
보아도 호전적이었다. 성진건설 측에서도 상당한 희망을 가지고 있었다.

그러나 모든 것은 처음부터 파멸을 예정하고 시작된 일이었다. 그리고
마침내 그 비극의 날은 오고 말았다. 성진건설 펀드 실패. 이유는 막판
BK의 투자 철회였다. 백성태 회장의 책략이었다. 표면상으로는 성진건설
의 미래에 대해 확실한 비전을 가질 수 없다는 이유였다. 모든 투자자들
은 아쉬워했으나 더 큰 회오리가 기다리고 있었다.

펀드 실패로 우수은행은 성진건설 신용등급을 위한 지급보증을 철회해
버린 것이었다. 모두들 경악했으나 대안은 없었다. 성진건설은 공중에 붕
뜨고 말았다. 우수은행의 지급보증 철회로 각 은행은 성진에 대한 지원을
모두 거두었다. 이어진 성진건설의 부도. 은화는 당좌대월 7천억을 막지
못한 성진건설에 1차 부도를 선언했다. 은화는 물 끓듯 했다. 7천억이라
는 엄청난 부실을 안게 되었다.

성 행장은 물론 성진건설의 당좌대월을 주도한 양만길 전무의 발등에도
불이 떨어졌다. 여기에 강 행장의 필살의 일격이 가해졌다. 그동안 치밀
하게 준비해온 책략을 모두 풀었다. 갑작스런 부실을 안게 된 은화의 국

제은행 매입자금 준비 절차가 원초부터 흔들렸다.

은화가 매입자금으로 가장 큰 포지션을 차지하고 있던 은행 배당에 당장 차질이 생기게 되었다. 1조 9천억에 달하는 은행 배당을 이곳으로 투입하려 했으나 성진의 부도로 배당에 차질이 생긴 것이었다. 배당에 어려움을 겪자 회사채발행 1조 5천억도 당장 문제가 생겼다. 여기에 유상증자 1조 3천 억에 대한 소액주주들의 반발이라는 뜻하지 않는 암초에 부딪쳤다. 금융노조도 들고 일어섰다. 은화의 자금공시 중 45% 이상이 고수익, 고위험투자자본이라고 정식 선언했다.

이 의혹을 불러일으킨 예가 바로 무역은행이 지니고 있는 국제은행 지분 6.25%를 롬발트와 같은 가격으로 팔 수 있는 태그얼롱을 포기케 한 것이었다. 대신 은화는 7%의 고율의 이자를 무역은행에 보장했다. 이것이 현재 시중의 자금조달금리 3%를 2배 웃도는 것이어서 고투기성으로 인정된다는 것이었다. 이는 은화의 재무건전성에 큰 우려가 된다는 주장이었다. 여기에 성진건설 부도라는 엄청난 악재에 휘청해버린 것이었다.

이 모든 수순이 강필수에 의해 지휘된 것을 상우는 알고 있었다. 필수의 지시에 의해 소액주주 80여 명에게 이러한 상황을 설명한 사람은 백성태였다. 소액투자자들이 들끓고 일어섰다. 동시에 무역은행의 태그얼롱 포기에 대한 위험성을 김성철 의원으로부터 전해들은 필수는 이를 즉시 금융노조에 알렸다. 이 역할은 상우가 했다.

모든 것이 강 행장의 계략대로 움직였다. 은화는 큰 풍랑에 휩싸였다. 적진으로 진격하려는 순간 지휘자가 낙마한 꼴이었다. 이제 강 행장은 쓰러진 적장의 숨통을 정확히 내려칠 때가 언제인가를 기다리고 있었다. 그에게는 민석도 민철이도 아무도 없었다. 오직 한 사람 성도훈뿐이었다.

　상우는 눈을 질끈 감았다. 성진 부도 이후 민철 형의 소식은 어디에서도 찾을 수 없었다. 민석이는 거의 미친 듯 형을 찾았으나 그의 거처는 어느 곳에서도 발견되지 않았다. 검찰의 조사가 시작되었다는 보도가 있었다. 그러나 민철은 흔적조차 보이지 않았다.

6

청평 윤정심의 집
강민철과 윤정심

윤정심은 벌떡 일어나 건넌방으로 갔다. 아직 민철은 정신없이 자고 있었다. 양 볼이 움푹 들어간 수척한 모습이었다. 정심은 착잡한 눈으로 민철을 보았다. 그나마 자고 있어 안심은 되었다. 혹시 밤새 무슨 일이 있을지도 모른다는 생각 때문에 어젯밤 내내 불안했었다. 그만큼 어젯밤 민철의 모든 것은 불안정해 보였다. 민석에게 연락을 할까 하는 생각도 했다. 하지만 그런 정심의 마음을 아는지 민철은 내일 아침 동생을 만나기로 했으니 절대 연락하지 말라고 안심시켰다. 그래서 정심은 고개를 끄덕였다. 그렇게 밤을 보내고 아침까지 잠에 빠진 민철을 보자 안심이 되었다. 어젯밤에 한 말은 도대체 무슨 말일까. 정심은 문을 닫으며 생각했다.

정말 뜻밖이었다. 늦은 시각 누군가 식당 문을 열고 들어왔다. 간혹 늦게 오는 손님이 있어 그녀는 평소처럼 '오서오세요' 하고 눈을 돌렸다. 그 손님을 보는 순간 그녀는 화들짝 놀랐다. 민철이었다. 그녀는 그때 TV 뉴스에 정신이 팔려 있었다. '성진건설 부도'를 큰 타이틀로 보도했고 강민철 사장의 행방이 묘연하다는 뉴스가 전해졌기 때문이었다. 민철은 창백했다. 그리고 무엇보다 아무 표정이 없었다.

“아니? 여기를 어떻게?”

정심은 너무 놀랐다.

“이모님.”

그는 온몸을 심하게 떨었다. 여기까지 오면서 얼마나 갈등을 겪었을까, 아니, 그것보다 왜 여기를 찾아 왔을까. 정심은 그런 생각을 하다 정신이 퍼뜩 들었다. 그리고 너무 피곤해 보이는 민철을 급히 방으로 들였다. 방으로 들어선 민철은 먼저 부탁했다.

“제 부탁을 꼭 들어주세요, 아무에게도 제가 여기 있다는 것을 연락하지 말아주세요, 부탁합니다. 오늘 하룻밤만 신세 지겠습니다.”

정심은 그렇게 하겠다고 약속했다. 그리고 부지런히 음식을 챙겨 내왔다. 그러나 민철은 아무 생각이 없었다.

“술 한잔 주세요.”

민철은 처음과 달리 조용한 미소를 지었다. 술을 마시며 그는 차분하게 입을 열었다.

“죄송합니다.”

“강 사장, 힘을 내요.”

정심은 더 이상 할 말이 없었다. 민철은 주위를 돌아보며 물었다.

“민석이가 여기에서 태어났나요?”

“아, 그래요. 태어나자마자 엄마하고 헤어져야 했으니까.”

“그 비극의 처음이 어디부터인지 아십니까?”

음영이 짙은 민철의 눈에는 잔 이슬이 배여 있었다. 정심은 놀랐다. 왜 민철이 이런 이야기를 할까.

"그래요, 비극이죠. 제가 이 세상에 태어난 것부터."

정심은 가슴이 철렁했다.

"강 사장, 그런 말 말아요. 부모를 생각해야지. 다시 일어서야 해요."

"부도요?"

민철은 키득키득 웃었다.

"이모님은 제 부모가 누구인 줄 아세요?"

정심은 민철을 어떻게 진정시켜야 할지 난감했다. 부도로 너무 충격이 컸다. 온상 속에서 자라온 민철에게는 분명 큰 충격이었을 것이다. 그래서 정심은 민철의 말을 충격 정도로 받아들이고 싶었다.

"전 평생 민석이에게 죄인입니다. 민석인 마지막까지 저 때문에 고통을 당하고 있어요. 제가 얼마나 미웠을까요."

"아니야, 강 사장. 민석이는 형을 진심으로 좋아해. 절대 그렇게 생각하지 않아.'

"그래요, 그것은 맞아요. 녀석은 항상 형 같은 동생이었으니까요."

잠시 앉아 있던 민철은 벌떡 일어섰다.

"그만 자겠습니다. 내일 민석이를 만나기로 했거든요. 회사 일을 부탁하려고요."

민철은 휘청거리며 방으로 들어갔다. 그리고 이내 불이 꺼졌다. 그가 사라진 후 정심은 불안했다. 방정맞은 생각까지 들었다. 그런 중에도 뚜렷이 떠오르는 말이 있었다. '제 부모가 누군 줄 아세요?'

7.
어젯밤 캐피탈호텔
강필수와 강민철

　필수는 자신 앞에 쓰러지듯 무너져 있는 민철을 내려다보았다. '이제 서서히 공연이 끝나간다.' 필수는 평생을 안고 살아야 할 지긋지긋한 짐을 이제야 내려놓았다는 안도감이 들었다.
　"너는…. 성도훈의 자식이다."
　필수는 그렇게 민철에게 말했다. 조금의 망설임이나 거칠 것 없이. 순간 엄청나게 쏟아지는 거대한 빗줄기 소리를 들었다. 30년 전 성도훈과 만났던 그 무서운 번개와 천둥이 치던 그날 밤에도 그랬다. 도훈은 '넌 절대 요숙을 사랑할 수 없어. 아니, 사랑하지 못해' 라고 절규했다. 백성태는 비릿한 미소를 띠며 말했다. '인생에는 우선순위가 있소, 지금의 우선순위는 인내하는 것이요.' 도훈과 요숙의 밀회 사진을 보며 심장이 얼어붙는 소리를 들을 때 백성태가 한 말이었다.
　그렇게 30년을 인내했다. 그 인내를 언제 되돌려 줄 것인지를 위해 살아왔다. 그리고 그는 이루었다. 도훈의 자식 민철을 미끼로 도훈의 은행을 요절냈다. 이것으로 도훈의 꿈은 산산조각이 나버렸다. 자신의 아들이 저지른 부실로 인해. 그의 국제은행 합병이라는 큰 소망은 물거품이 되어버렸다. 동시에 이제 나는 부실화된 은화를 삼킬 수 있으며 성도훈은 맨치니로부터 버림받을 것이다. 그들은 냉엄한 프로니까.

이 모두가 한 치의 오차도 없는 계획표에 의해 이루어졌다. 은화를 곤경에 빠뜨리는 치밀한 작전, 먼저 국제의 강력한 반발을 유도했다. 여기에는 노조와 국제의 민찬웅 전무가 가세했다. 그에게는 은화보다 한 체급 낮은 우수와의 합병이 장차 유리하다는 설득을 폈고 이는 주효했다. 은화의 양만길 전무에게는 도훈의 국제 합병을 방해하기 위해 강력한 동우지주 민영화 방안을 내외로 협조했다. 리딩빙크 한민은행에게는 은화와 국제가 합하면 현재의 3강구도가 무너지고 4강구도가 된다는 위협을 전하고 차제에 2강 구도로 갈 동우 민영화 참여를 부추겼다. 동우의 이호성 회장에게는 김성철 의원의 힘을 빌려 온갖 홍행 요소를 만들어 주었다.

이 모든 것이 오직 성도훈 한 사람의 몰락을 위해서였다. 이제 게임은 끝났다. 앞으로 그들에게 닥칠 '헤쳐 모여'는 그들 스스로의 능력이다. '나는 은화만 취하면 된다.' 물론 배신행위에 그들은 치를 떨 것이다. 그러나 다르게 생각하면 배신이 아니다. 그들이 놀 수 있는 마당은 마련해 주지 않았는가. 지금의 우선순위는 도훈의 몰락이었다. 그들과의 신의를 지키는 것이 아니었다.

이제 다음 순서는? 필수는 이제 마침표를 찍어야 했다. 그는 다음 순서를 생각했다. 부실화된 은화와의 합병이었다. 반발은 있겠지만 우수로서는 충분한 명분을 갖추었다. 성진건설을 그룹에서 출자전환으로 인수하면서 은화의 합병을 조건으로 내건다. 맨치니는 마다할 이유가 없다. 당장 타격을 일은 은화은행을 살려주겠다는데 거절할 이유가 없다. 또 강필수가 인수하면 성진건설이라는 국가적 기업을 소생시킨다는 명분도 갖출 수 있다. 당연한 수순으로 성도훈은 낙마하게 된다.

그런데 그 기쁨이 민철로 인해 깨져버리고 말았다. 어젯밤 성진건설의 부도 후 민철이 찾아왔다. 의외로 표정이 너무 편안했다. 마치 큰 임무를 다한 사람처럼 자랑스러운 얼굴이었다. 필수는 의아했다. 왜 이런 편안한 모습을 지을까? 그 순간 악마같은 생각이 필수의 마음에 꿈틀했다. 자신의 모든 것을 잃었는데도 이렇게 편안할까? 그렇다면 이놈을 더 철저하게 파괴하고 싶다. 그런데 민철은 다짜고짜 아버지를 다그쳤다.

"이제, 약속대로 민석이와 혜진이를 놓아주십시오."

필수는 그 요구에 울컥 화가 치밀어 올라왔다. 승리에 한껏 도취되어 있는 자신에게 찬물을 끼얹는 꼴이었다.

"약속을 지켜주십시오. 민석이와 혜진이의 결혼을 허락해주시고 미국으로 돌아가게 해주십시오."

"그것을 왜 네가 나서느냐? 몇 차례 얘기했듯이 민석의 결혼은 네가 관여할 문제가 아니다. 그것은 두 사람의 문제이다."

"약속을 잊으셨습니까?"

"약속? 난 너와 그런 약속한 적 없다."

서서히 민철의 얼굴에 동요가 보였다. 필수는 은근히 그런 민철을 즐겼다. 아무 표정 없이 편안해 보였던 그의 얼굴에 난데없는 구름이 피어올랐다. 필수는 은근히 즐거워졌다.

"성진건설과 바꾸신 그 약속을 모르신다고요?"

민철의 톤이 높아졌다. 거친 숨소리가 들렸다.

“못난 소리 마라. 난 네 회사에 최대한의 지원을 다해주었어. 은화은행도 지원케 했고, 신용등급도 해주려 했어. 그런데도 네가 그것 하나 막지 못하고 이제 와서 무슨 소리냐.”

필수는 점차 악마적 생각에 사로잡혀가기 시작했다. 놈을 더 약올려 이 기회에 마무리를 하자. 사실 민석과 혜진의 일은 강필수는 꿈도 꾸지 않고 있었다.

“아버지, 도대체 아버지는 왜 저에게 이렇게까지 하십니까?”

민철의 목소리는 떨렸다.

“외할아버지, 성 회장님, 그리고 박 사장까지 모두 제 곁을 떠났습니다. 그리고 이제 성진건설까지. 전 모든 것을 다 잃었습니다. 그리고 이제 민석이와 혜진이까지 빼앗아 가려고 합니다. 왜 이래야 했습니까. 전 아버지의 아들입니다. 제가 도대체 어디까지 아버지를 이해하고 양보해야 합니까?”

민철은 격해졌다. 그동안 인내했던 모든 것이 터져 나오고 있었다.

“넌, 영원히 양보해야 돼.”

필수는 자신이 점차 차갑고 싸늘한 악마가 되어가고 있다고 생각했다. 그나마 남아 있던 모든 온기가 일순간에 빠져 나갔다. 자신의 몸이 온통 얼음과 싸늘함으로 채워지고 있었다.

“왜요, 왜 전 영원히 아버지에게 이런 취급을 받아야 되느냐구요.”

“넌. 내 자식이 아니니까.”

순간 방안의 모든 것이 얼어붙어 버렸다. 민철은 분명 들었다. 아버지가 방금 한 말을. 그것은 너무나 뚜렷했고 정확했다. ‘내 자식이 아니니까.’

누구에게 한 말인가. 민철은 이 방에 자기와 아버지 외에 아무도 없다는 것을 이해하는 데 한참 걸렸다.

그러나 다음의 무섭게 휘몰아치는 아버지의 말에 그는 온통 눈앞이 하얘졌다. 아무 생각도 나지 않았다. 여기가 어디인가. 그는 그 생각만 하고 있었다.

"넌, 넌 성도훈의 자식이야."

아버지는 그 말을 하는데도 조금의 주저함이 없었다. 아주 자연스러운 표정이었다. 민철은 휘청 쓰러질 듯했다. 안간힘을 다해 버티었으나 후들거리는 다리를 주체할 수 없었다. 그는 엎드리듯 쓰러졌다. 필수는 그런 민철을 싸늘하게 바라보았다.

8

한강변

강민석과 성혜진

간간이 강변에는 폭죽이 올라가며 터졌다. 혜진은 며칠 동안 일어난 일들이 꿈처럼 느껴졌다. 강 행장과의 독대에 이은 감금, 성진건설의 부도, 은화은행의 부실화, 헝클어져버린 은행 합병 계획 등. 그 한가운데 민석과 민철, 상우 오빠가 있었다. 그리고 성진건설 부도 이후 행방을 감추어버린 민철.

형을 찾기 위해 민석은 백방으로 뛰었으나 어느 곳에서도 흔적을 찾을 수 없었다. 민석은 지쳤다. 그의 지방은행 합병안도 무위로 끝날 가능성이 높았다. 그동안에도 필수는 은화 삼키기를 위한 거침없는 행보를 계속했다. 조금의 여유도 주지 않고 휘몰아갔다. 아버지는 성진건설의 부도로 초조해진 은화의 대주주 맨치니 회장을 초대했다. 성진건설을 그룹에서 출자전환으로 인수해 은화가 입은 손실을 최소화 하면 은화의 주가는 변동없다고 맨치니 회장과 담판을 벌였다.

맨치니로서도 주가에 영향을 미치지 않으면 은화의 앞길이야 누구라도 좋았다. 필수는 결국 협상을 이끌어냈다. 최악의 경우 은화의 주가가 폭락하면 우수가 자사주를 매입한다는 밀약까지 했다. 강 행장의 뛰어난 묘수였다. 맨치니도 꼼짝없이 당하고 말았다. 더불어 성 행장의 몰락도 함께였다. 그러나 아버지의 묘수는 엄청난 출혈이 요구되는 무리수였다. 맨치니는 성 행장의 향배는 우수은행에 맡긴다고 약속했다. 그들은 냉정하게 성 행장을 버렸다. 패장으로서 당연한 조치였다.

민석은 이 모든 일들이 관심 밖이었다. 형 민철의 안전만이 문제였다. 아무리 찾아도 형의 행방은 묘연했다. 그러다가 오늘 민석은 아버지에게 하늘이 무너지는 듯한 소리를 들었다.

"민철의 아버지가 누구인 줄 알려주었다."

"왜, 왜 그렇게 잔인한 짓을 하셨습니까? 꼭 그래야 했습니까?"

"녀석이 나에게 '왜 이렇게까지 하느냐'고 묻더라. 이 애비도 더 이상 숨길 필요가 없었다. 그래야 그 녀석도 이 애비를 이해할 것 아니냐?"

"형을 살릴 수 있는 길을 찾으신다고 했지 않았습니까."

"그것을 놈이 거부했다. 너와 혜진이의 결혼 허락만 요구하더구나. 넌 어떻게 할 거냐. 이제 애비의 일전은 끝났다."

민석의 가슴은 찢어질 것 같았다. 그는 주먹을 불끈 쥐었다.

"아버지는 끝났지만 저는 이제 시작입니다. 먼저 형부터 찾겠습니다. 성진은 반드시 형에게 돌려주어야 해요. 전 반드시 싸우겠습니다."

아버지에게 돌아나오면서 민석은 주먹을 불끈 쥐었다. '형, 도대체 어디에서 무엇을 하고 있는 거야. 제발 나타나줘. 그래야 싸울 것 아냐, 우린 이길 수 있어. 형 제발.' 그 생각만이 났다. 모든 것이 무너졌지만 희망까지 포기하고 싶지 않았다. 그런 생각에 그때까지 불꽃만 바라보고 있던 혜진에게 조용히 말했다.

“혜진아, 우리 미국으로 갈까?”

“그 증오의 끝을 보고 가.”

“증오의 끝을 보자고? 넌 그렇게 잔인할 수 있니?”

“그게 아냐. 난 행장님의 그 증오의 원인을 알고 싶어. 아무 말도 듣지 않고 무슨 일이든 저지르는 행장님의 그 무서운 증오의 원인, 도대체 그게 얼마나 사무쳤기에… 아무도 용서할 수 없고 심지어는 자신의 아들까지.”

“자신의 아들은 아니야.”

민석은 앞을 보며 중얼거리듯 말했다. 이마에 식은땀이 흘렀다.

“뭐라구? 무슨 말이야? 누가? 누구의 아들이 아니라고?”

“민철이 형, 아버지의 아들이 아니래.”

민석은 멍한 표정으로 혜진을 보았다. 아무것도 없는 표정이었다. 그런 표정을 보는 혜진은 자신도 모르게 침을 삼켰다.

“무슨 소리야. 민철 오빠가 행장님 아들이 아니라고?”

“그래. 그것이 네가 그토록 알고 싶은 아버지 증오의 원천이야. 모든 것이 거기에서 시작됐고 마무리 돼.”

9.

청평 윤정심의 집

윤정심과 민석 일행

　민석과 상우, 혜진은 저 멀리 정심의 식당이 보이자 가슴이 뛰기 시작했다. 이모에게 민철 형이 이곳을 다녀갔다는 이야기를 들은 민석은 정신이 없었다. 그는 상우와 혜진에게 연락해 즉각 이곳으로 함께 향했다. 차 안에서 그들은 아무도 이야기를 꺼내지 않았다.

　'형이 이곳에 있었구나. 나는 왜 여기를 생각하지 못했을까.'

　차가 문 앞에 서자 세 사람은 급히 내렸다. 정심이 문 앞에 서 있었다.

　"이모, 형이 이곳에 왔다고요?"

　"그래, 어젯밤에 왔다. 오늘 너를 만난다고 절대 연락하지 말라고 했어. 그런데 자꾸 이상한 생각이 들어 너에게 연락한 거야."

　"이상한 생각이라니요?"

　"으응. 나보고 자기의 부모가 누구인지 아느냐고 묻더라. 너무 처연해서 가슴이 아팠어."

　"아!"

　세 사람은 동시에 비명을 내질렀다.

　"지금 어디에 있어요? 언제 떠났죠?"

"아침 먹고 잠깐 강에 다녀온다고 나갔지. 내가 슬그머니 뒤따라 가보니까 네 엄마 묻힌 곳에 한참 서 있더구나. 그리고 돌아와서 그러더라. '민석이를 보면 민석이 어머닌 참 예쁘신 분이었을 거라는 생각이 들어요. 우선 죄송합니다. 원인이야 어쨌든 민석 어머니가 비명에 가신 것이 제 할아버지 때문이시라니까요. 민석이 하고는 참 잘 지냈어요. 형 같은 아우였죠. 그런데 왜 민석 생모는 우리 아버지 같은 분을 사랑하셨나요? 민석이가 너무 괴로워합니다. 저는 상관없습니다. 저에게는 할아버지가 계셨거든요.' 그렇게 하고 떠났다."

"형!"

민석은 무너지듯 쓰러졌다. 그때 성우가 급히 말했다.

"민석아, 지금 침착해야 돼. 일단 가장 가까운 곳에 있는 CCTV부터 뒤져보자. 그래야 형이 어디로 향했는지를 알 수 있어."

10.

강 행장의 집

정요숙과 강민철

민철의 전화를 받은 요숙은 가슴부터 무너져 내렸다. 민석이와 다르게 민철은 어린 시절부터 유약했다. 동네 불량배들에게 맞고 들어오면 민석이가 야구방망이를 들고 나갔다. 그 뒤를 민철은 무서워서 따라가지도 못했다. 학교 오갈 때면 언제나 민철은 동생 민석에게 의지했다. 민석이가 골목대장인 탓에 모두들 형인 민철을 경외했다.

원주 별장에 가도 민석은 동네 아이들을 완전히 휘어잡았다. 그런 통에 민철은 형이라는 사실 하나로도 아이들 앞에서 군림할 수 있었다. 그렇게 민석을 의지한 민철이었다. 요숙은 지금 민석이 없는 민철은 얼마나 외로울까부터 생각했다. 민석이라도 옆에 있으면 위로라도 될 텐데. 형의 소식을 알 수 없어 애 태우는 민석을 보고 요숙의 가슴도 무너져 갔다.

요숙은 남편을 원망했다. 부도만큼은 막았어야 했다. 부도 후 민철의 소식은 거의 일주일 동안 끊겼다. 그동안 민석은 백방으로 형을 찾아다녔다. 그런 중 민철에게서 전화가 온 것이었다. 요숙은 가슴부터 진정시켜야 했다.

"민철아. 취한 것 같네? 우리 아들!"

"어머니, 아니 엄마."

민철은 키득거리며 웃었다.

"전 어머니의 제대로 된 눈길을 받아보는 것이 소원이었는데, 어머닌 항상 민석이에게만 머물렀죠. 큰아들은 안중에도 없었고."

"어이구, 이제 그 나이에 질투까지 해요. 질투를."

요숙은 눈물을 닦아내며 다정하게 말했다. 착한 아들이었다. 어디에서 얼마나 아파하고 있을까.

"질투 좀 하면 안 됩니까? 아니에요. 전 민석이를 사랑해 준 어머니가 얼마나 감사한 줄 몰라요."

"나는 그런 네가 더 고맙고 감사했어."

"그럼 됐네요. 서로 감사하고 고마우니까."

민철의 목소리는 유쾌했다. 자신의 입장은 전혀 아랑곳하지 않는 목소리였다.

"너희 둘은 정말 유별났어. 기억나니? 너 유치원 다닐 때 아침마다 민석이 하고 놀고 싶어서 유치원을 매일 늦는 거야. 그래서 나중에는 아예 함께 보냈잖아. 그래서 민석이 녀석은 팔자에 없는 유치원을 몇 년 다녔지."

요숙은 아직도 흐르는 눈물을 주체하지 못했다. 다행히 민철은 전혀 눈치채지 못하고 있는 것 같았다.

"정말 그랬어요. 아니, 신기하더라구요. 그렇게 예쁜 녀석이 내 동생이라는 게."

요숙은 코지 않아도 안다. 민철이는 지금쯤 아련한 모습으로 눈을 감고 그때를 회상하겠지. 요숙은 마침내 더 이상 민철을 속일 수 없었다. 흐느끼는 소리를 민철은 들었다.

"어머니… 우세요?"

"그래, 그러니 민철아 제발 돌아와라. 엄마, 마음 아픈 것 알지?"

"그것보다 어머니, 부탁이 있어요."

"그래, 말하거라. 네 부탁은 다 들어주마."

"민석이는 혜진이와 결혼해야 합니다. 서로 사랑합니다."

"나도 알아. 꼭 그렇게 해주마. 그러니 제발."

"그럼 됐습니다."

"민철아, 너 엄마 죽는 것 볼래? 지금 안 들어오면 엄만 죽어."

"어머니, 아니 엄마. 고마웠어요. 곧 들어갈게요."

"아니다, 엄마가 거기로 갈게. 어디냐?"

"오실 필요는 없어요. 제가 금방 갈게요. 어머니, 어머니는 누가 뭐라 해도 정말 좋으신 분이셨어요. 감사했습니다."

철컥. 전화가 끊겼다. 요숙은 수화기를 떨어뜨리고 침대에 쓰러져 통곡을 했다. 그때 켜놓은 TV에서 언뜻 강필수의 모습이 비쳤다. '우수와 은화 합병 급물살, 맨치니컨소시엄과 협약 곧 이루어져', '강필수 회장의 또 하나의 전설, 작은 것이 큰 것을 취한다' 라는 자막과 함께 남편이 은화은행과의 합병을 이야기하고 있었다. 요숙은 벌떡 일어나 TV를 노려보다가 꺼버렸다.

11

서울 모처

백성태

TV를 보던 백성태도 이제는 서서히 무대의 막이 내려가고 있다는 생각을 했다. 모든 것이 강 행장의 의도대로 되었다. 숙적 성도훈은 회생이 불가능할 정도의 치명상을 입고 추락했다. 강 행장이 꿈꾸던 은화도 이제 거의 그의 손안에 들어와 있다. 재계는 또 한 번 강필수 회장의 한 차원 높은 합병책에 혀를 내둘렀다. 남은 문제, 동우나 국제 그리고 한민금융의 문제도 강필수는 또 한 번 노련미를 발휘하여 교통정리할 것이다. 무엇보다 강필수의 평생의 짐, 강민철의 문제도 끝을 맺었다. 강민철의 부도, 아니 성진건설의 몰락. 여기까지 오면서 백성태는 일말의 돌아봄도 없이 밀어붙였다. 강필수의 복수극을 그는 마치 자신의 분신이나 보는 듯 열중했다.

그러나 강민철의 몰락에 알 수 없는 연민에 휩싸였다. 왜 그는 이유도 모른 채 아버지의 철퇴를 맞아야 하나. 필수의 집요한 복수극은 사실 자신의 말 한마디, ‘성도훈은 불구며 민철은 당신의 진짜 아들이다.’ 이 말 한마디면 모든 것이 풀릴 것이다. 그러나 그는 하지 않았다. 아니 할 수 없었다. 복수를 위해 무쇠같이 단단히 쌓아진 필수의 견고한 성은 아무도 무너뜨릴 수 없는 난공불락의 성이었다. 그래서 그냥 두고 볼 수밖에 없었다.

　마침내 꿈은 이루어졌지만 백성태의 마음은 이상하게 무거웠다. 그것은 자신도 모르게 이상한 종결을 꿈꾸고 있다는 것을 알았기 때문이다. 그는 몸을 떨었다. '혹시 강민철의 신상에 좋지 않은 일이 생길까?' 좋지 않은 일? 그것은 뭘까? 바로 죽음이었다. 그럴 수 있을지도 모른다. 그는 순간 온몸에 식은땀이 흐르는 것을 느꼈다. 왜 아무 죄 없는 젊음의 죽음을 상상할까. 그것은 자신과 강필수가 함께 이끌어온 이 드라마가 장렬함으로 마감되어져야 한다고 생각하기 때문이었다. 죽음은 삶의 장엄한 마침표다. 그래서 그는 여태껏 죽음을 그렇게 심각하게 생각하거나 회피할 생각 없이 살아왔다. 자기가 그렇다고 해서 이 논리를 민철에게도 적용할 수 있을까.

　그는 벌떡 일어섰다. 그의 눈은 붉게 충혈되어 있었다. 갑자기 가슴이 심하게 뛰었다. 고질병인 심근경색 때문이었다. 고통이 몰려왔다. 서랍을 열고 약을 꺼내 들었다. 넥타이를 풀었지만 심장박동은 더욱 요동쳤다. 그는 약을 들고 잠시 생각에 잠겼다. 도대체 강민철은 어떻게 이 극을 마무리 하려고 할까. 그의 온몸은 식은땀으로 뒤범벅되어 있었다.

12

원주 별장 근처
강민석 일행과 강민철

원주 별장으로 들어서는 길을 민석은 급히 들어섰다. 차 안의 세 사람은 모두 긴장하며 주위를 살폈다. 청평에 도착 직후 일일이 검색한 도로의 CCTV는 청평을 떠난 민철의 차는 원주로 향하고 있음을 알 수 있었다. 모두들 착잡한 표정이었다.

원주로 가는 차 안에서 민석은 상우에게 민철과 아버지와의 관계를 이야기했다. 엄청난 충격의 표정이었다. 깊게 고개만 숙이고 있었다. 민석은 상우의 눈에서 이슬이 맺히는 것을 보았다. 모두들 생각에 잠겨 별장으로 들어가는 산허리를 막 돌 때였다. 눈앞에 차가 한 대 보였다.

"잠깐, 민석아. 저 차."

상우가 급히 소리를 질렀다. 한눈에 보아도 형의 차가 분명했다. 민석은 '형이 저기 있다'는 생각으로 급히 차를 몰았다. 도착 즉시 뛰어 내려 차 쪽으로 달려갔다.

"형!"

"오빠!"

그러나 차 안에는 아무도 없었다. 민석은 속이 바짝 타들어갔다. 주위를 돌아보는 순간 민석은 온몸에 소름이 쭉 끼쳤다. 맞다. 이곳이 분명히 그곳이었다. 야트막한 야산을 보자 순간 민석은 갑자기 아련한 어린 시절 생각이 났다. 그랬었다. 초등학교 시절 어느 해 겨울방학이었다. 이 근방 어디에선가 자신은 ‘무섭다’고 가기 싫어하는 민철을 끌고 늑대굴을 보러가자고 꼬드겼다. 그리고 어느 동굴 앞에서 민석은 그곳을 가리키며 늑대굴이라고 형에게 속삭였다. 물론 허구의 공상이었다.

“여기야. 형, 늑대굴이야.”

겁먹은 형의 표정이 재미있었다.

“저 안에 들어가보자.”

“안 돼.”

민철은 무서워 도망치다 발이 삐끗 다치고 말았다. 그래서 민석은 형을 업고 산을 내려왔다. 땀이 비 오듯 했다.

“무겁지? 좀 쉬었다 갈까?”

“괜찮다니까. 형한테 동굴 안도 구경시켜주고 싶었는데.”

“뭐? 안에도 들어가 봤어?”

민철은 펄쩍 뛰듯 놀랐다. 물론 거짓말이었다. 자신은 항상 형 앞에서 강하고 싶었다. 그래야 형이 나를 믿는다는 생각 때문이었다.

“넌 정말 늑대가 무섭지 않니?”

“뭐가 무서워?”

또 거짓말이었다.

“동굴 안에도 들어가 보았다며. 넌 정말 대단해. 난 네가 옆에 있으면 참 좋아. 넌 뭐든지 할 수 있잖아.”

민철은 빙그레 미소를 지으며 민석의 등을 만졌다.

"그려, 난 뭐든지 다 할 거야. 형도 할 수 있어."

"나는 아냐. 난 너 같이 못해."

그런 기억에 민석은 힘이 쭉 빠졌다. 왜 형은 이곳에 왔을까. 청평에 이어 엄마 뼈를 뿌린 곳, 그리고 이곳이다. 자신과 동생에 관한 곳만 순례하며 이곳으로 왔다.

"저 산속이다."

민석은 그렇게 소리치고 무섭게 산쪽으로 내달렸다. 상우와 혜진이 따라왔다. 민석은 어디쯤에서 형이 자신들을 보고 있으리라는 생각이 들었다. '왜. 왜. 이곳이야?' 민석의 마음은 까맣게 타들어갔다. 뒤에서는 상우와 혜진이 숨을 헐떡이며 따라오고 있었다.

"혀~엉. 돌아와. 우린 할 수 있어. 아니, 형은 할 수 있어."

민석은 한곳에 서서 목청껏 불러 제쳤다. 저 멀리에 늑대굴인 듯한 곳이 보였다. 민석은 급히 그곳으로 달려갔다.

그 순간, 민철은 널찍한 바위 위로 자신을 눕혔다. 차가운 감촉이 등으로 전달되어 왔다. 푸른 하늘이 펼쳐졌다. 바로 이곳이었다. 민석이 늑대굴을 보여주려 했던 곳. 그러나 그 동굴은 지금은 흔적도 없다. 그렇게 크게 보였는데…. 이곳에서 민석은 자신에게 그랬다. '형도 할 수 있다'고. 민철은 잠시 눈을 감고 지난날을 생각한 듯 빙그레 미소를 지었다.

그러다가 아버지의 무서운 표정이 떠오르고 "너는, 너는 성도훈의 자식이야" 하는 환청에 깜짝 놀라 일어섰다. 옆에 놓은 소주병을 들어 벌컥 마셨다. 병을 내려놓고 안주머니에서 조용히 권총을 꺼낸 민철은 담담한 표정으로 총을 보았다. 또 다시 밑에서 민석과 상우, 혜진의 목소리가 들렸다. 거의 가까이 온 것 같았다. 그는 희미하게 웃었다.

"혀~엉, 형!"

"오빠!"

민철은 입가에 가벼운 미소를 지으며 지갑을 꺼내 열었다. 사진 속에 자신과 동생 민석이 서로 안고 활짝 웃으며 서 있다. 가까운 곳에서 그들이 숲을 헤치고 올라오는 소리가 들렸다. 조용히 사진을 보다 민철은 미련없이 총구를 턱에 대고 방아쇠를 당겼다.

요란한 총성에 이어 총이 나뒹굴었다. 민석 일행은 총소리가 난 곳으로 헐레벌떡 뛰어갔다. 엄청난 모습에 혜진은 얼어붙듯 서 버렸다. 붉은 선혈이 민철의 하얀 얼굴 밑으로 조용히 흘러나오고 있었다. 아니, 하얀 얼굴이 붉은 피 위로 떠오르고 있었다. 상처가 어디에 났는지도 모를 정도로 민철의 모습은 깨끗했고 편안해 보였다.

민석은 피투성이의 민철을 안았다. 그의 어깨가 들썩이며 동물 같은 울음소리가 새어나왔다.

병원

강필수

텔썩 주저앉은 강필수는 아무 생각이 나지 않았다. 그는 다시 한 번 방금 간호사가 했던 말을 곱씹었다. 중환자실에서 뛰어 나온 간호원은 혈액이 더 필요하다며 '강민철'씨, A형 빨리' 라고 외쳤다. '민철이가 A형이라고?' 강필수는 간호사가 잘못 알고 있다는 생각에 그녀를 잡았다.

"무슨 소리요? 저 아이는 AB형인데."

죽어도 잊을 수 없는 민철의 혈액형은 AB형이었다. 아내의 A형과 자신의 O형에서는 결코 나올 수 없는 그 저주의 혈액형 말이다.

"보호자 되세요? 급해요. A형 맞습니다."

간호사는 급히 A형 혈액을 가지고 응급실로 뛰어 들어갔다.

'무, 무슨 소리야. 민철이가 A형이라고? 어떻게 된 거지?'

주위를 둘러보았지만 아무도 없었다. 누구에게 다시 확인할 수도 없었다. 민석과 아내는 중환자실 앞에서 혼이 나간 듯한 모습으로 서 있었다. 민석은 어머니를 꼭 껴안듯 하고 서 있었다. 필수는 머리가 핑 돌았다. 민철이가 A형이라고? 이게 무슨 소리인가. 흐릿해지는 감각을 떨쳐버리고자 눈을 수차례 깜박였다. '내가 잘못 들었겠지'

조금 전, 필수는 힘겨운 은화와의 합병추인 절차를 거의 마무리한 후 홀가분한 기분을 만끽하고 있었다. 이제 마무리 조인안만 손보면 된다. 마침내 숙적 성도훈을 쓰러뜨렸다. 그러면 엄청난 희열이 찾아올 줄 알았는데 이상했다. 자신의 모든 힘이 썰물처럼 빠져 나가는 것을 느꼈다. 심한 탈진 상태였다. 꼼짝도 할 수 없었다. 몇 개월 동안 자신을 휘젖고 돌아다닌 형상 하나하나가 필름같이 돌아가며 너울거리며 다가섰다 멀어졌다 하고 있었다. 누군가가 저주를 퍼붓는 것 같다. 그동안 자신과 발을 맞추어 왔던 동우금융지주, 한민금융지주, 국제은행 등일까? 하나같이 자신의 책략에 놀아났다는 것 때문에 회한을 삼키고 있는지도 모른다.

하지만 자신은 그들이 게임할 수 있는 마당을 제공해 주었지 않았는가. 그러면서도 강필수는 추후 이들과의 관계를 깊이 생각하고 있었다. 쉽지는 않겠지만 판을 다시 짜주어야겠다는 생각에 이르자 그는 힘이 생겼다. 그럴 즈음 민석에게 전화가 걸려온 것이었다.

"민석이냐."

강필수는 '너도 이 애비의 위력을 보았지?' 하는 느긋함에 위로라도 해 주어야겠다고 생각했다. 그때 무섭도록 음울한 목소리가 전화를 탔다.

"이게, 아버지가 원했던 건가요."

"애비가 이야기했었지, 넌 애비에 대해 아무것도 모른다고. 이제 들어와 다음을 이야기하자. 너에겐 더 중요한 게 있어."

그는 한껏 느긋하게 대했다. 갑자기 흑, 하는 흐느낌이 들렸다.

"아, 아버지…."

"무슨 일이냐. 아니, 너 지금 어디 있어?"

"흑, 형이, 민철이 형이…."

민석은 흐느끼면서 그 말만 계속했다. 순간, '민철이에게 문제가 생겼구나' 하는 생각이 퍼득 떠올랐다. 왜, 이런 생각이 났을까. 이 수순을 예상했던 것은 아닐까. 자신이 벌인 복수극의 장렬한 최후, 그것이 바로 민철이가 아니었을까. 짧은 시간에 수많은 단상이 스치고 지나간다.

"무슨 소리냐, 민철이가 어쨌다고…."

"형 지금 대성병원에 있습니다. 상태가 위급합니다. 아버지, 형 저대로 가면 안 돼요."

민석이 울부짖었다. 강필수는 수화기를 든 채 멍하니 서 있었다. '자살? 그 심약한 아이가 어떻게?' 그는 중얼댔다. 이것이 자신이 상상했던 결말이었을까? 이것으로 나와 성도훈의 그 무서운 30년 증오의 질곡이 마무리된 것인가. 그렇다면 이제 앞으로 내가 할 일은 뭐지?

민철에게 출생의 비밀을 알려준 것은 필연이었다. 무엇보다 녀석도 알고 싶어 했지 않았는가. 그 말을 해주지 않았다면 그 아이는 영원히 자신을 저주했을 것이다. 자신이 이토록 무서운 일을 벌여야 했던 이유를 그도 알아야 했다. 그리고 그런 말에 충격을 받아서는 안 되었다. 아버지를 찾았으면 오히려 기뻐할 일이었다. 그런데 그런 이유로 목숨을 끊으려고 했다면 결국 그 아이의 유약한 품성 때문이다.

그런 생각에 잠겼다가 그는 일어섰다. 휘청하며 현기증이 났다. 후들거리는 다리를 주체할 수 없었다. 비오듯 식은땀이 온몸을 적셨다.

중환자실 문이 열리며 의사가 나왔다. 그의 파란 수술복에는 선명한 핏자국이 묻어 있었다. 멀리서 보아도 그의 얼굴은 무거웠다. 그는 민석에게 조용히 다가섰다. 아주 짧은 순간이었다. 민석은 '흑' 하고 어깨를 숙였고 아내는 그대로 쓰러졌다. 필수는 주춤주춤 가까이 다가갔다. 그의 죽음을 확인하고 싶었다. 긴 복수극의 종결인 민철의 죽음을 말이다.

중환자실 문이 열리고 하얀 천에 뒤덮인 민철의 시신이 나왔다. 필수는 다가서다 그 자리에 멈추고 말았다. '강민철 A형.' 필수는 다시 휘청했다. 정신이 없었다. 겨우 정신을 차리고 그는 다시 한 번 확인하려 다가서려 했으나 민철의 시신은 이미 엘리베이터에 실리고 있었다. 강필수는 그 자리에 털썩 주저앉고 말았다. 그리고 머리를 감쌌다. 그 모습을 조금 떨어진 기둥 뒤에서 백성태는 묵묵히 보았다. 그의 얼굴 역시 백지장처럼 하얗게 변해가고 있었다.

14

30여 년 전, 민철의 탄생
신생아 혈액형 검사실

신생아 혈액검사실에서 혈액형 검사를 담당하던 조 기사는 오늘 따라 마음이 불안했고 조급했다. 전문학교 출신인 그는 현재 혈액검사 보조기사로 정식기사 자격증 시험을 보고 오늘 그 결과가 나오는 날이었기 때문이었다. 그는 심란한 마음을 주체할 수 없었다. 벌써 이 시험에 몇 번을 실패했기에 아내와 아이 보기에도 얼굴을 들 수 없었다. 아내는 늘 불합격에 앙앙불락하였고 그는 이 시절만 오면 늘상 이 문제로 머리가 아플 지경이었다. 오늘 아침 출근 때도 어두운 아내 얼굴을 보고 나왔다. 또 실패하면 나는 끝이다 이런 생각이었다. 일이 손에 잡힐 리 없었다. 그는 마지못한 듯 자신에게 할당된 신생아 혈액검사에 임했다.

첫 번째 아이가 끝났고 다음 아이 순서였다. 혈액을 채취한 시료관에는 '강필수의 자' (♂)라고 표시되어 있었다. 그는 다시 심란해지는 마음을 주체할 수 없었다. '곧 전화가 올 텐데, 저것이 내 운명을 좌우하는구나' 하며 전화를 보며 서성거렸다. 그는 다시 작정하고 자리에 앉았다. 그리고 유리판 위에 '강필수의 자' (♂)라고 표시된 혈액을 두 방울 떨어뜨리고, 바로 앞에 있는 A시약을 혈액에 떨어뜨렸다.

그때였다. 전화가 요란하게 울렸다. 그는 벌떡 일어섰다. 전화통으로 황급히 뛰어가며 이미 사용한 시약통(A)을 사용하지 않는 다른 시약통(B) 옆에 두고 뛰어갔다. 그리고 재빠르게 전화를 받았다. 조금 후 그의 얼굴은 희색이 만연했다.

"네에…네에…아, 감, 감사합니다. 제, 제가 합격되…되었다구요? 만세. 고, 고맙습니다."

합격이었다. 이것이 몇 년 만인가. 그는 울 것 같았다. 아니 실제로 눈물을 글썽거렸다. 그러다 얼른 전화통을 들고 여기저기 자신의 합격을 알렸다. 무척 흥분된 그는 전화를 끊고 다시 실험관 앞으로 왔으나 흥분을 주체할 수 없었다. 그리고 아무 생각 없이 오른쪽의 시약통(A: 이미 사용함)을 다른 혈액에 떨어뜨렸다. 똑같이 변형되어 가는 혈액을 보고 그는 '강필수 자녀' 란에 AB형이라고 자신있게 써넣었다. 휘휘 휘파람을 불며.

이것이 A형인 아내 요숙과 O형인 필수 사이에서 당연히 나올 민철의 혈액형 A형이 AB형으로 오판되는 비극의 시작이었다. 강필수는 그날 오후 신생아실에서 민철에게 달려 있는 혈액형 AB라는 표지를 보았다. 그는 처참한 마음을 금할 길 없었다. '혹시나' 했지만 저 아이는 틀림없는 성도훈의 아들이었다. 아내와 자신 사이에 절대 나올 수 없는 혈액형이 아닌가. 그는 이를 악물고 침통한 마음으로 그 자리를 떴다.

15

차 안

백성태

병원에서 나와 돌아가면서도 백성태는 내내 우울한 모습이었다. 한마디 말도 없었다. 어디로 가자는 말도 없었다. 운전기사 김 씨는 일단 회사 쪽으로 방향을 잡다가 물었다.

"회장님, 어디로 모실까요."

그래도 백성태는 아무 말이 없었다. 아무 말이 없자 운전수 김 씨는 백미러로 뒷좌석을 흘낏 보았다. 그때 김 씨는 경악했다. 어느새 풀었는지 백성태는 넥타이로 목을 칭칭 감고 조이고 있는 것이었다. 캑캑거리기까지 했다. 급히 브레이크를 밟았다. 그 서슬에 뒤따라오던 차들이 빵빵거리며 신경질적으로 스쳐 지나갔다.

"회. 회장님, 왜 이러십니까."

그는 급히 뒷좌석으로 뛰어갔다. 그때 더 놀라운 광경이 펼쳐져 있었다. 뒷좌석 시트가 흥건히 젖어 있는 게 아닌가. 바지 앞이 젖어 있는 것으로 보아 차에서 방뇨를 한 것이었다. 지린내가 확 풍겼다. 김 씨는 먼저 백성태의 목을 감고 있는 넥타이를 풀기 위해 실랑이를 했다. 젊은 김 씨가 당해내기 어려울 정도로 백성태의 완력은 강했다. 완강한 체구의 그에게서 넥타이를 겨우 빼앗았을 때 갑자기 백성태는 울상을 하고 어린아이처럼 보채기 시작했다.

"우이씨, 나보고 어쩌라구 그래, 나 잘못한 것 없잖아. 내가 한 것 아니잖아. 그거 내 꼬까야, 이리 줘 잉. 나 가지고 놀래."

김 씨는 경악했다. 도대체 이것이 무슨 꼴이란 말인가. 그런데 조금 후 더 놀라운 일이 일어났다. 백성태는 바지를 내리더니 엉덩이를 훌렁 까는 것이었다. 대변을 볼 자세였다.

"아자씨 나, 응가 할래."

김 씨를 아저씨라고 불렀다. 김 씨는 기가 막혔다. 다행히 길이 외곽도로였지만 오가는 차량의 사람들은 큰 구경이나 된 듯 웃으며 지나갔다. 김 씨는 환장할 지경이었다. 거구의 백성태는 김 씨의 제지를 가볍게 물리치고 어느새 바지를 깐 채 엉덩이를 드러내놓고 길 옆에 아주 퍼질러 앉았다. 그리고 진짜 쭈그리고 앉아 대변을 보는 것이었다. 엄청난 냄새에 김 씨는 고개를 돌렸지만 일단 상의로라도 막아주었다. 그동안에도 백성태는 아주 흐뭇한 얼굴로 일을 보며 이제는 즐거운 듯 흥얼거리기까지 했다.

"인생은 나그네길, 어디서 왔다가 어디로 가는가."

그의 입에서는 60년대에 큰 유행을 한 하숙생이라는 노래가 흘러나왔다. 김 씨는 종이를 꺼내 그의 엉덩이를 닦아주고 차안에 흥건히 고여 있는 방뇨를 닦아냈다. 정말 환장할 지경이었다.

16

백성태 집

백선영과 백성태

운전기사 김 씨로부터 자초지종을 들은 선영은 다시 한 번 아버지를 보았다. 마치 이 세상의 모든 것과 단절이라도 하듯 눈을 질끈 감고 누워 있었다. 얼굴은 백지장 같이 창백했고 입술도 파랗게 변해 있었다. 그동안 김 씨는 아버지의 옷을 갈아입혔다. 버린 양복은 비닐에 담겨 쓰레기통에 들어 있었다.

그때 상우에게 전화가 걸려왔다.

"오빠가 어떻게 알았어?"

"김 씨에게서 연락 받았다."

"여긴 걱정 말고 오빠 그곳 병원 일에나 신경 써."

상우는 민철의 장례식장에 있었다.

"사실은, 이번 일에 회장님이 깊숙이 관여되어 있어. 물론 나도."

상우의 침통한 목소리가 전화를 탔다.

"알았어. 민석 씨랑 어때?"

"무슨 말을 하겠냐."

그때 방안에서 이상한 소리가 들렸다. 선영은 황급히 전화를 끊고 아버지 방으로 뛰어갔다. 방문을 열자 놀라운 광경이 보였다. 언제 일어났는지 아버지는 벽에 머리를 계속 부딪치고 있었다. 아직 상처는 없었지만 이마 부근은 이미 벌겋게 부어올랐다.

"왜 이래요."

선영은 뒤에서 아버지를 붙잡았다. 그러자 벌떡 일어서더니 방안을 씩씩대며 서성거리기 시작했다. 눈은 이미 정상이 아니었다. 그렇지 않아도 흰자위가 많은 아버지의 눈은 희번덕거리기 시작했다.

"그 사람은 성불구야, 성불구."

"누가요. 제발 정신 좀 차려요. 제발."

"아줌마, 언제 왔져? 나 배고파. 밥 좀 줘."

백성태는 딸을 보고 '헤' 웃었다.

"제발 미친 척 하지 마요, 아빠가 그래도 난 다 알아, 하고 싶은 말 있으면 해봐."

선영은 악을 쓰듯 부르짖었다. 어느덧 눈물이 흐르고 있었다.

"아빠가 그동안 저지른 일, 맨 정신으로 말할 수 없겠지? 그래도 해야 돼요. 아빠가 알고 있는 것, 이제 다 토해 놓으라고. 평생을 묻고 살 거야? 그 지겨운 비밀들, 아빠 가슴 속에 묻어 두었던 그 무서운 진실들, 다 토해봐. 그래야 새 발의 피만큼이라도 용서 받을 수 있잖아. 제발, 아빠가 아는 것 다 이야기해요."

선영의 눈에서는 눈물이 폭포수 같이 흘렀다. 평생을 미워할 것 같았던 아버지. 죽었으면 죽었지 절대 화해 대상으로 삼지 않았던 아빠, 자신에게 절대 약해 보이지 않으리라 안간힘을 썼던 그 아버지. 아버지가 강할 때는 그렇게 미웠지만 지금 초라하고 넋 나간 한 노인의 모습으로 다가섰을 때 선영도 어쩔 수 없는 연민을 느끼지 않을 수 없었다. 아직도 자신의 과오를 어떻게라도 면해 보려고 미친 척하며 안간힘을 쓰고 있는 아버지의 영혼이 불쌍했다. 그래서 선영은 울부짖었다.

선영의 말에 백성태는 갑자기 서성거림을 멈추었다. 그리고 심하게 숨을 헐떡이기 시작했다. 그의 눈은 점점 초점을 잃어가고 있었다. 온몸에 식은땀이 흐르고 있었다. 하얀 흰자위가 점점 더 눈을 덮고 있었다. 선영은 그런 아버지를 눈물 젖은 눈으로 바라보았다.

"성도훈 행장, 성불구였다. 아이를 가질 수 없었어. 이 말 강 행장에게 분명히 전해라. 꼭이다. 그래야 이 증오의 대단원이 막을 내린다. 강민철 사장은 분명히 강 행장의 아들이다."

너무 선명한 목소리였다. 아니 평소 아버지의 목소리였다. 선영은 경악했다. 이것이었구나. 아버지가 평생 놓을 수 없는 짐이. 아니, 강필수 행장이 놓을 수 없는 짐이. 이것 때문에 엄청난 비극이 시작되었구나. 선영은 이렇게 생각하고 아빠를 다시 보았다. 여태껏과는 전혀 다른 진지한 모습이었다.

"알았어요. 반드시 전해 드릴게요. 아빠 진정해요."

선영은 마음이 급했다. 급히 김 씨를 불러 119를 요청했다. 말을 마친 아빠가 점차 이상한 증후를 보이기 시작했기 때문이다. 마치 팽팽한 풍선의 공기가 서서히 빠져가며 쭈그러 들어가는 모습이었다. 아빠의 숨이 점차 거칠어져 갔다. 가슴에 심한 통증이 오는 듯 가슴을 쥐어뜯기 시작했다. 이대로 아빠를 보낼 수 없다는 생각이었다.

“아빠, 아빠, 조금만 기다려. 제발.”

백성태는 점차 몸이 식어가며 축 처지는 듯했다. 그러다가 안간힘을 다해 입술을 움직였다. 음울한 목소리로 읊조리듯 중얼거렸다.

“이제 다 끝났다. 나와 강 행장의 긴 게임도. 정말 잘 놀았다. 오늘까지. 강 행장에게 전해, 내가 미안했다고. 그렇지만 우린 서로 운명이었다고, 피할 수 없었다고. 그렇게 이야기하면 안다.”

백성태는 고목나무가 무너지듯 꼬꾸라졌다. 방바닥에 그의 머리가 큰소리를 내며 부딪쳤다. 이어 입술이 파랗게 변해갔다. 선영은 급히 심폐술을 시작했다 선영의 눈에서는 하염없는 눈물이 흘렀다.

“이 바보야, 이렇게 가면 난 어떻게 해. 조금 더 미워할 여유를 줘야 하잖아. 이렇게 가면 내가 어떻게 더 미워해. 일어나, 일어나라구. 아빠, 일어나.”

선영의 몸부림에도 백성태의 몸은 점차 식어갔다. 조금 후 도착한 119 구조대원들은 백성태의 눈을 뒤집어보고 고개를 저었다. 그리고 그의 거대한 체구 위로 그의 몸만큼 큰 하얀 천이 씌워졌다.

백성태는 그렇게 갔다. 민철이 간 그날 오후였다.

17

6개월 후, 병원
강 행장, 강민석

 덜컹하고 엘리베이터가 서자 강필수가 탄 휠체어는 조심스럽게 내려섰다. 휠체어에 탄 필수에게는 불과 6개월 전의 모습은 어디에서도 찾을 수 없었다. 하얗게 세어버린 머리, 주름이 잔뜩 들어간 이마, 구부정한 어깨, 그리고 깊이 파인 쇄골 등 자신만만하고 정열적인 모습은 어디에도 없었다. 평범한 한 노인네의 모습이었다. 여름의 여진이 아직도 곳곳에 남아 있는 초가을이지만 그는 아직 이런 기온에 익숙치 않은 것 같았다. 몸을 떨며 두터워 보이는 옷깃을 끊임없이 여몄다.

 휠체어를 미는 민석 옆에는 혜진이 따르고 있었다. 지난 6개월 간의 병상생활이 아버지를 얼마나 지치게 했는지를 민석은 금방 알 수 있었다. 아버지는 아무 이야기를 하지 않았다. 아니 할 수 없었다. 그가 말을 잃어버린 것도 벌써 6개월이 지났다.

 그날, 6개월 전의 그날. 몹시 을씨년스러웠던 3월의 어느 날. 민석은 생모 윤정애의 뼈를 흘려보낸 곳에서 하얀 가루로 변한 형을 떠나보냈다. 남겨진 형의 상의 윗주머니에는 민석에게 보내는 편지만 달랑 들어 있었

다. 다른 말은 없었다. '민석이 엄마를 흘려보낸 곳에 나도 흘려보내달
라' 는 것이었다. 민석은 그렇게 했다. 아버지는 장례식 내내 허공을 보며
긴 사념에 잠겨 있곤 했다. 어머니 정요숙은 아버지를 한번도 보지 않았
다. 민석만 꼭 붙잡고 있었고 잠시라도 보이지 않으면 불안해했다. 민석
역시 그런 어머니 곁을 한시도 떠나지 않았다. 잠시라도 자리를 뜰 때면
어김없이 혜진과 애란이 그 역할을 대신했다.

애란은 결국 김성철 의원의 아들 김준수와 모든 것을 정리했다. 민철 오
빠의 죽음에 애란의 충격은 말할 수 없이 컸다. '아버지의 욕망의 제물이
되기 싫다' 며 애란은 준수에게 결별을 통보했다. 아버지는 아무 말을 하
지 않았다. 아니, 말리지 않았다. 애란은 장례식 얼마 후 미국으로 떠났다.
민석은 자신의 대학에 소개장을 써주었다.

상우와 선영은 그 자리에 함께 할 수 없었다. 민철 형의 죽음 바로 그날
오후 백성태 회장 역시 심장마비로 세상을 떴기 때문이었다. 백성태 회장
의 죽음을 들은 아버지는 역시 아무 말도 하지 않았다. 다행히 같은 병원
이어서 민석은 잠시 다녀올 수 있었다. 아버지는 문상을 하지 않았다.

민석이 선영을 만난 것은 형의 장례식 이틀 후였다. 상우와 함께였다.
잔뜩 흐린 날씨에 진눈깨비가 흩뿌려지는 날씨였다. 그런 날씨에 비해 둘
의 표정은 밝았다. 함께 프랑스로 가 그곳에서 결혼하고 선영은 패션 공
부를 더 하기로 했다. 상우는 세종캐피탈을 정리하려면 조금 시간이 걸리
기 때문에 선영이 먼저 떠난 후 곧 가기로 했다. 민석은 진심으로 축하했
다. 그때 선영이 조심스럽게 말을 꺼냈다.

"아버지가 남긴 말씀이 있었어요. 강 행장님에게."

순간 상우의 얼굴에는 짙은 그림자가 지나갔다.

"어떻게 말씀을 드려야 할지 모르겠어요. 민철 씨에 대한 이야긴데."

순간 민석은 움찔했다. 선영은 머뭇렸다. 상우가 나섰다.

"백 회장님이 그러셨단다. 민철 형, 분명히 강 행장님의 아들이라고."

"뭐어?"

"성 행장님, 불구셨단다. 성불구, 아이를 가질 수 없는."

민석은 털썩 주저앉았다. 순간, 천정이 와르르 무너지는 것 같았다. 엄청난 굉음이 귀를 때렸다. 무슨 소리를 들었는지 기억이 나지 않았다. 그러나 안간힘을 다해 물었다.

"왜, 왜, 그 이야기를 이제 와서 왜."

민석의 눈에서는 또 다시 폭포수 같은 눈물이 쏟아졌다.

"아버지가, 아버지가 강 행장님에게 미안하다고 하셨어요, 가혹한 운명의 장난이라고 전해드리라고 했어요."

선영 역시 흐느꼈다. 상우는 아무 말 없이 밖만 보고 있었다. 지나간 모든 일들이 와르르 무너져내렸다. 한없는 굉음을 내며.

18.

종언, 청평 강가

차에 아버지의 휠체어를 실으면서 민석은 선영에게서 들었던 그 말을 결국 아버지에게 하지 않았다는 것을 생각했다. 아니, 할 수가 없었다. 할 필요가 없었다. 사실 민석은 그 말을 아버지에게 전달하기 위해 행장실에 들렀다. 그 말을 들은 지 이틀 후인가로 기억된다. 그때만 해도 그는 잔인한 생각에 가득 차 있었다. 이 말을 어떻게 가장 극적으로 전달하느냐만을 생각했다. 아버지가 당할 엄청난 충격을 그는 상상했다. 그리고 비서에게 아버지의 면담을 신청했다. 비서실장이 근심스런 얼굴로 민석에게 말했다.

"본부장님, 오늘은 행장님께서 아무도 들이지 마시랍니다."

"괜찮습니다. 제가 책임지겠습니다."

비서가 인터폰으로 내방을 알리는 것을 듣고 행장실로 들어섰다.

그런데 아버지가 보이지 않았다. 상의는 큰 의자에 걸쳐 있었다. 넓은 방이었지만 행장실 구조는 아주 단순했다. 널따란 장방형 방에 대형 책상과 탁자, 고급형 의자, 그리고 한켠으로 대형 소파가 있을 뿐이었다. 아버지는 복잡한 구조는 질색이었기 때문이다. 민석은 방 한가운데 서서 잠시 생각했다. 지금 이 순간에 그 말을 해야 할지 말지를.

그때였다. 어디에선가 부스럭거리며 무엇인가를 긁는 소리가 들렸다. 민석은 긴장했다. 그 소리는 아버지의 대형 책상 밑에서 나는 소리였다. 민석은 조용히 그곳으로 갔다. 아버지는 그곳에 있었다. 쭈그려 앉아 있었다. 와이셔츠를 걷어 올리고 한손으로 다른 팔목을 열심히 긁고 있었다. 팔목은 벌겋게 부어올랐고 어느 곳엔가는 이미 피가 흐르고 있었다.

"아버지!"

민석이 불러도 강 행장은 아랑곳하지 않고 계속했다.

"이 피, 이 망할 놈의 피. 이 저주의 피."

아버지는 계속 중얼거리면서 팔뚝을 할퀴었다. 민석은 순간 모골이 송연해졌다. 온몸의 피가 솟구치는 것을 느꼈다. '아셨구나. 어떻게?' 그러면서 민석은 아버지를 끌어내려 했다.

"놔라."

버티는 아버지는 완전히 헝클어진 모습이었다. 퀭한 눈동자에는 짙은 회한이 서려 있었다.

"왜 이러십니까. 그렇게 하셔도 달라지는 것은 아무것도 없습니다."

민석은 스스로를 잔인하다고 생각했다.

"이놈, 어디 갔느냐. 이놈, 이놈을 찾아."

아버지는 두리번거렸다.

"그 운명이란 놈, 나를 한껏 가지고 놀았어. 그리고 이렇게 팽개쳐?"

"그 말씀 백 회장님도 하셨다더군요."

"백성태가?"

"그리고 미안했다고 하셨답니다."

민석은 그것까지만 하기로 했다. 아버지는 이미 민철 형에 대한 모든 것을 알고 있기 때문이었다.

"미안? 후후후. 그래. 난 내 아들을 죽였어. 내 아들을. 그 아이 혈액형은 AB형이 아니었어. A형이었다구. 왜 한번도 그것이 잘못될 수도 있다는 것을 깨닫지 못했을까. 아니, 솔직히 난 말이다. 난 네 형의 혈액형검사를 다시 해볼 수도 있었다. 진짜 의심이 나면 유전자검사도 가능했겠지. 그러나 난, 이 애빈 하지 않았다. 왜? 난 네 형이 진짜 성도훈의 자식이길 바랐는지도 모른다. 그렇게 되지 않으면 이 애비가 증오할 대상이 없어지지 않니. 민철이가 이 애비 자식이라면 내가 증오할 대상이 없어지지 않니? 그래, 증오. 그 증오가 애비를 지탱해 왔으니까 말이다. 그래서 이 애빈 민철이는 반드시 성도훈의 자식이어야 했다. 반드시. 내 자식으로 판명이 나면 안 되었어. 무슨 말인지 알겠니?"

눈동자는 완전히 초점을 잃고 있었다. 그리고 읊조리듯 웅얼거렸다. 민석은 흐르는 눈물을 주체할 수 없었다.

"어떠냐? 이 기막힌 드라마가. 이 애비의 증오의 대장정 말이다."

그러고는 앞으로 푹 꼬꾸라졌다.

그날 병원으로 급히 옮겨진 아버지는 곧 신경과로 옮겨졌다. 그리고 완전히 말을 잃었다. 퀭한 눈동자는 초점을 잃고 있었다. 격리된 병실에서 아버지는 아무것도 하지 않았다. 종일 앉아서 한곳만 응시했다. 그동안 민석은 아버지의 대행으로 은화와의 합병은 무위로 돌린 후 2개의 지방은행 합병안을 성사시켰다. 성진건설은 출자전환식으로 그룹으로 편입시켰다. 성 행장은 그동안 은화의 부실을 민석과 함께 혼신을 다해 정리했다. 그리고 국제와의 새로운 합병 모색에 들어갔다. 그 성사가 이루어졌을 때 성 행장은 다시 미국행을 결심했다. 미국으로 떠나기 전 성 행장은 아버지를 찾았다. 바로 어제였다.

아버지는 성 행장을 보고도 미동도 하지 않았다. 꼿꼿이 앉은 채 외면하고 있었다. 성 행장도 그런 아버지를 뚫어지게 바라보았다. 그러더니 희미한 미소를 띠면서 아버지에게 조용히 다가가 귀에 대고 무슨 말인가 속삭였다. 그러자 아버지는 흠칫 놀라며 얼굴에 언뜻 미소가 지나갔다. 그리고 다시 무표정으로 돌아갔다. 성 행장은 그런 아버지를 잠시 지켜보다 자리를 졌다. 공항으로 가기 위해서였다.

성 행장이 차에 오르기 전 민석은 물었다.

"아버지께 무슨 말씀을 하셨습니까?"

"야, 이 팽이대가리는 이제 미국 간다. 이놈 진내리 짱구야, 그랬네."

"예에?"

"어린 시절 진내리에서 클 때 자네 아버지 별명은 진내리 짱구, 난 팽이대가리였지. 항상 저놈이 먼저 내 별명을 불렀어, 그러면 정훈 형이 자네 아버질 혼내주곤 했지. 길수 형은 그런 정훈 형을 말렸고."

"…"

"자네 어머니 정애는 저놈 편만 들었네. 난 그것이 약이 올랐고. 저놈은 여복이 많았지. 진내리 인물인 자네 어머니가 편이었으니. 자, 난 이제 가네. 참, 혜진이 결혼 꼭 알려. 다시 올테니까."

성 행장은 그렇게 떠났다. 민석은 떠나가는 차의 뒷모습을 멍청히 보고 있었다. 그리고 조용히 읊조렸다. '팽이대가리, 진내리 짱구.'

아버지의 휠체어를 차에 싣고 아버지를 옮기는데 혜진이 옆에서 거들었다. 순간 아버지의 얼굴에 희미한 미소가 지나갔다. 그러나 이내 무뚝뚝한 얼굴로 돌아갔다. 혜진이는 아버지가 회복되면 결혼하자고 했다. 아버지의 축복을 받고 싶다고 했다. 민석은 그렇게 하자고 했다. 어제 아버지는 처음 말을 했다. 성 행장이 떠난 후 병실로 돌아올 때였다.

"미, 민철이한테 가보자."

아버지의 얼굴에 핏기가 돌아왔다. 아들의 뼈를 흘려 보낸 강으로 가보자고 했다. 그래서 혜진과 함께 나선 것이었다.

어제 가을비가 흠뻑 내린 탓인지 청평 가는 길은 공기가 청량했다. 열어놓은 창으로는 시원한 공기가 들어왔다. 조금 차가울 정도다 하는 생각에 민석은 창문을 닫았다. 그러나 아버지는 고개를 저었다.

"여, 열어라."

햇볕에 드러난 아버지는 더욱 노쇠해 보였다. '무슨 생각을 저렇게도 하실까.' 청평 정심이 이모 집에 가까이 왔을 때 이모가 문밖에 나와 있었다. 순간, 아버지의 얼굴에는 반가운 기색이 보였다. 이모는 초췌해진 아버지의 모습에 눈물을 비쳤다.

이모와 함께 도착한 강변은 여느 때와 같았다. 넘실거리는 강은 끝없이 어디론가 향하고 있었다. 아버지는 그런 강을 한없이 보고 있었다. 그러더니 갑자기 덮고 있는 두터운 오버를 벗었다. 민석은 놀랐다. 날씨가 쌀

쌀했기 때문이었다.

"이 오버, 저 강물에 덮어줘라."

너두도 또렷한 아버지의 말에 민석은 아연했다.

"민철이 녀석, 춥겠다. 이 오버로 덮어줘라."

민석은 아버지가 준 오버를 들고 혜진과 함께 조용히 강변으로 나갔다. 그리고 아버지의 두터운 오버를 강물에 띄워 보냈다. 마치 민철을 덮어주려는 듯.

멀리멀리 떠내려가는 그 오버를 보며 아버지의 눈에는 뜨거운 눈물이 내리기 시작했다. 마치 오버를 뜨겁게 적시듯. 민석은 조용히 형을 생각했다. 그리고 혜진의 손을 꼭 잡았다.

녹색바벨탑

1쇄 인쇄 2011년 7월 22일
1쇄 발행 2011년 8월 2일

지은이 박태엽
펴낸곳 도서출판 **북캐슬** · **인쇄** 삼화인쇄(주)
펴낸이 박승규 · **마케팅** 최윤석 · **디자인** 진미나
주소 서울시 마포구 서교동 463-3 성화빌딩 5층
전화 325-5051 · **팩스** 325-5771 · **홈페이지** www.wordsbook.co.kr
등록 2004년 3월 12일 제313-2004-000061호
ISBN 978-89-964036-8-5 03810
가격 13,000원

*잘못된 책은 바꾸어 드립니다.